世界不朽傳家經典

這裡選的書，您一輩子總要讀它一遍，
不管您是在十歲，或在三十歲，或在七十歲！

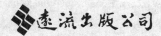

遠流出版公司

〔世界不朽傳家經典〕003

安徒生故事全集(三)　　(全四冊)

原書名　*Eventyr og Historier*（丹麥）

作　者　安徒生(H.C. Andersen)

譯　　者　葉君健

校 訂 者　蔡尚志

主　　編　楊豫馨

特約編輯　陳穗錚

發 行 人　王榮文

出版發行　遠流出版事業股份有限公司

台北市南昌路二段 81 號 6 樓

郵撥 0189456-1　電話（02）2392-6899　傳真（02）2393-6658

香港發行　遠流(香港)出版公司

香港北角英皇道 310 號雲華大廈 4 樓 505 室

電話 2508-9048　傳眞 2503-3258

香港售價　港幣 117 元

著作權顧問　蕭雄淋律師　法律顧問　王秀哲律師　董安丹律師

排版　凱立國際印刷股份有限公司

印刷　優文印刷事業有限公司

初版一刷　1999 年 2 月 16 日

初版十二刷　2005 年 4 月 1 日

行政院新聞局局版臺業字第 1295 號

定價 350 元

（缺頁或破損的書，請寄回更換）

YLib 遠流博識網

http://www.ylib.com. E-mail:ylib@ ylib.com.

003

世界不朽傳家經典

安徒生故事全集(三)

安徒生（H.C.Andersen）著

葉君健翻譯　評註　蔡尙志校訂

目錄

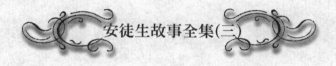
安徒生故事全集(三)

兩個姑娘

你曾經看到過一位姑娘沒有？這也就是鋪路工人所謂的
「姑娘」。她是一種把石頭打進土裡去的器具。她完全是由木頭
做成的，下面寬，並且套著幾個鐵箍。她的上身窄小，有一根棍
子穿進去；這就是她的雙臂。

在放工具的那個屋子裡就有這麼兩個姑娘。她們是跟鏟
子、捲尺和獨輪車住在一起的。它們之間流傳著一個謠言，說姑
娘不再叫做「姑娘」，而要叫做「手槌」了。鋪路工人的字眼中，

這是對我們從古時起就稱為「姑娘」的東西所取的一個最新、而且也是最正確的名詞。

在我們人類中間有一種所謂「自由女子」，比如私立學校的校長、接生婆、能用一條腿站著表演的舞蹈家、時裝專家、護士等。工具房裡的這兩位姑娘也把自己歸到這類婦女的行列中去。她們是路政局的「姑娘」。她們絕不放棄這個古老的好名稱，而讓自己被叫做「手槌」。

「『姑娘』是人的稱號，」她們說，「『手槌』不過是一種物件。我們絕不能讓人叫做物件──這是一種侮辱。」

「我的未婚夫會跟我鬧翻的，」跟打樁機訂了婚的那個年輕「姑娘」說。打樁機是一個大機器。他能把許多樁打進地裡去，因此他是大規模地做「姑娘」小規模地做的工作。「他把我當做一個姑娘，才和我訂婚；假如我是一個『手槌』，他是不是還願意娶我就成了問題。因此我絕不改變我的名字。」

「我呢，我寧願讓我的兩隻手折斷，」年長的那位說。

不過，獨輪車有不同的見解，而獨輪車卻是一個重要的人物，他覺得自己是一輛馬車的四分之一，因為它是憑一隻輪子走路。

「我得告訴你們，『姑娘』這個名稱是夠平常的了，一點也沒『手槌』這個名稱漂亮，因為有這個名字你就可以進入到『印章』①的行列中去。請你想想官印吧，它蓋上一個印，就產生法律的效力！要是我處於你們的地位，我寧願放棄『姑娘』這個名稱。」

「不行，我不會幼稚到去做這種事情！」年長的那一位說。

「你們一定沒有聽到過所謂『歐洲的必需品』②這種東西吧！」誠實的老捲尺說。「一個人應該適應他的時代和環境。如果法律說『姑娘』應該改成『手槌』，那麼你就得做『手槌』。一切事情總得有一個尺度！」

「不行；如果必須改變的話，」年輕的那一位說，「我寧願改稱爲『小姐』，最低限度『小姐』還帶一點『姑娘』的氣味。」

「我寧願給劈做柴燒，」年長的那一位說。

最後他們一同去工作。那兩位姑娘乘車子——因爲她們被放在獨輪車上。這是一種優待。不過她們仍然被叫做「手槌」。

「姑——！」她們在鋪路石上顛簸著的時候說，「姑——！」她們幾乎把「姑娘」兩字整個念出來，不過她們臨時中斷，把後面的一個字吞下去了，因爲她們覺得沒有理睬的必要。她們一直把自己叫做「姑娘」，同時稱讚過去的那些好日子：在那些日子裡，一切東西都有它們正確的名字，姑娘就叫做姑娘。她們也就成了一對老姑娘，因爲那個大機器——打樁機——真的跟年輕的那位解除了婚約，他不願意跟一個手槌有什麼關係。[1855年]

這篇諷刺小品，在風趣之餘，還略帶一點哀愁。它最初發表在 1855 年的《丹麥大眾曆書》上。「歐洲的必需品」——稱號，在安徒生時代需要，在當代世界各地似乎更需要。「稱號」——在某些地方叫做「職稱」——不明確，事物就沒有一個尺

度。那兩位姑娘「在鋪路石上顛簸著的時候」，只能念出一個「姑
———！」，而「把後面的一個字吞下去了」。結果稱號不全，「那
個大機器———打樁機———真的跟年輕的那位解除了婚約。」

【註釋】

①手槌的工作是在地上按壓；印章的工作是在紙上按壓。按照工作性質，它們是同一
　類東西。

②「歐洲的必需品」是指「尺度」。這是作者對當時社會的一個諷刺。在階級制度森
　嚴的傳統歐洲，人與人之間的關係都是以階級的高下去衡量的。

家禽格麗德的一家

家禽格麗德是住在那座漂亮的新房子裡唯一的人。這是田
莊上專門爲鷄鴨而建築的一座房子。它位於一個古老的騎士堡
寨旁邊。堡寨有塔、鋸齒形的山形牆、壕溝和吊橋。鄰近是一片
荒涼的樹林和灌木林。這兒曾經有一個花園。它一直伸展到一個
大湖旁邊——這湖現在已經變成了一塊沼澤。白嘴鴉、烏鴉和穴
鳥在這些老樹上飛翔和狂叫——簡直可以說是一群烏合之衆。
它們的數目從不減少；雖然常常有人在打它們，它們倒老是在

增多起來。住在雞舍裡的人都能夠聽到它們的聲音。家禽格麗德就坐在雞舍裡；許多小鴨在她的木鞋上跑來跑去。每隻雞，每隻鴨子，從蛋殼裡爬出來的那天起，她統統都認識。她對於這些雞和鴨都感到驕傲，對於專爲它們建造的這座房子也感到驕傲。

她自己的那個小房間也是清潔整齊的。這座房子的女主人也希望它是這樣。她常常帶些貴客到這兒來，把這座她所謂的「雞鴨的營房」指給他們看。

這兒有一個衣櫥和安樂椅，甚至還有一個碗櫃。櫃子上有一個擦得很亮的黃銅盤子，上面刻著「格魯布」這幾個字。這是一位曾經在這兒住過的老貴族的族名。這個黃銅盤子是人們在這兒掘土時發現的。鄉裡的牧師說，它除了做爲古時的一件紀念物以外，沒有什麼別的價值。這塊地方及它的歷史，牧師知道得清清楚楚，因爲他從書本上學到許多東西，而且他的抽屜裡還存有一大堆手稿呢。因此他對於古代的知識非常豐富。不過最老的烏鴉可能比他知道得還多，而且還能用它們自己的語言講出來。當然這是烏鴉的語言；不管牧師怎樣聰明，他是聽不懂的。

每當一個炎熱的夏日過去以後，沼澤就會冒出許多蒸氣，因此在那些許多白嘴鴉、烏鴉和穴鳥飛翔的地方——在那些古樹前面——就好像有一個湖出現。這種情形，當騎士格魯布還住在這兒的時候，當那座有很厚的紅牆的公館還存在的時候，就一直沒有改變過。在那個時候，狗的鏈子很長，可以一直拖到大門口。要走進通到各個房間的石鋪走廊，人們得先從塔上走下去。窗子是很小的，窗玻璃很窄，即使那些經常開舞會的大廳也是這樣。不過當格魯布的最後一代還活著的時候，人們卻記不起過去

那些曾經舉行過的舞會了。然而這兒卻留下一個銅鼓；人們曾經把它當做樂器使用過。這兒還有一個刻有許多精緻花紋的碗櫃；它裡面藏有許多稀有的花根——因為格魯布夫人喜歡園藝，栽種樹木和植物。她的丈夫喜歡騎著馬到外面去射狼和野豬，而且他的小女兒總是跟著他一起去。當她還不過只有五歲的時候，她就驕傲地騎在馬上，用她的一對又黑又大的眼睛向四面望。她最喜歡在獵犬群中響著鞭子。但是爸爸卻希望她能在那些跑來迎接主人的農奴孩子頭上響著鞭子。

在這座公館近鄰的一個土屋裡住著一個農夫；他有一個名叫蘇倫的兒子。這孩子的年齡跟這位小貴族姑娘差不多。他會爬樹；他常常爬上去為她取下雀巢。鳥兒拚命地大叫；有一隻最大的鳥兒還啄了他的一隻眼睛，弄得血流滿臉。大家都以為這隻眼睛會瞎的，事實上它並沒有受到很大的傷害。

瑪莉・格魯布把他稱為她的蘇倫。這是一件極大的恩寵；對於他可憐的父親約恩說來，這要算是一件幸運的事。他有一天犯了一個錯誤，應該受到騎木馬的懲罰。木馬就在院子裡，它有四根柱子做為腿，一條狹窄的木板做為背。約恩得張開雙腿騎著，腳上還綁著幾塊重磚，使他騎得並不太舒服。他的臉上露出痛苦的表情。蘇倫哭起來，哀求小瑪莉幫忙一下。她馬上就叫人把蘇倫的父親解下來。當人們不聽她的話的時候，她就在石鋪地上跺腳，扯著爸爸上衣的袖子，一直到把它扯破為止。她要怎樣就怎樣，而且總是會達到目的的。蘇倫的父親被解下來了。

格魯布夫人走過來，把小女兒的頭髮撫摸了一下，同時還溫和地看了她一眼。瑪莉不懂得這是什麼意思。

她願意跟獵犬在一起，而不願意跟媽媽到花園裡去。媽媽一直走到湖邊；這兒睡蓮和蘆葦都開滿了花。香蒲和燈心草在蘆葦叢中搖動。她望著這一片豐茂新鮮的植物，不禁說：「多麼可愛啊！」花園裡有一棵珍貴的樹，是她親手栽的。它名叫「紅山毛櫸」。它是樹中的「黑人」，因爲它的葉子是深棕色的。它必須有強烈的太陽光照著，否則在常蔭的地方它會像別的樹一樣變成綠色，而失去它的特點。在那些高大的栗樹裡面，正如在那些灌木林和草地上一樣，許多麻雀做了巢。這些麻雀似乎知道，它們在這兒可以得到保護，因爲誰也不敢在這兒放一槍。

小瑪莉跟蘇倫一塊到這兒來。我們已經知道，他會爬樹，他會取下鳥蛋和捉下剛剛長毛的小鳥。鳥兒在驚惶和恐怖中飛著，大大小小的都在飛！田野上的田鳧，大樹上的白鴉、烏鴉和穴鳥，都在狂叫。這種叫聲跟它們現代子孫的叫聲完全沒有兩樣。

「孩子，你們在做什麼呀？」這位賢淑的太太說。「做這種事是罪過呀！」

蘇倫感到非常難爲情，甚至這位高貴的小姑娘也感到不好意思。不過她簡單而陰沉地說：「爸爸叫我這樣做的！」

「離開吧！離開吧！」那些大黑鳥兒說，同時也離開了。但是第二天它們又回來了，因爲這兒就是它們的家。

但是那位安靜溫柔的太太在這兒沒有住多久。我們的上帝把她召去了；和祂在一起，要比住在這個公館裡舒服得多。當她的屍體運進教堂裡去的時候，教堂的鐘就莊嚴地鳴響起來了。許多窮人的眼睛都濕了，因爲她待他們非常好。

自從她去世以後，就再也沒有誰管她種的那些植物了。這個花園變得荒涼了。

人們說格魯布老爺是一個厲害的人，但是他的女兒雖然年輕，卻能夠駕馭他。他見了她只有笑，滿足她的一切要求。她現在已經十二歲了，身體很結實。她那雙大而黑的眼睛老是盯著人。她騎在馬上像一個男人，她放起槍來像一個有經驗的射手。

有一天，附近來了兩個了不起的客人——非常高貴的客人：年輕的國王和他的異父兄弟兼密友烏爾里克‧佛列得里克‧古爾登羅夫。他們要在這兒獵取野豬，還要在格魯布老爺的公館裡住留一晝夜。

古爾登羅夫吃飯的時候坐在瑪莉‧格魯布的旁邊。他摟著她的脖子，和她親吻了一下，好像他們是一家人似的。但是她卻在他嘴上打了一巴掌，同時說她不能饒恕他。這使得大家哄堂大笑，好像是一件很有趣的事情似的。

事情也可能是如此，因為五年以後，當瑪莉滿了十七歲的時候，有一個信使送一封信來。古爾登羅夫向這位年輕的小姐求婚。這可不是一件小事情！

「他是王國裡一個最華貴和瀟灑的人！」格魯布說。「可不要瞧不起這件事情啊！」

「我對他不感興趣！」瑪莉‧格魯布說，不過她並不拒絕這一位全國最華貴、經常坐在國王旁邊的人。

她把銀器、毛織品和棉織品裝上船，運到哥本哈根去。她自己則在陸地上旅行了十天。裝著這些嫁妝的船不是遇著逆風，就是完全遇不見一點兒風。四個月過去了，東西還沒有到。當東西

抵達的時候，古爾登羅夫夫人已經不在那兒。

「我寧願睡在麻袋上，而不願躺在他鋪著綢緞的床上！」她說。「我寧願打著赤腳走路而不願跟他一起坐著馬車！」

在十一月一個很晚的夜裡，有兩個女人騎著馬到奧湖斯鎮上來了。這就是古爾登羅夫夫人瑪莉‧格魯布和她的使女。她們是從維勒來的──她們乘船到那兒去的。她坐車子到格魯布老爺的石材宅邸裡去。他對客人的來訪並不感到高興。她聽到了一些不客氣的話語，但是她卻得到了一個睡覺的房間。她的早餐吃得很好，但是所聽到的話卻不可愛。父親對她發了怪脾氣；她對這一點也不習慣。她並不是一個性情溫和的人。既然有人有意見，當然她也應該做出回應。她的確也做了回應；她談起她的丈夫，語氣中充滿了怨恨的情緒。她不能和他生活在一起；對這種人說來，她是太純潔和正直了。

一年過去了，但是這一年過得並不愉快。父女之間的言語都不好──這本是不應該有的事情。惡毒的話語結出了惡毒的果實。這情形最後會有一個什麼結局呢？

「我們兩人不能在同一個屋頂下面生活下去，」有一天父親說。「請妳離開這裡，到我們的老農莊裡去吧。不過我希望妳最好把妳的舌頭咬掉，而不要散布謊言！」

兩人就這樣分開了。她帶著她的使女到那個老農莊裡來──她就是在這兒出生和長大的。那位溫和而虔誠的太太──她的母親──就躺在這兒教堂的墓窖裡。屋內住著一個老牧人，除此以外再沒有第二個人了。房間裡掛著蜘蛛網，灰塵使它們顯得陰沉，花園裡長著一片荒草。在樹和灌木林之間，蛇麻

和爬藤密密層層地交織在一起。毒胡蘿蔔和蕁麻長得又大又
粗。「紅山毛櫸」被別的植物蓋住了，見不到一點陽光。它的葉
子像一般的樹一樣，也是綠的；它的光彩已經都消逝了。白嘴
鴉、烏鴉和穴鳥密密麻麻地在那些高大的栗樹上飛。它們叫著號
著，好像它們有重要的消息要互相報告似的：現在她又來了
——曾經叫人偷它們的蛋和孩子的那個小女孩又來了。至於那
個親自下手偷東西的賊，他現在則爬著一棵沒有葉子的樹
——坐在高大的船桅上。如果他不老實的話，船索就會結結實實
地打到他的身上。

　　牧師在我們的這個時代裡，把這整個的故事敘述了出來。他
從書籍和信札中把這些事情收集起來。它們現在和一大堆手稿
一起藏在桌子的抽屜裡。

　　「世事就是這樣起伏不定的！」他說，「聽聽是蠻好玩的！」

　　我們現在就要聽聽瑪莉·格魯布的事情，但我們也不要忘記
坐在那個漂亮雞舍裡的、現代的家禽格麗德。瑪莉·格魯布是過
去時代的人，她跟我們的老家禽格麗德在精神上是不同的。

　　冬天過去了，春天和夏天過去了；秋天帶著風暴和又冷又
潮的海霧到來了。這個農莊裡的生活是寂寞和單調的。

　　因此瑪莉·格魯布拿起她的槍，跑到荒地上去打野兔和狐狸
以及她所遇見的任何雀鳥。她不止一次遇見諾列貝克的貴族巴
列·杜爾。他也是帶著槍和獵犬在打獵。他是一個身材魁梧的
人；當他們在一起的時候，他常常誇耀這一點。他很可以跟富恩
島上愛格斯柯夫的已故的布洛根胡斯大爺比一比，因為這人的
氣力也是遠近馳名的。巴列·杜爾也模仿他，在自己的大門上掛

一條繫著打獵號角的鐵鏈子。他一回家來就拉著鐵鏈子，連人帶馬從地上立起來，吹起這個號角。

「瑪莉夫人，請您自己去看看吧！」他說，「諾列貝克現在吹起了新鮮的風呀！」

她究竟什麼時候到他的公館裡來的，沒有人把這記載下來。不過人們在諾列貝克教堂的蠟燭台上可以讀到，這東西是諾列貝克公館的巴列‧杜爾和瑪莉‧格魯布贈送的。

巴列‧杜爾有結實的身體。他喝起酒來像一塊吸水的海綿，是一個永遠盛不滿的桶。他打起鼾來像一窩豬。他的臉是又紅又腫。

「他像豬一樣粗笨！」巴列‧杜克夫人——格魯布的女兒——說。

她很快就對這種生活厭煩起來，但這在實際上並沒有什麼好處。

有一天餐桌已經鋪好了，菜也涼了。巴列‧杜克正在獵取狐狸，而夫人也不見了。巴列‧杜克到了半夜才回來，但杜爾夫人半夜既沒有回來，天明時也沒有回家。她不喜歡諾列貝克，因此她既不招呼，也不告辭，就騎著馬走了。

天氣是陰沉而潮濕的。風吹得很冷。一群驚叫的黑鳥從她頭上飛過去——它們並不是像她那樣無家可歸的。

她先向南方走去，接近德國的邊界。她拿幾只金戒指和幾顆寶石換了一點錢，於是她又向東走，接著她又回轉到西邊來。她沒有一個目的地。她的心情非常壞，對什麼人都生氣，連對善良的上帝都是這樣。不久她的身體壞下來，她幾乎連腳都移不動

了。當她倒在草叢上，田鳧從那裡飛出來。這鳥兒像平時一樣尖聲地叫著：「你這個賊！你這個賊！」她從來沒有偷過鄰人的東西，但是她小時候曾經叫人為她捉過樹上和草叢裡的鳥蛋和小雀鳥。她現在想起了這件事情。

她從她躺著的地方可以看到海灘上的沙丘。那兒有漁人住著，但是她卻沒有氣力走過去，因為她已經生病了。白色的大海鷗在她頭上飛，並且在狂叫，像在她家裡花園上空飛的白嘴鴉、烏鴉和穴鳥一樣。鳥兒在她上面飛得很低，後來她把它們想像成為漆黑的東西，但這時她面前也已經是一片黑夜了。

當她再把眼睛睜開的時候，她已經被人扶起來了。一個粗壯的男子把她托在懷中。她向他滿臉鬍子的臉上望去：他有一隻眼上長了一個疤，因此他的眉毛好像是分成了兩半。可憐的她——他把她抱到船上去。船長對他這種行為結結實實地責備了一番。

第二天船就開了。瑪莉‧格魯布並沒有上岸，她跟船一起走了。但是她會不會一定回來呢？會的，但是在什麼時候呢，怎樣回來呢？

牧師也可以把這件事的前後經過講出來，而且這也不是他編造的一個故事。這整個奇怪的故事，他是從一本可靠的舊書裡得來的。我們可以把它拿出來親自讀一下。

丹麥的歷史學家路得維格‧荷爾堡寫了許多值得讀的書和有趣的劇本；從這些書中我們可以知道他的時代和人民。他在他的信件中提到過，瑪莉‧格魯布和他在什麼地方和以什麼方式遇見她。這是值得一聽的，但是我們不要忘記家禽格麗德。她坐

在那個漂亮的雞舍裡，感到那麼愉快和舒服。

船帶著瑪莉・格魯布走了。我們講到此為止。

許多年、許多年過去了。

鼠疫在哥本哈根流行著。這是 1771 年的事情。丹麥的皇后回到她德國的娘家去；國王離開這王國的首都。任何人，只要有機會，都趕快走開。甚至那些得到免費膳宿的學生，也在想辦法離開這個城市。他們之中有一位——最後的一位——還住在勒根生附近的所謂波爾其專科學校裡。他現在也要走了。這是清晨兩點鐘的事情。他背著一個背包動身——裡面裝的書籍稿紙要比衣服多得多。

城上覆著一層黏濕的濃霧。他所走過的街上沒有一個人。許多門上都畫著十字，表明屋裡不是有鼠疫，就是人死光了。在那條彎彎曲曲的、比較寬闊的屠夫街上——那時從圓塔通到王宮的那條街就叫這個名字——也看不見一個人。一輛貨車正從旁邊經過。車夫揮著鞭子，馬兒連奔帶跳地跑著。車上裝的全是屍體。這位年輕的學生把雙手蒙在臉上，聞著他放在一個銅匣子裡吸有強烈酒精的一塊海綿。

從街上一個酒館裡飄來一陣嘈雜的歌聲和不愉快的笑聲。這是通宵喝酒的那些人發出來的。他們想要忘記這種現實：鼠疫就站在他們門口，而且還想要送他們到貨車上去陪伴那些屍體呢。這位學生向御河橋那個方向走去。這兒停著一兩條小船。其中有一條正要起錨，打算離開這個鼠疫流行的城市。

「假如上帝要保留我們的生命，而我們又遇見順風的話，我們就向法爾斯特附近的格龍松得開去。」船長說。同時問這位想

一同去的學生叫什麼名字。

「路得維格・荷爾堡，」學生說。那時這個名字跟別的名字一樣沒有一點特殊的地方；現在它卻是丹麥一個最驕傲的名字。那時他不過是一位不知名的青年學生罷了。

船從王宮旁邊開過去了。當它來到大海的時候，天還沒有亮。一陣輕微的風吹拂。帆鼓了起來，這位青年學生迎風坐著，同時也慢慢地睡過去了，而這並不是一件太聰明的事情。

第三天早晨，船已經停在法爾斯特了。

「你能不能介紹這裡一個什麼人給我，使我可以住得節省一點？」荷爾堡問船長。

「我想你最好跟波爾胡斯那個擺渡的女人住在一起，」他說。「如果你想客氣一點，你可以稱她為蘇倫・蘇倫生・莫勒爾媽媽！不過，如果你對她太客氣了，她很可能變得非常粗暴的！她的丈夫因為犯罪已經被關起來了。她親自撐那條渡船。她的拳頭可不小呢！」

學生提起背包，直接向擺渡人的屋子走去。門並沒有鎖。他把門閂一拉，就走進一個鋪有方磚地的房間裡去。這兒最主要的家具是一張包了皮的板凳。凳子上繫著一隻白母雞，旁邊圍著一群小雞。它們把一碗水踩翻了，弄得水流一地。這裡什麼人也沒有，隔壁房子裡也沒有人，只有一個躺在搖籃裡的嬰孩。渡船開回的時候，裡面只裝著一個人——是男是女還不大容易說。這人穿了一件寬大的大衣，頭上還戴著一頂像兜囊的帽子。渡船靠岸了。

從船上下來的是一個女人；她走進這房間裡來。當她直起

腰來的時候，外表顯得很堂皇，在她烏黑的眉毛下面有一對驕傲的眼睛。這就是那個擺渡的女人蘇倫媽媽。白嘴鴉、烏鴉和穴鳥願意爲她取另外一個名字，使我們可以更好地認識她。

她老是顯出一種不快的神情，而且似乎不大喜歡講話。不過她總算講了足夠的話語，得出一個結論：她答應在哥本哈根的情況沒有好轉以前，讓這學生和她長期住下去，並且可以搭伙食。

經常有一兩個正直的公民從附近村鎮裡來拜訪這座渡口的房子。刀匠佛蘭得和收稅人西魏爾特常常來。他們在這渡口的房子裡喝一杯啤酒，同時和這學生聊聊閒天。學生是一個聰明的年輕人，他懂得他的所謂「本行」──他能讀希臘文和拉丁文，同時懂得許多深奧的東西。

「一個人懂得的東西越少，他的負擔就越小，」蘇倫媽媽說。

「妳的生活眞夠辛苦！」荷爾堡有一天說。這時她正用鹹水洗衣服，同時她還要把一段樹根劈碎，當做柴燒。

「這不關你的事！」她回答說。

「妳從小就要這樣辛苦勞動嗎？」

「你可以從我的手上看出來！」她說，同時把她一雙細小而堅硬的、指甲都磨光了的手伸出來。「你有學問，可以看得出來。」

在聖誕節的時候，雪花開始狂暴地飛舞起來。寒氣襲來了；風吹得很厲害，好像帶有硫酸，要把人的臉孔清洗一番似的。蘇倫媽媽一點也不在乎。她把她的大衣裹在身上，把帽子拉得很低。一到下午，屋子裡很早就黑了。她在火上加了些木柴和泥

炭，於是她就坐下來補她的襪子——這件工作沒有別人可做。在晚上她和這個學生講的話比白天要多一些：她談論著關於她丈夫的事情。

「他在無意中打死了得拉格爾的一個船主；因為這件事他得帶著鏈子在霍爾門做三年苦工。他是一個普通的水手，因此法律必須對他執行它的任務。」

「法律對於地位高的人也同樣發生效力，」荷爾堡說。

「你以為是這樣嗎？」蘇倫媽媽說，她的眼睛死死地盯著火爐裡的火。不過她馬上又開始了：「你聽到過開‧路克的故事嗎？他叫人拆毀了一個教堂。牧師馬德斯在講台上對於這件事大為不滿，於是他就叫人用鏈子把馬德斯套起來，組織一個法庭，判了他砍頭的罪——而且馬上就執行了。但一點也不意外，開‧路克卻逍遙法外！」

「在當時的時代條件下，他有權這樣辦！」荷爾堡說。「現在我們已經離開了那個時代！」

「你只有叫傻子相信這話！」蘇倫媽媽說。

她站起來，向屋裡走去。她的孩子「小丫頭」就睡在裡面。她拍了她幾下，又為她蓋好被。然後她就替這位學生鋪好床。他有皮墊被，但他比她還怕冷，雖然他是在挪威出生的。

新年的早晨是一個陽光燦爛的時節。冰凍一直沒有融解，而且仍然凍得很厲害；積雪都凍硬了，人們可以在它上面行走。鎮上做禮拜的鐘敲了起來。學生荷爾堡穿上他的毛大衣，向城裡走去。

白嘴鴉、烏鴉和穴鳥在擺渡人的房子上亂飛亂叫；它們的

聲音吵得人幾乎聽不見鐘聲。蘇倫媽媽站在門外,用她的黃銅壺盛滿了雪,因爲她要在火上融化出一點飲水來。她抬頭把這群鳥兒望了一下,她有她自己的想法。

學生荷爾堡走進教堂裡。他去的時候和回來的時候要經過城門旁邊收稅人西魏爾特的房子。他被請進去喝了一杯帶糖漿和薑汁的熱啤酒。他們在談話中提到了蘇倫媽媽,不過收稅人所知道的關於她的事情並不太多;的確也沒有很多人知道。他說,她並不是法爾斯特的人;她過去曾經擁有一點財產;她的男人是一個普通水手,脾氣很壞,曾經把得拉格爾的船長打死了。

「他喜歡打自己的老婆,但是她仍然衛護他!」

「這種待遇我可受不了!」收稅人的妻子說。「我也是出身於上流人家的呀:我父親是皇家的織襪人!」

「因此妳才跟一個政府的官吏結婚,」荷爾堡說,同時對她和收稅人行了一個禮。

這是「神聖三王節」①之夜。蘇倫媽媽爲荷爾堡點起一根「三王燭」——這也就是說,她自己做的三根牛油燭。

「每個人敬一根蠟燭!」荷爾堡說。

「每個人?」這女人說,同時把眼睛死死地盯著他。

「東方的每一個聖者!」荷爾堡說。

「原來是這個意思!」她說。於是她就沉默了很久。

不過在這「神聖三王節」的晚上,關於她的事情,他知道得比以前多一點。

「妳對於妳所嫁的這個人懷著一顆感情濃厚的心,」荷爾堡

說；「但是人們卻說，他沒有一天對妳好過。」

「這是我自己的事，跟誰也沒有關係！」她回答說。「在我小的時候，他的拳頭可能對我有好處。現在我無疑地是因為有罪才挨打！我知道，他曾經是對我多麼好過。」於是她站起來。「當我躺在荒地上病倒的時候，誰也不願意來理我——大概只有白嘴鴉和烏鴉來啄我，他把我抱在懷裡。他因為帶著像我這樣一件東西到船上去，還受到了責罵呢。我是不大生病的，因此我很快就好了。每個人有自己的脾氣，蘇倫也有他自己的脾氣；一個人不能憑轡勒來判斷一匹馬呀！比起國王的那些所謂最豪華和最高貴的臣民來，我跟他生活在一起要舒服得多。我曾經和國王的異父兄弟古爾登羅夫總督結過婚。後來我又嫁給巴列·杜克！都是半斤八兩，各人有各人的一套，我也有我的一套。說來話長，不過你現在已經知道了！」

於是她走出了這個房間。

她就是瑪莉·格魯布！她的命運之球沿著那麼一條奇怪的路在滾動。她沒有活下去再看更多的「神聖三王節」。荷爾堡曾經記載過，她死於 1716 年 7 月。但有一件事情他卻沒有記載，因為他不知道：當蘇倫媽媽——大家這樣叫她——的屍體躺在波爾胡斯的時候，有許多龐大的黑鳥在這地方的上空盤旋。它們都沒有叫，好像它們知道葬禮應該是在沉寂中舉行似的。

等她被埋到地底下去了以後，這些鳥兒就不見了。不過在這同一天晚上，在尤蘭那個老農莊的上空，有一大堆白嘴鴉、烏鴉和穴鳥出現。它們在一起大叫，好像它們有什麼事情要宣布似的：也許就是關於那個常常捉它們的蛋和小鳥的農家孩子

——他得到了王島鐵勳章 ②——和那位高貴的婦人吧。這個婦人做爲一個擺渡的女人，在格龍松得結束了她的一生。

「呱！呱！」它們叫著。

當那座老公館被拆掉了的時候，它們整個家族也都是這樣叫著。

「它們仍然在叫。雖然已經再沒有什麼東西值得叫了！」牧師在敍述這段歷史的時候說。「這個家族已經滅亡了，公館已經拆除了。在它的原址上現在是那座漂亮的鷄舍——它有鍍金的風信鷄和家禽格麗德。她對於這座漂亮房屋感到非常滿意。如果她沒有到這兒來，她一定就會到救濟院裡去了。」

鴿子在她頭上咕咕地叫，吐綬鷄在她周圍咯咯地叫，鴨子在嘎嘎地叫。

「誰也不認識她！」它們說，「她沒有什麼親戚。因爲人家可憐她，她才能住在這兒。她旣沒有鴨父親，也沒有鷄母親，更沒有後代！」

但是她仍然有親族，儘管她自己不知道。牧師雖然在抽屜裡保存著許多稿件，他也不知道。不過有一隻老烏鴉卻知道，而且也講出來了。它從它的媽媽和祖母那裡聽到關於家禽格麗德的母親和祖母的故事——她的祖母我們也知道。我們知道，她小時候在吊橋上走過，總是驕傲地向周圍望一眼，好像整個的世界和所有的雀巢都是屬於她的。我們在沙丘的荒地上看到過她，最後一次是在波爾胡斯看到過她。這家族的最後一人——孫女回來了，回到那個老公館原來的所在地來了。野鳥在這兒狂叫，但是她卻安然地坐在這些馴良的家禽中間——她認識它們，它們也

認識她。家禽格麗德再也沒有什麼要求。她很願意死去，而且是那麼老，也可以死去了。

「墳墓啊！墳墓啊③！」烏鴉叫著。

家禽格麗德也得到了一座很好的墳墓，而這座墳墓除了這隻老烏鴉——如果它還沒有死的話——以外，誰也不知道。

現在我們知道這座古老的公館、這個老家族和整個家禽格麗德一家的故事了。[1869 年]

這篇故事最初發表在紐約 1869 年 11 月和 12 月號的《青少年河邊雜誌》第三卷上，不久又在 1869 年 12 月 17 日發表在丹麥出版的《三篇新的童話和故事集》裡。「家禽格麗德」是對一個看守家禽的年老婦女的暱稱。看完這故事後，就知道她是誰：一個貴族女兒的後代。這位貴族顯赫一時，豪富甲天下。「門當戶對」，這位女兒也就兩次嫁給同樣顯赫的人家。但與安徒生過去寫的這類故事不同，她的最後歸宿卻是與她小時候在一起玩過、出身寒微，住在她家公館近鄰的一間土屋裡的農夫之子、後來成為水手，並且因為打死了船長而被判過罪的蘇倫結為夫妻。「每個人有自己的脾氣，蘇倫也有他自己的脾氣；一個人不能憑彎勒來判斷一匹馬呀！比起國王那些所謂最豪華和最高貴的臣民來，我跟他生活在一起要舒服得多。」但這位貴族的女兒卻因此成為平（貧）民。「這個家族已經滅亡了，公館已經拆除

了。在它的原址上現在是那座漂亮的鷄舍——它有鍍金的風信鷄和家禽格麗德。」舊時王謝堂前燕，飛入尋常百姓家。家禽格麗德不是燕子，而是這個豪富家族最後的直系親屬。她卻飛到鷄舍裡來。「如果她沒有到這兒來，她一定就會到救濟院裡去了。」這段哀愁的故事，閃爍著某種豪邁的光輝。

【註釋】

①神聖三王節(Helligtrekonger Aften)是聖誕節第十二天的一個節日。在這一天東方的三個聖者——美爾卻(Melchior)、加斯巴爾(Gaspar)和巴爾達札爾(Balthazar)特來送禮物給新生的耶穌。

②王島鐵勳章(Hosebaand af Jern Paa Kongens Holm)是爵士最高的勳章。

③原文是"Grav! Grav!"這有雙關的意思：照字音是模仿烏鴉叫的聲音；照字義則是「墳墓」的意思。

豌豆上的公主

從前有一位王子，他想找一位公主結婚；但是她必須是一位眞正的公主。所以他就走遍了全世界，要想尋到這樣的一位公主。可是無論他到什麼地方，他總是碰到一些障礙。公主倒有的是；不過他沒有辦法斷定她們究竟是不是眞正的公主。她們總是有些地方不大對勁。結果他只好回家來，心中很不快活，因爲他是那麼渴望著得到一位眞正的公主。

　　有一天晚上，忽然起了一陣可怕的暴風雨。天空在閃電，在

打雷，在下著大雨。這眞有點使人害怕！這時有人在敲打城門。老國王就走過去開門。

站在城門外的是一位公主。可是，天啦！經過了風吹雨打以後，她的樣子是多麼難看啊！水沿著她的頭髮和衣服向下面流，流進鞋尖，又從腳跟流出來。她說她是一位眞正的公主。

「是的，這點我們馬上就可以考驗出來，」老皇后心裡想，可是她什麼也沒有說。她走進臥房，把所有的被褥都搬開，在床榻上放了一粒豌豆。於是她拿出二十床墊子，把它們壓在豌豆上，隨後她又在這些墊子上放了二十床鴨絨被。

這位公主夜裡就睡在這些東西上面。

早晨大家問她昨晚睡得怎樣。

「啊，不舒服極了！」公主說。「我差不多整夜沒有合上眼！天曉得我床上有件什麼東西？有一粒很硬的東西硌著我，弄得我全身發青發紫。這眞怕人！」

現在大家就看出來了，她是一位眞正的公主，因爲壓在這二十床墊子和二十床鴨絨被下面的一粒豌豆，她居然還能感覺得出來。除了眞正的公主以外，任何人都不會有這麼嫩的皮膚的。

於是那位王子就選她爲妻子了，因爲現在他知道他得到了一位眞正的公主。這粒豌豆因此也就送進了博物館。如果沒有人把它拿走的話，人們現在還可以在那兒看到它呢。

請注意，這是一個眞的故事。〔1835 年〕

這個作品寫於 1835 年，收集在《講給孩子們聽的故事》裡。它的情節雖然簡短，但意義卻很深刻。真正的王子只能與真正的公主結婚，即所謂「門當戶對」。但真正的公主的特點是什麼呢？她的特點是皮膚嬌嫩，嫩得連「壓在這二十床墊子和二十床鴨絨被下面的一粒豌豆」都能感覺得出來。這粒豌豆證明出公主的真實，因此，它也成了具有重大歷史意義的東西，被「送進了博物館」。封建統治者就是這樣荒唐。這個小故事是一篇莫大的諷刺，與〈皇帝的新裝〉①有異曲同工之妙。

【註釋】

①校訂者註：國內譯作〈國王的新衣〉。

雛　菊

現在請你聽聽──

　　在鄉間的一條大路邊，有一座別墅。你一定看見過的！別墅前面有一個種滿了花的小花園和一排塗了油漆的柵欄。在這附近的一條溝裡，一叢美麗的綠草中長著一株小雛菊。太陽溫暖地、光明地照著它，正如太陽照著花園裡那些大朵又美麗的花兒一樣。因此它時時刻刻都在不停地生長。有一天早晨，它的花盛開；它光亮的小小花瓣，圍繞一個金黃色的太陽的中心撒開

來，簡直像一圈光帶。它從來沒有想到，因爲它生在草裡，人們不會看到它，所以它要算是一種可憐的、卑微的小花。不，它卻是非常高興，它把頭轉向太陽，瞧著太陽，靜聽百靈鳥在高空中唱歌。

小雛菊是那麼快樂，好像這是一個偉大的節日似的。事實上這不過是星期一，小孩子都上學去了。當他們正坐在椅子上學習的時候，它就坐在它的小綠梗上向溫暖的太陽光、向周圍一切東西，學習了解上帝的仁慈。雛菊覺得它在靜寂中所感受到的一切，都被百靈鳥高聲地、美妙地唱出來了。於是雛菊懷著尊敬的心情向著這隻能唱能飛的、幸福的鳥兒凝望，不過，它並不因爲自己不能唱歌和飛翔就感到悲哀。

「我能看，也能聽，」它想。「太陽照著我，風吻著我。啊，我眞是天生的幸運！」

柵欄裡面長著許多驕傲的名花──它們的香氣越少，就越裝模做樣。牡丹盡量擴張，想要開得比玫瑰花還大，可是問題並不在於龐大。鬱金香的顏色最華麗，它們也知道這個特點，所以它們就特別立得挺直，好叫人能更清楚地看到它們。它們一點也不理會外邊的小雛菊，但是小雛菊卻老是在看著它們。它心裡想：「它們是多麼富麗堂皇啊！是的，美麗的鳥兒一定會飛向它們，拜訪它們！感謝上帝！我離它們那麼近，我能有機會欣賞它們！」正當它在這樣想的時候，「滴麗！」──百靈鳥飛下來了，但是他並沒有飛到牡丹或鬱金香上面去──不，他卻飛到草叢裡微賤的小雛菊身邊來了。雛菊快樂得驚惶起來，眞是不知怎麼辦才好。

這隻小鳥在它的周圍跳著舞，唱著歌：

「啊，草是多麼柔軟！請看，這是一朵多麼甜蜜的小花兒
——它的心是金子，它的衣服是銀子！」

雛菊的黃心看起來也的確像金子；它周圍的小花瓣白得像
銀子。

誰也體會不到，小雛菊心裡感到多麼幸福！百靈鳥用嘴來
吻它，對它唱一陣歌，又向藍色的空中飛去。足足過了一刻鐘以
後，雛菊才清醒過來。它懷著一種羞怯而又快樂的心情，向花園
裡的花兒看了一眼。它們一定看見過它所得到的光榮和幸福，它
們一定懂得這是多麼愉快的事情。可是鬱金香仍然像以前那樣
驕傲；它們的面孔也仍然很刻板而且發紅著，因為它們在自尋
煩惱。牡丹花也是頭腦不清楚，唉，幸而它們不會講話，否則雛
菊就會挨一頓痛罵。這株可憐的小花看得很清楚，它們的情緒都
不好，這使得它感到苦惱。正在這時候，有一個女孩子拿著一把
明晃晃的刀子到花園裡來了。她一直走到那鬱金香中間去，把它
們一株一株地都砍掉了。

「唉，」小雛菊嘆了一口氣，「這真是可怕。它們現在一切
都完了。」

女孩子拿起鬱金香走了。雛菊很高興，自己生在草裡，是一
株寒微的小花。它感到很幸運。當太陽落下去以後，它就捲起花
瓣，睡著了，它一整夜夢著太陽和那隻美麗的小鳥。

第二天早晨，當這花兒向空氣和太陽又張開它小手臂般的
小白花瓣的時候，它聽到了百靈鳥的聲音；不過他今天唱得非常
悲哀。是的，可憐的百靈鳥是有理由感到悲哀的：他被捕捉去了。

他現在被關在敞開的窗子旁一個籠子裡。他歌唱著自由自在的、幸福的飛翔，他歌唱著田裡嫩綠的麥苗，他歌唱著他在高空中快樂的飛行。可憐的百靈鳥心情眞是壞極了，因爲他是關在牢籠裡的一個囚徒。

小雛菊眞希望能夠幫助他。不過，它怎麼才能辦得到呢？是的，要想出一個辦法來眞不太容易。它現在也忘記了周圍的一切景物是多麼美麗，太陽照得多麼溫暖，它自己的花瓣白得多麼可愛。啊！它心中只想著關在牢籠裡的鳥兒，只感到自己一點辦法也沒有。

這時候有兩個男孩子從花園裡走出來。有一個男孩子手裡拿著一把又大又快的刀子——跟那個女孩子砍掉鬱金香的那把刀子差不多。他們一直向小雛菊走來——它一點也猜不到他們的用意。

「我們可以在這兒爲百靈鳥挖起一塊很好的草皮，」一個小孩子說。於是他就在雛菊的周圍挖了一塊四四方方的草皮，使雛菊仍然恰好留在草的中間。

「拔掉這朵花吧！」另一個孩子說。

雛菊害怕得發起抖來，因爲如果它被拔掉，它就會死去的。它現在特別需要活下去，因爲它要跟草皮一起到被囚的百靈鳥那兒去。

「不，留下它吧，」頭一個孩子說，「它可以做爲一種裝飾品。」

就這麼，它被留下來了，而且還來到關百靈鳥的籠子裡去了。

不過這隻可憐的鳥兒一直在爲失去了自由而啼哭，他用翅膀打著牢籠的鐵柱。小雛菊說不出話來，它找不到半個字眼來安慰百靈鳥──雖然它很願意這麼做。一整個上午就這樣過去了。

「這兒沒有水喝，」被囚禁的百靈鳥說。「大家都出去了，一滴水也沒有留給我喝。我的喉嚨在發乾，在發焦。我身體裡像有火，又像有冰，而且空氣又非常沉悶，啊！我要死了！我要離開溫暖的太陽、新鮮的綠草和上帝所創造的一切美景！」

於是他把嘴伸進清涼的草皮裡去，希望嚐到一點涼味。這時他發現了雛菊，於是對它點頭，用嘴來吻它，同時說：

「你也只好在這兒枯萎下去了──你這可憐的小花兒！他們把你和跟你生長在一起的這一小塊綠草送給我，來代替我在外面的那整個世界！對於我說來，現在每根草就是一棵綠樹，你的每片白花瓣就是一朵芬芳的花！啊，你使我記起，我真不知喪失了多少東西！」

「我希望我能安慰他一下！」小雛菊想。

但是它連一片花瓣都不能動。不過它精緻的花瓣所發出的香氣，比它平時所發出的香氣要強烈得多。百靈鳥也注意到了這一點，所以雖然他渴得要暈倒，他只是吃力地啄著草葉，而不願意動這株花。

天已經黑了，還沒有人來送一滴水給這隻可憐的鳥兒。他展開美麗的翅膀，痙攣地拍著。他的歌聲變成了悲哀的尖叫，他小巧的頭向雛菊垂下來──百靈鳥的心在悲哀和渴望中碎裂了。雛菊再也不像前天晚上那樣又把花瓣合上來睡一覺。它的心很

難過，它的身體病了，它的頭倒在土上。

　　小孩子在第二天早晨才走過來。當他們看見百靈鳥死掉了的時候，他們都哭了起來——哭出許多眼淚。他們為百靈鳥掘了一個平整的墳墓，並且用花瓣把他裝飾了一番。百靈鳥的屍體躺在一個美麗的紅匣子裡，因為他們要為他——可憐的鳥兒——舉行一個隆重的葬禮。在他活著能唱歌的時候，人們忘記他，讓他坐在牢籠裡受苦受難；現在他卻得到了尊榮和許多眼淚！

　　可是那塊草皮連帶著雛菊被扔到路上的灰塵裡去了。

　　誰也沒有想到它，而最關心百靈鳥、最願意安慰他的，卻正是它。〔1838 年〕

　　這篇作品，首先發表在 1838 年 10 月哥本哈根出版的《講給孩子們聽的故事》一書裡。它的內容簡單，但寓有深意。雛菊是一種最普通的花兒，也許還不算是花兒，因為它是長在草叢中，誰也沒有把它看在眼裡。但它卻有一顆偉大、美麗、高尚的心；它謙虛樸素，對一切超過它的名花，如牡丹和鬱金香，它不僅不嫉妒，而且還非常尊重和喜愛。「感謝上帝！我離它們那麼近，我能有機會欣賞它們！」倒是這些華貴的花兒，自視過高，總在自尋煩惱，不像它那樣熱愛生活。在百靈鳥被關進牢籠，沒有水喝快要渴死的時候，唯一能給這鳥安慰的，就是這株卑微的雛

菊。百靈鳥非常珍視它的善良，即使渴得要暈倒，他只吃力地啄著草葉，而不願動這株花。百靈鳥終於渴死了。捕捉他的孩子這才感到可惜和難過，把他裝進「紅匣子裡……舉行一個隆重的葬禮」，還流出許多眼淚！而眞正「最關心百靈鳥、最願意安慰他的，卻正是它（雛菊）」。可是它卻是「被扔到路上的灰塵裡去了」。在現實世界裡這樣的事確實不少。那些平平凡凡的人創造了社會的財富，維護了國家的榮譽，建立了良好的風尚，但是沒沒無聞，更談不上受到人們的注意和尊敬了。

銅　豬

在 佛羅倫斯城 ① 裡，離大公爵廣場不遠，有一條小小的橫
街；我想它是叫做波爾塔‧羅薩。在這條街上的一個蔬菜市場前
面，有一個雕塑藝術品——銅豬。這個銅豬因為年代久遠，已經
變成了墨綠色。一股新鮮清亮的水從它嘴裡噴出來。它的鼻子發
著光，好像有人把它擦亮了似的。事實上也是如此：成千上萬的
小孩子和窮人，常常用手抓住這個動物的鼻子，把嘴湊上去喝
水。當你看到一個半裸著的天真孩子緊緊地抱著這隻好看的動

物、把鮮紅的嘴唇湊到它鼻子上的時候，這眞是一幅美麗的圖畫。

　　無論什麼人，一到佛羅倫斯城來就很容易找到這塊地方。他只須問一聲他所碰到的頭一個乞丐，就可以找到這隻古銅豬。

　　這是一個冬天的黃昏時分。山上都蓋滿了雪；可是月亮還在照著，而且義大利的月光，跟北歐冬天陰慘慘的的日光比起來，也不見得有什麼遜色。不，比那還要好，因爲空氣在發著光，使人感到輕快；而在北歐呢，那種寒冷、灰色、像鉛一樣的陰沉氣氛，把我們壓到地上——壓到又寒又濕的、將來總有一天會埋葬我們的棺材的地上。

　　在公爵的花園裡，在一片松樹林下面——這兒有一千株玫瑰在冬天開著花——有一個衣衫襤褸的孩子，他坐了一整天。他是義大利的一個縮影：那麼美麗，滿臉微笑，但是非常窮苦。他又饑又渴，誰也不給他一文錢。天黑了的時候，花園的門要關了，看守人就把他趕出來。他站在亞爾諾河 ② 的橋上，沉思了好久。他望著星星——它們在他和這座美麗的大理石橋之間的水上閃耀著。

　　他向那隻銅豬走去。他半跪在地上，用雙手抱著它的脖子，把小嘴湊到它亮光光的鼻子上去，喝了一大口新鮮水。附近有幾片生菜葉子和一兩個栗子：這就是他的晚餐。這時街上什麼人也沒有。只有他一個人。他騎在銅豬的背上，腰向前彎，他長滿了鬈髮的頭擱到這動物的頭上。在不知不覺間，他就睡去了。

　　這是半夜。銅豬動了一下。於是他就聽到它很清楚地說：「你這小傢伙，騎穩啦，我可要開始跑了！」它就眞的背著他跑

了起來。這眞是一次很滑稽的旅行。他們先跑到大公爵廣場上去。背著那位大公爵塑像的大銅馬高聲地嘶鳴了一陣。老市政府門框上的彩色市徽射出光來，像透亮的圖案；米開蘭基羅的「大衛」③ 在揮著擲石器④。這些東西中有一種奇異的生命在搏動著！珀耳修斯⑤和表現薩比尼人⑥被蹂躪的一系列的古銅像，不僅僅都有生命，而且還發出一陣死亡的叫聲，在這個美麗的、孤寂的廣場上震響。

　　銅豬在烏菲齊宮⑦旁的拱道下面停下來了——從前的貴族常常到這兒過狂歡節。

　　「騎穩啦！」這動物說，「騎穩啦，因爲我們現在要上樓了。」這小傢伙一半兒高興，一半兒吃驚，說不出一句話來。

　　他們走進一條很長的畫廊。這地方他很熟悉，因爲他曾經來過。牆上掛滿了畫；這兒還有許多全身像和半身像。它們被最明亮的燈光照著，好像是在白天一樣。不過，當通到旁邊房間的門打開的時候，那景象眞是再美麗也沒有了。這孩子記得這兒的華麗景象，不過在今天夜裡，一切更顯得非凡地壯麗。

　　這兒立著一個可愛的裸體婦人，她是那麼美，只有大自然和最偉大的藝術家才能把她創造出來。她美麗的肢體在輕柔地移動；她的腳下有海豚在跳躍；她的雙眼射出永恒不朽的光芒。世人把她叫做美第奇的「維納斯」⑧。她的兩旁立著許多大理石像——它們都被注入了生命的精靈。這些都是美麗的裸體男子；有一個正在磨劍，因此他被叫做磨劍人。另一系列的雕像是一群搏鬥的武士；武士們都在磨劍，他們都要爭取這位美的女神。

這個孩子面對這種壯觀感到很驚奇。牆上射出種種的光彩，一切都有生命，都能動作。維納斯——現世的維納斯像——豐滿而又熱情，正如提香 ⑨ 見到她時一樣，這真是一種奇觀。在她旁邊是兩個美麗女人的畫像：她們嬌美的、赤裸的肢體伸在柔軟的墊子上；她們的胸脯在起伏地動著，頭也在動著，弄得濃密的鬢髮垂到圓潤的肩上，同時那一雙雙烏黑的眼睛表示出她們熾熱的內心。不過沒有任何一張畫敢走出畫框。美的女神、武士和磨劍人留在自己的原位上，因為聖母、耶穌和聖•約翰所射出的榮光，把他們罩住了。這些神聖的畫像已經不再是畫像，他們就是神本身。

從這一個殿到那一個殿，是說不盡的光彩！是說不盡的美麗！這小傢伙把這些東西全都看了，因為銅豬是一步一步地走過這些美和這些光。下一幅畫總是沖淡頭一幅畫的印象。只有一幅圖畫在他的靈魂內深深地生下了根，這是因為它裡面有很多幸福的孩子——而這小傢伙有一次在大白天裡曾經對這些孩子點過頭。

有許多人在這幅畫前面漠不關心地走過，而這幅畫卻是一個詩的寶庫。它表現救世主走向地獄。不過他周圍的人並不是受難者，而是邪教徒。這幅畫是佛羅倫斯人安季奧羅•布龍切諾⑩畫的。它裡面最美的東西是孩子臉上的表情——他們認為自己能走進天國的那種信心；有兩個小傢伙已經擁抱在一起，還有一個正對那個站在他下面的同伴伸著手，似乎在說：「我要到天國去了！」年紀大的人都站在那兒猶豫，有的在期盼，有的在主耶穌面前卑微地低著頭。

　　這孩子把這幅畫看得比任何畫都久。這時有一個細微的嘆息聲發出來了：它是從這幅畫裡發出來的呢，還是從這動物發出來的？小傢伙對那些微笑著的孩子們高舉起手來……於是銅豬就背著他跑，一直跑出那個敞開著的大門。

　　「我感謝你和祝福你，你——可愛的動物！」小傢伙說，同時對銅豬拍了幾下。它就「砰！砰！」跳下了台階。

　　「我也感謝你和祝福你！」銅豬說。「我幫助了你，你也幫助了我呀，因為只有當一個天真的孩子騎在我背上的時候，我才能有力量跑動！是的。你看吧，我還能走到聖母畫像前面那盞燈的亮光下面去呢。什麼地方我都可以把你帶去；只有教堂我不能進去！不過，只要你在我身上，我站在外面就可朝著敞開的大門看見裡面的東西了。請你不要從我的背上溜下來吧；因為如果你這樣做，我就會停下來死掉，像你白天在波爾塔·羅薩看到我的那個樣子。」

　　「我不離開你，我親愛的朋友！」小傢伙說。

　　於是他們就以飛快的速度跑過佛羅倫斯的街道，一直跑到聖·克魯采教堂前面的廣場上。

　　教堂的門自動地向兩邊開了，祭壇上的燈光射到教堂外面來，一直射到這孤獨的廣場上。

　　教堂左邊的一塊墓碑上射出一道奇異的強光，無數移動著的星星在它周圍形成一環光圈。墓上有一個標誌發出光輝，一架以綠色為背景的紅色梯子射出火一般的火焰，這就是伽利略⑪的墳墓。這是一個樸素的墓碑，不過這綠地上的紅色梯子是一種極有意義的標誌：它好像就代表藝術，因為藝術的道路總是經

過一道灼熱的梯子通到天上去的。一切心靈的先知⑫都升到天上，像先知伊里亞⑬一樣。

在教堂的右邊，刻滿了花紋的石棺上的每一尊半身像，似乎都具有生命。這兒立著米開蘭基羅；那兒立著戴有桂冠的但丁、阿爾菲愛里⑭和馬基維利⑮，因為在這兒，偉人們——義大利的光榮——都是並排地躺在一起。這是一座華麗的教堂，比佛羅倫斯的大理石主教堂更要美麗，但是沒有那樣寬敞。

那些大理石刻的衣服似乎在飄動，那些巨大的石像似乎把頭抬得更高，在黑夜的歌聲和音樂中，向著那明亮的、射出光彩的祭壇凝望——這兒有一群穿著白衣的孩子在揮動著金製的香爐。強烈的香煙從教堂流到外面空曠的廣場上。

這孩子向這閃耀著的光輝伸出手來。在這同時，銅豬又開始奔跑：他得把它緊緊地抱著。風在他的耳邊呼嘯；他聽到教堂開門的時候，門上的樞軸發出嘎吱的響聲。這時，他的知覺似乎離開了他，他打了一個寒顫，就醒了。

這是早晨。他仍然坐在銅豬的背上，但他差不多已經要滾下來了。這隻豬仍然像過去一樣，立在波爾塔・羅薩的那塊老地方。

這孩子一想起那個他稱為「母親」的女人，心中就充滿了恐懼和戰慄。她昨天叫他出去討幾文錢回來，到現在他卻一個銅板也沒有要到手，並且還感到又饑又渴。他又擁抱一次銅豬的脖子，吻了吻它的鼻子，對它點點頭，然後就走開了。他走進一條最狹小的街道——狹小得只夠讓一隻駄著東西的驢子走過去。一扇用鐵皮包著的大門半掩著。他走了進去，爬上了磚鋪的階梯

銅　豬

——階梯兩邊的牆非常髒；只有一根光滑的繩子算是階梯的扶手。他一直爬到曬著許多破衣的陽台上。從這兒又有一道階梯通到下邊的院子。這裡有一口水井，有許多鐵絲從這口井牽到各層的樓上。許多水桶並排地懸著；轆轤格格地響起來，於是水桶就在空中東搖西晃，水灑得滿院子都是。另外還有一道要倒的磚梯通到樓上。有兩個俄國水手正興匆匆地走下樓來，幾乎把這個可憐的孩子撞倒了：他們在這兒狂歡了一夜，正要回到船上去。一個年紀不小的胖女人，長著一頭粗硬的黑髮，送他們下樓。

「你帶了什麼東西回來？」她問這孩子。

「請不要生氣吧！」他哀求著。「我什麼東西也沒有討到——什麼東西也沒有！」他緊抱著「母親」的衣服，好像想要吻它似的。

他們走進一個小房間裡去。我不想來描寫它。我只想說一件事情：房間內有一個有耳的土鉢子，裡面燒著炭火。它的名字叫做「瑪麗多」⑯。她把這鉢子抱在懷裡，暖著自己的手指。隨後她就用手肘把這孩子一推。

「你總會帶回幾個錢吧？」她問。

孩子哭起來。她用腳踢了他幾下，他哭得更厲害起來。

「請你放安靜一點，不然我就會把你這個尖叫的腦袋敲破！」她說，同時舉起手中抱著的火鉢打過去。孩子發出一聲尖叫，倒在地上。這時一位鄰居走進來了，她也抱著一個「瑪麗多」。

「菲麗姬達，妳又在對這孩子幹什麼？」

「這孩子是我的！」菲麗姬達回答說。「只要我高興，就可

以把他打死，也可以把妳打死，賈妮娜！」

於是她揮舞著火鉢。另一位也舉起了火鉢，採取自衛行動。這兩個火鉢互相毆打，弄得碎片、火星和火灰在屋裡四處飛揚。可是孩子就在這時候溜出門，穿過天井，跑出去了。這可憐的孩子一直在跑，連氣也喘不過來。他在聖・克魯采教堂前面停下來。昨天晚上這教堂的門還是爲他開著的。他走進去。一切都在放射著光輝。他在右邊的第一個墳旁跪下來。這是米開蘭基羅的墳。他馬上放聲大哭。有的人來，有的人去。他們念著彌撒，可是誰也沒有理會這孩子。只有一個年老的市民停住看了他一眼，隨後也像其餘的人一樣，離開了。

饑餓鞭撻著這孩子；他已經沒有氣力，病了。他爬到牆和大理石墓碑中間的一個角落裡，睡著了。這時已經將近黃昏，有一個人拉了他一下，把他驚醒了。他跳起來，原來剛才那位老市民正站在他面前。

「你病了嗎？你的家在什麼地方？你在這兒待了一整天嗎？」這是這位老人所問的許多問題中的幾個問題。

他回答了。這位老人把他帶到附近一條偏僻街道的小屋子裡去。他們來到一個製造手套的店裡。當他們走進去的時候，有一個婦人在忙著縫紉。一隻小小的白哈巴狗——它身上的毛剃得精光，人們看得見它鮮紅的皮膚——在桌上跳來跳去，又在這孩子面前翻起筋斗。

「天眞的動物馬上就相互認識了。」女人說。

她撫摸這孩子和小狗。這對善良的夫婦給這孩子一些食物和飲料，同時說他可以在這兒過一夜，第二天裘賽比爸爸可以到

他的母親面前去講情。他在一張簡陋的小床上睡了，不過對於他
這個常常在硬石板上睡覺的人說來，這床簡直是太舒服了。他睡
得很好，夢見那些美麗的繪畫和那隻銅豬。

　　裘賽比爸爸第二天早上出去了。這個可憐的孩子對於這件
事並不感到高興，因爲他知道他出去的目的是要把他送回到他
「母親」那兒去。於是他哭了起來，吻著那隻快樂的小狗。那婦
人點點頭，表示同意他們倆的行爲。

　　裘賽比爸爸帶回了什麼消息呢？他跟他的太太講了很久的
話，而她一直在點著頭，撫摸著這孩子的臉。

　　「他是一個可愛的孩子！」她說。「他也能像你一樣，成爲
一個很能幹的手套師傅！你看，他有多麼細緻的手指！聖母注
定他要成爲一位手套製造家。」

　　孩子留在這家裡，婦人教他縫手套；他吃得很好，睡得也很
好，而且很快樂，他還開始跟「最美的人兒」──這就是那隻小
狗的名字──開玩笑呢；可是婦人伸出手指來嚇他，罵他，還對
他生氣。這觸動了孩子的心事。他在他的小房間裡默默地坐著。
房間面對著一條曬著許多皮的街道；窗子上有很粗的鐵欄杆。
他睡不著，因爲他在想念那隻銅豬。這時他忽然聽到外面有一陣
「撲嗒！撲嗒！」的聲音。這一定是那隻豬了。他跳到窗子那兒
去，可是什麼也看不見──它已經走過去了。

　　「快幫助先生提他的顏料匣子吧，」太太第二天早晨對孩子
說。這時他們的一位年輕鄰居──一位畫家──正在提著顏料
匣子和一大捲帆布走過。

　　孩子拿起顏料匣子，跟著這位畫家走了；他們走到美術陳

列館，登上台階──那晚他曾經騎著銅豬到這台階上來過，所以他記得很清楚。他認得出那些半身像和繪畫，那座美麗的大理石雕的維納斯，和那用彩色活靈活現地繪出的維維斯。他又看到了聖母、救世主和聖•約翰。

他們在布龍切諾畫的那幅畫面前站著，一聲不響。在這幅畫裡，耶穌降臨凡間，許多孩子在他的周圍微笑，幸福地等待走進天國。這個窮苦的孩子也在微笑，因爲他覺得好像天國就在眼前。

「你現在回去吧！」畫家站了一會兒，把畫架架好以後說。

「我能看你畫畫嗎？」孩子問。「我可以看你在這張白帆布上把那幅畫畫下來嗎？」

「我現在還不能馬上就畫，」畫家回答說。他拿出一支黑粉筆。他的手在很快地揮動，眼睛在打量那張偉大的繪畫。雖然他只畫出幾根很細的線條，救世主的形象卻現出來了，和那張彩色畫裡一樣。

「你爲什麼不走呢？」畫家問。

這孩子默默不語地走回家去。他坐在桌子旁邊學習縫手套。

但是他整天在想那個美術陳列館。因此有時他的針刺著了他的手指，使他顯得很笨拙。不過他再也不去逗著「最美的人兒」玩了。當黃昏到來、門還是開著的時候，他就偷偷地溜出去了。這是一個很寒冷、但是星光滿天的晚上，旣美麗，又明亮。他走過幾條靜寂的街道，不久就來到銅豬前面了。他對它彎下腰來，在它光滑的鼻子上吻了一下，於是他就騎上它的背。

　　‧「你這個幸福的動物！」他說；「我是多麼想念著你啊！我們今天晚上要去逛逛才好。」

　　銅豬立著一動也不動。新鮮的泉水從它的嘴裡噴出來。小傢伙像一個騎師似地坐著。這時他覺得有人在拉他的衣服。他向旁邊一看，原來是「最美的人兒」來了——那個毛剃得光光的「最美的人兒」。這隻小狗也是跟他一起偷偷地溜出屋子的，而他卻沒有發現。「最美的人兒」叫了幾聲，好像是在說：「你看我也來了，為什麼你坐在這兒呢？」這隻小狗在這塊地方比一條凶猛的蟒蛇還要使這孩子害怕。像那位老太太說的一樣，「最美的人兒」居然跑到街上來了，而且還沒有穿上衣服哩！結果會怎樣呢？小狗除非披上了一塊羔羊皮，它在冬天是從來不出門的。這塊羔羊皮是專為它裁製的。它用一根紅緞帶綁在小狗的脖子上，綴著一個蝴蝶結和小鈴鐺；另外還有一根帶子綁在它的肚子上。當小狗在冬天穿著這樣的衣服和女主人一塊散步的時候，它很像一隻羔羊。現在「最美的人兒」卻在外面而沒有穿上衣服！這會產生一個什麼後果呢？他做了許許多多的推想。不過他又吻了這銅豬一次，把「最美的人兒」抱進懷裡；這小東西凍得發抖，因此這孩子盡快地向前跑。

　　「你抱著一件什麼東西跑得這樣快？」他在路上遇著的兩個憲兵問他，同時「最美的人兒」也叫起來。「你從什麼地方偷來這隻漂亮小狗的？」他們問，並且把小狗從他手中奪過來。

　　「啊，請把小狗還給我吧！」孩子哀求著。

　　「假如你沒有偷它，你可以回去告訴家裡的人，叫他們到警察局來領取。」接著他們把地址告訴他，就帶著「最美的人兒」

走了。

這眞是糟糕透頂的事兒！孩子不知道應該跳到亞爾諾河裡去呢，還是回家去坦白一番好。他想，他們一定會把他打死的。

「不過我倒很願意被打死。如果我死了，我可以去找耶穌和聖母！」於是他回到家裡去，準備被打死。

門已經關上了，他的手又搆不到門環。街上什麼人也沒有，只有一塊脆石頭。他就拿起這塊石頭敲著門。

「是誰？」裡面有人問。

「是我，」他說。「『最美的人兒』」逃走了。請開門，打死我吧！」

大家爲這「最美的人兒」感到非常狼狽，特別是太太。她馬上向那經常掛著小狗的衣服的牆上看。那塊羔羊皮還在那兒。

「『最美的人兒』在警察局裡！」她大聲叫起來。「你這個壞蛋！你怎樣把它弄出門去的？它會凍死的！可憐嬌嫩的小東西，現在落到粗暴的憲兵手中去了！」

爸爸馬上就出門去了——太太慟哭起來，孩子在流著眼淚。住在這幢房子裡的人全都跑來了，那位畫家也來了：他把孩子抱在他雙腿中間，問了他許多問題。他從這孩子一些不連貫的話語中聽到關於銅豬和美術陳列館的整個故事——這故事當然是不太容易理解。畫家安慰了孩子一番，同時也勸了勸這位太太。不過，等到爸爸把在憲兵們手中待過一陣子的「最美的人兒」帶回家以後，她才算安靜下來。隨後大家就非常高興。畫家撫摸這可憐的孩子一會兒，同時送給他幾張圖畫。

啊，這些眞是可愛的作品——這麼些滑稽的腦袋！……特

別是那隻栩栩如生的銅豬。啊！什麼東西也沒有比這好看！只是寥寥幾筆就使它活躍在紙上，甚至它後面的房子也被畫出來了。

「啊，如果一個人能夠描寫和繪畫，那麼他就可以把整個的世界擺在他面前了！」

第二天，當他身邊沒有人的時間，這小傢伙拿出一支鉛筆，在圖畫的背面臨摹了那幅銅豬，而他居然做得很成功！——當然筆劃有些不太整齊，有點歪歪倒倒，一條腿粗，一條腿細。雖然如此，它的形象仍然很鮮明。他自己對這成績感到高興。他看得很清楚。這支鉛筆還不能隨心所欲地靈活使用。不過，到第三天，原來的銅豬旁邊又出現了另一隻，而這一隻比前一隻要好一百倍。至於第三隻，它是非常好，一眼就可以看得出來。

可是手套的生意並不興旺；他的跑腿工作盡可以不慌不忙地去做。銅豬已經告訴了他：任何圖畫都可以在紙上畫下來，而佛羅倫斯本身就是一本畫冊，只要有人願意去翻翻它。三一廣場⑰上有一根細長的圓柱，上面是正義女神的雕像。她的眼睛被布蒙著，手中拿著一架天秤。馬上她就被移到紙上來了，而移動她的人就正是手套師傅的這個小學徒。他的畫越積越多，不過全都是些靜物。有一天，「最美的人兒」跳到他面前。

「站著不要動！」他說，「我要使你變得美麗，同時叫你留在我的畫冊裡面。」

不過「最美的人兒」卻不願意站著不動，所以他就把它綁起來。它的頭和尾巴都被綁住，因此它就亂跳亂叫，結果他不得不把繩子拉得更緊。這時太太就來了。

「你這惡毒的孩子！——可憐的動物！」她這時能夠說出來
的就只是這句話。

她把這孩子推開，踢了他一腳，叫他滾出去——他，這個最
忘恩負義的廢物和最惡毒的孩子。於是她一把眼淚一把鼻涕地
吻了這隻被勒得半死的、嬌小玲瓏的「最美的人兒」。

正在這時候，那位畫家走上樓來了。故事的轉折點就從這開
始。

1834 年，佛羅倫斯的美術學院舉行了一個展覽會。有兩張
並排放著的畫吸引住許多觀眾。較小的那幅畫表現一個快樂的
孩子坐著作畫——他的模特兒是一隻毛剃得很光的小白哈巴
狗；不過這東西不願意靜靜地站著，因此它的脖子和尾巴便被
一根線綁起來了。這幅畫裡有真理，也有生活，因而大家都對它
感到興趣。畫這幅畫的人據說是一個年輕的佛羅倫斯的居民。他
幼年是一個流浪街頭的孤兒，由一個老手套師傅養大，他是自修
學好繪畫的。一位馳名的畫家發現了這個小天才，當時恰恰是這
個孩子正要被趕出家門去，因為他把太太一隻心愛的小哈巴狗
綁起來，想要它做個模特兒。

手套師傅的徒弟成為一個偉大的畫家；這幅畫本身證明了
這一點，而在它旁邊一幅較大的畫更證明了這一點。這裡面只是
畫著一個人像——一個衣衫襤褸的漂亮孩子，他坐在地上，睡在
街上，帶著波爾塔・羅薩街上的那隻銅豬⑱。所有的觀眾都知道
這個地方。孩子的雙臂搭在這隻豬的頭上，而他自己則在呼呼地
打盹。聖母畫像前面的燈向這孩子白嫩的面孔射出一道強有力
的光——這是一張美麗的畫！一個鍍金的大畫框鑲著它，在畫

框的一角懸著一個桂花圈；可是在綠葉中間紮著一條黑帶，黑帶上面掛著一塊黑紗。

因爲這位青年藝術家在幾天以前去世了！［1842 年］

　　這個故事，原收集在安徒生的一本遊記《詩人的集市》裡。書中所寫的主要是關於他在歐洲和東方的旅行印象。他在佛羅倫斯的波爾塔‧羅薩街上看到了這隻銅豬。這個故事的構思就是從這而起的，安徒生在這裡想要說明，世界上許多偉大的藝術家、科學家、作家和詩人是出自下層的貧民，但是正由於出身寒微，沒有適當的環境和培養的條件，這些具有才華的人不是在貧困中被淹沒，被摧毀，就是中途夭折。這篇故事中的那個小傢伙就是一則鮮活的例子。他有藝術家的氣質和天賦，但是沒有機會得到發揮而過早地夭折了──這當然也是人類文化的損失。從這個故事中我們也可以看出安徒生對下層百姓的態度。

【註釋】

①這是義大利中部佛羅倫斯(Florents)的首府，在義大利文裡叫做翡冷翠(Firenze)，一般稱爲「花的城市」(La citta dei flori)，因爲城市裡和周圍的平原上生長著許多花。城市裡還有許多古老的建築和雕刻，是一個富有藝術價值的城市。

②亞爾諾河(Arno)是義大利中部的一條河，流過佛羅倫斯城。

③米開蘭基羅(Michelangelo Buonaroti, 1475~1564)是義大利文藝復興時期一個偉

大的雕刻家、建築家和詩人。「大衛」是他爲基督聖徒大衛所刻的一尊巨型大理石

像。

④這是古代的一種武器，它是一種兩端繫有繩子的皮帶，石塊或子彈放在裡面，經過

一番揮轉，便藉離心力而射出。

⑤這是指佛羅倫斯的藝術家切利尼(Beenvenuto Cellini, 1500～1571)雕塑的一尊銅

像。它表現希臘神話中的勇士珀耳修斯(Perseus)砍掉一個女妖美杜莎(Medusa)的

頭。

⑥薩比尼人(Sabine)是住在義大利中部的一個民族。他們在公元前 290 年被羅馬人征

服。他們的女人受到征服者的大規模蹂躪。

⑦這是佛羅倫斯一個有名的繪畫陳列館，義大利文是 Palazzo degli uffizi，裡面陳

列著義大利各個時代的名畫。

⑧這是愛情女神維納斯(Venus)的名雕像之一。美第奇(Medici)是佛羅倫斯的統治

者，相傳他熱心保護文學、藝術和詩人。

⑨提香(Titian, 1477～1576)是義大利威尼斯學派的一個名畫家。

⑩安季奧羅‧布龍切諾(Angiolo Broncino, 1502～1572)是佛羅倫斯的一個畫家。

⑪伽利略(Galileo, 1561～1642)是義大利的天文學家和物理學家，發明過許多物理學

上的定律。他同時是佛羅倫斯大學的教授。

⑫指藝術家。據基督教《聖經》上的意義，先知是指代上帝說教的人。

⑬古代希伯來民族的一個先知。

⑭阿爾菲愛里(Vittorio Alfieri, 1749～1803)是義大利的劇作家和詩人。

⑮馬基維利(Niccolo di Bernardo Machiavelli, 1469～1527)是佛羅倫斯的政治家和

政治理論家，並且是「不擇手段，只求達到目的」的潑辣外交家。

⑯這字的義大利原文是 Marito，即「丈夫」或「愛人」的意思。

⑰原文是 Piazza della Trinita。

銅　　　　豬

⑱銅豬是後來鑄造的。原物很古，是用大理石刻成的豬，立在烏菲齊宮美術陳列館前
　　面的廣場上。

白雪皇后

第一個故事：關於一面鏡子和它的碎片

　　請注意！現在我們要開始講了。當我們聽到這故事的結尾的時候，我們就會知道比現在還要多的事情，因為他是一個很壞的小鬼。他是一個最壞的傢伙，因為他是魔鬼。有一天他非常高興，因為他製造出了一面鏡子。這鏡子有一個特點：那就是，一切好的和美的東西，在裡面一照，就縮做一團，變成烏有；但是，一些沒有價值和醜陋的東西都會顯得突出，而且看起來比原

形還要糟。最美麗的風景在這鏡子裡就會像煮爛了的菠菜；最好的人不是現出使人憎惡的樣子，就是頭向下，腳朝上，沒有身軀，面孔變形，認不出來。如果你有一個雀斑，你不用懷疑，它可以擴大到蓋滿你的鼻子和嘴。

魔鬼說：這真夠有趣。當一個虔誠和善良的思想在一個人的心裡出現的時候，它就在這鏡子裡表現為一個露齒的怪笑。於是魔鬼對於他這巧妙的發明就發出得意的笑聲來。那些進過魔鬼學校的人——因為他開辦了一所學校——走到哪裡就宣傳到哪裡，說是現在有一個什麼奇蹟發生了。他們說，人們第一次可以看到世界和人類的本來面目。他們拿著這面鏡子到處亂跑，弄得沒有一個國家或民族不在裡面被歪曲過。現在他們居然想飛到天上，去譏笑一下天使或「我們的上帝」。這鏡子和他們越飛得高，它就越露出些怪笑。他們幾乎拿不住它。他們越飛越高，飛近上帝和天使；於是鏡子和它的怪笑開始可怕地抖起來，弄得它從他們的手中掉到地上，跌成幾億、幾千億以及無數的碎片。這樣，鏡子就做出比以前還要更不幸的事情來，因為有許多碎片比沙粒還要小。它們在世界上亂飛，只要一飛到人們的眼睛裡去，便黏在那兒不動。這些人看起什麼東西都不對勁，或者只看到事物壞的一面，因為每塊小小的碎片仍然具有整個鏡子的魔力。有的人甚至心裡都藏有這樣一塊碎片，結果不幸得很，這顆心就變成了冰塊。

有些碎片很大，足夠做窗子上的玻璃，不過要透過這樣的玻璃去看自己的朋友卻不恰當。有些碎片被做成了眼鏡。如果人們想戴上這樣的眼鏡去看東西或判斷事物，想要正確和公正，那也

是做不到的。這只會引起魔鬼大笑,把肚子都笑痛了,因爲他對
這樣的事情感到很痛快。不過外邊還有幾塊碎片在空中亂飛。現
在我們聽聽吧!

第二個故事:一個小男孩和一個小女孩

在一座大城市裡,房子和居民是那麼多,空間是那麼少,人
們連一個小花園都沒有。結果大多數的人只好滿足於花盆裡種
的幾朵花了。這兒住著兩個窮苦的孩子,他們有一個比花盆略爲
大一點的花園。他們並不是兄妹,不過彼此非常親愛,就好像兄
妹一樣。他們各人的父母住在面對面的兩個閣樓裡。兩家的屋頂
差不多要碰到一起;兩個屋簷下面有一個水管;每間屋子都開
著一扇小窗。人們只須越過水管就可以從這個窗子鑽到那個窗
子裡去。

兩家的父母各有一個大匣子,裡面長著一株小玫瑰和他們
所需用的菜蔬。兩個匣子裡的玫瑰都長得非常漂亮。現在這兩對
父母把匣子橫放在水管上,匣子的兩端幾乎抵著兩邊的窗子,好
像兩道開滿了花的堤岸。豌豆藤懸在匣子上,玫瑰伸出長長的枝
椏。它們在窗子上盤著,又互相纏繞著,幾乎像一座綠葉和花朵
交織成的凱旋門。因爲匣子放得很高,孩子們都知道他們不能隨
便爬到上面去,不過有時他們得到許可爬上去,兩人走到一起,
坐在玫瑰花下的小椅子上。他們可以在這兒玩個痛快。

這種消遣到冬天就停了。窗子上常常結滿了冰。可是這時他
們就在爐子上熱了一個銅板,把它貼在窗玻璃上,熔出一個小小
的、圓圓的孔來!每個窗子的孔後面有一顆美麗的、溫和的眼珠

在偷看。這就是那個小男孩和那個小女孩。男孩的名字叫加伊；女孩叫格爾達。

在夏天，他們只須一跳就可以聚在一起；不過在冬天，他們得先走上一大段梯子，然後又爬上一大段梯子。外面正飛著雪花。

「那是白色的蜜蜂在集合，」年老的祖母說。

「它們也有一個蜂后嗎？」那個小男孩子問。因為他知道，真正的蜜蜂群中都有一位蜂后。

「是的，它們有一個！」祖母說。「凡是蜜蜂最密集的地方，她就會飛來的。她是最大的一隻蜜蜂。她從來不在這世界上安安靜靜地活著；她一會兒就飛到濃密的蜂群中去了。她常常在冬夜裡飛過城市的街道，向窗子裡面望。窗子上結著奇奇怪怪的冰塊，好像開著花朵似的。」

「是的，這個我已經看到過！」兩個孩子齊聲說。他們知道這是真的。

「雪后能走進這兒來嗎？」小女孩子問。

「只要妳讓她進來，」男孩子說，「我就要請她坐在溫暖的爐子上，那麼她就會融化成水了。」

不過老祖母把他的頭髮理了一下，又講些別的故事。

晚間，當小小的加伊在家裡、衣服脫了一半的時候，他就爬到窗旁的椅子上去，從那個小孔向外望。有好幾片雪花在外面徐徐地落下來，它們中間最大的一片落在花匣子的邊上。這朵雪花越長越大，最後變成了一個女人。她披著細如繁星的雪花所織成的白紗。她非常地美麗和嬌嫩，不過她是冰塊——發著亮光的、

閃耀著的冰塊——所形成的。然而她是有生命的：她的眼睛發
著光，像兩顆明亮的星星；不過她的眼睛裡沒有和平，也沒有安
靜。她對著窗子點頭和招手。這個小男孩害怕起來了。他跳下椅
子，覺得窗子外面好像有一隻巨鳥飛過去似的。

　　第二天下了一陣寒霜……接著就是解凍……春天到來了。
太陽照耀著，綠芽冒出來，燕子築起巢來了，窗子開了，小孩子
們又高高地坐在樓頂水管上的小花園裡。

　　玫瑰花在這個夏天開得真是分外美麗！小女孩念熟了一首
聖詩，那裡面提到玫瑰花。談起玫瑰花，她就不禁想起了自己的
花兒。於是她就對小男孩子唱出這首聖詩，他也跟著唱起來：

　　　　　山谷裡玫瑰花長得豐茂，
　　　　　那兒我們遇見聖嬰耶穌。

　　這兩個小傢伙手挽著手，吻著玫瑰花，看著上帝的光耀的太
陽，對它講話，好像聖嬰耶穌就在那兒似的。這是多麼晴朗的夏
天啊！在外面，在那些玫瑰花叢間，一切是多麼美麗啊——這些
玫瑰花好像永遠開不盡似的！

　　加伊和格爾達坐著看畫有鳥兒和動物的畫冊。這時那個大
教堂塔上的鐘恰恰敲了五下。於是加伊說：

　　「啊！有件東西刺著我的心！有件東西落進我的眼裡去
了！」

　　小女孩子摟著他的脖子。他眨著眼睛。不，他什麼東西也沒
有看見。

「我想沒有什麼了！」他說。但是事實並不是這樣。落下來的正是從那面鏡子上迸裂的一塊玻璃碎片。我們還記得很清楚，那是一面魔鏡，一塊醜惡的玻璃。它把所有偉大和善良的東西都照得渺小和可憎，但是卻把所有鄙俗和罪惡的東西映得突出，同時把每一件東西的缺點弄得大家都注意起來。可憐的小加伊心裡也黏上了這麼一塊碎片，而他的心也就立刻變得像冰塊。他並不感到不愉快，但是碎片卻藏在他的心裡。

「妳爲什麼要哭呢？」他問。「這把妳的臉弄得眞難看！我一點也不像這個樣子。呸！」他忽然叫了一聲：「那朵玫瑰花被蟲吃掉了！妳看，這一朵也長歪了！它們的確是一些醜玫瑰！它們眞像栽著它們的那個匣子！」

於是他狠狠地踢了這匣子一腳，把那兩株玫瑰花全拔掉了。

「加伊，你在幹嘛？」小女孩叫起來。

他一看到她驚惶的樣子，馬上又拔掉了另一株玫瑰。於是他跳進他的窗子裡去，讓溫柔的小格爾達待在外邊。

當她後來拿著畫冊跟著走進來的時候，他說這書本只配給吃奶的小孩子看。當祖母在講故事的時候，他總是插進去一句「但是……」；當他一有機會的時候，他就偷偷地跟在她的後面，戴著一副老花眼鏡，學她的模樣講話：他學得很巧妙，惹得大家都對他笑起來。不久他就學會了模仿街上行人的談話和走路。凡是人們身上的古怪和醜惡的東西，加伊都會模仿。大家都說：「這個孩子，他的頭腦一定很特別！」然而這全是因爲他眼睛裡藏著一塊玻璃碎片，心裡也藏著一塊玻璃碎片的緣故。他甚

至於還譏笑起小小的格爾達來——這位全心全意愛他的格爾達。

他的遊戲顯然跟以前有些不同了，他玩得比以前聰明得多。在一個冬天的日子裡，當雪花正在飛舞的時候，他拿著一面放大鏡走出來，提起他藍色上衣的下襬，讓雪花落到它上面。

「格爾達，妳來看看這面鏡子吧！」他說。

每一片雪花被放大了，像一朵美麗的花，或一顆有十個尖角的星星。這真是非常美妙。

「妳看，這是多麼巧妙啊！」加伊說。「這比真正的花兒要有趣得多；它裡面一點缺點也沒有——只要它們不融解，它們是非常整齊的。」

不一會兒，加伊戴上厚手套，背著一架雪橇走過來。他對著格爾達的耳朵叫喊說：「我現在得到了許可到廣場那兒去——許多別的孩子都在那兒玩耍。」於是他就走了。

在廣場上，那些膽大包天的孩子常常把他們的雪橇繫在鄉下人的馬車後邊，然後坐在雪橇上跑好長一段路。他們跑得非常高興。當他們正在玩耍的時候，有一架大雪橇滑過來了。它漆得雪白，上面坐著一個人，身穿厚毛的白皮袍，頭戴厚毛的白帽子。雪橇繞著廣場滑了兩圈。於是加伊連忙把自己的雪橇繫在它上面，跟著它一起滑。它越滑越快，一直滑到鄰近的一條街上去。滑著雪橇的那人掉過頭來，和善地對加伊點了點頭。他們好像是彼此認識似的。每一次當加伊想解開自己的小雪橇的時候，這個人就又跟他點點頭；於是加伊就又坐下來了。就這麼，他們一直滑出城門。這時雪花正密密地下著，這孩子伸手不見五

指，然而他還是在向前滑。他現在急急地鬆開繩子，想擺脫那架
大雪橇。但是一點用也沒有，他的小雪橇繫得很牢。它們像風一
樣向前滑。這時他大聲地叫起來，但是誰也不理他。雪花在飛
著，雪橇也在飛著。它們不時向上一跳，好像在飛過籬笆和溝渠
似的。他害怕起來了。他想念念禱告，不過他只記得起那張乘法
表。

　　雪越下越大了。最後雪花看上去像巨大的白鷄。那架大雪橇
忽然向旁邊一跳，停住了；那個滑雪橇的人站起來。這個人的皮
衣和帽子完全是雪花做成的。這原來是一個女子，長得又高又苗
條，全身閃著白光。她就是白雪皇后。

　　「我們滑行得很好，」她說。「不過你在凍得發抖吧？鑽進
我的皮衣裡面來吧。」

　　她把他抱進她的雪橇，讓他坐在她的身邊，她還用自己的皮
衣把他裹好。他好像是墜到雪堆裡去了似的。

　　「你還感到冷嗎？」她問，在他的前額吻了一下。

　　啊！這一吻比冰塊還要冷！它一直透進他那一半已經成了
冰塊的心裡——他覺得自己好像快要死了。不過這種感覺沒有
持續多久，他便馬上覺得舒服起來。他也不再感覺到周圍的寒冷
了。

　　「我的雪橇！不要忘記我的雪橇！」

　　這是他所想到的第一件事情。它已經被牢牢地繫在一隻白
鷄上了，而這隻白鷄正背著雪橇在他們後面飛。白雪皇后又吻了
一下加伊。從此他就完全忘記了小小的格爾達、祖母和家裡所有
的人。

「你現在再也不需要什麼吻了，」她說，「因爲如果你再要的話，我會把你吻死的。」

加伊望著她。她是那麼美麗，他再也想像不出比這更漂亮和聰明的面孔。跟以前她坐在窗子外邊對他招手時的那副樣兒不同，她現在一點也不像是雪做的。在他的眼睛裡，她是完美無缺的；他現在一點也不感到害怕，他告訴她，說他會算心算，連分數都算得出來；他知道國家的整個面積和居民。她只是微笑著。這時他似乎覺得，自己所知道的東西還不太多。他抬頭向廣闊的天空望；她帶著他一起飛到烏雲上面去。暴風在吹著，呼嘯著，好像在唱著古老的歌兒。他們飛過樹林和湖泊，飛過大海和陸地；在他們的下邊，寒風在怒號，豺狼在呼嘯，雪花在發出閃光。上空飛著一群尖叫的烏鴉。但更上面亮著一輪明朗的月亮，加伊在這整個漫長的冬夜裡一直望著它。天亮的時候他在雪后的腳下睡著了。

第三個故事：一個會變魔術的女人的花園

當加伊沒有回來的時候，小小的格爾達的心情是怎樣的呢？他到什麼地方去了呢？誰也不知道，誰也沒有帶來什麼消息。有些男孩子告訴她說，他們看到他把雪橇繫在另一架漂亮的大雪橇上，開上街道，滑出了城門。誰也不知道他在什麼地方。許多人流過眼淚，小小的格爾達哭得特別久，特別傷心。後來大家認爲他死了——落到流過城邊的那條河裡淹死了。啊，那是多麼黑暗和漫長的冬天日子啊！

現在春天帶著溫暖的太陽光來了。

「加伊死了，不見了！」小小的格爾達說。

「我不相信！」太陽光說。

「他死了，不見了！」她對燕子說。

「我不相信！」它們回答說。最後，小格爾達自己也不相信了。

「我將穿起我的那雙新紅鞋，」她有一天早晨說，「那雙加伊從來沒有看見過的鞋。然後我就到河邊去尋找他！」

這時天還很早。她吻了一下還在睡覺的老祖母，於是便穿上她的那雙紅鞋，單獨走出城外，到河邊去。

「你真的把我親愛的玩伴帶走了嗎？如果你把他還給我，我就把我這雙紅鞋送給你！」

她似乎覺得波浪在對她奇怪地點著頭。於是她脫下她最心愛的東西——紅鞋。她把這雙鞋拋到河裡去。可是它們拋得離岸很近，浪花又把它們打回岸上，送還給她。這條河似乎不願意接受她這件最心愛的東西，因為它沒有把她親愛的加伊奪走。不過她以為是鞋子拋得不夠遠，因此就鑽進停在蘆葦中的一隻船裡去。她走到船的另一端，把這雙鞋扔出去。但是船沒有繫牢，她一動，船就從岸邊漂走了。她一發現這情形，就想趕快離開船，但是在她還沒有到達船的另一端以前，船已經離開岸邊有一亞倫①遠了。它漂得比以前更快。

小小的格爾達非常害怕，開始大哭起來。可是除了麻雀以外，誰也聽不見她的哭聲；而麻雀並不能把她送回到陸地上來。不過它們沿著河岸飛，唱著歌，好像是要安慰她似的：「我們在這兒呀！我們在這兒呀！」船順流而下。小小的格爾達腳上

只穿著襪子，坐著不動。她的一雙小紅鞋在她後面浮著。但是它們漂不到船邊來，因為船走得很快。

兩岸是非常美麗的。岸上有美麗的花兒和古樹，有放著牛羊的山坡，可是卻沒有一個人。

「可能這條河會把我送到小加伊那兒去吧，」格爾達想。

這樣她的心情就好轉了一點。她站起來，把兩邊美麗的綠色河岸看了好久。不久她就來到了一個很大的櫻桃園。這裡面有一間小小的房子，它有一些奇怪的藍窗子和紅窗子，還有茅草紮的屋頂，外面還站著兩個木頭兵，他們向所有乘船路過的人敬禮。

格爾達喊他們，因為她以為他們是真正的兵士。他們當然是不會回答的。她來到了他們的近旁，河已經把船漂到岸邊了。

格爾達更大聲地喊起來。這時有一個很老很老的女人拄著拐杖走出來：她戴著一頂大草帽，上面畫著許多美麗的花朵。

「你這個可憐的小寶貝！」老女人說，「你怎麼會在這個浪濤滾滾的河上，漂到這麼遠的地方來呢？」

於是這老太婆就走下水來，用拐杖把船鈎住，把它拖到岸旁，把小小的格爾達抱下來。

格爾達很高興，現在又回到陸地上來了，不過她有點害怕這位陌生的老太婆。

「來吧，告訴我妳是誰、妳怎樣到這兒來的吧，」她說。格爾達把什麼都告訴她了。老太婆搖搖頭，說：「哼！哼！」當格爾達把一切講完了，問她有沒有看見過小加伊的時候，老太婆就說他還沒有來過，不過他一定會來的，格爾達不要太傷心，她可以嚐嚐櫻桃，看看花兒，它們比任何畫冊上畫的都好，因為它們

個個都能講一個故事。於是她牽著格爾達的手，把她帶到小屋子裡去，把門鎖起來。

窗子開得很高；玻璃都塗上紅色、藍色和黃色。日光很奇妙地射進來，照出許多不同的顏色。桌子放著許多最好吃的櫻桃。格爾達盡情地大吃了起來，因為她可以多吃一點，沒有關係。當她正在吃的時候，老太婆就用一把金梳子替她梳頭髮。她的頭髮捲成了長串的、美麗的黃圈圈，在她和善的小面孔上懸下來，像盛開的玫瑰花。

「我老早就希望有一個像妳這樣可愛的小女孩，」老太婆說。「現在妳看吧，我們兩人會怎樣在一起幸福地生活！」

當老太婆梳著她的頭髮的時候，她就漸漸忘記了她的玩伴加伊，因為這個老太婆會使魔術，只是她並不是一個惡毒的巫婆罷了。她只是為了自己的消遣而耍一點小幻術，她想把小小的格爾達留下來。因此她現在走到花園裡去，用她的拐杖指著所有的玫瑰花。雖然這些花開得很美麗，但是不一會兒就都要沉到黑暗的地底下去了：誰也說不出，它們原來究竟是在什麼地方。老太婆很害怕：假如格爾達看見了玫瑰花，她就會想起自己的花，因此也就記起小小的加伊，結果必定會跑走。

她現在把格爾達領到花園裡去。嗨！這裡面是多麼香，多麼美啊！這裡盛開著人們能夠想像得到的花兒和每季的花兒：任何畫册也沒有這樣多彩，這樣美麗。格爾達快樂得跳起來。她一直玩到太陽在高高的櫻桃樹後面落下去為止。於是她到一張美麗的床上去睡；鴨絨被是紅綢子做的，裡面還有藍色的紫羅蘭。她在這兒睡著了，做了一些奇異的夢，像一個皇后在新婚的

那天一樣。

第二天她又可以在溫暖的太陽光下和花兒一起玩耍——這樣經過了好幾天，格爾達認識了每一種花。花的種類雖然多，她似乎還覺得缺少一種，不過究竟是哪一種，她可不知道。有一天她坐著呆呆地看老太婆草帽上畫著的花兒：它們之中最美麗的一種是一朵玫瑰花。當老太婆把所有別的花藏到地底下去的時候，她忘記把帽子上的這朵塗掉。不過，一個人如果不留神，結果總會是這樣的。

「怎麼，這兒沒有玫瑰花嗎？」格爾達說。

於是她跳進花田中間去，找了又找，但是她一朵也找不到。這時她就坐在地上哭起來：她的熱淚恰恰落在一株玫瑰花沉下去的地方。當熱淚把土潤濕了以後，這株玫瑰花就立刻冒了出來，開出茂盛的花，正如它藏入土裡時那樣。格爾達擁抱著它，吻了玫瑰花朵，於是她便想起家裡那些美麗的玫瑰花，同時也想起了小小的加伊。

「啊，我耽誤了多少時間啊！」小姑娘說。「我要去找小小的加伊！你們知道他在什麼地方嗎？」她問那些玫瑰花。「你們知道他死了沒有？」

「他沒有死！」玫瑰花朵說。「我們曾經在地裡待了一段時候。所有的死人都在那裡。不過加伊並不在那裡！」

「謝謝你們！」小小的格爾達說。於是她走到別的花朵面前去，往它們的花萼裡面看，並且問：「你們知道小小的加伊在什麼地方嗎？」

不過每朵花都在曬太陽，夢著自己的故事或童話。這些故事

或童話格爾達聽了許多許多，但是沒有哪朵花知道關於加伊的任何消息。

　　卷丹花講了些什麼呢？

　　　　你聽到過鼓聲「冬──冬」嗎？它老只有兩個音調：冬──冬！請聽婦女們的哀歌吧！請聽祭司們的呼喚吧！印度的寡婦穿著紅長袍，站在火葬堆上②。火焰向她和她亡夫的身體燎上來。不過這個印度寡婦在想著站在她周圍那群人中的一位活著的人：這個人的眼睛燒得比火焰還要熱，他眼睛裡的火穿進她的心，比這快要把她身體燒成灰燼的火焰還要灼熱。心中的火焰會在火葬堆上的火焰裡死去嗎？

　　「這個我完全不懂！」小小的格爾達說。
　　「這就是我所要講的童話，」卷丹花說。
　　牽牛花講了些什麼呢？

　　　　在一條窄狹的山路上隱隱出現一棟古老的城堡。它古老的紅牆上生滿了密密的常春藤。葉子一片接著一片地向陽台上爬。陽台上站著一位美麗的姑娘。她從欄杆彎下腰來，向路上看了一眼。任何玫瑰花枝上的花朵都沒有她那樣鮮艷。任何在風中吹著的蘋果花都沒有她那樣輕盈。她美麗的絲綢衣服發出清脆的沙沙聲！「他還沒有來嗎？」

「你的意思是指加伊嗎？」小小的格爾達問。

「我只是講我的童話──我的夢呀！」牽牛花回答說。

雪球花講了些什麼呢？

　　有一塊長木板吊在樹間的繩子上。這是一個鞦韆。兩個漂亮的小姑娘，穿著雪一樣白的衣服，戴著飄有長條綠絲帶的帽子，正坐在這上面盪鞦韆。她們的哥哥站在鞦韆上，用手臂挽著繩子來穩住自己，因爲他一隻手托著一個小碟子，另一隻手拿著一根泥煙嘴。他在吹肥皂泡。鞦韆飛起來了，五光十色的美麗肥皂泡也飛起來了。最後一個肥皂泡還掛在煙嘴上，在風中搖擺。鞦韆在飛著；一隻像肥皂泡一樣輕的小黑狗用後腿站起來，也想爬到鞦韆上面來。鞦韆繼續在飛，小狗滾下來，叫著，生著氣。大家都笑它，肥皂泡也破裂了。一塊飛舞的鞦韆板和一個破裂的泡沫──這就是我的歌！

　　「你所講的這個故事可能是很動聽的，不過你講得那麼淒慘，而且你沒有提到過小小的加伊。」

風信子講了些什麼呢？

　　從前有三個美麗的、透明的、嬌滴滴的姊妹。第一位穿著紅衣服，第二位穿著藍衣服，第三位穿著白衣服。她們在明朗的月光中，手挽著手在一個靜寂的湖邊跳舞。她們並不是山妖。她們是人間的女兒。空氣中充滿了甜蜜的香氣！這

幾位姑娘在樹林裡消逝了。於是香氣變得更濃郁。三口棺材
——裡面躺著這三位美麗的姑娘——從樹叢中飄到湖上
來。螢火蟲在它們上面飛，像些小小的飛燈一樣。這些跳舞
的姑娘們在睡覺呢，還是死去了？花的香氣說她們死了，同
時晚鐘也在發出哀悼的聲音！

「你們使我感到怪難過的，」小小的格爾達說。「你們發出
這樣強烈的香氣，我不禁要想起那幾位死去了的姑娘。嗨，小小
的加伊眞的死了嗎？玫瑰花曾經到地底下去看過，它們說沒
有。」

「叮！噹！」風信子的鈴敲起來了。「我們不是爲小小的加
伊而敲——我們不認識他！我們只是唱著我們的歌——我們所
知道的唯一的歌。」

格爾達走到金鳳花那兒去。這花兒在閃光的綠葉中微笑。

「你是一輪光耀的小太陽，」格爾達說。「請告訴我，假如
你知道的話，我在什麼地方可以找到我的玩伴？」

金鳳花射出美麗的光彩，又望了格爾達一眼。金鳳花會唱出
一支什麼歌呢？這歌跟加伊沒有什麼關係。

「在一個小院落裡，我們上帝的太陽在春天的第一天暖
洋洋地照著。它的光線在鄰人屋子的白牆上滑行著。在這近
旁，第一朵黃花開出來了，在溫暖的陽光裡像金子一樣發
亮。老祖母坐在門外的椅子上，她的孫女——一個很美麗
的、可憐的小姑娘——正回到家裡來做短時間的探望。她吻

著祖母。這個幸福的吻裡藏有金子，心裡的金子。嘴唇是金子，全身是金子，這個早晨的時刻也是金子。這個呀！這就是我的故事！」金鳳花說。

「我可憐的老祖母！」格爾達嘆了一口氣說。「是的，她一定在想念著我，在為我擔心，正如她在為小小的加伊擔心一樣。不過我馬上就要回家去了，帶著加伊一起回家去。探問這些花兒一點用處也沒有。它們只知道唱自己的歌，一點消息也不能告訴我！」於是她把她的小罩衫紮起來，為的是可以跑得快一點。可是當她從水仙花上跳過去的時候，花絆住了她的腿。她停下來瞧瞧這株長長的花，問道：「也許你知道一點消息吧？」

於是她向這花兒彎下腰來。這花兒講了些什麼呢？

「我能看見我自己！我能看見我自己！」水仙花說。「我的天！我的天！我是多麼香啊！在那個小小的頂樓裡面站著一位半裸著的小小舞蹈家：她一會兒用一條腿站著，一會兒用兩條腿站著。她的腳跟在整個世界上跳。她不過是一個幻象罷了。她把水從一個茶壺裡倒到她的一塊布上——這是她的緊身上衣——愛清潔是一個好習慣！她的白袍子掛在一根釘子上。它也是在茶壺洗過、在屋頂上曬乾的：她穿上這衣服，同時在脖子上圍一條橙色的頭巾，把這衣服襯得更白了。她的腿蹺起來了。你看她用一條腿站著的那副神氣。我能看見我自己！我能看見我自己！」

「這一點我也不會感到興趣！」格爾達說。「這對於我一點意義也沒有！」於是她跑到花園的盡頭去。門是鎖上了。不過她把那生鏽的鎖扭了一下，鎖便鬆脫了，門也自動地開了。於是小小的格爾達打著一雙赤腳跑到外面來。她回頭看了三次，沒有任何人在追她。最後她跑不動了，便在一塊大石頭上坐下來。當她向周圍一看的時候，夏天已經過去了──已是晚秋時節。在那個美麗的花園裡，人們注意不到這件事情──那兒永遠有太陽光，永遠有四季的花。

「咳！我耽誤了多少光陰啊！」小小的格爾達說。「這已經是秋天了！我不能再休息了！」於是她站起身來繼續向前走。哦！她的一雙小腳是多麼酸痛和疲累啊！周圍是一片寒冷和陰鬱的景色。柳樹的長葉子已經黃了，霧在它們上面變成水滴下來。葉子正簌簌地往下掉。只有山楂結著果實，酸得使牙齒都要脫落。啊！這個茫茫的世界，是多麼灰色和淒涼啊！

第四個故事：王子和公主

格爾達又不得不休息一下。在她坐著的那塊地方的對面，一隻大烏鴉在雪地上跳過去了。烏鴉已經坐了很久，呆望著她，轉動著頭。現在它說：「呱！呱！日安！日安！」這是它能夠發出的唯一的聲音，對於這個小姑娘它是懷有好感的。它問她單獨在這個茫茫的大世界裡想要到什麼地方去。格爾達深深地體會到「單獨」這個字的意義。她把她的全部生活和遭遇都告訴了烏鴉，同時問它有沒有看到過加伊。

烏鴉若有所思地點點頭，同時說：

「可能看見過！可能看見過！」

「怎麼，你眞的看見過嗎？」小姑娘叫起來，幾乎把烏鴉摟得悶死了——她是這樣熱烈地吻它。

「輕一點！輕一點！」烏鴉說。「我相信那可能就是小小的加伊！不過他因爲那位公主就把妳忘掉了！」

「他是跟一位公主住在一起嗎？」格爾達問。

「是的，請聽吧！」烏鴉說。「不過要講妳的這種語言，對於我是太難了。如果妳能聽懂烏鴉的語言，那麼我可以講得更清楚了！」

「不行，我沒有學過！」格爾達說。「不過我的祖母懂得，也能夠講這種語言。我只希望我也學過。」

「這倒沒有什麼關係！」烏鴉說。「我盡量把話講得清楚好了，但是可能越講越糊塗。」

於是烏鴉便把它所知道的事情都講了出來。

「在我們現在所在的這個王國裡，有一位非常聰明的公主。她讀過世界所有的報紙，然後又把它們忘記得精光，因爲她是那麼聰明。最近她登上了王位——據說這並不怎樣有趣——這時她哼出一支歌，而這歌只有這麼一句：『爲什麼我現在不結婚呢？』她說：『是的，這句話裡有道理。』因此她很想結婚。不過她所希望的丈夫是：當人們和他講話的時候，他必須能答話，不僅只是站在那兒，外表好看而已——因爲這是怪討厭的。於是她把侍女都召進來：當她們知道了她的用意的時候，她們都非常高興。『好極了！』她們說；『前不久我們也有這個意見。』請妳相信，我對妳講的每一個字都是眞的！」烏鴉說。「我

有一位很馴服的愛人，她可以在宮裡自由來往，因此她把所有的
事情都告訴我了。」

　　當然所謂「愛人」也無非是一隻烏鴉，因爲烏鴉只會找同類
——那永遠是一隻烏鴉。

　　「所有的報紙立即出版，報紙的邊上印著鷄心和公主名字的
頭一個字母，做爲裝飾。人們可以讀到：每個漂亮的年輕人都可
以自由到宮殿裡來和公主談話，而談話的人如果能叫人覺得他
是毫無拘束、對答如流的話，公主就要選他爲丈夫！是的，是
的！」烏鴉說，「請妳相信我。我的話實實在在，沒有半句虛假。
年輕人成群結隊地到來。一大堆人，一片忙亂。不過在頭一兩天
裡誰也沒有交上好運。當他們來到街上的時候，什麼話都會講；
不過他們一走進宮殿的門、看到穿銀色制服的門警、看到台階上
站著穿金色制服的僕人和光耀奪目的大廳的時候，就糊塗起來
了。當他們來到了公主坐著的那個王座前面的時候，他們什麼話
也說不出來，只能重複地念著公主所說出的話的最後一個字
——而她並不要再聽自己的話。好像這些人的肚皮裡都塞滿了
鼻煙、已經昏睡過去了似的。只有當他們回到街上以後，才能講
話。這些人從城門那兒一直站到宮門口，排成了一長隊。我自己
曾經親眼看過一次！」烏鴉說。「他們變得又饑又渴，不過到了
宮殿裡，他們連一杯溫水也得不到。最聰明的幾個人隨身攜帶一
點抹了奶油的麵包，不過他們並不分給旁邊的人吃，因爲他們覺
得，『還是讓這傢伙現出一個餓鬼的樣子吧，公主不會要他
的！』」

　　「可是加伊，小小的加伊呢？」格爾達問。「他什麼時候來

呢？他會不會在他們中間呢？」

「等著！等著！我們馬上就要談到他了！到了第三天才有
一位小小的人物到來。他沒有騎馬，也沒有乘車子。他高高興興
地大步走進宮裡來。他的眼睛像妳的一樣，射出光彩。他的頭髮
又長又細，不過他的衣服是很寒酸的！」

「那正是加伊！」格爾達高興地說。「哦，我總算是找到他
了！」於是她拍起手來。

「他的背上背著一個小行囊！」烏鴉說。

「不，那一定是他的雪橇了！」格爾達說，「因為他是帶著
雪橇去的。」

「也可能是！」烏鴉說，「因為我沒有仔細去瞧它！不過我
聽我那位馴服的愛人說起，當他走進宮殿的門、看到穿銀色制服
的守衛和台階上穿金色制服的僕人的時候，他一點也不感到慌
張。他點點頭，對他們講：『站在這些台階上一定是一件很煩膩
的工作──我倒是寧願走進去的！』大廳的燭光照耀得如同白
畫。樞密顧問官和大臣們托著金盤子，打著赤腳走來走去。這叫
人興起一種莊嚴的感覺！他的靴子發出吱格吱格的響聲，但是
他卻一點也不害怕！」

「這一定就是加伊！」格爾達說。「我知道他穿著一雙新靴
子；我親耳聽到它們在祖母的房間裡發出吱格吱格的響聲。」

「是的，它們的確發出響聲！」烏鴉說。「他勇敢地一直走
到公主面前，她是坐在紡車那麼大的一顆珍珠上的。所有的侍女
和她們的丫環以及丫環的丫環，所有的侍臣和他們的僕人以及
僕人的僕人──每人還有一個小廝──都在四周站著。他們站

得離門口越近，就越顯出一副了不起的神氣！這些僕人的僕人的小廝——他老是穿著拖鞋——幾乎叫人不敢看他，因為他站在門口的樣子非常驕傲！」

「這一定是可怕得很！」小小的格爾達說。「但是加伊得到了公主嗎？」

「假如我不是一隻烏鴉的話，我也可以得到她的，雖然我已經訂過婚。他像我講烏鴉話時一樣口齒流利——這是我從我馴服的愛人那兒聽來的。他既勇敢，又能逗人喜歡。他並不是來向公主求婚，而是專程來聽聽公主的智慧的，他看中了她；她也看中了他。」

「是的，那一定就是加伊！」格爾達說。「他是那麼聰明，他可以算心算，一直算到分數。哦！你能帶我到宮裡去一趟嗎？」

「這事說來容易！」烏鴉說。「不過我們怎樣實行呢？讓我先跟我那個馴服的愛人商量一下吧。她可能給我們一點忠告。我要告訴妳一點——像妳這樣小的女孩子，一般是不會得到許可走進裡面去的。」

「會的，我會得到許可的！」格爾達說。「當加伊知道我來了的時候，他馬上就會走出來，請我進去的。」

「請在門欄那兒等著我吧，」烏鴉說，於是它扭了扭頭就飛走。

當烏鴉回來的時候，天已經黑了很久。

「呱！呱！」它說。「我代表我的愛人向妳問候。這是我帶給妳的一小片麵包。這是她從廚房裡拿出來的。那兒麵包多的

是。妳現在一定很餓了！……妳想到宮裡去是不可能的，因爲妳是打著赤腳的。那些穿著銀色制服的警衛和穿著金色制服的僕人們不會讓妳進去的。不過請妳不要哭；妳還是可以進去的。我的愛人知道通到睡房的一個小後樓梯，她也知道可以在什麼地方弄到鑰匙！」

於是他們走到花園裡去，在一條寬闊的林蔭路上走。這兒樹葉正簌簌地落下來。當宮殿裡的燈光一盞接著一盞地熄滅了以後，烏鴉就把小小的格爾達帶到後門那兒去。這門是半掩著的。

咳！格爾達又怕又急的心跳得多麼厲害啊！她彷彿覺得她在做一件壞事似的；然而她所希望知道的只不過是小小的加伊而已。是的，那一定是他。她在生動地回憶著他那對聰明的眼睛和長長的頭髮。她可以想像得到他在怎樣微笑——他坐在家裡那棵玫瑰花樹下時的那種微笑。他一定很高興看到她的；聽到她走了那麼多的路程特地來找他；聽到家裡的人因爲他的離去而感到多麼難過。啊，這旣使人害怕，又使人高興。

他們現在走上了樓梯。食櫥上點著一盞小燈；在屋子的中央，站著那隻馴服的烏鴉。它的頭向四周轉動，望著格爾達。她依照她祖母教給她的那個樣子，行了屈膝禮③。

「我的小姑娘，我的未婚夫把妳講得非常好，」馴服的烏鴉說。「妳的身世——我們可以這麼講——是非常感動人的！請妳把燈拿起來好嗎？我可以在妳前面帶路。我們可以一直向前走，因爲我們不會碰到任何人的。」

「我覺得好像有人在後面跟著我似的；」格爾達說，因爲有件什麼東西在她身邊滑過去了；它好像是牆上的影子，瘦腿

的、飛躍的紅鬃馬，年輕的獵人和騎在馬上的紳士和太太們。

「這些事情不過是夢罷了！」烏鴉說。「它們到來，為的是要把這些貴人的思想帶出去遊獵一番。這是一件很好的事情，因為這樣妳就可以在他們睡覺的時候多看他們一會兒。可是我希望，當妳將來得到榮華富貴的時候，請妳不要忘記了我！」

「這當然沒有問題！」樹林裡的那隻烏鴉說。

他們現在走進第一個大廳。牆上掛著許多繡著花的粉紅色緞子。在這兒，夢在他們身邊跑過去了，但是跑得那麼快，格爾達來不及察看這些要人。第二個大廳總比前一個大廳漂亮。是的，一個人會看得腦袋發昏！最後他們來到了臥室。在這兒，天花板就像生有玻璃——很貴重的玻璃——葉子的棕櫚樹冠。在屋子的中央有兩張睡床懸在一根粗大的金杆子上，而且每一張床像一朵百合花。一張的顏色是白的，這裡面睡著公主；另一張是紅的，格爾達希望在這裡面找到小小的加伊。她把一片紅花瓣分開，於是她就看到一個棕色的脖子。哦，這就是加伊！她大聲地喊出他的名字，同時把燈拿到他面前來。夢又騎在馬上衝進房間裡，他醒過來，轉過頭，然而——他卻不是小小的加伊！

這位王子只是脖子跟他的相似。不過他是年輕和美貌的。公主從百合花的床上向外窺視，同時問誰在這兒。小小的格爾達哭起來，把全部故事和烏鴉給她的幫助都告訴了她。

「可憐的孩子！」王子和公主說。

他們稱讚了烏鴉一番，說他們並不生它們的氣，不過它們可不能常做這類的事兒。雖然如此，它們仍然應該得到一件獎賞。

「你們願意自由地飛出去呢，」公主問，「還是願意做為宮

裡的烏鴉而獲得一個固定的職位、享受能吃廚房裡剩飯的權利呢？」

兩隻烏鴉鞠了一躬，要求有一個固定的職位，因爲它們想到它們的老年。它們說：「老了的時候能夠得到一些供給總是一件好事，正如俗語所說的一樣。」

王子爬下床來，讓格爾達睡在他的床上——他只能夠做到這一點。她的小手十指交叉著，想道：「人和動物是多麼善良的東西啊！」於是她閉起眼睛，幸福地睡著了。所有的夢又飛進來了；這一次它們是像天使一樣。它們拖著一架小雪橇，加伊坐在上面點著頭。這一切只不過是一個夢罷了。她一醒來，這些夢就不見了。

第二天她全身穿上了絲綢和天鵝絨的衣服。有人向她提議，請她在宮裡住下來，享受快樂的時光。不過她只要求得到一輛馬拉的小車，和一雙小靴子。這樣她就可以又駕著馬車到外面去，去尋找加伊。

她不僅得到一雙靴子，還得到一個暖手筒，並且穿著一身乾淨整齊的衣服。當她要離去的時候，一輛純金做成的車子就停在門外等她。王子和公主的徽記在那上面亮得像一顆明星。車夫、侍者和騎手——因爲還有騎手——都穿著繡有金王冠的衣服。王子和公主親自扶她上車，同時祝她一路平安。那隻樹林裡的烏鴉——它現在已經結了婚——陪送她走了開頭三丹麥里 ④ 的路程。它坐在格爾達的身旁，因爲叫它背對著馬坐著，它可受不了。另外那隻烏鴉站在門口，拍著翅膀。她不能跟他們同行，因爲她有點頭痛，而這頭痛是因爲她獲得了那個固定職位後吃得

太多了才有的。車子四壁塡滿了甜餅乾，座位裡墊滿了薑汁餅乾和水果。

「再會吧！再會吧！」王子和公主喊著，小小的格爾達哭起來，烏鴉也哭起來。他們這樣一起走了開頭幾丹麥里路，於是烏鴉也說聲再會——這要算是最難過的一次別離。烏鴉飛到一棵樹上，拍著黑翅膀，一直到它看不見馬車爲止——這車子閃耀得像明亮的太陽。

第五個故事：小強盜女孩

他們坐著車子走過濃密的樹林。不過車子光耀得像一個火把，把一些強盜的眼睛都照得暈眩起來，他們再也忍耐不住了。

「那是金子！那是金子！」他們大聲說。他們衝上前來，攔住那些馬匹，打死了那些騎手、車夫和僕人，最後把格爾達從車上拖了下來。

「她長得很胖……她長得很美……她是吃胡桃核長大的！」老女強盜說。她的鬍子長得又長又硬，她的蓬鬆眉毛把眼睛都蓋住了。

「她像一隻肥胖的小羔羊！哪，好吃得很！」

於是她抽出一把明晃晃的刀子——刀子閃耀得怕人。

「哎喲！」老女人同時大叫了一聲，因爲她的親生女兒爬在她背上，把她的耳朵咬了一口；她是一個頑皮和野蠻的孩子，喜歡尋這種開心。「妳這個搗蛋的孩子！」媽媽說，這樣她就沒有時間來殺掉格爾達了。

「我要她跟我一起玩耍！」小強盜女孩說。「她得把她的暖

手筒和美麗的衣服給我，和我在床上一起睡！」

於是這孩子又咬了她一口，弄得老女強盜又跳起來，就地打轉；別的強盜們都笑起來，說：

「瞧，她和她的小鬼跳得多好！」

「我要坐進那輛車子裡去！」小強盜女孩說。

她要怎樣就得怎樣，因為她是一個很放肆和固執的孩子。她和格爾達坐在車子裡，在樹樁和荊棘上面奔跑過去，一直跑到森林裡。小強盜女孩和格爾達同樣年紀，不過她的身體更強壯，肩膀更寬。她的皮膚是棕色的，眼睛很黑，幾乎顯出憂鬱的樣子。她把小小的格爾達攔腰抱住，說：

「只要我不生妳的氣，他們就不能殺妳。我想妳是一位公主吧？」

「不是，」小小的格爾達說。於是她把自己所遭遇到的事情，和她怎樣喜歡小小的加伊，都全盤說出。

小強盜女孩嚴肅地看了她一眼，輕輕地點了點頭，同時說：

「就是我生了妳的氣，他們也不能殺妳，因為那時我就會親自動手。」

於是她擦乾了格爾達的眼睛，把她的雙手放進那又柔和、又溫暖的暖手筒裡。

馬車停下來了。她們走進強盜宮殿的院子裡來。這個宮殿從頂到地都布滿了裂痕。大渡鳥和烏鴉從敞著的洞口飛出來，大哈巴狗——每隻好像能吞掉一個人似的——跳得很高，不過它們並不叫，因為這是不准許的。

在一個古老的、煙熏的大房間裡，有一堆火在石鋪的地上熊

熊地燃著。煙在天花板下面旋轉，想要找一個出路冒出去。有一大罐湯正在沸騰著，有許多家兔和野兔在鐵杆上烤著。

「今晚妳跟我和我的小動物一起睡，」小強盜女孩說。

她們吃了一些東西，也喝了一些東西，然後走到鋪了稻草和地毯的一個牆角裡去。這兒有一百多隻鴿子棲在板條上和棲木上。它們都快要睡著了。不過當這兩個女孩子來到的時候，它們就把頭轉過來看了一眼。

「這些東西都是屬於我的，」小強盜女孩說。於是她馬上抓住手邊的一隻，提著它的雙腿搖了幾下，直到弄得它亂拍起翅膀來。「吻它一下吧！」她大聲說，同時在格爾達的臉上打了一巴掌，「那兒坐著幾個林中的混蛋，」她繼續說，指著牆上用木條攔著的一個洞口。「這兩個東西都是林中的混蛋。如果你不把它們關好，它們馬上就飛走了。現在請看我的老愛人『叭』吧！」她抓著一隻馴鹿的角，把它拖出來。它是套著的；脖子上戴著一個光亮的銅圈。「我們得把它牢牢地套住，否則它就逃掉了。每天晚上我用一把尖刀子在它的脖子上搔搔癢——它非常害怕這一招。」

這小女孩子於是從牆縫裡抽出一把長刀，放在馴鹿的脖子上滑了幾下。這隻可憐的動物彈著腿。小強盜女孩大笑了一陣，把格爾達拖進床裡去。

「當妳睡覺的時候，妳也把這刀子放在身邊嗎？」格爾達問，同時驚恐地看著這把刀子。

「我總是和我的刀子一起睡覺的！」小強盜女孩回答說。「因為誰也不知道會有什麼意外發生呀。不過現在請妳把關於

加伊的事情，以及妳爲什麼跑到這個大世界裡來的原因，再告訴我一遍吧。」

格爾達又從頭講了一遍。斑鳩在上面的籠子裡咕咕地叫，於是別的斑鳩就都睡去了。小強盜女孩把一隻手摟著格爾達的脖子，另一隻手拿著刀子，也睡去了——人們可以聽見這些動作。不過格爾達無論如何也合不上眼睛——她不知道她要活著，還是死去。

強盜們圍著火坐著，一面唱歌，一面喝酒。那個強盜老女人則翻著筋斗。一個小女孩子看到這情景眞是感到害怕。

於是那些斑鳩就說：「咕！咕！我們看見過小小的加伊。一隻白母鷄背著他的雪橇：他坐在白雪皇后的車子裡。當我們待在巢裡的時候，車子低低地在樹林上飛過去。她在我們的小斑鳩身上吹了一口氣：除了我們倆以外，大家都死了。咕！咕！」

「你們在上面講些什麼？」格爾達問。「白雪皇后旅行到什麼地方去了？你們知道嗎？」

「她大概是旅行到拉普蘭⑤去了，因爲那兒整年都是冰雪。妳去問問用繩子套著的那隻馴鹿吧。」

「那兒有冰有雪，那兒壯麗輝煌！」馴鹿說。「那兒，人們可以在亮晶晶的山谷裡自由地跳躍！那兒，白雪皇后架起她夏天的帳篷，不過她經常住的宮殿是在北極附近一個叫做斯匹次卑爾根⑥的島上。」

「啊，加伊，小小的加伊！」格爾達嘆著氣。

「妳得靜靜地躺著，」小強盜女孩說，「否則我就要把刀子刺進妳的肚皮裡去！」

第二天早晨，格爾達把斑鳩說的話都告訴了小強盜女孩。小強盜女孩的樣子非常嚴肅，不過她點點頭，說：

「不要緊！不要緊！你知道拉普蘭在什麼地方嗎？」她問馴鹿。

「誰能比我還知道得更清楚呢？」馴鹿說，它的一雙眼睛在轉動著。「我是在那兒出生，在那兒長大的。我在那兒的雪地上跳躍過。」

「聽著！」小強盜女孩對格爾達說。「妳要知道：我們的男人都走了。只有媽媽還留下，她將在這兒待下去。不過將近中午的時候，她將從那個大瓶裡喝點東西，接著她就要打一個盹兒。那時我再來幫妳的忙吧！」

她從床上跳下來，摟著她媽媽的脖子，拉拉她的鬍子，然後說：

「早安，我親愛的老母山羊。」

她的媽媽在她的鼻子上敲了幾下，敲得她發紅和發青——不過這完全是從真正的母愛出發的。

媽媽從瓶子裡喝了點什麼東西以後，就睡著了。小強盜女孩走到馴鹿那兒，說：

「我倒很想用尖刀再捅你幾下，因為這樣你的樣子才滑稽。不過沒有關係，我將解開你的繩子，把你放出去，好使你能跑到拉普蘭去。不過你得好好地使用你的這雙腿，把這個小女孩子帶到白雪皇后的宮殿去——她的玩伴就在那兒。你已經聽到過她對我講的話，因為她的聲音很大，而且你也在偷聽！」

馴鹿快樂得高高地跳起來。小強盜女孩把小小的格爾達抱

到它的背上，而且很謹愼地把她繫牢，甚至還給了她一個小墊子做爲座位。

「沒有關係，」她說，「妳穿上妳的皮靴好了，因爲天氣變冷了。不過我要把這個暖手筒留下，因爲它很可愛！但是妳仍然不會感到冷的。這是我母親的一副大手套，可以一直套到妳的胳膊肘上。套上去吧！妳的一雙手現在眞像我那位醜媽媽的手了。」

格爾達快樂得哭起來。

「妳流出一大灘眼淚，我看不慣！」小強盜女孩說。「現在妳應該顯得很快樂才是。妳把這兩塊麵包和一塊火腿拿去吧，免得挨餓。」

這些東西都被繫在馴鹿的背上。小強盜女孩把門打開，把一些大狗都哄進屋子裡去。然後她用刀子割斷繩索，並且對馴鹿說：

「你跑吧！不過請你好好地照料這個小女孩！」

格爾達把她戴著大手套的一雙手伸向小強盜女孩，說了聲「再會！」於是馴鹿就在樹樁和灌木上飛奔起來，穿過樹林，越過沼澤地和大草原，盡快地奔馳。豺狼在呼嘯，烏鴉在呱呱地叫。「噓！噓！」這是空中發出的聲音。天空好像燃燒起來了似的。

「那是我親愛的老北極光！」馴鹿說。「瞧，它是多麼亮！」於是它跑得更快，日夜不停地跑。

麵包吃完了，火腿也吃完了，這時他們到達了拉普蘭。

第六個故事：拉普蘭女人和芬蘭女人

他們在一間小屋子前面停下來。這屋子是非常簡陋的；它的屋頂低得幾乎要接觸到地面；它的門是那麼矮，當家裡的人要走出走進的時候，就得伏在地上爬。屋子裡除了一個老太婆以外，什麼人也沒有，她現在在一盞油燈上煎魚。馴鹿把格爾達的全部經歷都講了，不過它先講自己的，因為它覺得它的最重要。格爾達凍得一點氣力也沒有，連一句話都講不出來了。

「唉，你們這些可憐的東西！」拉普蘭女人說，「你們要跑的路還長得很呢！你們還要跑三百多丹麥里路，才能抵達芬馬克⑦，因為白雪皇后在那兒的鄉下度假。她每天晚上放起藍色的焰火⑧。我將在一條乾鱈魚上寫幾個字，因為我沒有紙。你們可以把它帶到一個芬蘭的老太婆那兒去——她會告訴你更多的消息。」

當格爾達暖了一陣、吃了和喝了一些東西以後，拉普蘭女人就在一條乾鱈魚上寫下幾個字，並且告訴格爾達好好地拿著它，然後把她繫在馴鹿的背上，這隻鹿立刻就跳走了，「呼！呼！」它在高空中說。最美麗的、蔚藍色的北極光，一整夜不停地在閃耀著。

就這樣他們到了芬馬克，他們在那個芬蘭女人的煙囪上敲著，因為她連一扇門也沒有。

屋子裡的熱氣很大，芬蘭女人幾乎是一絲不掛地住在那兒。她的身材很小，而且很髒。她馬上把格爾達的衣服解開，把她的大手套和靴子脫下，否則格爾達就會感到太熱了。她在馴鹿

的頭上放了一塊冰，然後讀了寫在鱈魚上的字——她一連讀了三遍。當她把這些字都記熟了以後，就把這魚扔進一個湯罐裡去煮，因為它是可以吃的，而且她又是一個從來不浪費任何東西的人。

馴鹿先講了自己的故事，然後又講了小格爾達的故事。芬蘭女人眨著她聰明的眼睛，一句話也不說。

「妳是很聰明的，」馴鹿說，「我知道妳能用一根縫線把世界上所有的風都縫在一起。如果船長解開一個結，他就可以有好的風；如果他鬆開第二個結，那麼風就吹得厲害；不過，當他解開第三個和第四個結的時候，那就會有一陣可以把樹林吹倒的暴風雨。妳能不能給這小女孩一點東西喝，使她能有十二個人那麼大的力量來制服白雪皇后呢？」

「十二個人那麼大的力量！」芬蘭女人說。「這太管用了！」

她走到櫥櫃那兒，抱下一大捆皮，把這捆皮打開。它上面寫著許多奇怪的字母。芬蘭女人讀著，一直讀到額頭滴下汗珠。

不過馴鹿又替小小的格爾達非常殷切地懇求了一番，格爾達本人也用充滿了淚珠的、祈求的眼光看著這芬蘭女人。女人也開始眨著眼睛，把馴鹿牽到一個牆角邊去，一面在它背上放一塊新鮮的冰，一面說：

「小小的加伊當然是住在白雪皇后那兒的。他在那兒覺得什麼東西都合乎他的胃口和想法。他以為那兒就是世界上最美的地方。不過這是因為他的心裡有一塊鏡子碎片、他的眼裡有一顆鏡子碎粒的緣故。必須先把它們取出來，不然他將永遠不能成為人了。但是白雪皇后會盡一切力量來留住他的！」

「不過妳能不能給小小的格爾達一件什麼東西，使她能有力量克服一切困難呢？」

「我不能給她比她現在所有的力量更大的力量：你沒有看出這力量是怎樣大嗎？你沒有看出人和動物是怎樣爲她服務嗎？你沒有看出她打著一雙赤腳在這世界上跑了多少路嗎？她不須從我們這兒知道她自己的力量。她的力量就在她的心裡；她是一個天眞可愛的孩子──這就是她的力量。如果她自己不能到達白雪皇后那兒，把那玻璃碎片從小小的加伊身上拿出來，那麼我們也沒有辦法幫助她！白雪皇后的花園就從那個距離這兒兩丹麥里路的地方開始。你可以帶這小姑娘到那兒去：把她放在雪地上一個生滿了紅色漿果的大灌木林旁邊。不要待在那兒閒聊，抓緊時間回到這兒來！」

於是芬蘭女人就把格爾達抱到馴鹿的背上。它盡快地飛跑。

「哎呀，我沒有穿上靴子！沒有戴上大手套！」小小的格爾達叫著。

她馬上感到刺人的寒冷；不過馴鹿不敢停下來：它一口氣跑到生滿了紅色漿果的那個灌木林旁邊。它把格爾達放下來，在她的嘴上吻了一下，然後大顆亮晶晶的眼淚就流到了臉上來。它盡快地又跑回去了。可憐的格爾達站在那兒，在那可怕的、寒冷的芬馬克，沒有穿鞋子，也沒有戴大手套。

她拚命地向前跑。一股雪花捲過來了。它不是從天上落下來的，因爲天上非常晴朗，而且還射出北極光。雪花是沿著地面捲來的。它越逼得近，就越變得龐大。格爾達記起，從前她透過熱

玻璃往外看的時候，雪花是多麼大，多麼美麗啊！不過在這兒它
們顯得非常龐大和可怕──它們是有生命的。它們是白雪皇后
的前哨兵，而且是奇形怪狀的。有的樣子像醜陋的大刺蝟；有的
像許多伸出頭、糾做一團的蛇；有的像毛髮直立的小胖熊。它們
全都是白得發亮的、有生命的雪花。

　　小小的格爾達念著〈主禱文〉。天氣是那麼寒冷，她可以看
到自己呼出的氣像煙霧似的從嘴裡冒出來。呼出的氣越來越
濃，形成了明亮的小天使。當他們一接觸到地面的時候，就越變
越大。他們都戴著頭盔，拿著矛和盾。他們的數目在增加。當格
爾達念完了禱告以後，她周圍就出現了一個很大的兵團。這些兵
士用長矛刺著這些可怕的雪花，把這些雪花打成無數碎片。於是
小小的格爾達就又穩步地、勇敢地向前進。天使撫摸著她的手和
腳，於是她就不那麼感到寒冷了。她匆忙地向白雪皇后的宮殿前
進。

　　不過現在我們要先看看加伊是在做什麼。他一點也沒有想
到小小的格爾達，更想不到她正站在宮殿的門口。

第七個故事：白雪皇后宮殿裡發生的事情和結果

　　宮殿的牆是由積雪築成的，刺骨的寒風就是它的窗和門。這
裡面有一百多間房子，全是雪花吹到一起形成的。它們中最大的
有幾丹麥里路長。強烈的北極光把它們照亮；它們是非常大，非
常空，非常寒冷和非常光亮。這兒從來沒有過什麼快樂，甚至小
熊的舞會也沒有。事實上，暴風雪很可能在這兒奏起一點音樂，
讓北極熊用後腿站著邁邁步子，表演表演它們出色的姿態。它們

連打打嘴和敲敲腳掌的小玩意兒都沒有。年輕的白狐狸姑娘們
也從來沒有開過任何小茶話會。白雪皇后的大廳裡是空洞的、廣
闊的和寒冷的。北極光照得那麼準確，你可以算出它在什麼時候
最高，什麼時候最低。在這個空洞的、沒有邊際的雪廳中央有一
個結冰的湖——它裂成了一千塊碎片，不過每一片跟其他小片
的形狀完全一樣，所以這就像一套很完美的藝術品。當白雪皇后
在家的時候，她就坐在這湖的中央。她自己說她是坐在理智的鏡
子裡，而且這是唯一的、世上最好的鏡子。

　　小小的加伊凍得發青——的確，幾乎是凍得發黑，不過他不
覺得，因爲白雪皇后把他身上的寒顫都吻掉了。他的心簡直像一
塊冰塊。他正在搬弄著幾塊平整而尖利的冰，把它們拼來拼去，
想拼成一件什麼東西。這正好像我們想用幾塊木片拼成圖案一
樣——就是所謂中國玩具 ⑨。加伊也在拼圖案——最複雜的圖
案。這叫做理智的冰塊遊戲。在他的眼中，這些圖案是最了不起
的、也是非常重要的東西；這完全是因爲他眼睛裡那塊鏡子碎
片在做怪的緣故。他把這些圖案擺出來，組成一個字——不過怎
麼也組不成他所希望的那個字——「永恒」。 於是白雪皇后說：

　　「如果你能拼出這個圖案的話，那麼你就是你自己的主人
了。我將給你整個世界和一雙新冰靴，做爲禮物。」

　　可是他拼不出來。

　　「現在我急於要飛到溫暖的國度裡去！」白雪皇后說。「我
要去看看那些黑罐子！」她所指的是那些火山，也就是我們所謂
的埃特納火山和維蘇威火山⑩。「我將使它們變得白一點！有這
個需要；這對於葡萄和檸檬是有好處的。」

　　於是白雪皇后就飛走了。加伊單獨坐在那有幾丹麥里路長的、又大又空的冰殿裡，呆望著他的那些冰塊。他墜入深思，幾乎把頭都想破了。他直挺挺地坐著，一動也不動，人們可能以為他是凍死了。

　　這時小小的格爾達恰巧走進大門，到宮殿裡面來了，這兒的風很銳利，不過當她念完晚禱後，風兒就靜下來了，好像睡著了似的。她走進這間寬廣、空洞、寒冷的屋子，看到了加伊。她馬上就認出他來了。她倒在他身上，擁抱著他，緊緊地摟著他，同時叫出聲：

　　「加伊，親愛的小加伊！我總算找到你了！」

　　不過他坐著一動也不動，直挺挺的，很冷淡。於是小格爾達流出許多熱淚。眼淚流到他的胸膛上，滲進他的心裡，把那裡面的雪塊融化了，把那裡面的一小塊鏡子碎片也分解了。他看著她，她唱出一首聖詩：

> 山谷裡玫瑰花長得豐茂，
> 那兒我們遇見聖嬰耶穌。

　　這時加伊大哭起來。他哭得厲害，連眼睛中的鏡子粉末也流出來了。現在他認得出她，所以他快樂地叫著：

　　「格爾達，親愛的格爾達！妳到什麼地方去了這麼久？我也到什麼地方去了？」他向周圍望了一眼。「這兒是多麼寒冷啊！這兒是多麼廣闊和空洞啊！」

　　他緊抱著格爾達。她快樂得一會兒笑，一會兒哭。他們是那

麼高興，連四周的冰塊都快樂得跳起舞來。當他們因爲疲乏而躺
下來的時候，兩人就恰恰形成一個字的圖案——白雪皇后曾經
說過，如果他能拼出這個圖案，他就成爲他自己的主人，同時，
她也將給他整個世界和一雙新冰靴。

　　格爾達吻著他的雙頰：雙頰像開放的花；她吻著他的雙
眼：雙眼像她自己的一樣發亮；她吻著他的手和腳，於是他又
變得健康和活潑起來。白雪皇后這時盡可以回到家裡來，但是他
的解脫禁錮的字據已經亮晶晶地印在冰塊上。

　　他們手挽著手，走出了這座巨大的冰宮。他們談起了祖母，
談起了屋頂上的玫瑰花。他們到什麼地方，風就停息了，太陽就
露出了臉。當他們來到那個紅色漿果的灌木林的時候，馴鹿正在
那兒等待著他們。它還帶來了另外一隻小母鹿。母鹿的乳房鼓得
滿滿的，所以她給這兩個小孩溫暖的奶吃，同時吻著他們的嘴。
它們把加伊和格爾達先送到芬蘭女人那兒去。他們在她溫暖的
房間裡停留取暖，並且得到一些關於回家的路程的指示。然後他
們就到拉普蘭女人那兒去。這女人已經爲他們做好了新衣服，而
且把她的雪橇也修好了。

　　馴鹿和小母鹿在他們旁邊連蹦帶跳地走著，一直陪送他們
到達邊境。這兒早春的植物已經冒出芽來了。他們和這兩隻馴
鹿、拉普蘭女人告了別。「再會吧！」大家都說。初春的小鳥開
始喃喃地唱著歌；樹林蓋滿了一層綠色的嫩芽。有一匹漂亮的
馬兒從樹林裡跑出來。格爾達認識它，因爲它就是從前拉著金馬
車的那匹馬。一個年輕的姑娘騎著它。她頭上戴著一頂發亮的紅
帽子，她還帶著手槍。這就是那個小強盜女孩。她在家裡待膩

了，想要先到北方去一趟；如果她不喜歡那地方的話，再到別的地方去。她馬上就認出了格爾達；格爾達也認出了她。她們見了面非常高興。

「你眞是一個可愛的流浪漢！」她對小小的加伊說。「我倒要問問，你値不値得讓一個人趕到天邊去找你？」

不過格爾達摸著她的臉，問起那位王子和那位公主。

「他們都旅行到外國去了！」小強盜女孩說。

「可是那隻烏鴉呢？」小格爾達問。

「嗯，那隻烏鴉已經死了，」小強盜女孩回答說。「那隻馴服的愛人成了一個寡婦，它的腿上還繫著一條黑絨⑪！她傷心得很，不過這完全沒有一點意義！現在請把妳的遭遇告訴我，妳怎樣找到他的。」

格爾達和加伊兩個人都把經過講出來了。

「嘶——唏——嗤！」小強盜女孩說。於是她握著他們兩人的手，同時答應說，如果她路過他們的城市，她一定會去拜訪他們的。然後她就騎著馬奔向茫茫的大世界裡去了。格爾達和加伊手挽著手走。他們在路上所見到的是一個青枝綠葉、開滿了花朵的美麗的春天。教堂的鐘聲響起來了，他們認出了那些教堂的尖塔和他們所住的那個大城市。他們走進城，一直走到祖母家的門口；他們爬上樓梯，走進房間——這兒一切東西都在原來的地方沒有移動。那個大鐘在「滴答——滴答」地走，上面的指針也在轉動。不過當他們一走出門的時候，他們就發現自己已經長成大人了。水管上的玫瑰花正在敞開的窗子前面盛開。這兒有好幾張小孩坐的椅子。加伊和格爾達各自坐在自己的椅子上，互相握

著手。他們像做了一場大夢一樣，已經把白雪皇后那兒的寒冷和空洞的景觀全忘記掉了。祖母坐在上帝的明朗的太陽光中，高聲地念著《聖經》：「除非你成爲一個孩子，你絕對進入不了上帝的國度！」⑫

加伊和格爾達面對面地互相看著，立刻領悟了那首聖詩的意義——

　　　　山谷裡玫瑰花長得豐茂，
　　　　那兒我們遇見聖嬰耶穌。

他們兩人坐在那兒，已經是成人了，但同時也是孩子——在心裡還是孩子。這時正是夏天，暖和的、愉快的夏天。[1858年]

————————————

這篇故事收集在《新的童話》裡，整個情節像一首詩——一首歌頌天眞無邪、純潔感情的詩。詩中的主人翁小女孩格爾達有點像〈野天鵝〉中的小妹妹艾麗莎，她用她堅強的毅力和純眞的感情，衝破一些艱難險阻，終於戰勝了重重困難，使她親愛的朋友小小的加伊得救。她的這種力量是從哪裡來的呢？沒有任何人「能給她比她現在所有的力量更大的力量：你沒有看出這力量是怎樣大嗎？……她的力量就在她的心裡；她是一個天眞可愛的孩子——這就是她的力量。如果她自己不能到達白雪皇后那

兒，把那玻璃碎片從小小的加伊身上拿出來，那麼我們也沒有辦法幫助她！」小小的格爾達有這種力量，但得自己去發揮，自己去奮鬥。這就是這個故事所給予人們的啓示。據説這篇故事與安徒生和瑞典著名女歌唱家珍妮的關係有關。他年輕時曾經以極純眞的感情崇愛過她。但他卻沒有得到小小的格爾達所得到的那種結果：珍妮告訴他，他們之間的感情是兄妹之情，而不是其他。

【註釋】

①丹麥的長度名，等於 0.627 米。

②古代印度有些婦女死了丈夫以後，在土堆上把自己燒死，以表示「貞節」。

③這是北歐的一種禮節，行這禮的時候，彎一下左腿的膝蓋，點一點頭。現在北歐（特別是瑞典）的小學生在街上遇見老師時仍然行這種禮。

④一丹麥里大約等於十五華里。

⑤拉普蘭(Lapland)是瑞典、挪威和芬蘭北部的一塊地方，非常寒冷。

⑥斯匹次卑爾根(Spitzbergen)是北冰洋上的一個群島，屬於挪威。

⑦芬馬克(Finnmark)是挪威最北部的一縣，也是歐洲最北部的一個地區，極爲寒冷。

⑧指北極光。

⑨中國玩具，指七巧板、九連環等玩具。這裡是指七巧板。

⑩埃特納火山(Etna)是義大利西西里島上的一座火山，主要噴火口海拔 3323 米。維蘇威火山(Vesuvius)是義大利那不勒斯灣東邊的一座火山，海拔 1280 米。兩山的山坡上都是種植葡萄及果樹。

⑪這兒是説等於我們人戴黑紗。

⑫《聖經‧新約全書‧馬可福音》第十章第十五節是這樣説的：「我實在告訴你們，凡要承受神國的，若不像小孩子，都不能進去。」

丹麥人荷爾格

丹麥有一個古老的宮殿，名叫克龍堡。它在厄勒海峽①的近旁。這兒每天有成千成百的大船經過──英國的、俄國的和普魯士的船隻。它們鳴炮向這個古老的宮殿致敬：轟！這個古老的宮殿也放起炮來做爲回禮：轟！因爲這就是炮所說的「日安！」和「謝謝您！」的意思。冬天沒有船隻在這兒經過，因爲整個的海面結了冰，一直結到瑞典的海岸。不過這很像一條完整的公路。那上面飄著丹麥和瑞典的國旗，丹麥人和瑞典人也相互

說「日安！」和「謝謝您！」不過他們不是放炮，而是友愛地握著手。這國的人向那國的人買白麵包和點心吃——因為異國食物的味道總是最香的。

不過這一切裡面最美麗的東西是那個古老的克龍堡。丹麥人荷爾格就坐在它裡面一個深黑的地窖裡——誰也不到這兒來。他穿著一身鎧甲，用強壯的手臂枕著頭。他的長鬍子垂到一張大理石桌子上，在那上面生了根。他睡著，夢著；不過他在夢裡可以看見丹麥所發生的一切事情。每年聖誕節的前夕總有一個上帝的天使到來，告訴他說：他所夢見的東西全是真的，他可以安靜地睡覺，因為丹麥還沒有遭到嚴重的危險。不過假如有危險到來的時候，年老的丹麥人荷爾格就會醒來。當他把鬍子從桌上拉出來的時候，這張桌子就要裂開。這時他就要走出來，揮動拳頭，讓世界各國都能聽到他揮動拳頭的聲音。

年老的祖父把丹麥人荷爾格的故事全都講給他的小孫子聽。這些孩子都知道，祖父所講的話是真的。當這位老人坐著講的時候，他就雕出一尊木頭人像來。它代表丹麥人荷爾格。他把它放在船頭上。老祖父是一個雕像的專家——這也就是說，他雕出放在船頭上的人像來，而船就以這尊雕像來命名。現在他雕出了丹麥人荷爾格。這是一個有長鬍子的、雄赳赳的人。他一隻手拿著長劍，另一隻手倚在一個丹麥的國徽上。

老祖父講了許多丹麥著名的男子和女子的故事，所以後來這個小孩子就覺得他所知道的東西跟丹麥人荷爾格所知道的一樣多——而後者只能在夢裡知道。當這個小傢伙躺在床上的時候，他老是想著這些東西，使得他真的把下巴貼在被子上，幻想

著自己也有了長鬍子，並且還在被子上生了根哩！

　　不過老祖父坐在那裡不停地工作；他把最後的一部分雕好了：這是丹麥的一個國徽。當他雕好了以後，便把它整個地看了一下；於是想起了他讀到過的、聽到過的、和今晚對孫子講過的東西。於是他點點頭，把眼鏡擦了一下，然後又戴上。他說：

　　「是的，丹麥人荷爾格可能在我這一生中不會再來了。不過躺在床上的這個男孩子可能會看到他，而且在眞正需要的時候，可能和他一起保衛丹麥。」

　　老祖父又點了點頭。他越看他的丹麥人荷爾格，就越清楚地覺得他雕的這尊人像很好。他似乎覺得它身上射出了光彩，國徽像鋼鐵似地發著光。這個丹麥國徽裡面的心變得更鮮紅，戴著金色王冠的那獅子也在跳躍②。

　　「這是世界上一個最美麗的國徽！」老人說。「這些獅子代表力量，而這些心代表和善與愛！」

　　他把最上面的那隻獅子看了一下，於是想起了曾經同時擁有強大的英國和丹麥這兩國王位的那個國王克努特③。當他看到那第二隻獅子的時候，就想起了統一丹麥和征服過溫得人④的國土的瓦爾得馬爾大帝⑤。當他看到那第三隻獅子的時候，就想起統一丹麥、瑞典和挪威的瑪加利特王后⑥。不過當他看到那幾顆鮮紅的心的時候，它們就發出比以前更明亮的光輝。它們變成了閃動著的火焰。於是他的思想就跟隨著它們每一顆心飛翔。

　　第一個火焰把他引導到一個黑暗而狹窄的監獄去；有一個囚犯──一個美麗的女人──坐在這裡面。她叫愛倫諾爾·烏爾

菲德⑦；她是國王克利斯仙四世⑧的女兒。這個火焰變成了一
朵玫瑰花貼在她的胸口上，與她的心連成一氣開出花來──她
是丹麥最高貴、最好的女人。

　　「是的，這是丹麥國徽中的一顆心！」老祖父說。

　　他的思想跟著第二個火焰飛。它把他引導到大海上去：這
兒大炮在轟轟地響著；許多船隻被籠罩在煙火裡面。這個火焰
變成一枚勳章，緊貼在維特菲爾得⑨的胸前；這時這個男子為
了要拯救整個的艦隊，正在把自己和他的船炸毀。

　　那第三個火焰把他領到格陵蘭島上的一堆破爛的茅屋中
去。這兒住著一位名叫漢斯・愛格德⑩的牧師；他的言語和行動
充滿了愛的感情。這個火焰是他胸前的一顆星，也是丹麥國徽上
的一顆心。

　　老祖父的思想在閃動著的火焰前面走，因為他的思想知道
火焰要到什麼地方去。佛列得里克六世⑪站在一個農婦的簡陋
的房間裡，用粉筆把自己的名字寫在屋樑上。火焰在他的胸前閃
動著，也在他的心裡閃動著。在這個農婦的簡陋的房間裡，他的
心成了丹麥國徽上面的一顆心。老祖父把眼睛擦乾，因為他曾經
認識這位長著有銀色鬆髮的、有一對誠實的藍眼睛的國王佛列
得里克，而且曾經為他而活過。他把他的雙手疊在一起，靜靜地
向自己前面望。這時老祖父的兒媳婦走過來了。她說，時間已經
不早，他現在應該休息，而且晚餐已經準備好了。

　　「不過你雕出的這件東西非常美麗，祖父！」她說。「丹麥
人荷爾格和我們古老的國徽！我彷彿覺得以前看見過這個面孔
似的！」

「不對，那是不可能的，」老祖父說；「不過我倒是看到過的。因此我憑我的記憶，要把它用木頭雕出來。那是很久以前的事了，英國的艦隊停在哥本哈根海面上；丹麥曆書上寫的是 4 月 2 日；在這天 ⑫ 我們才知道我們是眞正的丹麥人。我正在斯丁・比列統率的艦隊上服務。我站在『丹麥』號上，我的身旁還站著另一個男子——槍彈好像是害怕他似的！他愉快地唱著古代的歌，開著炮，戰鬥著，好像他不僅僅是一個男子。我還能記得他的面孔。不過他是從什麼地方來的，又到什麼地方去了，我一點也不知道——誰也不知道，我常常想，他一定是古代丹麥人荷爾格的化身——那位從克龍堡游下水去、在危急的關頭來救援我們的人。這是我的想法，他的形影就在這兒。」

這尊雕像的大影子映在牆上，甚至還映到一部分的天花板上去。眞正的丹麥人荷爾格就好像站在它後面，因爲這影子在動：不過這也可能是因爲燃著的蠟燭在搖晃著的緣故。兒媳婦吻了老祖父一下，然後把他扶到桌子旁的一張大靠椅上。她和她的丈夫——就是這個老人的兒子和睡在床上的那個小孩子的父親——坐下來吃晚飯。老祖父談著丹麥的獅子和丹麥的心，談著威力和感情。他毫不含糊地說，那把寶劍，除了代表武力以外，還代表一種別的東西；於是他指著書架上的一堆古書——荷爾堡 ⑬ 所寫的劇本全都在裡面。這些劇本經常被人閱讀著，因爲很有趣。在劇本裡面，人們彷彿能認出古時人民的面貌。

「你要知道，他還曉得怎麼去戰鬥呢，」老祖父說。「他花了一生的精力去揭露人們的愚蠢和偏見！」於是老祖父向鏡子點點頭——那兒掛著一本畫有圓塔⑭的日曆。他說：「蒂卻・布

拉赫是另一位會使用這把寶劍的人——不是用來砍人的肌肉和
腿，而是用來砍出一條通到天上星座的康莊大道！另一個人
——他的父親也是做我這行業的人——多瓦爾生 ⑮，一個老雕
刻匠的兒子。我們親眼看見過他，他銀白的鬈髮、寬闊的肩膀。
他的名字全世界的人都知道！——是的，他是一個雕刻家，而我
不過是一個普通的木刻匠而已！的確，丹麥人荷爾格以種種的
形式出現，好使全世界的人都知道丹麥的力量。我們來爲貝特
爾・多瓦爾生乾杯好嗎？」

不過睡在床上的那個孩子清楚地看到了古老的克龍堡和厄
勒海峽，以及坐在這個古堡地下室裡的那個眞正的丹麥人荷爾
格——他的鬍子在大理石的桌子上生了根，同時他在夢著外面
所發生的事情。丹麥人荷爾格也在夢著這位坐在一個簡陋的小
房間裡的木刻匠；他聽到了人們所說的一切話，他在夢中點
頭，說：

「是的，你們丹麥的人民請記住我吧！請你們在思想中記
住，在你們危急的時候，我就會來的！」

克龍堡外面是晴朗的天氣。風吹來鄰國獵人的號角聲。船隻
在旁邊開過去，同時鳴起禮炮：「轟！轟！」克龍堡同時也鳴炮
做爲回禮：「轟！轟！」不過，不管人們怎樣喧鬧地放著炮，丹
麥人荷爾格並不醒來，因爲這些炮聲只不過表示「日安！」和「謝
謝您！」的意思罷了。只有在另外一種炮聲響起的時候他才醒
來；而且他是會醒來的，因爲丹麥人荷爾格的身體中充滿了力
量。[1845 年]

這是一篇洋溢著愛國主義激情的散文詩。荷爾格是安徒生虛構的一個人物，代表丹麥的民族精神。他睡著，夢著，不過他在夢裡可以看見丹麥所發生的一切事情。「是的，你們丹麥人民請記住我吧！請你們在思想中記住，在你們危急的時候，我就會來的！」所以他沒睡著。但他不是一個狹隘的愛國主義者。他的「那把寶劍，除了代表（保衛國家的）武力以外，還代表一種別的東西……」這種「別的東西」就是丹麥人在文學、藝術、科學和人道主義事業方面所做出的貢獻。故事中的雕刻匠是安徒生自己的祖父和世界知名的丹麥雕刻家多瓦爾生的父親的混合體。

【註釋】

①厄勒海峽(Öresund)是哥本哈根和瑞典的馬爾摩(Malmo)之間的一條狹窄海峽，也是丹麥的大門。

②丹麥的國徽是由三頭獅子和九顆心所組成的。

③克努特二世(Knud II, 994?～1035)是丹麥的國王。他在 1018 年征服了全英國，因此也成了英國國王。

④溫得人(Vendiske)是住在德國境內的一個斯拉夫系民族。

⑤瓦爾得馬爾大帝(Waldemar I, 1131～1182)是丹麥的一位能幹的國王。

⑥瑪加利特王后(Margrethe)是丹麥國王瓦爾得馬爾四世的女兒。她後來成為丹麥、瑞典和挪威的共同女王。

⑦這是訶爾菲茲・烏爾菲德(Corfits Ulfeld)的妻子。她因愛她的丈夫而被誣陷下獄，在一個地窖裡關了二十年，直到迫害她的蘇菲亞・亞瑪莉亞死後才恢復自由。

⑧克利斯仙四世(Christian Iv, 1577～1648)是丹麥和挪威的共同國王。

⑨1710 年丹麥和瑞典的艦隊在卻格灣海戰。維特菲爾得(Hvidtfeldts)的船「丹麥國旗號」被炸起火。丹麥艦隊中其他船艦被大風吹向這艘起火的船。為了救整個的艦隊，他炸沉了自己的船，本人也同歸於盡。

⑩這是丹麥的一個牧師。他從 1721 年到 1736 年間在格陵蘭島愛斯基摩人中間做社會和教育工作。

⑪佛列得里克六世(Frederick VI, 1768～1839)是丹麥和挪威的共同國王，他廢除農奴制度和奴隸販賣的貿易。

⑫這是 1808 年 4 月 2 日英國和丹麥的海軍激戰。英國艦隊在納爾遜將軍的指揮下把丹麥海軍擊敗。

⑬荷爾堡 (Ludvig Holberg, 1684～1754) 是丹麥的作家，丹麥文學的創始者。

⑭這是哥本哈根的一座天文台，丹麥著名的天文學家蒂卻・布拉赫 (Tycho Brahe, 1546～1601) 在這裡觀察天體。

⑮多瓦爾生 (Bertel Thowaldsen, 1768～1844) 是丹麥的一個雕刻家，同時被認為是歐洲古典藝術復興運動的領袖。他的雕刻傑作散見於歐洲各大教堂及公共建築物裡。他的作品主題多數是歐洲神話中的人物。

單身漢①的睡帽

哥本哈根有一條街；它有這樣一個奇怪的名字——虎斯根‧斯特勒得②。為什麼它要叫這樣一個名字呢？它的意義又是什麼呢？它應該是德文。不過人們在這兒卻把德文弄錯了。人們應該說 Haüschen 才對，它的意義是「小房子」。有個時候——的確是在許多許多年以前——這兒沒有什麼大建築，只有像我們現在在廟會時看到的那種木棚子。是的，它們比那還要略為大一點，而且開得有窗子；不過窗框裡鑲著的東西，不是獸

角，就是膀胱皮，因爲那時玻璃很貴，不是每座屋子都用得起
的。當然，我們是在談很久以前的事情——那麼久，即使曾祖父
的祖父談起它，也要說「好久以前的時候」——事實上，那是好
幾個世紀以前的事兒。

那時卜列門和留貝克的有錢商人經常跟哥本哈根做生意。
他們不親自到這兒，只是派他們的伙計來。這些人就住在這條
「小房子街」上的木棚子裡，販賣啤酒和香料。

德國的啤酒是非常可口的，而且種類很多，包括卜列門、普
利生、愛姆塞等啤酒，甚至還有布龍斯威克白啤酒③。出售的香
料種類也不少——番紅花、大茴香、生薑，特別是胡椒。的確，
胡椒是這兒一種最重要的商品；因此在丹麥的那些德國伙計就
獲得了一個稱號：「胡椒朋友」。他們在出國以前必須答應老闆
一個條件，那就是：他們不能在丹麥討太太。他們有許多人就這
樣老了。他們得自己照料自己，安排自己的生活，壓制自己的感
情——如果他們感情眞衝動起來的話。他們有些人變成了非常
孤獨的單身漢，思想很古怪，生活習慣也很古怪。從他們開始，
凡是達到了某種年齡而還沒有結婚的人，現在人們統統把他們
叫做「胡椒朋友」。人們要懂得這個故事，必須要了解這一點。

「胡椒朋友」成了人們開玩笑的一個對象。據說他們總是要
戴上睡帽，並且把帽子拉到眼睛上，然後才去睡覺：

> 砍柴，砍柴！
> 唉，唉！這些單身漢眞孤獨，
> 他們戴著一頂睡帽去睡覺，

他只好自己點上蠟燭。

是的，這就是人們所唱的關於他們的歌！人們這樣開一個單身漢和他的睡帽的玩笑，完全是因爲他們既不理解單身漢，也不認識他的睡帽的緣故。唉！這種睡帽誰也不願意戴上！爲什麼不呢？我們且聽吧：

在很古的時候，這條小房子街上沒有鋪上石塊：人們把腳從這個坑裡拖出來，又踏進另一個坑裡去，好像是在一條崎嶇不平的小路上走一樣；而且它還是狹窄得很。那些小房子緊挨在一起，和對面的距離很近，所以在夏天就常常有人把布篷從這個屋子扯到對面的屋子上去。在這種情況下，胡椒、番紅花和生薑的氣味就比平時要特別濃烈了。

櫃台後面站著的很少有年輕人；不，他們大多數都是老頭兒。但是他們並不是像我們所想像的那些人物：他們並沒有戴著假髮和睡帽，穿著緊腿褲，把背心和上衣的扣子全部扣上。不是的，祖父的曾祖父可能是那個樣兒——肖像上是這樣畫著的；但是「胡椒朋友」卻沒有錢來畫他們的肖像。這也實在可惜：如果曾經有人把他們某一位站在櫃台後或在禮拜天到教堂去做禮拜的那副樣兒畫出一張來，現在一定是很有價值的。他們的帽子總是有很高的頂和很寬的邊。年輕的伙計有時還喜歡在帽子上插一根羽毛。羊毛襯衫被燙得很平整的布領子掩著；窄上衣緊緊地扣著，大衣鬆鬆地披在身上，褲腳一直紮進寬口鞋裡——因爲這些伙計們都不穿襪子；腰帶上掛著一把吃飯用的刀子和湯匙；同時爲了自衛起見，還插著一把較大的刀子——這

項武器在那個時候常常是不可缺少的。

安東——小房子街上一位年紀最大的店員——他節日的裝束就是這樣。他只是沒有戴高頂帽子，而戴了一種無邊帽。在這帽子底下有一頂手織的便帽———一頂不折不扣的睡帽。他戴慣了它，所以它就老是在他的頭上。他有兩頂這樣的帽子。他真是一個值得畫一下的人物，他瘦得像一根棍子，他的眼睛和嘴巴的四周全是皺紋；他的手指很長，全是骨頭；他的眉毛是灰色的，密得像灌木叢。他的左眼上懸著一撮頭髮———這並不使他顯得漂亮，但卻引起人對他的注意。人們都知道，他是來自卜列門；可是這並不是他的故鄉，只是他的老闆住在那兒。他的老家是在杜林吉亞——在瓦爾特堡附近的愛塞納哈城④。老安東不大談到它，但這更使他想念它。

這條街上的老伙計們不常碰到一起。每個人待在自己的店裡。晚間很早店就關上門了，因此店也顯得相當黑暗。只有一絲微光從屋頂上鑲著角的窗子透露進來。在這裡面，老單身漢一般是坐在床上，手裡拿著一本德文《聖詩集》，口中吟著晚禱詩；要不然他就在屋子裡東摸西摸，一直忙到深夜，這種生活當然不是很有趣的。在他鄉做為一個異國人是一種悲慘的境遇：誰也不管你，除非你妨害到別人。

當外面是黑夜、下著大雨或小雨的時候，這地方就常常顯得非常陰暗和寂寞。這兒看不見什麼燈，只有掛在牆上的那個聖母像面前有一簇孤獨的小亮光。在街的另一頭，在附近一個渡口的木欄柵那兒，水聲這時也可以清楚地聽得見。這樣的晚上是既漫長而又孤寂，除非人們能找些事情來做。打包裹和拆包裹並非是

天天有的事情；而人們也不能老是擦著秤或者做著紙袋。所以
人們還得找點別的事情來做。老安東正是這樣打發他的時間。他
縫他的衣服，補他的皮鞋。當他最後上床睡覺的時候，他就根據
他的習慣在頭上戴著他的睡帽。他把它拉得很低。但是不一會兒
他又把它推上去，看看燈是不是完全吹熄了。他把燈摸一下，把
燈芯捻一下，然後翻個身躺下去，又把睡帽拉下一點。這時他心
裡又疑慮起來：是不是下面那個小火鉢裡的每一顆炭都熄了和
壓滅了——可能還有一顆小小的火星沒有滅，它可以使整鉢的
火又燃起來，造成災害。於是他就下床來，爬下梯子——因為我
們很難把它叫做「樓」梯。當他來到那個火鉢旁邊的時候，一顆
火星也看不見；他很可以轉身就回去的。但是當他走了一半的
時候，他又想起門閂沒有插好，窗扉沒有關牢。是的，他的那雙
瘦腿又只好把他送到樓下來。當他又爬到床上去的時候，他全身
已經凍冰了，他的牙齒在嘴裡發抖，因為當寒冷知道自己待不了
多久的時候，它也就放肆起來。他把被子拉得更上一點，把睡帽
拉得更低一點，直蓋到眉毛上，然後他的思想便從生意和這天的
煩惱轉到別的問題上去。但是這也不是愉快的事情，因為這時許
多回憶就來了，在他周圍放下一層帘子，而這些帘子上常常是有
尖針的。人們常常用這些針來刺自己，叫出一聲「哦！」這些刺
就刺進肉裡去，使人發燒，還使人流出眼淚。老安東就常常是這
個樣子——流出熱淚來。大顆的淚珠一直滾到被子上或地板
上。它們滴得很響，好像他痛苦的心弦已經斷了似的。有時它們
像火焰似地燃起來，在他面前照出一幅生命的圖畫———幅在
他心裡永遠也消逝不了的圖畫。如果他用睡帽把他的眼睛擦一

下的話，這眼淚和圖畫的確就會破滅，但是眼淚的源泉卻是一點也沒有動搖，它仍然藏在他心的深處。這些圖畫並不根據它們實際發生的情況，一幕一幕地按照次序顯現出來；最痛苦的情景常常是一齊到來；最快樂的情景也是一齊到來，但是它們總是撒下最深的陰影。

「丹麥的山毛櫸林子是美麗的！」人們說，但是瓦爾特堡附近的山毛櫸林子，在安東的眼中，顯得更美麗得多。那個巍峨的騎士式的宮殿旁長著許多老櫟樹。它們在他的眼中也要比丹麥的樹威嚴和莊重得多。石崖上長滿了長春藤；蘋果樹上開滿了花：它們要比丹麥的香得多。他生動地記起了這些情景。於是一顆亮晶晶的眼淚滾到他臉上來了；在這顆眼淚裡面，他可以清楚地看到兩個孩子在玩耍———一個男孩和一個女孩。男孩有一張鮮紅的臉、金黃的鬈髮和誠實的藍眼睛。他是一個富有商人的兒子小安東——就是他自己。女孩有棕色的眼珠、黑髮和聰明伶俐的外表。她是市長的女兒茉莉。這兩個孩子在玩著一個蘋果。他們搖著這蘋果，傾聽裡面的蘋果籽發出什麼響聲。他們把它切成兩半；每個人分一半。他們把蘋果籽也平均地分了，而且都吃掉了，只剩下一顆。小女孩提議把這顆籽埋在土裡。

「那麼你就可以看到會有什麼東西長出來。那將是你料想不到的一件東西。一棵完整的蘋果樹將會長出來，但是它不會馬上就長的。」

於是他們就把這蘋果籽埋在一個花鉢裡。兩個人為它熱心地忙了一陣。男孩用手指在土裡挖了一個洞，小女孩把種籽放進去；然後他們兩人就一起用土把它蓋好。

「不准明天把它挖出來，看它有沒有長根，」她說。「這樣可就不行！我以前對我的花兒也這樣做過，不過只做過兩次。我想看看它們是不是在生長；那時我也不太懂，結果花兒全都死了。」

安東把這花鉢搬到自己家裡去。有一整個冬天，他每天早晨去看它。可是除了黑土以外，他什麼也看不見。接著春天到來了，太陽照得很溫暖。最後有兩片綠葉子從鉢子裡冒出來。

「它們就是我和茉莉！」安東說。「這真是美！這真是妙極了！」

不久第三片葉子又冒出來了。這一片代表誰呢？是的，另外一片葉兒也長出來了，接著又是另外一片！一天一天地，一星期一星期地，它們長寬了。這植物開始長成一棵樹。這一切現在映在一顆淚珠裡——於是被擦掉了，不見了；但是它可以從源泉裡再湧出來——從老安東的心裡再湧出來。

在愛塞納哈的附近有一排石山。它們中間有一座是分外地圓，連一棵樹，一座灌木林，一根草也沒有。它叫做維納斯山，因為在它裡面住著維納斯夫人——異教徒時代的神祇之一。她又叫做荷萊夫人。住在愛塞納哈的孩子們，過去和現在都知道關於她的故事。把那個高貴的騎士和吟遊詩人但霍依塞爾⑤，從瓦爾特堡宮的歌手群中引誘到這山裡去的人就正是她。

小茉莉和安東常常站在山旁邊。有一次茉莉說：

「你敢敲敲山，說：『荷萊夫人！荷萊夫人！請把門打開，但霍依塞爾來了呀』嗎？」但是安東不敢。茉莉可是敢了，雖然她只是高聲地、清楚地說了這幾個字：「荷萊夫人！荷萊夫

人！」其餘的幾個字她對著風說得那麼含糊，連安東都不相信她
眞的說過什麼話。可是她做出一副大膽和淘氣的神情——淘氣
得像她平時帶些小女孩子到花園裡來逗他的那個樣兒：那時因
爲他不願意被人吻，同時想逃避她們，她們就更想要吻他；只有
她是唯一敢吻他的人。

　　「我可以吻他！」她驕傲地說。於是她便摟著他的脖子。這
是她虛榮的表現。安東只有屈服了，對於這事也不深究。

　　茉莉是多麼可愛，多麼大膽啊！住在山裡的荷萊夫人據說
也是很美麗的，不過那是一種誘惑人的惡魔的美。最完善的美要
算是聖•伊麗莎白的那種美。她是這地方的守護神，杜林吉亞的
虔誠的公主；她的善行被編成了傳說和故事，在許多地方被人
歌頌。她的畫像掛在敎堂裡，四周懸著許多銀燈。但是她一點也
不像茉莉。

　　這兩個孩子所種的蘋果樹一年一年地在長大。它長得那麼
高，他們不得不把它移植到花園裡去，讓它能有新鮮空氣、露水
和溫暖的太陽。這樹長得很結實，能夠抵禦多天的寒冷。它似乎
在等待嚴寒過去，以便它能開出春天的花朵而表示它的歡樂。它
在秋天結了兩個蘋果———一個給茉莉，一個給安東。它不會結得
少於這個數目。

　　這棵樹在欣欣向榮地生長。茉莉也像這樣在成長。她像是一
朵蘋果花那樣新鮮。可是安東欣賞這朵花的時間不長久。一切都
起了變化！茉莉的父親離開老家，到很遠的地方去了；茉莉也
跟他一起去了。是的，在我們的這個時代裡，火車把他們的旅行
縮短成爲幾個鐘頭。但是在那個時候，從愛塞納哈向東走，到杜

林吉亞最遠邊境上一個叫做威瑪的城市，卻需要一天一夜以上的時間。

茉莉哭起來；安東也哭起來。他們的眼淚溶成一顆淚珠，而這顆淚珠有一種快樂可愛的粉紅顏色，因爲茉莉告訴他，說她愛他——愛他勝過愛華麗的威瑪城。

一年、兩年、三年過去了。在這期間他收到了兩封信。一封是由一個信差帶來的；另一封是由一個旅人帶來的。路途是那麼遙遠而又艱難，同時還要曲曲折折地經過許多城市和村莊。

茉莉和安東常常聽人談起特里斯丹和依蘇爾特⑥的故事，而且他常常用這故事來比擬自己和茉莉。但是特里斯丹這個名字的意義是在「苦難中生長的」；這與安東的情況不相合，同時他也不能像特里斯丹那樣，想像「她已經忘掉了我」。但是依蘇爾特的確也沒有忘掉他的意中人：當他們兩人死後各躺在教堂一邊的時候，他們墳上的菩提樹就伸到教堂的頂上去，把它們盛開的花朵交織在一起。安東覺得這故事很美麗，但是悲慘。不過他和茉莉的關係不可能是這樣悲慘的吧。於是他就唱出一個吟遊詩人維特・馮・德爾・沃格爾外得⑦所寫的一支歌：

在荒地上的菩提樹下——！

他特別覺得這一段很美麗：

在那沉靜的山谷裡，從那樹林，
哎哎喲！

飄來夜鶯的歌聲。

他常常唱著這支歌。當他騎著馬走過深谷到威瑪去看茉莉的時候，他就在月明之夜唱著並且用口哨吹著這支歌。他要在她意料不到的時候來，而他也就在她意料不到的時候抵達了。

茉莉用滿杯的酒、愉快的陪客、高雅的朋友來歡迎他；還為他準備好了一個漂亮的房間和一張舒服的床。然而這種招待跟他夢想的情形卻有些不同。他不理解自己，也不能理解別人；但是我們可以理解！一個人可能被請到一家去，跟這家的人生活在一起，而不成為他們中的一員。一個人可以一起跟人談話，像坐在馬車裡跟人談話一樣，可能彼此都認識，像在旅途上同行的人一樣——彼此都感到不方便，彼此都希望自己或者這位好同伴趕快走開。是的，安東現在的感覺就是這樣。

「我是一個誠實的女子，」茉莉對他說，「我想親自把這一點告訴你！自從我們小的時候起，我們彼此有了許多變化——內在的和外在的變化。習慣和意志控制不了我們的感情。安東！我不希望叫你恨我，因為不久我就要離開這裡。相信我，我衷心希望你一切都好。不過叫我愛你——現在我所理解的對於男子的那種愛——那是不可能的了。你必須接受這事實。再會吧，安東！」

安東也就對她說了「再會」。他的眼裡流不出什麼眼淚，不過他感到他不再是茉莉的朋友了。白熱的鐵和冰冷的鐵，只要我們吻它一下，在我們嘴唇上所產生的感覺都是一樣的。他的心裡充滿了恨，也充滿了愛。

他這次沒有花一天一夜的工夫，就回到了愛塞納哈，但是這種飛快的速度已經把他騎著的那匹馬累壞了。

「有什麼關係！」他說，「我也毀掉了。我要毀掉一切能使我記起她、荷萊夫人或者那個女異教徒維納斯的東西，我要把那棵蘋果樹砍斷，把它連根挖起來，使它再也開不了花，結不了果！」

可是蘋果樹並沒有倒下來，而他自己卻倒下來了：他躺在床上發燒，起不來了。什麼東西可以使他再起床呢？這時他得到一劑藥，可以產生這樣的效果───一劑最苦的、會刺激他生病的身體和萎縮的靈魂的藥：安東的父親不再是富有的商人了。艱難的日子───考驗的日子───現在來到門前了。倒楣的事情像洶湧的海浪一樣，打進這曾經一度是豪富的屋子裡來。他的父親成了一個窮人。悲愁和苦難把他的精力折磨盡了。安東不能再老是想著他愛情的創傷和對茉莉的憤怒，他還要想點別的東西。他得成為這一家的主人───處理善後，維持家庭，親自動手工作。他甚至還得自己投進這個茫茫的世界，獲得自己的麵包。

安東到卜列門去。他在那裡嘗到了貧窮和艱難日子的滋味。這使得他的心硬，使得他的心軟───常常是過於心軟。

這世界是多麼不同啊！實際的人生跟他在兒時所想像的東西是多麼不同啊！吟遊詩人的歌聲現在對他有什麼意義呢？那只不過是一種聲音，一種廢話罷了！是的，這正是他不時興起的感想；不過這歌聲有時在他的靈魂裡又唱起來，於是他的心就又變得溫柔了。

「上帝的意志總是最好的！」他不免要這樣說。「這倒也是

對的：上帝不讓我保留住茉莉的心。好運旣然離開了我，我們的
關係發展下去又會有什麼結果呢？在她還不知道我家破產以
前，在她還想不到我的遭遇以前，她就放棄了我──這是上天給
我的一種恩惠。一切都是爲了一個最好的目的而安排的。這不能
怪她──而我卻一直在恨她，對她起了那麼大的惡感！」

許多年過去了。安東的父親死了；他的老屋已經有陌生人
住進去了。不過安東卻要再看到它一次。他富有的主人爲了某些
生意要派他出去；他的職務又使他回到他的故鄉愛塞納哈城
來。那座古老的瓦爾特堡宮和它的一些石刻的「修士和修女」，
仍然立在山上，一點也沒有改變。巨大的櫟樹把那些輪廓襯托得
更鮮明，像在他兒時一樣。那座維納斯山赤裸裸地立在峽谷上，
發著灰色的閃光。他倒很想喊一聲：「荷萊夫人喲，荷萊夫人
喲，請把山門打開吧，讓我躺在我故鄉的土裡吧！」

這是一種罪惡的思想；他畫了一個十字。這時有一隻小鳥
在一個叢林裡唱起來；於是那支吟遊詩人的歌又回到他心裡來
了：

　　　　在那沉靜的山谷裡，從那樹林，
　　　　哎哎喲！
　　　　飄來夜鶯的歌聲。

他現在含著眼淚來重看這座兒時的城市，他不禁記起了許
多事情。他父親的房子仍然跟以前一樣，沒有改變；但是那個花
園卻改觀了：現在在它的一邊開闢了一條小徑；他沒有毀掉的

那棵蘋果樹仍然立在那兒，不過它的位置已經是在花園的外面，在小徑的另一邊。像往日一樣，太陽照在這蘋果樹上，露珠落到它身上；它結了那麼多的果子，連枝椏都彎到地上來了。

「它長得真茂盛！」他說。「它可會長！」

雖然如此，它還是有一根枝椏被折斷了。這是一隻殘忍的手所做的事情，因為它離開路旁那麼近。

「人們把它的花朵摘下來，連感謝都不說一聲。——他們偷它的果子，折斷它的枝條。我們談到這棵樹的時候，也可以像談到某些人一樣，當它在搖籃裡的時候，誰也沒有想到它會落到這步田地！它的生活在開始的時候是多麼光明啊！結果是怎樣呢？它被人遺棄了，忘掉了——一棵花園的樹，現在居然流落到荒郊，站在大路邊！它立在那兒沒有什麼東西保護它；它只讓人劫掠和折斷！它固然不會因此而死掉，但是它的花將會一年一年地變得稀少，它很快就會停止結果，最後——最後一切就都完了！」

這是安東在這樹下所興起的感想。這也是他在一個遙遠的國度裡，在哥本哈根那個「小房子街」上一座孤寂的木屋子裡，在許多夜裡，所興起的感想。他被他富有的老闆——一個卜列門的商人——送到這兒來，第一個條件是不准他結婚。

「結婚！哈！哈！」他對自己苦笑起來。

冬天來得很早；外面凍得厲害。一陣暴風雪在外面呼嘯。凡是能待在家裡的人都待在家裡不出來。因此，住在對面的鄰居也沒有注意到安東有兩天沒有開過店門，他本人也沒有出現，因為在這樣的天氣裡，如果沒有必要的事情，誰會走出來呢？

　　那是灰色的、陰沉的日子。在這些窗子沒有鑲玻璃的房子裡，平時只有黎明和黑夜這兩種氣氛。老安東有整整兩天沒有離開過他的床，因爲他沒有氣力起來。天氣的寒冷已經把他凍僵了。這個被世人遺忘了的單身漢，簡直沒有辦法照料自己了。他親自放在床邊的一個水壺，他現在連拿它的氣力都沒有。現在它裡面最後的一滴水已經喝光了。壓倒他的東西倒不是發燒，也不是疾病，而是衰老。在他睡著的那塊地方，他簡直被漫長的黑夜吞沒了。一隻小小的蜘蛛———可是他看不見它———在興高采烈地、忙忙碌碌地圍著他的身體織了一層蛛網。它好像是在織一面喪旗，以便在這老單身漢閉上眼睛的那天可以掛起來。

　　時間過得非常慢，非常長，非常空洞。他再沒有眼淚可流，他也不感到痛楚。他心裡也不再想起茉莉。他有一種感覺：這世界與生活熙熙攘攘的聲音和他再也沒有什麼關係———他彷彿是躺在世界的外面。誰也沒有想到他。他偶爾也感覺到有點饑渴。是的，他有這種感覺！但是沒有誰來送給他茶水———沒有誰。

　　於是他想起那些饑餓的人；他想起聖・伊麗莎白生前的事跡。她是他故鄉和他兒童時代的守護神，杜林吉亞的公爵夫人，一個高貴的少婦。她常常去拜訪最貧寒的角落、帶食物和安慰給生病的人。她的一切虔誠的善行射進他的靈魂。他想起她帶給苦痛的人們安慰的話語，她替受難的人們裹傷，帶食物給饑餓的人吃，雖然她嚴厲的丈夫常爲這類的事情罵她。他記起那個關於她的傳說：她有一次提著滿滿一籃的食物和酒；這時監視著她腳步的丈夫就走過來，生氣地問她提著的是什麼東西；她害怕得抖起來，她回答說她籃子裡盛的是她在花園裡摘下的玫瑰花

朵；他把那塊白布從籃子上拉開，於是一件奇蹟爲這虔誠的婦人發生了：麵包、酒和這籃子裡的每件東西全都變成了玫瑰花！

老安東的心裡現在充滿了對於這位聖者的記憶。她現在就親身在他沮喪的面孔前面站著，在丹麥國土上這個簡陋的木屋子裡、他的床邊站著。他把頭伸出來，凝望著她那對溫柔的眼睛，於是他周圍的一切就變成了玫瑰和陽光。是的，它們在展開花瓣，噴出香氣。這時他聞到一種甜蜜的、蘋果花的香味。於是他就看到一棵開滿了花朵的蘋果樹，它在他頭上展開了一片青枝綠葉——這就是他和茉莉用蘋果籽共同種的那棵樹。

這樹在他身上撒下它芬芳的花瓣，使他發熱的前額感到清涼，這些花瓣落到他乾渴的嘴唇上，像麵包和酒似地提起他的精神。這些花瓣落到他的胸膛上，他於是感到輕鬆，想安靜地睡過去。

「現在我要睡了！」他對自己低聲說。「睡眠可以恢復精神。明天我將又可以起床了，又變得健康和強壯了。那才美呢，那才好呢！這棵用真正的愛情所培養出來的蘋果樹！現在我可以看到它，看到它開花結果！」

於是他就睡著了。

過了一天以後——這是他的店關門的第三天——暴風雪停止了。對面的一個鄰居到他的木屋子裡來看這位一直還沒有露面的老安東。安東直直地躺在床上——死了——他的雙手緊緊地抓著他的那頂老睡帽！在他入殮的時候，人們沒有把這頂睡帽戴在他的頭上，因爲他還有一頂嶄新的白帽子。

　　他曾經流過的那些眼淚現在到什麼地方去了呢？這些淚珠
變成了什麼呢？它們都裝在他的睡帽裡——眞正的淚珠是沒有
辦法洗掉的。它們留在那頂睡帽裡被人忘記了。不過那些舊時的
回憶和舊時的夢現在保存在這頂「單身漢的睡帽」裡。請你不要
希望得到這頂帽子吧。它會使你的前額燒起來，使你的脈搏狂
跳，使你做起像眞事一樣的夢來。安東死後戴過這帽子的第一個
人就有這樣親身的體會。這個人就是市長本人。他有一個太太和
十一個孩子，而且生活得很好。他馬上就做了許多夢，夢到失
戀、破產和艱難的日子。

　　「乖乖！這帽子眞是熱得燙人！」他說，趕快把它從腦袋上
拉掉。

　　一顆淚珠滾出來，接著滾出第二顆，第三顆；它們滴出響
聲，發出閃光。

　　「一定是關節炎發作了！」市長說。「我的眼睛有些發花！」

　　這是半個世紀以前愛塞納哈的老安東所撒下的淚珠。

　　從來無論什麼人，只要戴上這頂睡帽，便會做出許多夢和看
到許多幻影。他自己的生活便變成了安東的生活，而且成爲一個
故事；事實上，成爲許多的故事。不過我們可以讓別人來講它
們。我們現在已經講了頭一個。我們最後的一句話是：請不要希
望得到那頂「老單身漢的睡帽」。〔1858 年〕

這個故事，最初收進 1858 年出版的《新的童話和故事》第
一卷第一部裡。這個故事會使讀者聯想起另外兩個故事：〈柳樹
下的夢〉和〈依卜和小克麗斯玎〉，也會聯想起安徒生本人
——他也是個老單身漢，所不同的是這三個故事中的男女主人
翁小時都是兩小無猜，有過美麗的感情生活，但安徒生小時卻沒
有這樣的幸運——他沒有任何美好的回憶。但安徒生一生的結
束卻又比那三個故事中的男主人翁略勝一籌：他是躺在一個開
雜貨店的朋友家裡呼吸他最後一口氣的。但現在這個故事中的
安東有整整兩天沒離開過他的床，因為他沒有氣力。天氣的寒冷
已經把他凍僵了……壓倒他的東西倒不是發燒，也不是疾病，而
是一隻小小的蜘蛛——可是他看不見它。小蜘蛛興高采烈地、忙
忙碌碌地圍著他的身體織了一層蛛網。它好像在織一面喪旗，以
便在這老單身漢閉上眼睛的那天可以掛起來。沒有人照料他，因
為當初他的老闆雇用他當店員，條件是不准他結婚。這篇故事事
實上是對舊社會提出一個強烈的控訴——雖然它的調子是那麼
低沉。

【註釋】

①單身漢(Pebersvend)這個字在丹麥文裡是由 Peber（胡椒）和 Svend（店伙計）兩
　個字合成的。可見丹麥文中「單身漢」這個字的起源與這個故事有關，即「胡椒朋
　友」。

②原文"Hysken Straede"即「小房子街」的意思。這既不像丹麥文，也不像德文，而
　是「洋涇浜」的德文和丹麥文的混合物。Hysken 是丹麥人把德文 Haüschen（小
　房子）改成丹麥文的結果。Straede（街）是道地的丹麥文。

③布龍斯威克(Brunswick)是德國中部的一個城市。這兒的啤酒以強烈著名。

④杜林吉亞(Thuringia)是德國的一個省,以多森林和美麗的城市如威瑪(Weimar)和

　愛塞納哈(Eisenach)著名。瓦爾特堡(Wartburg)是一個古老的宮殿;中世紀許多吟

　遊詩人經常到這兒來舉行詩歌比賽。

⑤但霍依塞爾(Tannhaüser)是德國十三世紀的一個抒情詩人。德國的名作曲家華格

　納(Richard Wagner, 1813～1883)曾根據關於他的傳說寫出一齣有名的歌劇,叫做

　《但霍依塞爾》。

⑥這是中世紀一則傳奇故事中的兩個主角。特里斯丹(Tristan)愛上了國王馬爾克的

　女兒依蘇爾特(Isolde)。因為皇后的嫉妒,他們不能結婚。

⑦維特·馮·德爾·沃格爾外得(Walther Von der Vogelweide, 1170～1230?)是德國

　一個有名的抒情詩人和吟遊詩人。他最著名的情詩是〈在菩提樹下〉(Unter der

　Linden)。

一 個 故 事

花園裡的蘋果樹都開了花。它們想要在綠葉沒有長好以前就趕快開出花朵。院子裡的小鴨都跑出來了，貓兒也跟著一起跑出來了：他是在舔著真正的太陽光——舔著他腳爪上的太陽光。如果你往田野裡望，你可以看到一片青翠的小麥。所有的小鳥都在吱吱喳喳地叫，好像這是一個盛大的節日似的。的確，你也可以說這是一個節日，因為這是星期天。

教堂的鐘聲正響著。大家穿上最好的衣服到教堂去，而且都

顯出非常高興的樣子。是的，所有的東西都表現出一種愉快的神情。這的確是一個溫暖和幸福的日子。人們可以說：「我們的上帝對我們眞好！」

不過在教堂裡，站在講台上的牧師卻是大喊大叫，非常生氣。他說：人們都不信上帝，上帝一定要懲罰他們；他們死了以後，壞的就被打入地獄，而且在地獄裡他們將永遠被烈火焚燒。他還說，他們良心的責備將永不停止，他們的火焰也永遠不滅，他們將永遠得不到休息和安靜。

聽他的這番講道眞叫人害怕，而且他講得多麼肯定。他把地獄描述成一個腐臭的地洞；世界上所有的髒東西都流進裡面去；那裡面除了磷火以外，一點兒空氣也沒有；它是一個無底洞，不聲不響地往下沉，永遠往下沉。就是光聽這個故事，也夠叫人心驚膽戰的了。但是牧師的這番話語是從心裡講出來的，所以教堂裡的聽衆給嚇得魂不附體。

但是外面的許多小鳥卻唱得非常愉快，太陽光也非常溫暖，每一朵小花都好像在說，上帝對我們大家太好了。是的，外面的情形一點也不像牧師描述得那麼糟。

在晚上要睡覺的時候，牧師看見他的太太坐著一聲不響，好像有什麼心事似的。

「妳在想什麼呢？」他問她。

「我在想什麼？」她說。「我覺得我想不通，我不能同意你所講的話。你把罪人說得那麼多，你說他們要永遠受火燒的刑罰。永遠，哎，永遠到什麼時候呢？連像我這樣一個有罪的女人都不忍讓最壞的人永遠受著火刑，我們的上帝怎麼能呢？祂是

那麼仁慈，他知道罪過的形成有內在的原因，也有外在的原因。不，雖然你說得千眞萬確，我卻沒有辦法相信。」

這時正是秋天，葉子從樹上落下來。這位嚴峻和認眞的牧師坐在一個死人的旁邊；死者懷著虔誠的信心把眼睛合上了。這就是牧師的妻子。

「如果說世上有一個人應該得到上帝的慈悲和墓中的安息，這個人就是妳！」牧師說。他把他的雙手合起來，對死者的屍體念了一首聖詩。

她被抬到墓地裡去，這位一本正經的牧師的臉上滾下了兩滴眼淚。他家裡現在是靜寂無聲，太陽光消逝了，因爲她不在了。

這正是黑夜，一陣冷風吹到牧師的頭上來，他把眼睛睜開，彷彿月亮已經照進他的房間裡來了，但是並沒有月亮在照著。在他的床前站著一個人形。這就是他亡妻的幽靈。她用一種非常悲哀的眼光望著他，好像她有一件什麼事情要說似的。

他直起一半身子，手向她伸過來：「妳沒有得到永恒的安息嗎？妳在受苦嗎？妳——最善良的、最虔誠的人！」

死者低下頭，做爲一個肯定的回答。她把雙手按在胸口。

「我能想辦法使妳在墓裡得到安息嗎？」

「能！」幽靈回答說。

「怎樣能呢？」

「你只須給我一根頭髮，一根被不滅的火所燒著的罪人頭上的頭髮——這是一個上帝要打下地獄、永遠受苦的罪人！」

「妳，純潔而虔誠的人，妳把得救看得這樣容易！」

「跟著我來吧！」死者說，「上帝給了我們這種力量。只要你心中想到什麼地方去，你就可以從我身邊飛到什麼地方去。凡人看不見我們，我們可以飛到最祕密的角落裡去。你必須在雞叫以前就把這個人指出來。」

他們好像是被思想的翅膀托著似的，很快地就飛到一個大城市裡去了。所有的房子牆上都燃著火焰所寫成的幾件大罪的名稱：驕傲、貪婪、酗酒、任性──總之，是一整條七種顏色的罪孽所組成的長虹①。

「是的，」牧師說，「在這些房子裡面，我相信──同時我也知道──就住著那些注定要永遠受火刑的人。」

他們站在一個燈火輝煌的、漂亮的大門口。寬廣的台階上鋪著地毯和擺滿花朵，歡樂的大廳裡飄出跳舞的音樂。侍者穿著絲綢和天鵝絨的衣服，手中拿著包銀的手杖。

「我們的舞台比得上皇帝的舞台，」他說，他向街上的人群看了一眼；他的全身──從頭到腳──射出這樣一個思想：「你們這群可憐的東西，你們朝門裡望；比起我來，你們簡直是一群叫化子！」

「這是驕傲！」死者說，「你看到他沒有？」

「看到他？」牧師重複她的話，「他不過是一個傻瓜，一個呆子。他不會受永恒的火刑和痛苦的。」

「他不過是一個傻子！」整座「驕傲」的屋子發出這樣的一個聲音。他們全在裡面。

他們飛到「貪婪」的四堵牆裡面去。這兒有一個乾瘦的老傢

伙，又饑又渴，凍得發抖，但是他卻聚精會神地抱著他的金子。他們看到他怎樣像發熱似地從一個破爛的睡榻上跳下來，挪開牆上一塊活動的石頭，因為那兒藏著他裝在一隻襪子裡的許多金幣。他撫摸著襤褸的上衣，因為它裡面也縫得有金幣；他潮濕的手指在發抖。

「他病了。他害的是一種瘋病，一種沒有樂趣的、充滿了恐怖和惡夢的瘋病。」

他們匆忙地走開了。他們站在一批罪犯的木板床旁邊。這些人緊挨著睡成一排。他們中有一個人像一隻野獸似地從睡夢中跳起來，發出一個可怕的尖叫聲。他用他瘦削的手肘推了旁邊的一個人幾下。這人在睡夢中翻了一個身，說：

「閉住嘴吧，你這個畜生，趕快睡呀！你每天晚上總是來這一套！」

「每天晚上？」他重複著說。「是的，他每天晚上總是來對我亂叫，折磨著我。我一發起脾氣來，不做這就要做那，我生下來就是脾氣壞的。這已經是我第二次被關在這兒了。不過，假如說我做了壞事，我已經得到了懲罰。只有一件事情我沒有承認。上次我從牢裡出來的時候，從我主人的田莊附近走過，心裡不知怎的忽然鬧起瞥扭來。我在牆上劃了一根火柴——我劃得離開草頂太近，立刻就引燃了。火燒起來正好像脾氣在我身上發作一樣。我盡量幫忙救這屋子裡的牲口和家具。除了飛進火裡去的一群鴿子和套在鏈子上的看門狗以外，什麼活東西也沒有燒死。我沒有想到這隻狗，人們可以聽見它在號叫——我現在在睡覺的時候還能聽見它號叫。我一睡覺，這隻毛茸茸的大狗就來了。它

躺在我身上號叫，壓著我，使我喘不過氣來。我告訴你吧：你可以睡得打呼，一整夜打呼，但是我只能睡短短的一刻鐘。」

　　這人的眼睛裡射出血絲。他倒到他的朋友身上，緊捏著一個拳頭朝他的臉上打去。

　　「瘋子又發作了！」周圍的人齊聲說。其餘的罪犯都抓住他，和他揪做一團。他們把他彎過來，使他的頭夾在兩腿中間，然後再把他緊緊地綁住。他的一雙眼睛和全身的毛孔幾乎都要噴出血來了。

　　「你這樣會把他弄死的，」牧師大聲說，「可憐的東西！」他向這個受夠了苦的罪人身上伸出一隻保護的手來；正在這時候，情景變了。他們飛過富麗的大廳，他們飛過貧窮的房間。「任性」、「嫉妒」和其他主要的「罪孽」都在他們身邊走過。一個做為裁判官的天使宣讀這些東西的罪過和辯護。在上帝面前，這並不是重要的事情，因為上帝能夠洞察人的內心；他知道心裡以外的一切罪過；他本身就是慈悲和博愛。牧師的手顫抖起來，他不敢伸出手在這罪人的頭上拔下一根頭髮。眼淚像慈悲和博愛的水一樣，從他的眼睛裡流出來，把地獄裡的永恒之火滴熄了。

　　這時雞叫了。

　　「慈悲的上帝！只有您能讓她在墓裡安息，我做不到這件事情。」

　　「我現在已經得到安息了，」死者說。「因為你說出那樣駭人的話語，你對祂和祂的造物感到那樣悲觀，所以我才不得不到你這兒來！好好地把人類認識一下吧，就是最壞的人身上也有一點上帝的成分──這點成分可以戰勝和熄滅地獄裡的火。」

牧師的嘴上得到了一個吻，他的周圍充滿了陽光。上帝的明朗的太陽光射進房間裡來。他活著的、溫柔和藹的妻子把他從上帝送來的一個夢中喚醒。[1851 年]

這個小故事是從 1851 年哥本哈根出版的、安徒生寫的一本遊記《在瑞典》中選出來的，是該書的第八章。安徒生兒時受父母的影響，信奉上帝，但他在這裡不是宣揚宗教，而是表達他個人的信念：「好好地把人類認識一下吧，就是最壞的人身上也有一點上帝的成分——這點成分可以戰勝和熄滅地獄裡的火。」他對人類充滿了希望，雖然人類的邪惡和弱點他已經體會很深；而且對此也寫了不少的作品加以鞭撻。

【註釋】

①歐洲中世紀基督教的僧侶把人類天生的罪孽分為七大類，一般是指這七項：驕傲、慍怒、嫉妒、情慾、貪吃、貪婪和懶惰。安徒生舉的幾種跟這個標準略微有些不同，可能是他忘記了。

鳳 凰

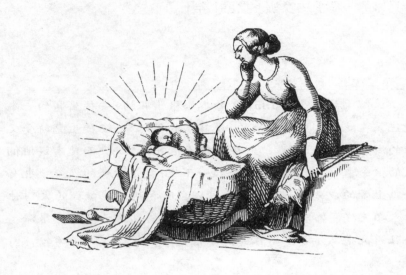

在天國花園裡，在知識樹底下，有一叢玫瑰花。在這兒，那第一朵開出的玫瑰花生出一隻鳥來。它飛起來像一道閃光。它的色彩華麗，它的歌聲美妙。

不過當夏娃①摘下那顆知識的果子的時候，當她和亞當被趕出了天國花園的時候，有一顆火星從復仇天使的火劍上落到這鳥兒的巢裡去，把它燒起來。鳥兒就在火焰中被燒死了。不過從巢裡的那火紅的蛋中飛出一隻新的鳥兒——世界上唯一的鳳

凰。

　　神話說，這隻鳳凰住在阿拉伯；它每過一百年就把自己在巢裡燒死一次。不過每次總有一隻新的鳳凰——世界上唯一的鳳凰——從那個紅蛋裡飛出來。

　　這鳥兒在我們的周圍飛翔，快速得像閃電；它的顏色非常美麗，歌聲非常悅耳。當母親坐在她孩子的搖籃旁的時候，它就站在枕頭上，拍著翅膀，在孩子的頭上形成一個光圈。它飛過這樸素的房間。這裡面有太陽光；那張簡陋的桌子發出紫羅蘭花的香氣。

　　但是鳳凰不僅僅是一隻阿拉伯的鳥兒。它在北極光的微曦中飛過拉普蘭冰凍的原野；它在格陵蘭短暫的夏天裡，從黃花中間走過。在法龍②的銅山下，在英國的煤礦裡，它化做一隻全身布滿了灰塵的蛾，在虔誠的礦工膝上攤開的那本《聖經》上面飛。它在一片荷葉上，順著恒河的聖水向下流。印度姑娘的眼睛一看到它就閃出亮光。

　　這隻鳳凰！你不認識它嗎？這隻天國的鳥兒，這隻歌中的神聖天鵝！它化做一隻多嘴的烏鴉，坐在德斯比斯③的車上，拍著黏滿了渣滓的黑翅膀。它用天鵝的紅嘴在冰島的豎琴上彈出聲音；化做奧丁④的烏鴉坐在莎士比亞的肩上，同時在他的耳邊低聲地說：「不朽！」它在詩歌比賽的時候，飛過瓦爾特堡⑤的騎士宮殿。

　　這隻鳳凰！你不認識它嗎？它對你唱著《馬賽曲》；你吻著從它翅膀上掉落下的羽毛。它從天國的光輝中飛下來；也許你就在這時把頭轉開，去看那翅上帶著銀紙的、坐著的麻雀吧。

天國的鳥兒！它每一個世紀重生一次——從火焰中出生，在火焰中死去！你的鑲著金像框的畫像懸在有錢人的大廳裡，但是你自己常常是孤獨地、茫然地飛來飛去。你是一個神話——「阿拉伯的鳳凰」。

在天國花園裡，你在那知識樹下，在那第一朵玫瑰花裡出生的時候，上帝吻了你，給了你一個正確的名字——「詩」。[1851年]

這是一首散文詩，最初發表在哥本哈根 1851 年出版的插圖雜誌《新兒童之友》上。它取材於阿拉伯的《鳳凰涅槃》這個傳說。但是，在這裡安徒生卻是把鳳凰當做詩的象徵。

【註釋】

①據古代希伯來人的傳說，亞當和夏娃是人類的第一對夫婦。上帝讓他們無憂無慮地住在天國的樂園裡，只是不准他們吃知識樹上的果子。有一天亞當受夏娃的慫恿，吃了這樹上的果子，於是他們便被驅逐出了天國。

②法龍(Fahlun)是瑞典中部的一個城市，從前是銅礦的中心。

③德斯比斯(Thespis)是紀元前第六世紀的一個希臘詩人。他是希臘悲劇的創始人。

④奧丁(Odin)是北歐神話中的上帝。他的事跡常常是詩人們寫作的主題。

⑤瓦爾特堡(Wartburg)是德國愛塞納哈（Eisenach）地方的一個古老宮殿，同時也是許多吟遊詩人集會的地方。1207 年在這兒舉行了一個吟遊詩人競賽會（Sängerkrieg）。作曲家華格納（Richard Wagner, 1813～1883）曾把這次賽會寫進他不朽的歌劇《但霍依塞爾》（*Tannhaüser*）裡去。

最後的珠子

這是一個富有的家庭，也是一個幸福的家庭。所有的人——主人、僕人和朋友——都是高興和快樂的，因爲在這天一個繼承人——一個兒子——出生了。媽媽和孩子都安然無恙。

　　這個舒適的臥室裡的燈是半關著的；窗子上掛著貴重的、絲織的厚窗帘。地毯是又厚又柔軟，很像一塊蓋滿了青苔的草地。一切東西都發揮著催眠的作用，使人想睡，使人興起一種愉快的、安靜的感覺。保母也有這種感覺；她睡了，她也睡得著，

因為這兒一切是美好和幸福的。

這家的守護神正在床頭站著。他在孩子和母親胸脯的上空伸展開來，像無數明亮的、燦爛的星星———每顆星是一顆幸運的珠子。善良的、生命的女神都帶來她們送給這個新生嬰孩的禮物。這兒是一片充滿了健康、富饒、幸運和愛情的景象———一句話，人們在這個世界上所希望有的東西，這兒全有了。

「一切東西都被送給這一家人了！」守護神說。

「還少一件！」他身邊的一個聲音說。這是孩子的好天使。「還有一個仙女沒有送禮物來。但是她會送來的，即使許多年過去了，她有一天總會送來的。還缺少那顆最後的珠子！」

「缺少！這兒什麼東西都不應該缺少。假如真有這麼一回事，那麼我們就要去找她———她這位有力量的女神。我們去找她吧！」

「她會來的！她總有一天會來的！為了把整個花環紮好，她的這顆珠子絕不可以缺少！」

「她住在什麼地方呢？她的家在什麼地方呢？你只須告訴我，我就可以去把這顆珠子拿來！」

「你真的願意做這事嗎？」孩子的天使說。「不管她在什麼地方，我可以領你去。她沒有一個固定的住所。她到皇帝的宮殿裡去，也到最窮苦的農人家裡去。她絕不會走過一個人家而不留下一點痕跡的。她對什麼人都送一點禮品———不管是大量的財富，還是一個小小的玩具！她一定也會來看這個小孩子的。你以為我們這樣老等下去，將來不一定會得到好的東西嗎？好吧，現在我們去取那顆珠子———去取這顆最後的珠子，彌補美中不足

吧！」

　　於是她們手挽著手，飛到女神在這個時刻所住的那個地方去。

　　這是一棟很大的房子。走廊是陰暗的，房間是空洞的。這裡面是一片少有的沉寂。整排的窗子是開著的，粗暴的空氣自由侵入，垂著的白色長窗幔在微風中飄動。

　　屋子的中央停著一口開啓的棺材；棺材裡躺著一個年輕的少婦的屍體。她的身上蓋滿了新鮮美麗的玫瑰花，只有她那雙交叉著的、細嫩的手和純淨的、表示出對於上帝極度忠誠的、高貴的臉顯露出來。

　　在棺材旁邊站著的是丈夫和孩子——是全家的人。最小的孩子偎在爸爸的懷裡；他們都在這兒做最後的告別。丈夫吻著她的手。這隻手像一片凋零的葉子，但是它從前曾經慈愛地、熱烈地撫慰過他們。悲哀的、沉重的大顆淚珠落到地上，但是誰也說不出一句話來。這種沉寂正說明悲哀是多麼深重。他們在沉默和嗚咽中走出了這屋子。

　　屋子裡點著一根蠟燭；燭光在風中掙扎，不時伸出又長又紅的舌頭。陌生人走進來，用棺材蓋掩蓋了死者的身體，然後把它緊緊地釘牢。鐵錘的敲擊聲在房間裡，在走廊上，引起一片回響，在那些碎裂的心裡也引起回響。

　　「你把我帶到什麼地方去呢？」守護神說，「擁有生命中最好禮物的仙女不會住在這兒呀！」

　　「她就住在這兒——在這個神聖的時刻住在這兒，」天使指著一個牆角說，她活著的時候，常常坐在這牆角裡的花和圖畫中

間；她像這屋子裡的守護神一樣，常常慈愛地對丈夫、孩子和朋
友點頭；她像這屋子裡的太陽光一樣，常常在這兒散布著歡樂
——她曾經是這家裡一切的焦點和中心。現在這兒坐了一個穿
著又長又寬的衣服的陌生女人：她就是悲哀的女神，她現在代
替死者，成了這家的女主人和母親。一顆熱淚落到她的衣服上，
變成一顆珠子。它射出長虹的各種顏色。天使撿起這顆珠子。珠
子射出光彩，像一顆有五種顏色的星。

　　「悲哀的珠子是一顆最後的珠子——它是怎樣也缺少不了
的！只有透過它，別的珠子才特別顯得光耀奪目。你可以在它上
面看到長虹的光輝——它把天上和人間聯結起來。我們每次死
去一個親愛的人，就可以在天上得到一個更多的朋友。我們在夜
間向星空望，尋求最美滿的東西。這時請你看看那顆悲哀的珠
子，因爲從這兒把我們帶走的那對靈魂的翅膀，就藏在這顆珠子
裡面。」〔1854 年〕

　　這也是一首散文詩，最先發表在 1854 年哥本哈根出版的
《曆書》或《家庭曆書》上。一個嬰孩出生以後可以得到許多禮
物，但「最後的珠子」是怎樣也缺少不了的一件禮物！只有透過
它，別的珠子才特別顯得光耀奪目。你可以在它上面看到長虹的
光輝——它把天上和人間聯結起來。這就是「悲哀的珠子……一
顆最後的珠子」。它是一顆熱淚落到「悲哀的女神」的衣服上所

形成的。一個人從出生到結束，沒有它就不能算完滿。它就藏在靈魂的翅膀裡面。「我們在夜間向星空望，尋求最美滿的東西。」死者的靈魂就在空中展翅。這也就是說：「人活了一生，總歸要留下一些業績，那是永遠不會死亡的」——當然在這裡，安徒生是指那些忠實地、正直地履行了人生責任的人。

鐘　淵

「叮噹！叮噹！」這個聲音是從奧登塞河裡的鐘淵那兒飄上來的……這是一條什麼河呢？奧登塞城裡的每個孩子都知道它：它在許多花園底下流；它在木橋底下流，從水閘那兒一直流到水推磨坊那兒去。這條河裡長著許多黃色的水仙花和棕色的細蘆葦，還有像天鵝絨一樣軟的、又高又大的黑香蒲，還有衰老的、布滿裂痕的、搖搖欲墜的柳樹——它們垂向「修道士沼澤」和「蒼白人草地」的水上。不過對面是一片花園，每個花園都不

相同。有些花圃開滿了美麗的花朵，上面還有整齊淸潔的涼亭，像玩偶的房子；有些花圃只是長著白菜。有些花圃簡直看不見，因爲高大的接骨木樹叢展開它們的枝葉，高高地垂在流動的水上——有些地方水深得連我們的槳都達不到底。那座古老的女修道院對面的地方，是最深的地方——人們把它叫做「鐘淵」。在這兒住著「河人」。在白天，當太陽照在水上的時候，河人就睡著了。不過在滿天繁星、月光皎潔的夜裡，他就出現了。他是一個很老的人：曾祖母說，她曾經聽到自己的祖母說過他的故事。據說他過著一種孤寂的生活，除了教堂裡那口古老的大鐘以外，沒有什麼人和他談話。這口鐘曾經掛在那座敎堂的塔上，不過這個名叫聖·亞爾般敎堂的地方，現在旣沒有塔，也沒有任何教堂的影子。

「叮噹！叮噹！」當那座塔還存在著的時候，鐘聲就這樣響著。有一天傍晚，當太陽正在落下去的時候，這口鐘就劇烈地震動起來了，最後它震斷了繩子，向空中飛去。它輝煌的鐘身在晚霞中放射出光彩。

「叮噹！叮噹！現在我要去睡了！」鐘唱著，於是它飛到奧登塞河裡去，沉到它最深的底下。從那時起，這塊地方就叫做「鐘淵」。不過鐘在這塊地方旣不休息，也不睡覺。它在「河人」的地方發出嘹亮的聲音；有時它的調子透過水，浮到水面上來。許多人說，它的調子預告著又有一個什麼人要死了，但是事實並不是這樣；不是的，它不過是在跟「河人」唱唱歌和談談話罷了。「河人」現在不再孤獨了。

鐘在談些什麼呢？根據大家的傳說，它很老，非常地老，在

祖母的祖母沒有出生以前它就在那兒。不過，就年齡來說，在「河人」面前，它還不過是一個孩子。「河人」是一個年老的、安靜的、古怪的人物。他穿著一條鱔魚皮做的褲子，一件魚鱗綴成的上衣，用黃水仙花做鈕扣，頭髮上插著蘆葦，鬍子上插著青浮草。這副樣兒並不太好看。

把鐘講的話再講一遍，恐怕需要許多許多年和許多許多天的時間，因爲它是在年復一年地講著同樣的故事，有時講得長，有時講得短，完全看它的興致而定。它講著關於遠古時代的事情，關於那些艱苦、黑暗時代的事情。

「在聖·亞爾般教堂裡，修道士爬到掛著鐘的高塔樓上面去。他是一個年輕而英俊的人，但是他非常喜歡沉思。他從窗口向奧登塞河凝望。那時河床比現在的還要寬；那時沼澤地還是一個湖。他向河上望，向綠色的城堡望，向對面的修女山上望——這兒有一座修女院，亮光從一個修女的房間裡射出來。他認識這位修女，他在想念著她；他一思念她，他的心就劇烈地跳起來。叮噹！叮噹！」

是的，鐘講的就是這樣的故事。

「主教的那個傻傭人也爬到鐘塔上來。當我——又粗又重的鐵造的鐘——在前後搖擺著的時候，我很可能擊破他的前額。他坐得離我很近。他彈著兩根棍子，好像那就是一把琴似的。他一邊彈一邊唱：『現在我可以大聲唱了，唱那些在別的時候我連小聲都不敢講的事情。我可以把藏在監牢鐵欄杆後面的一切事情都唱出來！那兒是又冷又潮！老鼠把活生生的人吃掉！誰也不知道這些事情！誰也沒有聽到這些事情！甚至現在還沒有人聽

到，因此鐘在這麼高聲地響著：『叮噹！叮噹！』

「從前有一個國王，人們把他叫做克努特。他見了主教和修道士就行禮；不過當他用沉重的賦稅和粗暴的話語把溫德爾的居民逼得受不了的時候，他們就拿起武器和棍棒，把他像野獸似地趕走。他逃到教堂裡去，把大門和小門都關起來。暴亂的群眾把教堂包圍著──我聽到人們這樣講：烏鴉、渡鳥和喜鵲，被這些呼聲和叫聲所嚇住，都飛進塔樓裡面去，又飛出來。它們望望下邊的人群，又從教堂的窗口瞧瞧裡面的情景，於是便把它們所看到的一切大聲地喊出來。國王克努特在祭台前面跪著祈禱，他的兄弟愛力克和本奈蒂克特站在他身邊，把刀子抽出來護衛他。不過國王的僕人──那個不忠的布勒克──背叛了他的主人；外面的人因此知道，怎樣可以打中國王。有一個人從窗外扔進去一塊石頭，國王就倒下去死了。這一群狂野的人和鳥兒的叫聲響徹了雲霄。我也一同叫起來，我唱著，發出『叮噹！叮噹！』的聲音。

「教堂的鐘高高地懸著，向四周觀看。它招引鳥兒來拜訪，它懂得它們的語言。風從洞口和百葉窗吹進來，從一切縫隙裡吹進來。風什麼東西都知道，它是從圍繞著一切生物的空氣那兒聽來的，因為空氣能鑽進人的肺裡面去，知道一切聲音，每一個字和每一聲嘆息。空氣知道這件事，因為風把它說出來，而教堂的鐘懂得它的話語，因而向全世界唱：『叮噹！叮噹！』

「不過要我來傾聽和了解這許多的事情，未免太過分了。我無法把它們都唱出來！我現在是這樣疲倦，這樣沉重，因而把橫樑都壓斷了，結果我飛到陽光閃耀的空中去，然後沉到河裡最深

的地方，沉到『河人』狐獨地住著的那個地方。在那裡，我年復一年地告訴他我聽到和知道的事情：『叮噹！叮噹！』」

　　這就是奧登塞河的鐘淵所發出的響聲——曾祖母是這樣說的。

　　不過我們的老師卻這樣說：河裡沒有這樣的一口鐘，因為這是不可能的！河裡也沒有「河人」住著，因為不可能有「河人」！他說，當一切教堂的鐘都發出愉快的聲音的時候，那事實上並不是鐘而是空氣的震蕩聲。發出聲音的是空氣呀。——曾祖母也告訴我們說，鐘曾經這樣講過。在這一點上，他們都有一致的意見，因此這是可以肯定的！

　　「請你當心，請你當心，請你好好地注意！」他們兩人都這樣說。

　　空氣知道所有的事情！它圍繞著我們，它在我們的身體裡面，它談論著我們的思想和我們的行動。比起沉在「河人」所住的奧登塞河深處的那口鐘來，它能談論得更久。它飄向遙遠的天空，永無休止，直到天上的鐘發出「叮噹！叮噹！」的聲音。

〔1857 年〕

　　這個小品發表在 1857 年出版的《丹麥大眾曆書》上。這篇作品，源自一個關於奧登塞河的「河人」和亞爾多般教堂上的鐘自動墜落河中的傳說：那口鐘自動投進河中的勁勢很猛，甚至

在河床上撞出了一個大洞，到今天還可能看見。鐘發出「叮噹」的聲音，據説是因爲它在控訴教堂的敲鐘人愛斯基爾德，這人貪污了用於鑄鐘的銀兩。安徒生在這裡當然不是爲這口鐘申冤，而是透過它所發出的聲音説明一個事實：人間心靈和生活上的「隱祕」不可能保密。鐘聲實際上是由空氣震蕩所形成。「空氣知道所有的事情！它圍繞著我們，它在我們的身體裡面，它談論著我們的思想和行動……它飄向遙遠天空，永無休止，直到天上的鐘發出『叮噹！叮噹！』的聲音。」這倒有點近似我們的一個成語：「若要人不知，除非己莫爲！」

她是一個廢物

市長正站在開著的窗子前面。他只穿著襯衫；襯衫的前襟上別著一根領帶別針。他的鬍子刮得特別光——是他親自刮的。的確，他劃開了一個小口，但是他已經在上面貼了一小片報紙。

「聽著，小傢伙！」他大聲說。

這小傢伙不是別人，就是那個貧苦的洗衣婦的兒子。他正在這房子前面經過；他恭恭敬敬地把帽子摘下來。帽子已經破

了，因此他隨時可以把帽子捲起來塞在衣袋裡。這孩子穿著一件
樸素的舊衣服，但是衣服很乾淨，補得特別平整，腳上拖著一雙
厚木鞋，站在那兒，卑微得好像是站在皇帝面前一樣。

　　「你是一個好孩子！」市長先生說，「你是一個有禮貌的孩
子！我想你媽媽正在河邊洗衣服；你現在是要把藏在衣袋裡的
東西送給她。這對你母親說來是一件很不好的事情！你弄到了
多少？」

　　「半斤，」這孩子用一種害怕的聲音吞吞吐吐地說。

　　「今天早晨她已經喝了這麼多，」市長說。

　　「沒有，那是昨天！」孩子回答說。

　　「兩個半斤就整整是一斤！她真是一個廢物！你們這個階
級的人說來也真糟糕！告訴你媽媽，她應該覺得羞恥。你自己切
記不要變成一個酒徒──不過你會的！可憐的孩子，你去吧！」

　　孩子走開了，帽子仍然拿在手中，風在吹著他金黃的頭髮，
把鬈髮都吹得直立起來了。他繞過一個街角，拐進一條通向河流
的小巷裡去。他的母親站在水裡一張洗衣枰旁邊，用木杵打著一
大堆沉重的被單。水在滾滾地流，因為磨坊的閘門已經抽開了；
這些被單被水沖著，差不多要把洗衣枰推翻。這個洗衣婦不得不
使盡一切氣力來穩住這枰子。

　　「我差不多也要被捲走了！」她說，「你來得正好，我正需
要人來幫幫忙，站在這水裡真冷，但是我已經站了六個鐘頭了。
你帶來什麼東西給我嗎？」

　　孩子取出一瓶酒來。媽媽把它湊在嘴上，喝了一點。

　　「啊，這算是救了我！」她說；「它真叫我感到溫暖！它簡

直像一頓熱飯，而且價錢還不貴！你也喝點吧，我的孩子！你看起來簡直一點血色都沒有。你穿著這點單薄的衣服，要凍壞的。而且現在又是秋天。噢！水多冷啊！我希望我不要鬧出病來。不，我不會生病的！再給我喝一口吧，你也可以喝一點，不過只能喝一點，可不能喝上癮，我可憐的、親愛的孩子！」

於是她就走出水面，爬到孩子站著的那座橋上來。水從她草編的圍裙上和她的衣服上不停地往下滴。

「我要苦下去，我要拚命地工作，工作得直到手指流出血來。不過，我親愛的孩子，只要我能憑誠實的勞動把你養大，我吃什麼苦也願意。」

當她正在說這話的時候，有一個年紀比她大一點的女人向他們走來。她的衣服穿得非常寒酸，一隻腳也跛了，還有一捲假髮蓋在一隻眼睛上。這捲假髮的作用本來是要掩住這隻瞎眼的，不過它反而使這缺點顯得更突出了。她是這個洗衣婦的朋友。鄰居們把她叫做「假髮跛子瑪倫」。

「咳，妳這可憐的人！妳簡直在冷水裡工作得不要命了！妳的確應該喝點什麼東西，把自己暖一下；不過有人一看到妳喝幾滴就大喊大叫起來！」不一會兒，市長剛才說的話就全部傳到洗衣婦的耳朵裡去，因為瑪倫把這些話全都聽到了，而且她很生氣，覺得他居然敢把一個母親所喝的幾滴酒，那樣鄭重其事地告訴她親生的兒子，特別是因為市長今天正要舉行一個盛大的宴會；在這宴會上，大家將要一瓶瓶地喝著酒。「而且是強烈的好酒！有許多人將要喝得超過他們的酒量——但是這卻不叫做喝酒！他們是有用的人，但是妳就算是廢物！」

「咳，我的孩子，他居然對你說那樣的話！」洗衣婦說，同時她的嘴唇在發抖。「你看，你的媽媽是個廢物！也許他的話有道理，但他不能對我的孩子說呀！況且我在他家裡吃的苦頭已經夠多了。」

「當市長的父母還活著的時候，妳就在他家當傭人，並且住在他家裡。那是多少年前的事！從那時起，人們不知吃了多少斗的鹽，現在人們也應該感到渴了！」瑪倫笑了一下。「市長今天要舉行一個盛大的午宴。他本來要請那些客人改期再來的，不過已經來不及了，因爲菜早就準備好了。這事是門房告訴我的。一個鐘頭以前他接到一封信，說他的弟弟已經在哥本哈根死了。」

「死了？」洗衣婦大叫一聲；她的臉變得像死一樣地慘白。

「是的，死了，」瑪倫說。「妳感到特別傷心嗎？是的，妳認識他，你在他家當過傭人。」

「他死了！他是一個非常好、非常可愛的人！我們的上帝是少有像他那樣的人的。」於是眼淚就沿著她的臉滴下來了。「啊，老天爺！我周圍的一切東西都在旋轉！——這是因爲我把一瓶酒喝光了的緣故。我實在沒有那麼大的酒量！我覺得我病了！」於是她就靠著木柵欄，免得倒下來。

「老天爺，妳眞的病了！」瑪倫說。「不要急，妳可能會淸醒過來的。不對，妳眞的病了！我最好還是把妳送回家去吧！」

「不過我這堆衣服——」

「交給我好了！扶著我吧！妳的孩子可以留在這兒等著。我一會兒就回來把它洗完；它並不多。」

這個洗衣婦的腿在發抖。

「我在冷水裡站得太久了！從清早起我就沒有吃喝過什麼
東西。我全身燒得滾燙。啊，耶穌上帝！請幫助我走回家去吧！
啊，我可憐的孩子！」於是她就哭了起來。

孩子也哭起來。他單獨坐在河邊，守著這一大堆濕衣服。這
兩個女人走得很慢。洗衣婦搖搖擺擺地走過一條小巷，拐過一條
街就來到市長住著的那條街上。一到他的公館前面，她就倒在人
行道上了。許多人圍攏過來。

跛腳瑪倫跑進這公館裡去找人來幫忙。市長和他的客人們
走到窗子前面來探看。

不一會兒洗衣婦恢復了知覺。大家把她扶到她簡陋的屋子
裡去，然後把她放在床上。好心腸的瑪倫為她熱了一杯啤酒，裡
面加了一些奶油和糖；她認為這是最好的藥品。然後她就匆匆
忙忙地跑到河邊去，把衣服洗完了——洗得夠馬虎，雖然她的本
意很不壞。嚴格地說，她不過只是把潮濕的衣服拖上岸來，放進
桶裡去罷了。

天黑的時候，她來到那間簡陋的小房子裡，坐在洗衣婦的旁
邊。她特別為病人向市長的廚子討了一點烤洋山芋和一片肥火
腿來。瑪倫和孩子大吃了一頓，不過病人只能欣賞這食物的香
味。她說香味也是很滋補的。

不一會兒，孩子就上床去睡了，睡在他的媽媽睡的那張床
上。他橫睡在她的腳跟，蓋著一床打滿了藍色和白色補釘的舊地
毯。

洗衣婦感到現在精神稍微好了一點。溫暖的啤酒使她有了

一點氣力；食物的香味也對她有些幫助。

　　「多謝妳，妳這個好心腸的人。」她對瑪倫說。「孩子睡著以後，我就把一切經過都告訴妳。我想他已經睡著了。妳看，他閉著眼睛躺著，是一副多麼溫柔好看的樣兒！他一點也不知道媽媽的痛苦——我希望老天爺永遠不要讓他知道。我那時是幫那位樞密顧問官——就是市長的父親——做傭人。有一天他在大學裡念書的小兒子回來了。我那時是一個粗野的年輕女孩子；但是我可以在老天爺面前發誓，我是正派的！」洗衣婦說。「那大學生是一個快樂、和藹、善良和勇敢的人！他身上的每一滴血都是善良和誠實的。我在這世界上沒有看到過比他更好的人。他是這家的少爺，我不過是一個女傭人。但是我們相愛起來了——我們相愛是眞誠的，正當的。當人們正在眞誠地相愛的時候，接吻就不能算是罪過了。他把這事告訴了他的母親，她在他的眼中就像世上的一個活神仙。她既聰明，又溫柔。他離開家的時候，就把他的戒指套到我的手指上。他已經走了很遠以後，我的女主人就喊我去。她用一種堅定、但是溫和嚴肅的語氣對我說話——只有我們的上帝才能這樣講話。她把他跟我的區別，無論從精神方面或實質方面，都清楚地告訴了我。

　　「『他現在只看到妳是多麼漂亮，』她說，『不過漂亮是保持不住多久的！妳沒有受過他那樣的教育。妳在智力方面永遠趕不上他——不幸的關鍵就在這裡。我尊重窮人，』她繼續說：『在上帝面前，他們比許多富人的位置還高；不過在我們人的世界裡，我們必須當心不要越過了界限，不然車子就會翻掉，你們兩人也就會翻掉。我知道有一個很好的人向妳求過婚——一個手

藝人——就是那個手套工匠愛力克。他的妻子已經死了，沒有孩子。他的境遇也很好。妳考慮考慮吧！』

「她講的每個字都像一把刺進我心裡的尖刀。不過我知道她的話是有道理的。這使我感到難過，感到沉重。我吻了她的手，流出苦痛的眼淚。當我回到我的房間倒到床上的時候，我哭得更痛苦。這是我最難過的一夜。只有上帝知道，我是在怎樣受難，怎樣掙扎！

「第二個禮拜天我到教堂裡去，祈求上帝指引我。當我走出教堂的時候，手套工匠人愛力克正在向我走來——這好像就是上帝的意志。這時我心裡的一切疑慮都消除了。我們在身分和境遇方面都是相稱的——他還可以算得上是境況好的人。因此我就走向他，握著他的手，同時說：

「『你的心還沒有變吧？』

「『沒有，永遠不會變！』他回答說。

「『你願跟一個尊重和敬服你、但是不愛你的女子結婚嗎——雖然她以後可能會對你產生愛情？』

「『是的，愛情以後就會來的！』他說。這樣，我們就同意了。我回到女主人的家裡來。她兒子給我的那只戒指一直是藏在我的懷裡。我在白天不敢戴它；只是在夜晚我上床去睡的時候才戴上它。現在我吻著這戒指，一直吻得我嘴唇要流出血來。然後我把它交還給我的女主人，同時告訴她，下星期牧師就要宣布我和手套工匠結婚的消息。我的女主人雙手抱著我，吻我。她沒有說我是一個廢物；不過那時我可能是比現在更有用一點的，因為我還沒有碰上生活的災難。在聖燭節①那天我們就婚結了。

頭一年我們的生活不壞：我們有一個伙計和一個學徒，還有妳，瑪倫──妳幫我們的忙。」

「啊，妳是一個善良的女主人！」瑪倫說。「我永遠也忘記不了，妳和妳丈夫對我是多麼好！」

「是的，妳和我們住在一起的時候，正是我們過得好的時候！我們那時還沒有孩子。那個大學生我再也沒有見到過──啊，對了，我見過他，但是他卻沒有看到我！他回來參加他母親的葬禮。我看到他站在墳旁，臉色慘白，樣子很消沉，不過那是因為母親死了的緣故。後來，當他的父親去世的時候，他正住在外國，沒有回來。以後他也沒有回來。我知道他一直沒有結婚。後來他成了一個律師。他已經把我忘記了。即使他再看到我，大概也不會認出我的──我已經變得非常難看。這也算是一件好事！」

於是她談到她那些苦難的日子和她家所遭遇的不幸，他們積蓄了五百塊錢。街上有一座房子要賣，估價是兩百塊錢。把它拆了，再建一座新的，還是值得。所以他們就把它買下來了。石匠和木匠把費用計算了一下：新房子的建築費要一千零二十塊錢。手套工匠愛力克很有信用，所以他在京城裡借了這筆錢。不過帶回這筆錢的那個船長，在半路上翻了船；錢和他本人都消失了。

「這時候，我現在正在睡覺的這個親愛的孩子出世了。長期的重病把我的丈夫拖倒了。有九個月的光景，我得每天替他穿衣和脫衣。我們一天不如一天，而且在不停地借債。我們把所有的東西都賣了，接著丈夫也死了。我工作著，操勞著，為我的孩子

操勞和工作，替人擦樓梯，替人洗粗細衣服，但是我的境遇還是沒有辦法改好──這就是上帝的意志！祂將要在適當的時候把我喚走的，他也不會不管我的孩子。」

於是她便睡著了。

到了早晨她的精神好轉許多，也覺得有了些氣力；她覺得自己可以繼續去工作。不過她一走進冷水裡去的時候，就感到一陣寒顫和無力。她用手在空中亂抓，向前走了一步，便倒下來了。她的頭擱在岸上，但是腳仍然浸在水裡。她的一雙木鞋──每隻鞋裡墊著一把草──順著水流走。這情形是瑪倫送咖啡來的時候看到的。

這時市長家裡的一個僕人跑到她簡陋的屋子裡來，叫她趕快到市長家裡去，因為他有事情要對她講，但是現在已經遲了！大家請來了一個剃頭兼施外科手術的人來為她放血。不過這個可憐的洗衣婦已經死了。

「她喝酒喝死了！」市長說。

那封關於他弟弟去世的信裡附有一份遺囑的大要。這裡面有一項是：死者留下六百塊錢交給他母親過去的傭人──就是現在的手套工匠的寡婦。這筆錢應該根據實際需要，以或多或少的數目付給她或她的孩子。

「我的弟弟和她曾經鬧過一點無聊的事兒，」市長說，「幸虧她死了，現在那個孩子可以得到全部的錢。我將把他送到一個正經人家裡去寄養，好使他將來可以成為一個誠實的手藝師傅。」

請我們的上帝祝福這幾句話吧。

　　於是市長就把這孩子喊來，答應照顧他，同時還說他的母親死了是一椿好事，因爲她是一個廢物！

　　人們把她抬到教堂墓地上去，埋在窮人的公墓裡。瑪倫在她的墳上栽了一棵玫瑰樹；那個孩子站在她旁邊。

　　「我親愛的媽媽！」他哭起來，眼淚不停地流著。「人們說她是一個廢物，這是眞的嗎？」

　　「不，她是一個非常有用的人！」那個老傭人說，同時生氣地向天上望著。「我在許多年以前就知道她是一個好人；從昨天晚上起我更知道她是一個好人。我告訴你她是一個有用的人！老天爺知道這是眞的。讓人說『她是一個廢物』吧！」〔1853年〕

────────────────────

　　這篇作品和〈賣火柴的小女孩〉一樣發表在《丹麥大衆曆書》上。丹麥每年要出一本「曆書」，像我們過去的「黃曆」，供廣大民衆在日常生活中參考。所不同的是，這種曆書按慣例總要請一位作家寫篇故事，以「新年展望」這類的類材做爲內容，供廣大群衆翻用曆書時閱讀。正因爲如此，安徒生才與衆不同，特別提供像〈賣火柴的小女孩〉和〈她是一個廢物〉這類尖銳反映現實生活的故事，使人們在快樂中不要忘掉受苦的人。

　　這位被市長先生認爲是「廢物」的洗衣婦，其實是一個極爲勤勞、善良、自尊心強、具有純潔感情的窮苦婦女。「我要苦下

去，我要拚命地工作，工作得直到手指流出血來。不過，我親愛
的孩子，只要我能憑誠實的勞動把你養大，我吃什麼苦也願意。」
她是一個偉大的母親。她無依無靠，當了一生傭人，因她生得漂
亮，主人家的小少爺愛上了她，但女主人認爲她出身卑微，勸她
嫁給一個手套工匠，而這個工匠又不幸早死，她和兒子成了孤兒
寡母，而且氣力已衰，無人雇她，只好靠洗衣爲生。這是一項非
常艱苦的工作，對過了中年以後的她更是如此：她「站在水裡一
張洗衣枱旁邊，用木杵打著一大堆沉重的被單。水在滾滾地流，
因爲磨坊的閘門已經抽開了；這些被單被水沖著，差不多要把
洗衣枱推翻。這個洗衣婦不得不使盡一切氣力來穩住這枱子。」
她有時得在這樣的冷水裡一口氣站六個鐘頭以上。她得喝點酒
來產生一點熱力。「它簡直像一頓熱飯，而且價錢還不貴！」但
是市長卻因此說她是個「廢物」，雖然他自己在舉行宴會的時
候，大家一瓶一瓶地喝著，「而且是強烈的好酒！……但是這卻
不叫做喝酒！他們是有用的人……」這個可憐的婦人終於因爲
浸在水裡時間太長，勞動過度，倒在水裡死去了。她心地善良，
逆來順受，但「人們說她是個廢物，這是眞的嗎？」這句問話代
表了安徒生向社會提出的一個抗議。

【註釋】

①聖燭節(Kyndelmisse)是在二月二日舉行的基督教節日，紀念耶穌誕生後四十天，
　聖母瑪利亞帶他到耶路撒冷去祈禱。

請你去問牙買加的女人

從前有一根年高德劭的胡蘿蔔，

他的身體是又粗又重又笨，

他有一股叫人害怕的勇氣：

他想和一位年輕的姑娘結婚——

一個漂亮年輕的、小巧的胡蘿蔔，

她的來歷不凡，出自名門。

於是他們就結了婚。

宴會眞是說不盡的美好，
但是一文錢也沒有花掉。
大家舐著月光，喝著露水，
吃著花朵上的絨毛——
這絨毛在田野和草原上不知有多少。
老胡蘿蔔彎下腰來致敬，

囉囉唆唆地演說了一陣。
他的話語像潺潺的流水，
胡蘿蔔姑娘卻不挿半句嘴。
她旣不微笑，也不嘆氣，
她是那麼年輕和美麗。
如果你不相信，
請你去問牙買加的女人。
他們的牧師①是紅頭白菜，
白胡蘿蔔是新娘子的伴娘，
黃瓜和蘆筍被當做貴賓招待，
馬鈴薯站在一排，齊聲歌唱。
老的和小的都舞得非常起勁，
請你去問牙買加的女人！
老胡蘿蔔不穿鞋襪就跳，

嗨，他把背脊骨跳斷了！
因此他死了，再也不能生長，
胡蘿蔔姑娘就只好笑一場。
命運眞變得非常奇怪，

她成了寡婦，但是倒很愉快：
她喜歡怎樣生活就怎樣生活，
她做爲少婦，可以在肉湯裡游泳，
她是那麼年輕，那麼高興。
如果你不相信，
請你去問牙買加的女人。〔1871 年〕

　　這首小詩發表於 1871 年 10 月 1 日的《兒童畫報》上，一看
就知道，這是一首打油詩，但是用童話的形式表現出來，裡面的
人物都生動可愛。主人翁的「身體是又粗又重又笨」，但具有「叫
人害怕」的衝天勇氣，因而得以與一個「來歷不凡，出自名門」
的小姐結婚。但是樂極生悲，他硬是跳舞跳死了。在我們人類
中，這種角色應該屬於哪個類型？

【註釋】
①按西歐習慣，牧師是證婚人。

古教堂的鐘

〈爲席勒紀念册而作〉

在德國瓦爾登堡地方，槐樹在大路旁邊開滿了美麗的花朵，蘋果樹和梨樹在秋天被成熟的果實壓彎了枝條。這兒有一個小城市：瑪爾巴赫。它是那些微不足道的城市之一，但它是在涅加爾河邊，處在一個美麗的位置上。這條河匆忙地流過流多村莊、古老的騎士宮堡和靑翠的葡萄園，爲的是要把它的水傾瀉到萊茵河裡去。

這正是歲暮的時候。葡萄的葉子已經紅了，天上正下著陣

雨，寒風在吹。對於窮人說來，這並不是一個愉快的時節。日子
一天比一天變得陰暗，而那些老式的房子內部更加顯得陰暗。街
上就有這樣的一棟房子；它的山形牆面向前街，它的窗子很
矮，它的外表很寒酸。它裡面住的一家人的確也很貧寒，但是非
常正直和勤儉；在他們心的深處，他們懷著對於上帝的敬愛。

上帝很快就要送一個孩子給他們。時候已經要到了。母親躺
在床上，感到陣痛和難過。這時她聽到教堂塔上飄來的鐘聲
——洪亮而快樂的鐘聲。這是一個快樂的時刻。鐘聲充滿了這個
祈禱著的女人的虔誠的心聲。她內心的思想飛向上帝。正在這時
候，她生下一個男孩；她感到無限地快樂。教堂塔上的鐘聲似乎
在把她的快樂向全市、向全國播送。兩顆明亮的眼睛在向她凝
視。這個小傢伙的頭髮發著亮光，好像是鍍了金似的。在十一月
一個陰暗的日子裡，這個孩子就在鐘聲中被送到世界上來了。媽
媽和爸爸吻了他，同時在他們的《聖經》上寫道：「一七五九年
十一月十日，上帝送我們一個男孩。」後來他加了一句，說孩子
在受洗禮時取名為約翰·克利斯朵夫·佛里得利西。

這個小傢伙，寒酸的瑪爾巴赫城裡的一個窮孩子，成了怎樣
的一個人呢？

的確，在那個時候誰也不知道，甚至那口老教堂的鐘也不知
道，雖然它懸得那樣高，最先為他唱著歌——後來他自己也唱出
一支非常美麗的歌：〈鐘〉①。

這個小傢伙在成長，這個世界也為他在成長。他的父母搬到
另一個城裡去了，但是他們在小小的瑪爾巴赫還留下一些親愛
的朋友。因此有一天媽媽就帶著兒子回去做一次探訪。孩子還只

不過六周歲，但是他已經知道了《聖經》裡的許多章節和虔敬的
讚美詩。他常常在晚間坐在小椅子上聽爸爸念格勒爾特的寓言
和關於救世主的詩②，當他們聽到這個人為了救我們而上十字
架的時候，他流出眼淚，比他大兩歲的姊姊就哭起來。

　　在他們第一次拜訪瑪爾巴赫的時候，這個城市還沒有很大
的改變。的確，他們離開它還沒有多久。房子仍然跟以前一樣，
有尖尖的山形牆，傾斜的牆和低矮的窗；但是教堂的墓地裡卻
有了新的墳墓，而且那口老鐘也躺在這兒牆邊的草裡。這鐘是從
塔上掉下來的。它已經跌出一個裂口，再也發不出聲音來了。因
為這個緣故，現在有一口新鐘來代替它。

　　媽媽和兒子一起走到教堂裡去。他們站在這口老鐘前面。媽
媽告訴孩子，許多世紀以來這口鐘該是做了多少事情：它在人
們受洗、結婚和入葬的時候，奏出音樂；它為慶祝、歡樂和火警
發出聲音；事實上，這口鐘歌唱著人的整個一生。媽媽講的話，
這孩子永遠沒有忘記。這些話在他的心裡盤旋著，直到他成人以
後不得不把它唱出來。媽媽還告訴他，這鐘怎樣在她苦痛不安的
時候發出安慰和快樂的聲音，怎樣在她生小孩子的時候奏出音
樂和歌。孩子懷著虔誠的心情望著這口偉大的、古老的鐘。他彎
下腰來吻它，雖然它躺在亂草和蕁麻之間，裂了口，滿身是鏽。

　　孩子在貧困中長大了；這口鐘深深地留在他的記憶裡。他
又瘦又高，長了一頭紅髮，滿臉雀斑。是的，這就是他的外貌，
但是他有兩顆明亮的、像深水一樣的眼睛。他的發展怎樣呢？他
的發展很好，好得叫人羨慕！他入了軍官學校，而且受到優待，
進到世家子弟所進的那一科。這是一種光榮和幸運。他穿起皮靴

和硬領，戴著撲了粉的假髮。他在學習知識——「開步走！」「立
正！」和「向前看！」這個範疇裡的知識。這大概不會是白學的。

　　老敎堂那口被人遺忘的鐘總有一天會走進熔爐。它會變成
什麼呢？這是很難說的。但是那個年輕人心裡的鐘會變成什麼
呢？這也同樣是很難說的。他心裡有一個聲音洪亮的金屬品
——它總有一天要向世界唱出歌來。學校的空間越窄狹，「開步
走！立正！向前走！」的聲音越緊張，這個年輕人心裡的歌聲就
越強壯。他在同學中間把這個歌聲唱出來，而這歌聲越過了國
境。但他在這兒受敎育、領制服和食宿並不就是爲了唱歌呀。他
是一座大鐘裡的一個固定的螺絲釘——我們都是一架機器的零
件。我們對於自己了解得多少啊！別的人——即使是最好的人
——怎麼會了解我們呢？但是寶石只有在壓力下才能形成。這
兒現在有的是壓力。世界在時間的過程中會不會認識這顆寶石
呢？

　　有一個盛大的慶祝會在這國家的首都舉行。無數的燈光亮
起來了，焰火照耀著天空。人們現在還記得那次輝煌的景象，因
爲正是在那個時候他帶著眼淚和苦痛的心情想要逃到外國去。
他不得不離開祖國、母親和所有親愛的人，否則他就得在一個平
凡的生活漩渦中被淹沒掉。

　　那口老鐘仍然是完好如故。它藏在瑪爾巴赫的敎堂牆邊，完
全被人忘記了！風在它身上吹過去，可能告訴它一點關於他的
消息，因爲這鐘在他出生的時候曾經唱過歌。風可能告訴它自己
怎樣寒冷地在他身上吹過去，他怎樣因爲疲勞過度而在鄰近的
森林裡倒下來，他怎樣擁抱著他的寶物——他未來的希望：已

經完成的那幾頁《菲愛斯柯》③。風可能說出：當他在讀這部悲
劇的時候，他的支持者——全是些藝術家——都偷偷地溜走而
去玩九柱戲④。風可能說出：這個面色蒼白的逃亡者整星期、整
月地住在一個寒酸的客棧裡，老闆不是吵鬧就是喝酒；當他正
在唱著理想之歌的時候，人們卻在周圍粗暴地作樂。這是艱難的
日子，陰暗的日子！心兒得為它所要唱出的東西先受一番苦和
考驗。

　　那口古老的鐘也經歷過陰暗的日子和寒冷的夜，但是它感
覺不到，而人類胸懷中的鐘可是能感覺得到困苦的時刻。這個年
輕人的情形怎樣呢？是的，這口鐘飛得很遠，比它在高塔上發出
的聲音所能達到的地方還遠。至於這個年輕人，他心裡的鐘聲所
達到的地方，比他的腳步所能走到和他的眼睛所能看到的地方
還要遠。它在大洋上、在整個的地球上響著。

　　現在讓我們先聽聽這口教堂的鐘吧。它從瑪爾巴赫被運走
了。它被當做舊銅賣了。它得走進巴恩州的熔爐裡。它究竟是怎
樣到那兒去的呢？什麼時候去的呢？唔，這只好讓鐘自己來講
——如果它能講的話。這當然不是一件頂重要的事情。不過有一
件事是很肯定的：它來到了巴恩的首府。自從它從鐘樓上跌下
來的時候起，已經過去了許多年。它現在得被熔化，做為一座新
鑄的紀念碑——德國人民的一尊偉大的雕像的一部分材料。現
在請聽這事情是怎樣發生的吧！這個世界上有的是奇異和美麗
的事情！

　　在丹麥一個布滿了山毛櫸樹和墳墓的綠島上住著一個窮苦
的孩子。他拖著一雙木鞋，常常用一塊舊布包著飯食送給他的父

親吃。父親在碼頭上專門爲船隻雕刻「破浪神」。這個窮苦的孩子成了這個國家的財寶：他從大理石刻出的美麗東西，使全世界的人看到都非常驚異。現在他接受了一件光榮的工作：用泥土雕塑出一尊莊嚴美麗的人像，然後再從這個人像鑄出一尊銅像。這尊人像的名字就是他的父親曾經在《聖經》上寫過的：約翰・克利斯朶夫・佛里得利西。

火熱的古銅流進模子裡去。是的，誰也沒有想起古教堂那口鐘的故事和它逝去了的聲音。這鐘流進模子裡去，形成一尊人像的頭和胸部。這尊像現在已經揭幕了。它現在已經立在斯杜特加爾特的古宮前面。它所代表的那個人，活著的時候，曾經在這個地方走來走去；他感到外界的壓迫，他的內心在做尖銳的掙扎。他——瑪爾巴赫出生的一個孩子，軍事學校的一個學生，逃亡者，德國不朽的偉大詩人——他歌詠瑞士的解放者和法國一位得到上天感召的姑娘⑤。

這是一個美麗的晴天。在這個莊嚴的斯杜特加爾特城裡，旗幟在屋頂上和尖塔上飄揚。教堂所有的鐘都發出節日和歡樂的聲音。只有一口鐘是沉默的。但是它在明朗的太陽光中射出光輝，它從一尊高貴的人像的面上和胸前射出光輝。自從瑪爾巴赫塔上的鐘爲一個受難的母親發出快樂和安慰的鐘聲那天起，一整個世紀已經過去了。那一天，這個母親在窮困中和簡陋的房子中生出了一個男孩。這孩子後來成爲一個富有的人——他的精神財富給世界帶來幸福。他——一個善良的女人所生的詩人，一個偉大的、光榮的歌手：約翰・克利斯朶夫・佛里得利西・席勒。

〔1862 年〕

這是歌頌德國著名詩人和劇作家席勒(J. C. F. Von Schillen, 1759～1805)的一篇散文詩，發表在 1862 年哥本哈根出版的《丹麥大眾曆書》上。安徒生在他的手記中寫道：「〈古教堂的鐘〉是我受到請求而寫的，以配合《席勒畫册》中的一幅畫。我想加一點丹麥的成分進去。讀者讀了這個故事後就知道，我是怎樣解決這個問題的。」所謂「一點丹麥的成分」大概是指安徒生本人的經歷。他也是窮困中成長的，「後來成為一個富有的人──他的精神財富給世界帶來幸福。他──一個善良的女人所生的詩人，一個偉大的、光榮的歌手……」

【註釋】

①指席勒的敍事詩〈鐘之歌〉(Das Lied von der Glocke)。

②格勒爾特(Christian Fürchtegott Gellert, 1715～1769)是德國詩人和劇作家，但他以寓言和詩歌最馳名。

③《菲愛斯柯》(*Fiesko*)是席勒所寫的一個劇本。

④九柱戲(Keglespillet)是德國的一種遊戲：九根一尺來長的柱子豎在地上，圍成一個小圈，然後把一顆圓球滾過去，看是否能把這些柱子打倒。

⑤指席勒的兩個名劇本《威廉·泰爾》(*Viihelm Tell*)和《奧爾良的姑娘》(*Die Jungfrau Von Orleans*)。

孩子們的閒話

一個大商人舉行了一場兒童招待會。有錢人的孩子和有名人的孩子都到了。這個商人很了不起,是個有學問的人:他曾經進過大學,是他的和善的父親要他進的。這位父親本來是一個牛販子,不過很老實和勤儉。這可以使他積蓄,因此他的錢也就越積越多了。他很聰明,而且也有良心;不過人們談到他的錢的時候多,談到他的良心的時候少。

在這個商人的家裡,常有名人出出進進──所謂有貴族血

統的人，有知識的人和兩者都有的、或兩者完全沒有的人。現在
兒童招待會或兒童談話會正在舉行；孩子們心裡想到什麼就講
什麼。他們中有一位很美麗的小姑娘，她可是驕傲得不可一世。
不過這種驕傲是因爲傭人老是吻著她而造成的，不是她的父
母，因爲他們在這一點上還是非常有理智的。她的爸爸是一個
「祗侯」①，而這是一個很了不起的職位——她知道這一點。

　　「我是一個祗侯的女兒呀！」她說。

　　她也很可能是一個地下室②住戶的女兒，因爲誰也沒有辦
法安排自己的出身。她告訴別的孩子們，說她的「出身很好」；
她還說，如果一個人的出身不好，那麼他就不會有什麼前途。因
此他讀書或者努力都沒有什麼用處。所以一個人的出身不好，自
然什麼成就也不會有。

　　「凡是那些名字的結尾是『生』③字的人，」她說，「他們
在這世界上絕弄不出一個什麼名堂來的！一個人應該把手叉在
腰上，跟他們這些『生』字輩的人保持遠遠的距離！」於是她就
把她美麗的小手臂叉起來，把她的胳膊肘兒彎著，來以身作則。
她的小手臂眞是非常漂亮。她也天眞可愛。

　　不過那位商人的小姑娘卻很生氣，因爲她爸爸的名字是叫
做「馬得生」，她知道他名字的結尾是「生」。因此她盡量做出一
種驕傲的神情說：

　　「但是我的爸爸能買一百塊錢的麥芽糖，叫大家擠做一團地
來搶！妳的爸爸能嗎？」

　　「是的，」一位作家的小女孩說，「但是我的爸爸能把妳的
爸爸和所有的『爸爸』寫在報紙上發表。我的媽媽說大家都怕

他，因爲他統治著報紙。」

這個小姑娘昂起頭，好像一位眞正的公主昂著頭的那個樣子。

不過在那扇半掩著的門外站著一個窮苦的孩子。他正在向門縫裡望。這小傢伙是那麼微賤，他甚至還沒有資格走進這個房間裡來。他幫女廚子轉了一會兒烤肉叉，因此她准許他站在門後偷偷地瞧這些漂亮的孩子們在屋子裡作樂。這對他說來已經是一件了不起的事情。

「啊，如果我也在他們中間！」他想。於是他聽到他們所講的一些話。這些話無疑地使他感到非常不快。他的父母在家裡連一枚買報紙的銅板也沒有，更談不上在報紙寫什麼文章。最糟糕的是他爸爸的姓——因此也就是他自己的姓——是由一個「生」字結尾的！所以他絕不會有什麼前途。這眞叫人感到悲哀！不過他究竟是生出來了，而且就他看來，出生得也很好。這是不用懷疑的。

這就是那天晚上的事情！

從那以後，許多年過去了。孩子們都已長大成人。

這城裡有一棟很漂亮的房子。它裡面藏滿了美麗的東西，大家都喜歡來參觀一下，甚至住在城外的人也跑來看它。我們剛才談到的那些孩子們，誰能說這房子是自己的呢？是的，這很容易就弄清楚！那並不太困難。這棟房子是屬於那個窮苦孩子的——他已經成了一個偉大的人，雖然他名字的結尾是一個「生」字——多瓦爾生④。

　　至於其餘的三個孩子呢？那個有貴族血統的孩子，那個有錢的孩子，那個在精神上非常驕傲的孩子呢？唔，他們彼此都沒有什麼話說——他們都是一樣的人。他們的命運都很好。那天晚上他們所想的和所講的事情，不過都是孩子們的閒話罷了。
　　〔1859 年〕

　　這篇小品最初發表在 1859 年哥本哈根出版的《新的童話和故事集》第一卷第三部。它的主題很清楚：那天晚上聚集在房間裡自詡出身好、家境好、前途好的孩子們，「所想的和所講的事情，不過都是孩子們的閒話罷了」。因爲事實證明真正創造出偉大前途的是「在那扇半掩著的門外站著一個窮苦的孩子……這小傢伙是那麼微賤，他甚至還沒有資格走進這個房間裡來」。安徒生在寫這篇作品的時候無疑也聯想起了他自己和他的朋友，世界知名的雕刻大師多瓦爾生——他是一個鄉下木匠的孩子。

【註釋】

①這是一個官職，他的任務是做皇家臥室裡的侍從。

②地下室是窮人住的地方。

③生(sen)在丹麥文裡是「兒子」的意思。在中古封建時代，貴族都是以自己所出生的地方被封爲自己的姓。平民則沒有姓，只是以父親的名，再加一個結尾語"sen"而形成自己的姓。比如「安徒生」這個名字，實際上的意思是「安徒的兒子」，沿用

下來就成了姓。

④多瓦爾生(Bertel Thorwaldsen, 1768～1844)是丹麥著名的雕刻家，歐洲古典藝術

復興運動的領導人。

蝸牛和玫瑰樹

在 一個花園的周圍，有一排榛樹編的籬笆。籬笆的外面是田地和草原，上面有許多母牛和羊。不過在花園的中央有一棵開著花的玫瑰樹。樹底下住著一隻蝸牛。他的殼裡面有一大堆東西——那就是他自己。

「等著，到時候看吧！」他說。「我將不止開幾次花，或結幾個果子，或者像牛和羊一樣，生產出一點兒奶。」

「我等著瞧，你的東西倒是不少哩！」玫瑰樹說。「我能不

能問你一下，你的話什麼時候能夠兌現呢？」

「我心裡自然有數，」蝸牛說。「你老是那麼急！一急就把我弄得緊張起來了。」

到了第二年，蝸牛仍然躺在原來的地方，在玫瑰樹下面曬太陽。玫瑰樹倒是冒出了花苞，綻開那永遠新鮮的花朵。蝸牛伸出一半身子，把觸角探了一下，接著就又縮回去了。

一切東西跟去年完全一樣！沒有任何進展。玫瑰樹仍然開著玫瑰花；他卻沒有向前邁進一步！

夏天過去了，秋天來了。玫瑰樹老是開著花，冒出花苞，一直到雪花飄下來，天氣變得陰森和寒冷為止。這時玫瑰樹就向地下垂著頭，蝸牛也鑽進土裡去了。

新的一年又開始了。玫瑰花開出來了，蝸牛也爬出來了。

「你現在成了一棵老玫瑰樹！」蝸牛說。「你應該早點準備壽終正寢，你所能拿出的東西都拿出來了；這些東西究竟有什麼用處，是一個問題。我現在也沒有時間來考慮。不過有一點是很清楚的；你沒有對你個人的發展做過任何努力，否則你倒很可能生產出一點其他像樣的東西呢。你能回答這問題嗎？你很快就會只剩下一根光桿了！你懂得我的意思嗎？」

「你簡直嚇死我！」玫瑰樹說。「我從來沒有想到這一點。」

「是的，你從來不費點腦筋來考慮問題。你可曾研究一下，你為什麼要開花，你的花是怎樣開出來的——為什麼是這樣，而不是別樣嗎？」

「沒有，」玫瑰樹說。「我在歡樂中開花，因為我非開不可。太陽是那麼溫暖，空氣是那麼清爽。我喝著純潔的露水和大滴的

雨點。我呼吸著，我生活著！我從泥土得到力量，從高空吸取精氣；我感到一種快樂在不停地增長；結果我就不得不開花，開完了又開。這是我的生活，我沒有別的辦法！」

「你倒是過著非常輕鬆的日子啦，」蝸牛說。

「一點也不錯。我什麼都有！」玫瑰樹說。「不過你得到的東西更多！你是那種富於深思的人物，那種得天獨厚的、使整個世界驚奇的人物。」

「我從來沒有想到這類事兒，」蝸牛說。「世界不關心我！我跟世界又有什麼關係呢？我自己和我身體裡所有的東西已經足夠了。」

「不過，在這個世界上，難道我們不應該把我們最好的東西，把我們的能力所能辦得到的東西都拿出來嗎？當然，我只能拿出玫瑰花來。可是你？……你是那麼得天獨厚，你拿出什麼東西給這世界呢？你打算拿出什麼東西來呢？」

「我拿出什麼東西嗎？拿出什麼東西！我對世界吐一口唾沫！世界一點用也沒有，它和我沒有什麼關係。你拿出你的玫瑰花來吧，你做不出什麼別的事情來！讓榛樹結出果子吧，讓牛和羊生產出奶吧；他們各有各的群眾，但是我身體裡也有我的群眾！我縮到我身體裡去，我住在那兒。世界和我沒有什麼關係！」

蝸牛就這樣縮進他的屋子裡去了，同時把門帶上。

「這真是可悲！」玫瑰樹說。「即使我願意，我也縮不進我的身體裡面去──我得不停地開著花，開出玫瑰花。花瓣落下來，在風裡飛翔！雖然如此，我還看到一朵玫瑰夾在一位主婦的

聖詩集裡，我自己也有一朵玫瑰被藏在一個美麗年輕的女子懷裡，另一朵被一個充滿了快樂的孩子拿去親吻著。我覺得眞舒服，這是眞正的幸福。這就是我的回憶——我的生活！」

於是玫瑰老是天眞地開著花，而那隻蝸牛則懶散地待在他的屋子裡。世界和他沒有什麼關係。

許多年過去了。

蝸牛成了泥土中的泥土，玫瑰樹也成了泥土中的泥土。那本聖詩集裡做爲紀念的玫瑰也枯萎了；可是花園裡又開出新的玫瑰花來；花園裡又爬出新的蝸牛來。這些蝸牛鑽進他們的屋子裡去，吐出唾沫，這個世界跟他們沒有什麼關係。

我們要不要把這故事從頭再讀一遍？……它絕不會有什麼兩樣。〔1862 年〕

這篇小故事發表於 1862 年在哥本哈根出版的《新的童話和故事集》第二卷第二部裡。它是作者 1861 年 5 月在羅馬寫成的。據說故事的構想來源於安徒生個人的經驗。這裡的玫瑰樹可能就代表他自己——創作家，而蝸牛則影射評論家——他們不創作，但會發表一些深奧的、做哲學狀的議論，如：「你爲什麼要開花，你的花是怎樣開出來的——爲什麼是這樣，而不是別樣嗎？」安徒生在義大利旅行的時候，收到一封從丹麥寄來的欠資信件，拆開一看，裡面是一份批評他作品的剪報。

看門人的兒子

　　將軍的家住在第一層樓上；看門人的家住在地下室裡。這
兩家的距離很遠，整整相隔一層樓；而他們的地位也不同。不過
他們是住在同一個屋頂下，面向著同一條街和同一個院子。院子
裡有一塊草坪和一棵開花的槐樹——這就是說，當它開起花來
的時候，在這樹下面偶爾坐著一位穿得很漂亮的保母和一位穿
得更漂亮的將軍的女兒「小小的愛米莉」。

　　在他們面前，那個有一對棕色大眼睛和一頭黑髮的看門人

的兒子，正赤著腳在跳舞。這位小姑娘對他大笑，同時把一雙小手向他伸出來。將軍在窗子裡看到了這情景，就點點頭，說：「好極了！」將軍夫人很年輕，她幾乎像他頭一任太太生的女兒。她從來不向院子裡望，不過她下過一道命令說，住在地下室裡的那戶人家的孩子可以在她的女兒面前玩，但是不能碰她。保母嚴格地執行太太的指示。

太陽照著住在第一層樓上的人，也照著住在地下室裡的人。槐樹開出花來了，而這些花又落了，第二年它們又開出來了。樹兒開著花，看門人的小兒子也開著花——他的樣子像一朵鮮艷的鬱金香。

將軍的女兒長得又嫩又白，像槐樹花的粉紅色花瓣。她現在很少到這棵樹底下來；她要呼吸新鮮空氣時，就坐上馬車；而且她出去時總是跟媽媽坐在一起。她一看到看門人的兒子喬治，就對他點點頭，用手指飛一個吻，直到後來母親告訴她說，她的年紀已經夠大了，不能再做這類事兒。

有一天上午，他把門房裡早晨收到的信件和報紙送給將軍。當他爬上樓梯經過沙洞子的門①的時候，聽到裡面有一種嘟嘟喳喳的聲音。他以為裡面有一隻小鷄在叫，但是這卻是將軍的那個穿著花邊洋布衣的小女兒。

「你不要告訴爸爸和媽媽，他們知道就會生氣的！」

「這是什麼，小姐？」喬治問。

「什麼都燒起來了！」她說。「火燒得真亮！」

喬治把小育兒室的門推開；窗簾幾乎都快要燒光了；掛窗簾的杆子也燒紅了，正冒出火焰，喬治向上一跳就把它扯下，同

時大聲呼喊。要不是他，恐怕整棟房子也要燒起來了。

將軍和太太追問小愛米莉。

「我只是劃了一根火柴，」她說，「但是它馬上就點燃，窗簾也馬上燒起來了。我吐出口水來想把它壓熄，但是怎樣吐也吐得不夠多，所以我就跑出來，躲開了，因為怕爸爸媽媽生氣。」

「吐口水！」將軍說，「這是一種什麼字眼？妳什麼時候聽到爸爸媽媽說過『吐口水』？妳一定是跟樓底下那些人學來的。」

但是小喬治得到了一個銅板。他沒有把這錢在麵包店裡花掉，卻把它塞進儲藏匣裡去。過了不久，他就有了許多銀毫，夠買一盒顏料。他開始畫起彩色畫，並且確實畫得不少。它們好像是從他的鉛管和指尖直接跳出來似的。他把他最初的幾幅彩色畫送給了小愛米莉。

「好極了！」將軍說。將軍夫人承認，人們一眼就可以看出這個小傢伙的意圖。「他有天才！」這就是看門人的妻子帶到地下室來的一句話。

將軍和他的夫人是有地位的人：他們的車子畫著兩個族徽──每一個代表一個家族。夫人的每件衣服上也有一個族徽，裡裡外外都是如此；便帽上也有，連睡衣口袋上都有。她的族徽是非常昂貴的，是她的父親用閃亮的現金買來的②，因為他並不是一生下來就有它，她當然也不是一生下來就有它：她生得太早，比族徽早七個年頭。大多數的人都記得這件事情，但是這一家人卻記不得。將軍的族徽是又老又大：壓在你的肩上可以壓碎你的骨頭──兩個這樣的族徽當然更不用說了。當夫人擺出一副生硬和莊嚴的架子去參加宮廷舞會的時候，她的骨頭就曾

經碎過。

　　將軍是一個年老的人，頭髮有些灰白，不過他騎術還不壞。
這點他自己知道，所以他每天騎馬到外面去，而且叫他的馬夫在
後面跟他保持著相當的距離。因此他去參加晚會時總好像是騎
著一匹高大的馬兒似的。他戴著勳章，而且很多，把許多人都弄
得莫名其妙，但是這不能怪他。他年輕的時候在軍隊中服過役，
而且還參加過一次盛大的秋季演習——軍隊在和平時期所舉行
的演習。從那時起，他有一個關於自己的小故事——他常常講的
唯一的故事：他麾下的一位長官在中途截獲了一位王公。王公
和他幾個被俘的兵士必須騎著馬跟在將軍後面一同進城，王公
自己也是一個俘虜。這眞是一件難忘的事件。多少年來，將軍一
直在講它，而且老是用那幾個同樣值得紀念的字眼來講它：這
幾個字是他把那柄劍歸還給王公的時候說的：「只有我的部下
才會把閣下抓來，做爲俘虜；我本人絕不會！」於是王公回答
說：「您是蓋世無雙的！」

　　老實講，將軍並沒有參加過戰爭。當這國家遭遇到戰爭的時
候，他卻改行去辦外交了；他先後到三個國家去當過使節。他的
法文講得很好，使得他幾乎把本國的語言也忘掉。他的舞也跳得
很好，馬也騎得很好；他上衣上掛的勳章多到不可想像的地
步。警衛向他敬禮，一位非常漂亮的女孩子主動地要求做他的太
太。他們生了一個很美麗的孩子。她好像是天上降下的一樣，那
麼美麗。當她開始會玩的時候，看門人的孩子就在院子裡跳舞給
她看，還贈送許多彩色畫給她。她玩了一會兒，就把這些東西撕
成碎片。她是那麼美，那麼可愛！

「我的玫瑰花瓣！」將軍的夫人說，「妳是爲了一個王子而生下來的！」

那個王子已經站在他們的門口了，但是人們卻不知道。人們的視線總是看不見自己門外的事情的。

「前天我們的孩子把奶油麵包分給她吃，」看門人的妻子說，「那上面沒有乾奶酪，也沒有肉，但是她吃得很香，好像那就是烤牛肉似的。將軍家裡的人如果看到這種食物一定會大鬧的，但是他們沒有看見。」

喬治把奶油麵包分給小愛米莉吃。他連自己的心也願意分給她呢，如果他這樣做就能使她高興的話。他是一個好孩子，又聰明，又活潑。他現在到美術學院的夜校去學習繪畫。小小的愛米莉在學習方面也有些進步。她跟保母學講法國話，還有一位老師教她跳舞。

「到了復活節的時候，喬治就應該受堅信禮了！」看門人的妻子說。喬治已經很大了。

「現在是叫他去學一門手藝的時候了，」爸爸說。「當然要學一個好手藝，這樣我們也可以叫他獨立生活了。」

「可是他晚間得回家睡，」媽媽說；「要找到一個有地方給他住的師傅是不容易的。我們還得做衣服給他穿；他吃的那點兒伙食還不太貴──他有一兩個熟馬鈴薯吃就已經很高興了；而且他讀書也並不花錢。讓他自己選擇吧；你將來看吧，他會帶給我們很大的安慰；那位教授也這樣說過。」

受堅信禮穿的新衣已經做好了。那是媽媽親手爲他縫的，不過是由一個做零活的裁縫裁的，而且裁得很好。看門人的妻子

說，如果她的境遇好一點，能有一個門面和伙計的話，她也有資格爲宮廷裡的人做衣服。

受堅信禮的衣服已經準備好了，堅信禮也準備好了。在受堅信禮的那天，喬治從他的乾爸爸那裡拿到了一只黃銅錶。乾爸爸是一個做麻生意的商人的伙計，在喬治的乾爸爸中要算是富有的了。這只錶很舊，經受過考驗：它走得很快，不過這比走得慢要好得多了。這是一件很貴重的禮品。將軍家裡送來一本用鞣皮裝訂的《聖詩集》，是由那個小姑娘贈送的，正如喬治贈送過她圖畫一樣。書的標題頁上寫著他的名字和她的名字，還寫著「祝你萬事如意」。這是由將軍夫人親口念出而由別人記下來的。將軍仔細看了一次，說：「好極了！」

「這樣一位高貴的紳士眞算是瞧得起我們！」看門人的妻子說。喬治得穿上他受堅信禮的衣服，拿著那本《聖詩集》，親自到樓上去答謝一番。

將軍夫人穿著許多衣服，又害起惡性的頭痛病來——當她對於生活感到乏味的時候，就老是患這種病。她對喬治的態度非常和藹，祝他一切如意，同時也希望自己今後永遠也不害頭痛病。將軍穿著睡衣，戴著一頂有纓穗的帽子，套著一雙俄國式的紅長統靴。他懷著許多感想和回憶，來回走了三次，然後站著不動，說：

「小喬治現在成了一個基督徒！讓他也成爲一位誠實的、尊敬他長輩的人吧！將來你老了的時候，你可以說這句話是將軍教給你的！」

這比他平時所做的演說要長得多！於是他又沉到他的默想

中去，現出一副很莊嚴的樣子。不過喬治在這兒聽到和看到的一
切東西之中，他記得最清楚的是愛米莉小姐。她是多麼可愛，多
麼溫柔，多麼輕盈，多麼嬌嫩啊！如果要把她畫下來，那麼他就
應該把她畫在肥皂泡上才對。她的衣服，她金色的鬈髮，都發出
一陣香氣，好像她是一棵開著鮮花的玫瑰樹一樣；而他卻曾經
把自己的奶油麵包分給她吃過！她吃得那麼津津有味，每吃一
口就對他點點頭。她現在是不是還能記得這事呢？是的，當然記
得。她還送過他一本美麗的《聖詩集》「做為紀念」呢。因此在
新年後新月第一次出現的時候，他就拿著麵包和一枚銀毫到外
邊去；他把這書打開，要看看他會翻到哪一首詩。他翻到一首讚
美和感恩的詩；於是他又翻開，看小小的愛米莉會得到一首什
麼詩。他很當心不要翻到悼亡歌那一部分，但是他卻翻到關於死
和墳墓之間的那幾頁了。這類事兒當然是不值得相信的！但是
他卻害怕起來，因為那個柔嫩的小姑娘不久就病倒在床上了，醫
生的車子每天中午都停在她的門口。

「他們留不住她了！」看門人的妻子說；「我們的上帝知道
祂應該把什麼人收回去！」

然而他們卻把她留下來了。喬治畫了些圖畫贈送給她：他
畫了沙皇的宮殿——莫斯科的古克里姆林宮——一點也不走
樣：有尖塔，也有圓塔，樣子很像綠色和金色的大黃瓜——起碼
在喬治的畫裡是如此。小愛米莉非常喜歡它們，因此在一星期以
內，喬治又送了幾張圖畫給她——它們全是建築物，因為她可以
對建築物想像許多東西——門裡和窗裡的東西。

他畫了一棟中國式的房子；它有十六層樓，每層樓上都有

鐘樂器。他畫了兩座希臘的廟宇，有細長的大理石圓柱，周圍還有台階；他畫了一個挪威的教堂，你一眼就可以看出來，它完全是木頭做的，雕著花，建築得非常好，每層樓就好像是建築在搖籃下面的彎杆上一樣。但是最美麗的一張畫是一個宮殿，它的標題是：「小愛米莉之宮。」她將要住在這樣的一座房子裡。這完全是喬治的創見；他把一切別的建築物中最美的東西都移到這座宮殿裡來。它像那個挪威的教堂一樣，有雕花的大樑；像那座希臘的廟宇一樣，有大理石圓柱；每層樓上都有鐘樂器，同時在最高一層的頂上有綠色和鍍金的圓塔，像沙皇的克里姆林宮。這真是一個孩子的樓閣！每扇窗子下面都註明了房間和廳堂的用處：「這是愛米莉睡的地方」，「這是愛米莉跳舞的地方」，「這是愛米莉玩耍和會客的地方」。它看起來很好玩，而大家也就真的來看它了。

「好極了！」將軍說。

但是那位年老的伯爵一點也不表示意見。那一位伯爵比將軍更有名望，而且還擁有一座宮殿和田莊。他聽說它是由一個看門人的小兒子設計和畫出來的。不過他現在既然受了堅信禮，就不應該再算是一個小孩子了。老伯爵對這些圖畫看了一眼，對它們有一套冷靜的看法。

有一天天氣非常陰沉、潮濕、可怕。對於小喬治說來，這要算是最明朗和最好的時候了。美術學院的那位教授把他喊進去。

「請聽著，我的朋友，」他說。「我們來談一下吧！上帝對你很客氣，使你有些天資。他還對你很好，使你跟許多好人來

往。住在街角的那位老伯爵跟我談到過你；我也看到過你的圖
畫。我們可以在那上面修幾筆，因爲它們有許多地方需要修正。
請你每星期到我的繪圖學校來兩次；以後你就可以畫得好一
點。我相信，你可以成爲一個好建築師，而不是一個畫家；你還
有時間可以考慮這個問題。不過請你今天到住在街角的老伯爵
那兒去，同時感謝我們的上帝，你居然碰到了這樣一個人！」

　　街角的那棟房子是很大的；它的窗子上雕著大象和單峰駱
駝──全是古代的手工藝。不過老伯爵最喜歡新時代和這個時
代所帶來的好處，不管這些好處是來自第一層樓、地下室，或者
閣樓。

　　「我相信，」看門人的妻子說，「一個眞正偉大的人是不會
太驕傲的。那位老伯爵是多麼可愛和直爽啊！他講起話來的態
度跟你和我完全一樣；將軍家裡的人做不到這一點！你看，昨
天喬治受到伯爵熱情的接待，簡直是高興得不知怎樣才好。今天
我跟這個偉人談過話，也有同樣的感覺。我們沒有讓喬治去當學
徒，不是一件很好的事嗎？他是一個有天資的人。」

　　「但是他需要外來的幫助，」父親說。

　　「他現在已經得到幫助了，」媽媽說，「伯爵的話已經講得
很清楚了。」

　　「事情有這樣的結果，跟將軍家的關係是分不開的！」爸爸
說。「我們也應該感謝他們。」

　　「自然囉！」媽媽說，「不過我覺得他們沒有什麼東西值得
我們感謝，我應該感謝我們的上帝；我還有一件事應該感謝
祂：愛米莉現在懂事了！」

愛米莉在進步，喬治也在進步。在這一年中他得到一個小小的銀獎章；後來沒有多久又得到一個較大的獎章。

「如果我們把他送去學一門手藝倒也好了！」母親說，同時哭起來；「那樣我們倒還可以把他留下來！他跑到羅馬去幹什麼呢？就是他回來了，我永遠也不會再看到他的；但是他不會回來，我可愛的孩子！」

「但是這是他的幸運和光榮啊！」爸爸說。

「是的，謝謝你，我的朋友！」媽媽說，「不過你沒說出你心裡的話！你跟我一樣也是很難過的！」

就想念和別離說來，這是真的。大家都說，這個年輕人真幸運。

喬治告別了，也到將軍家裡去辭行。不過將軍夫人沒有出來，因為她又在害她的重頭痛病。做為臨別贈言，將軍把他那個唯一的故事又講了一遍——他對那位王公所講的話，和那位王公對他所講的話：「你是蓋世無雙的！」於是他就把手伸向喬治——一隻鬆軟的手。

愛米莉也向喬治伸出手來，她的樣子幾乎有些難過；不過喬治是最難過的。

當一個人在忙碌的時候，時間就過去了；當一個人在空閒的時候，時間也過去了。時間是同樣地長，但不一定是同樣有用。就喬治說來，時間很有用，而且除了他在想家的時候以外，也似乎不太長。住在樓上和樓下的人生活得好嗎？嗯，信上也談到過；而信上可寫的東西也不少；可以寫明亮的太陽光，也可

以寫陰沉的日子。他們的事情信上都有：爸爸已經死了，只有母親還活著。愛米莉一直是一個會安慰人的天使。媽媽在信中寫道：她常常下樓來看她。信上還說，主人准許她仍舊保留著看門的這個工作。

將軍夫人每天寫日記。在她的日記裡，她參加的每一個宴會，每一個舞會，接見的每一個客人，都記載下來了。日記本裡還有些外交官和顯貴人士的名片做為插圖。她對於她的日記本感到驕傲。日子越長，篇幅就越多：她害過許多次重頭痛病，參加過許多次熱鬧的晚會——這也就是說，參加過宮廷舞會。

愛米莉第一次去參加宮廷舞會的時候，媽媽是穿著綴有黑花邊的粉紅色衣服。這是西班牙式的裝束！女兒穿著白衣服，那麼明媚，那麼美麗！綠色的緞帶在她戴著睡蓮花冠的金黃鬈髮上飄動著，像燈心草一樣。她的眼睛是那麼藍，那麼清亮；她的嘴是那麼紅，那麼小；她的樣子像一個小人魚，美麗得超乎想像。三個王子跟她跳過舞，這也就是說，第一個跳了，接著第二個就來邀舞。將軍夫人算是一整個星期沒有害過頭痛病了。

頭一次的舞會並不就是最後的一次，不過愛米莉倒是累得吃不消。幸而夏天到了；它帶來休息和新鮮空氣。這一家人被請到那老伯爵的官邸裡去。

官邸裡有一個花園，值得一看。它有一部分布置得古色古香，有莊嚴的綠色籬笆，人們在它們之間走就好像置身於有窺孔的綠色屏風之間一樣。黃楊樹和水松被剪紮成為星星和金字塔的形狀，水從嵌有貝殼的石洞裡流出來。周圍有許多巨大的石雕

人像——你從它們的衣服和面孔就可以認得出來；每一塊花田的形狀不是一條魚，一面盾牌，就是一個拼成字。這是花園富有法國風味的一部分。從這兒你可以走到一個新鮮而開闊的樹林裡去。樹在這兒可以自由地生長，因此它們是又大又好看。草是綠色的，可以在上面散步。它被剪過，壓平過，保護得很好。這是這座花園富有英國風味的一部分。

「舊的時代和新的時代，」伯爵說，「在這兒和諧地配合在一起！兩年以後這房子就會有它一套獨特的風格。它將會徹底地改變——變成一種更好、更美的東西。我把它的設計圖給你們看，同時還可以把那個建築師介紹給你們。他今天來這兒吃午飯！」

「好極了！」將軍說。

「這兒簡直像一個天堂！」夫人說。「那兒你還有一座華麗的官邸！」

「那是我的雞舍。」伯爵說。「鴿子住在頂樓，吐綬雞住在第一層樓，不過老愛爾茜住在大廳裡。她的四周還有客房：孵卵雞單獨住在一起，帶著小雞的母雞又另外住在一起，鴨子有它們自己到水裡去的出口！」

「好極了！」將軍重複說。

於是他們就一起去看這豪華的布置。

老愛爾茜在大廳的中央，她旁邊站著的是建築師喬治。過了多少年以後，現在他和小愛米莉又在雞舍裡相會了。

是的，他就站在這兒，他的風度很優雅；面孔是開朗的，果斷的；頭髮黑得發亮；嘴唇上掛著微笑，好像是說：「我耳朵後

面坐著一個調皮鬼，他對你的裡裡外外都知道得清清楚楚。」老愛爾茜為了要對貴客們表示尊敬，特地把她的木鞋脫掉，穿襪子站著。母雞咕咕地叫，公雞咯咯地啼，鴨子一邊蹣跚地走，一邊嘎嘎地喊。不過那位蒼白的、苗條的姑娘站在那兒——她就是他兒時的朋友，將軍的女兒——她蒼白的臉上發出一陣緋紅，眼睛睜得很大，嘴唇雖然沒透露出一句話，卻表示出無窮盡的意思。如果他們不是一家人，或者從來沒有在一起跳過舞，這要算一個年輕人從一個女子那裡所能得到的最漂亮的敬禮了。她和這位建築師卻是從來沒有在一起跳過舞的。

伯爵和他握手，介紹他說：「我們的年輕朋友喬治先生並不完全是一個生人。」

將軍夫人行了禮。她的女兒正要向他伸出手來，忽然又縮回去了。

「我們親愛的喬治先生！」將軍說，「我們是住在一處的老朋友，好極了！」

「你簡直成了一個義大利人。」將軍夫人說，「我想你的義大利話一定跟義大利人講得一樣好。」

將軍夫人會唱義大利歌，但是不會講義大利話——將軍這樣說。

喬治坐在愛米莉的右側。將軍陪著她，伯爵陪著將軍夫人。

喬治先生講了一些奇聞軼事，他講得很好。他是這次宴會中的靈魂和生命，雖然老伯爵也可以充當這個角色。愛米莉坐著一聲不響；她的耳朵聽著，她的眼睛亮著。

但是她一句話也不說。

後來她和喬治一起在陽台上的花叢中間站著。玫瑰花的籬笆把他們遮住了。喬治又是第一個先講話。

「我感謝妳對我老母親的厚意！」他說。「我知道，我母親去世的那天晚上，妳特別走下樓來陪著她，一直到她閉上眼睛爲止。我感謝妳！」他握著愛米莉的手，吻了它──在這種情形下他是可以這樣做的。她臉上發出一陣緋紅，不過她把他的手又捏了一下，同時用溫柔的藍眼睛盯了他一眼。

「你的母親是一位慈愛的媽媽！她是多麼疼愛你啊！她讓我讀你寫給她的信，我現在可說是很了解你了！我小的時候，你對我是多麼和氣啊！你送給我許多圖畫──」

「而妳卻把它們撕成碎片！」喬治說。

「不，我仍然保存著我的那座樓閣──它的圖畫。」

「現在我要把樓閣建築成爲實物了！」喬治說，同時對自己的話感到興奮起來。

將軍和夫人在自己的房間裡談論著這看門人的兒子。他的行爲舉止很好，談吐也能表示出他的學問和聰明。「他可以做一個家庭教師！」將軍說。

「簡直是天才！」將軍夫人說。她不再說別的了。

在美麗的夏天裡，喬治到伯爵官邸來的次數更多了。當他不來的時候，大家就想念他。

「上帝賜給你的東西比賜給我們這些可憐的人多得多！」愛米莉對他說。「你體會到這點沒有？」

喬治感到很榮幸，這麼一個漂亮的年輕女子居然瞧得起

他。他也覺得她得天獨厚。

　　將軍漸漸深切地感覺到喬治不可能是地下室裡長大的孩子。

　　「不過他的母親是一個非常誠實的女人，」他說。「這點使我永遠記得她。」

　　夏天過去，冬天來了。人們更常常談論起喬治先生來。他在高尚的場合中都受到重視和歡迎。將軍在宮廷的舞會上碰見他。

　　現在家中要爲小愛米莉開一個舞會了。是不是把喬治先生也請來呢？

　　「國王可以請的人，將軍當然也可以請！」將軍說，同時他挺起腰來，整整高了一寸。

　　喬治先生得到了邀請，而他也就來了。王子和伯爵們也大駕光臨。他們跳起舞來一個比一個好；不過愛米莉只能跳頭一支舞。她在跳這支舞的時候扭了腳；不太厲害，但是使她感到很不舒服。因此她得很當心，不能再跳，只能望著別人跳，那位建築師站在她身邊。

　　「你眞是把整個聖・彼得教堂 ③ 都給她了！」將軍從旁邊走過去的時候說。他笑得像一個慈愛的老人。

　　幾天以後，他用同樣慈愛的笑來接待喬治先生。這位年輕人是來感謝那次邀請他參加舞會的，他還能有什麼別的話說呢？是的，這是一件最使人驚奇、最使人害怕的事情！他說了一些瘋狂的話。將軍簡直不能相信自己的耳朵。「荒唐的建議」———

個不可想像的要求：喬治先生要求小愛米莉做他的妻子！

「客人！」將軍說，他的腦袋氣得要裂開了。「我一點也不懂得你的意思！你說的什麼？你要求什麼？先生，我不認識你！朋友！你居然帶著這種念頭到我家裡來！我要不要住在這兒呢？」於是他就退到臥室裡去，把門鎖上，讓喬治單獨站在外面！他站了幾分鐘，然後就轉身走出去。愛米莉站在走廊裡。

「父親答應了嗎？——」她問，她的聲音有些發抖。

喬治握著她的手。「他避開我了！——還有機會！」

愛米莉的眼睛裡充滿了眼淚；但是這個年輕人的眼睛裡充滿了勇氣和信心。太陽照在他們兩個人身上，為他們祝福。將軍坐在自己的房間裡，氣得不得了。是的，他還在生氣，而且用這樣的喊聲表示出來：「簡直是發瘋！看門人的發瘋！」

不到一個鐘頭，將軍夫人就從將軍口裡聽到這件事。她把愛米莉喊來，單獨和她坐在一起。

「妳這個可憐的孩子！他這樣地侮辱妳！這樣地侮辱我們！妳的眼睛裡也有眼淚，但是這與妳很相稱！妳有眼淚倒顯得更美了！妳很像我在結婚那天的樣子。痛哭吧！小愛米莉！」

「是的，我要哭一場！」愛米莉說，「假如妳和爸爸不說一聲『同意』的話！」

「孩子啊！」夫人大叫一聲，「妳病了！妳在說夢話，我那個可怕的頭痛病現在又發作了！請想想妳帶給我們家的苦痛吧！愛米莉，請妳不要逼死妳的母親吧。愛米莉，妳這樣做就沒有母親了！」

將軍夫人的眼睛也變得濕潤了。她一想到她自己的死就非

常難過。

　　人們在報紙上讀到一批新的任命：「喬治先生被任命爲第
八類的五級教授。」

　　「眞可惜，他的父母埋在墳墓裡，讀不到這個消息！」新的
看門人一家子說。現在他們就住在將軍樓下的地下室裡。他們知
道，教授就是在他們的四堵牆中間出世和長大的。

　　「現在他得付頭銜稅了，」丈夫說。

　　「是的，對於一個窮人家的孩子說來，這是一椿大事，」妻
子說。

　　「一年得付十八塊錢！」丈夫說，「這的確不是一筆很小的
數目！」

　　「不，我是說他的升級！」妻子說。「你以爲他還會爲錢費
腦筋？那點錢他可以賺不知多少倍！他還會討一個有錢的太太
呢。如果我們有孩子，他們也應該是建築師和教授才對！」

　　住在地下室裡的人對於喬治的印象都很好；住在第一層樓
的人對他的印象也很好；那位老伯爵也表示同樣的看法。

　　這些話都是由於他兒時所畫的那些圖畫引起的。不過他們
爲什麼要提起這些圖畫呢？他們在談論著俄國，在談論著莫斯
科，因此他們也當然談到克里姆林宮——小喬治曾經專爲小愛
米莉畫過。他畫過那麼多的畫，那位伯爵還特別能記得起一張：
「小愛米莉的宮殿——她在那裡面睡覺，在那裡面跳舞，在那裡
面做『接待客人的遊戲』。」這位教授有很大的能力；他一定會
以當上一位老樞密顧問官而告終。這並不是不可能的事。他從前

既然可以爲現在這樣一位年輕的小姐建築一座宮殿，爲什麼不可能呢？

「這眞是一個滑稽的笑話！」將軍夫人在伯爵離去以後說。將軍若有所思地搖搖頭，騎著馬走了——他的馬夫跟在後面保持相當的距離；他坐在他那匹高頭大馬上顯得比平時要神氣得不知多少倍。

今天是小愛米莉的生日；人們送給她許多花和書籍、信和名片。將軍夫人吻著她的嘴，將軍吻著她的額；他們是一對慈愛的父母；她和他們都有很尊貴的客人——兩位王子——來拜訪。他們談論著有才能的人和本國的優秀人物；那位年輕的教授和建築師也在這些談話中被提到了。

「他爲了要使自己永垂不朽而建築著！」大家說。「他也爲將來和一個望族拉上關係而建築著！」

「一個望族？」將軍後來對夫人重複了這句話，「哪一個望族？」

「我知道大家所指的是誰！」將軍夫人說，「不過我對此事不表示意見！我連想都不要想它！上帝決定一切！不過我倒覺得很奇怪！」

「讓我也奇怪一下吧！」將軍說，「我腦子裡一點概念也沒有。」於是他就浸入沉思裡去了。

恩寵的源泉，不管它是來自宮廷，或者來自上帝，都會發生一種力量，一種說不出的力量——這些恩寵，小喬治都有。不過我們卻把生日忘記了。

愛米莉的房間被男朋友和女朋友送來的花熏得香噴噴的；

桌子上擺著許多美麗的賀禮和紀念品，可是喬治的禮品一件也沒有。禮品來不了，但是也沒有這個必要，因爲整棟房子就是他的一種紀念品。甚至樓梯下面那個沙洞子裡也有一朵紀念的花冒出來：愛米莉曾經在這裡向外望過，窗帘在這裡燒起來過，而喬治那時也做爲第一架救火機開到這裡來過。她只須向窗子外望一眼，那棵槐樹就可以使她回憶起童年時代。花和葉子都凋零了，但是樹仍在寒霜中立著，像一棵奇怪的珊瑚樹。月亮掛在樹枝之間，又大又圓，像在移動，又像沒有移動，正如喬治分奶油麵包給小愛米莉吃的那個時候一樣。

　　她從抽屜裡取出那張畫著沙皇宮殿和她自己的宮殿的畫——這都是喬治的紀念品。她看著，思索著，心中興起了許多感想。她記得有一天，在爸爸媽媽沒有注意的時候，她走到樓下看門人的妻子那兒去——她正躺在床上快要斷氣。她坐在她旁邊，握著她的手，聽到她最後的話：「祝福你——喬治！」母親在想著自己的兒子。現在愛米莉懂得了她這話的意思。是的，是的，在她的生日這天，喬治是陪她在一起，的確在一起！

　　第二天碰巧這家又有一個生日——將軍的生日。他比他的女兒生得晚一天——當然他出生的年份是要早一些的，要早許多年。人們又送了許多禮品來；在這些禮品之中有一個馬鞍，它的樣子很特殊，坐起來很舒服，價錢很貴。只有王子有類似這樣的馬鞍。這是誰送來的呢？將軍非常高興。它上面有一張小紙條。如果紙條上寫道「謝謝你過去對我的好意」，我們可能猜到是誰送來的；可是它上面卻寫著：「將軍所不認識的一個人敬贈！」

「世界上有哪一個人我不認識呢？」將軍說。

「每個人我都認識！」這時他便想起了社交界中的許多人士；他每個人都認識。「這是我太太送的！」他最後說，「她在跟我開玩笑！好極了！」

但是她並沒有跟他開玩笑；那個時候已經過去了。

現在又有一個慶祝會，但不是在將軍家裡開的。這是在一位王子家裡開的一個例行的舞會。人們可以戴假面具參加跳舞。

將軍穿著西班牙式的小縐領服裝，佩著劍，莊嚴地打扮成為一位魯本斯④先生去參加。夫人則打扮成為一位魯本斯夫人。她穿著黑天鵝絨的、高領的、熱得可怕的禮服；她的脖子上還掛著一塊磨石——這也就是說，一個很大的縐領，完全像將軍擁有的那幅荷蘭畫上的畫像——畫裡面的手特別受人讚賞：完全跟夫人的手一樣。

愛米莉打扮成為一個穿了綴著花邊的細棉布衣的素琪⑤。她很像一根浮著的天鵝羽毛。她不需要翅膀。她裝上翅膀只是做為素琪的一個表徵。這兒是一派富麗堂皇而雅致的景象，充滿著光明和花朵。這兒的東西真是看不完，因此人們也就沒有注意到魯本斯夫人一雙美麗的手了。

一位穿黑色化裝外衣的人⑥的帽子上插著槐樹花，跟素琪在一起跳舞。

「他是誰呢？」夫人問。

「王子殿下！」將軍說；「我一點也不懷疑；和他一握手，我馬上就知道是他。」

夫人有點兒懷疑。

　　魯本斯將軍一點疑心也沒有；他走到這位穿化裝外衣的人身邊去，在他身上寫出王子姓名的第一個字母。這個人否認，但是給了他一個暗示：

　　「請想想馬鞍上的那句話！將軍所不認識的那個人！」

　　「那麼我就認識您了！」將軍說。「原來是您送給我那個馬鞍！」

　　這個人抽回自己的手，在人群中不見了。

　　「愛米莉，跟妳一起跳舞的那位黑衣人是誰呀？」將軍夫人問。

　　「我沒有問過他的姓名，」她回答說。

　　「因為妳認識他呀！他就是那位教授！」她把頭轉向站在旁邊的伯爵，繼續說，「伯爵，您的那位教授就在這兒。黑衣人，戴著槐樹花！」

　　「親愛的夫人，這很可能，」他回答說；「不過有一位王子也是穿著這樣的衣服呀！」

　　「我認識他握手的姿勢！」將軍說。「這位王子送我一個馬鞍！我一點也不懷疑，我要請他吃飯。」

　　「請你這樣辦吧！如果他是王子的話，他一定會來的，」伯爵說。

　　「假如他是別人，那麼他就不會來了！」將軍說，同時向那位正在跟國王談話的黑衣人身邊走去。將軍恭敬地邀請他——為的是想彼此交交朋友。將軍滿懷信心地微笑著；他相信他知道他請的是什麼人。他大聲地、清楚地表示他的邀請。

穿化裝外衣的人把他的假面具揭開來：原來是喬治。

「將軍能否把這次邀請重說一次呢？」他問。

將軍馬上長了一寸來高，顯出一副傲慢的神氣，向後倒退兩步，又向前進了一步，像在跳小步舞 ⑦ 一樣。一個將軍的面孔所能做的那種莊嚴的表情，現在全都擺出來了。

「我從來是不食言的；教授先生，我請您！」他鞠了一躬，向聽到這全部話語的國王斜視了一眼。

就這麼，將軍家裡就舉行了一個午宴。被請的客人只有老伯爵和他的年輕朋友。

「腳一伸到桌子底下，」喬治想，「奠基石就算是安下來了！」的確，奠基石是莊嚴地安下來了，而且是在將軍和他的夫人面前安的。

客人到來了。正如將軍所知道和承認的，他的談吐很像一位上流社會人士，而且他非常有趣。將軍有許多次不得不說：「好極了！」將軍夫人常常談起這次午宴——她甚至還跟宮廷的一位夫人談過。這位夫人也是一個天賦獨厚的人：她要求下次教授來的時候，也把她請來。因此他得以又受到一次邀請。他終於被請來了，而且仍然那麼可愛。他甚至還下棋呢。

「他不是在地下室裡出生的那種人！」將軍說，「他一定是一個望族的少爺！像這樣出自名門的少爺很多，這完全不能怪那個年輕人。」

這位教授既然可以到國王的宮殿裡去，當然也可以走進將軍的家。不過要在那裡生下根來——那是絕對不可能的。他只能

在整個的城市裡生下根。

　　他在發展。恩惠的露水從上面降到他身上來。

　　因此，不用奇怪，當這位教授成了樞密顧問的時候，愛米莉就成了樞密顧問夫人。

　　「人生不是一齣悲劇，就是一齣喜劇，」將軍說，「人們在悲劇中滅亡，但在喜劇中結為眷屬。」

　　目前的這種情形，是結為眷屬。他們還生了三個健壯的孩子，當然不是一次生的。

　　這些可愛的孩子來看外公外婆的時候，就在房間和堂屋裡騎著木馬到處亂跑。將軍也在他們後面騎著木馬，「做為這些小樞密顧問的馬夫」。

　　將軍夫人坐在沙發上看；即使她又害起很嚴重的頭痛病來，她還是微笑著。

　　喬治的發展就是這樣的，而且還在發展；不然的話，這個看門人的兒子的故事也就不值得一講了。[1866 年]

　　這篇故事最初發表在 1866 年哥本哈根出版的《新的童話和故事集》第二卷第四部。安徒生在手記中說：「〈看門人的兒子〉有許多情節是生活中的真事兒。」與安徒生所寫的其他有關兒時

就開始種下愛情種子的故事不同，這篇故事不是以悲劇結束，而是「有情人終成眷屬」。但是這並不無社會的條件。出身微賤的看門人的兒子爭取到了與將軍同等（甚至超過）的社會地位後，才得與將軍的女兒結婚。當然，這種地位的獲得與看門人的兒子的「勇氣和信心」分不開——可是有多少同樣出身及具有同樣勇氣和信心的年輕人卻失敗了！這裡只說明一個事實，事物的規律不一定就是「龍生龍，鳳生鳳」。微賤的看門人的兒子也可以成為全國知名的藝術家和建築師。

【註釋】

①在北歐的建築物中，樓梯旁邊總有一個放掃帚的和零星雜物的小室。這個小室叫「沙洞子」(Sand hullet)。

②在歐洲的封建社會裡，只有貴族才可以有一個族徽。這兒的意思是說，這人的貴族頭銜是用錢買來的，而不是繼承來的。

③這是羅馬最大的教堂，也是世界上最大的教堂。

④魯本斯(Rubens)是荷蘭最普通的一個姓。

⑤古希臘神話中代表靈魂的女神，請參看本《全集二‧素琪》。

⑥原文是 Domino，是一種帶有黑帽子的黑披肩。原先是義大利牧師穿的一種禦寒的衣服。後來參加化裝舞會而不扮演任何特殊角色的人，都是這種裝束。這裡是指這種裝束的人。

⑦原文是 minuet，是歐洲中世紀流行的一種舞蹈。

妖　山

在一棵老樹的裂縫裡有好幾隻蜥蜴正活潑地跑著。它們彼此都很了解，因為它們講著同樣的蜥蜴話。

「嗨，住在老妖精山上的那些傢伙號叫得才厲害呢！」一隻蜥蜴說。「他們的鬧聲使我兩整夜合不上眼睛。這簡直跟躺在床上害牙痛差不多，因為我橫豎是睡不著的！」

「那兒一定發生了什麼事情！」另一隻蜥蜴說。「他們把那座山用四根紅柱子撐起來，一直撐到雞叫為止。這座山算是痛痛

快快地通了一次風；那些女妖還學會了像踩腳這類的新舞步呢。那兒一定發生了什麼事情！」

「對，我剛才還跟我所認識的一隻蚯蚓談起過這件事，」第二隻蜥蜴說。「這隻蚯蚓是直接從山裡來的——他白天和晚上都在那山裡翻土。他聽到了許多事情。可憐的傢伙，他的眼睛看不見東西，可是他卻知道怎樣摸路和聽別人談話。妖山上的人正在等待一些客人到來——一些有名望的客人。不過這些客人究竟是誰，蚯蚓可不願意說出來——也許他真的不知道。所有的鬼火都得到了通知，要舉行一個他們所謂的火炬遊行。他們已經把金銀器皿——這些東西他們山裡有的是——擦得煥然一新，並且在月光下擺出來啦！」

「那些客人可能是誰呢？」所有的蜥蜴一齊問。「那兒又發生什麼事情呢！聽呀，多麼鬧！多麼吵！」

正在這時候，妖山開了。一位老妖小姐①急急忙忙地走出來。她的衣服穿得倒蠻整齊，但就是沒有背。她是老妖王的管家娘娘，也是他的一個遠房親戚。她的額角上戴著一顆心形的琥珀。她的一雙腿動得真夠快：得！得！嗨，她才會走呢！她一口氣走到住在沼澤上的夜烏鴉那兒去。

「請你到妖山上去，今晚就去，」她說。「不過先請您幫幫忙，把這些請帖送出去好嗎？您自己既然無家可管，您總得做點事情呀！我們今天有幾個非常了不起的客人——很重要的魔法師。老國王也希望藉這個機會排場一下！」

「究竟要請一些什麼客人呢？」夜烏鴉問。

「嗳，誰都可以來參加這個盛大的舞會，甚至人都可以來

——只要他們能在睡夢中講話，或者能懂一點我們所做的事情。不過參加第一次宴會的人可要挑選一下；我們只能請最有名的人。我曾跟妖王爭論過一次，因爲我堅持我們連鬼怪也不能請。我們得先請海人和他的一些女兒。他們一定很喜歡來拜訪乾燥的陸地。不過他們得有一塊潮濕的石頭，或者比這更好的東西，當做座位；我想這樣他們就不好意思拒絕不來了。我們也可以請那些長有尾巴的頭等魔鬼、河人和小妖精來。我想我們也不應該忘記墓豬、整馬和教堂的小鬼②。事實上他們都是教會的一部分，跟我們這些人沒有關係。但是那也不過是他們的職務，他們跟我們的來往很密切，常常拜訪我們！」

「好極了！」夜烏鴉說，接著他就拿著請帖飛走了。

女妖們已經在妖山上跳起舞來了。她們披著霧氣和月光織成的長圍巾跳。凡是喜歡披這種東西的人，跳起來倒是蠻好看的。妖山的正中央是一個裝飾得整整齊齊的大客廳。它的地板用月光洗過一次，它的牆用巫婆的蠟油擦過一番，因此它就好像擺在燈前面的鬱金香花瓣似的，射出光彩。廚房裡全是烤青蛙、蛇皮色的小孩子的手指、毒菌絲拌的涼菜、濕老鼠鼻、毒胡蘿蔔等；還有沼澤裡巫婆熬的麥酒③，和從墳窖裡取來的亮晶晶的硝石酒。所有的菜都非常實在，甜菜中包括生了鏽的指甲和教堂窗玻璃碎片這幾個菜。

老妖王用石筆把他的金王冠擦亮。這是一根小學六年級用的石筆，而老妖王得到一根六年級用的石筆是很不容易的！他的睡房裡掛著幔帳，而這幔帳是用蝸牛的分泌物黏在一起的。是的，那裡面傳出一陣吱吱喳喳的聲音。

「現在我們要燒一點馬尾和豬鬃，當做香燒；這樣，我想我的工作可算是做完了！」老妖小姐說。

「親愛的爸爸！」最小的女兒說，「我現在可不可以知道，我們最名貴的客人是些什麼人呢？」

「嗯，」他說，「我想我現在不得不公開宣布了！我有兩個女兒應該準備結婚！她們兩個人必須結婚。挪威的那位老地精將要帶著他的兩個少爺到來──他們每人要找一個妻子。這位老地精住在老杜伏爾山中，他有好幾座用花崗石建的宮堡，還有一個誰都想像不到的好金礦。這位老地精是一個道地的、正直的挪威人，他老是那麼直爽和高興。在我跟他碰杯結拜爲兄弟以前，我老早就認識他。他討太太的時候到這兒來過。現在她已經死了。她是莫恩岩石王的女兒。眞是像俗話所說的，他在白堊岩上討太太④。啊，我多麼想看看這位挪威的地精啊！他的孩子據說是相當粗野的年輕人，不過這句話可能說得不公平。他們年紀大一點就會變好的。我倒要看看，你們怎樣把他們敎得懂事一點。」

「他們什麼時候到來呢？」一個女兒問。

「這要看風向和氣候而定，」老妖王說。「他們總是找經濟的辦法旅行的！他們總是等機會坐船來。我倒希望他們經過瑞典來，不過那個老傢伙不是這麼想法！他趕不上時代──這點我不贊成！」

這時有兩顆鬼火跳過來了。一個跳得比另一個快，因此快的那一個就先到。

「他們來了！他們來了！」他們大聲叫著。

「快把我的王冠拿來，我要站進月光裡去！」老妖王說。

幾個女兒把她們的長圍巾拉開，把腰一直彎到地上。

杜伏爾的老地精就站在他們面前。他的頭上戴著堅硬的冰柱和光滑的松毬做成的王冠；此外，他還穿著熊皮大衣和滑雪的靴子。他的兒子恰恰相反，脖子上什麼也沒有圍，褲子上也沒有吊帶，因爲他們都是很結實的人。

「這就是那個土堆嗎？」最年輕的孩子指著妖山問。「我們在挪威把這種東西叫做土坑。」

「孩子！」老頭子說，「土坑向下窪，土堆向上凸，你的腦袋上沒有長眼睛嗎？」

他們說他們在這兒唯一感到驚奇的事情是，他們懂得這兒的語言。

「不要在這兒鬧笑話吧！」老頭兒說，「否則別人以爲你們是鄉巴佬！」

他們走進妖山。這兒的客人的確都是上流人物，而且在這樣短促的時間內就都請來了。人們很可能相信他們是風吹到一起的。每個客人的座位都是安排得既舒服而又得體。海人的席位是安排在一個水盆裡，因此他們說，他們簡直像在家裡一樣舒服。每個人都很有禮貌，只有那兩個小地精例外。他們把腿蹺到桌子上，但是他們卻以爲這很適合他們的身分！

「把腳從盤子上拿開！」老地精說。他們接受了這個忠告，但並不是馬上就改。他們用松毬在小姐們的身上呵癢；他們爲了自己的舒服，把靴子脫下來叫小姐們拿著。不過他們的爸爸——那個老地精——跟他們完全兩樣。他以生動的神情描述著

挪威的那些石山是怎樣莊嚴，那些濺著白泡沫的瀑布怎樣發出
雷轟或風琴般的聲音。他敍述鮭魚一聽到水精彈起金豎琴時就
怎樣逆流而上。他談起在明亮的冬夜裡，雪橇的鈴是怎樣叮噹叮
噹地響，孩子們怎樣舉著火把在光滑的冰上跑，怎樣把冰照得透
亮，使冰底下的魚兒在他們的腳下嚇得亂竄。的確，他講得有聲
有色，在座的人簡直好像親眼見過和親耳聽過似的：好像看見
鋸木廠在怎樣鋸木料，男子和女子在怎樣唱歌和跳挪威的「哈鈴
舞」。嘩啦！這個老地精出乎意料地在老妖小姐的臉上親了一
個響亮的「舅舅吻」⑤。這才算得上是一個吻呢！不過他們並不
是親戚。

現在妖小姐們要跳舞了。她們跳普通步子，也跳蹬腳的步
子。這兩種步子對她們都很適合。接著她們就跳一種很藝術的舞
——她們也把它叫做「前無古人、後無來者」的舞。乖乖！她們
的腿動得才靈活呢！你簡直分不出來，哪裡是開頭，哪裡是結
尾；你也看不清楚，哪裡是手臂，哪裡是腿。它們簡直像刨花一
樣，攪混得亂七八糟。她們跳得團團轉，把「整馬」弄得頭昏腦
脹，不得不退下桌子。

「噓噓！」老地精說，「這才算得上是一次大腿的迷人舞
呢！不過，她們除了跳舞、伸伸腿和搧起一陣旋風以外，還能做
什麼呢？」

「你等著瞧吧！」妖王說。

於是他把最小的女兒喊出來。她輕盈和乾淨得像月光一
樣；她是所有姊妹之中最嬌嫩的一位。她把一根白色的木栓放
在嘴裡，馬上她就不見了——這就是她的魔法。

不過老地精說，他倒不希望自己的太太有這樣一套本領。他也不認爲他的兒子喜歡這套本領。

第二個女兒可以跟自己並排走，好像她有一個影子似的——但是山精是沒有影子的。

第三個女兒有一套完全不同的本領。她在沼澤女人的酒房裡學習過，所以她知道怎樣用螢火蟲在接骨木樹椿上擦出油來。

「她可以成爲一個很好的家庭主婦！」老地精說。他對她擠了擠眼睛代替敬酒，因爲他不願意喝酒太多。

現在第四個妖姑娘來了。她有一架很大的金豎琴。她彈第一下的時候，所有的人就都舉起左腿來，因爲妖精都是先用左腿的。她彈第二下的時候，所有的人就都得照她的意思動作。

「這是一個危險的女人！」老地精說。不過他的兩位少爺都已從山裡走出來，因爲他們已經感到膩了。

「下一位小姐能夠做什麼呢？」老地精問。

「我已經學會了怎樣愛挪威人！」她說，「如果我不能到挪威去，我就永遠不結婚！」

不過最小的那個女兒低聲地對老地精說：「這是因爲她曾經聽過一支挪威歌的緣故。歌裡說，當世界滅亡的時候，挪威的石崖將會仍然做爲紀念碑而存在。所以她希望到挪威去，因爲她害怕死亡。」

「呵！呵！」老地精說，「這倒是說的心坎裡的話！最後的第七個小姐能夠做什麼呢？」

「第七位小姐的上頭還有第六位呀！」妖王說，因爲她不會

計算數字。可是那第六位小姐卻姍姍地不願意出來。

　　「我只能對人講眞話！」她說，「誰也不理我，而我做我的
壽衣已經夠忙的了！」

　　這時第七位，也是最後的一位小姐，走出來了。她能夠做什
麼呢？她能講故事──要她講多少就能講多少。

　　「這是我的五個指頭！」老地精說。「把每個指頭編一個故
事吧！」

　　這位妖姑娘托起他的手腕，她笑得連氣都喘不過來。當她講
到戴著一只戒指的「金火」的時候，好像它知道有人快要結婚似
的，老地精說，「把妳握著的東西捏緊吧，這隻手就是妳的！⑥
我要討妳做太太！」

　　妖姑娘說：「『金火』和『比爾──玩朋友』的故事還沒有
講完呢！」

　　「留到冬天再講給我聽吧！」老地精說。「那時我們還可以
聽聽關於松樹的故事，赤楊的故事，山妖送禮的故事和寒霜的故
事！妳可以盡量講故事，因爲那兒還沒有人會這一套！那時我
們可以坐在石室裡，燒起松木來烤火，用古代挪威國王的角形金
杯盛蜜酒喝──山精送了兩個這樣的酒杯給我！我們坐在一
起，加爾波 ⑦ 將會來拜訪我們，他將對妳唱著關於山中牧女的
歌。那才快樂呢！鮭魚在瀑布裡跳躍，撞著石壁，但是卻鑽不進
去！嗨，住在親愛的老挪威才痛快呢！但是那兩個孩子到什麼
地方去了？」

　　是的，那兩個孩子到什麼地方去了呢？他們在田野裡奔
跑，把那些好心好意準備來參加火炬遊行的鬼火都吹走了。

「你們居然這樣胡鬧！」老地精說；「我為你們找到了一個母親。現在你們也可以在這些姨媽中挑一個呀！」

不過少爺們說，他們喜歡發表演說，為友情而乾杯，但是沒有心情討太太。因此他們就發表演說，為友情乾杯，而且還把杯子套在手指尖上，表示他們真正喝乾了。他們脫下上衣倒在桌子上呼呼地睡起來，因為他們不願意講什麼客套話。但是老地精跟他的年輕夫人在房裡跳得團團轉，而且還交換靴子，因為交換靴子比交換戒指好。

「現在雞叫了！」管家的老妖姑娘說。「我們現在要把窗扉關上，免得太陽烤著我們！」

這樣，妖山就關上了。

不過外面的那四隻蜥蜴在樹的裂口裡跑上跑下。這個對那個說：

「啊，我真喜歡那個挪威的老地精！」

「我更喜歡他的幾個孩子！」蚯蚓說。不過，可憐的東西，他什麼也看不見。〔1845 年〕

_____

這個故事發表在《新的童話》第三部，原是根據一個丹麥的民間故事寫成的，它的確也富有民間故事的風趣。挪威的老地精帶著兒子到丹麥妖王的宮裡去相親。兒子的婚事沒有做成，但他本人卻把妖王最小的女兒相走了，成為自己的填房。世事就是如

此，不過這只是透過荒唐的山妖故事加以具體化的說明。

【註釋】

①原文是 Elverpige。據丹麥的傳說，老妖小姐像一個假面具，前面很好看，後面則是空的。

②根據丹麥古老的迷信，每次建造一個新教堂的時候，地下就要活埋一匹馬。凡是一個人要死，這匹馬就用三隻腿在夜裡走到他家裡去。有些教堂活埋一隻豬。這隻豬的魂魄叫做「墓豬」。「教堂小鬼」(Kirkegrimen)專門看守教堂墓地；他懲罰侵害墓地的人。

③根據丹麥的傳說，沼澤上住著一個巫婆。她天天在熱麥酒。霧就是她熱酒時冒出來的蒸氣。

④這是丹麥的一個成語：「白堊岩上討太太」(Han tog sin Kone Paa Krid)，即「不費一文討太太」的意思。

⑤原文是 Morbroder-Smadsk，意義不明。許多其他文字的譯者乾脆把它譯成「一個吻」。大概這種吻是親戚之間一種表示親熱的吻，沒有任何其他意義。

⑥這兒有雙關的意思。根據歐洲的習慣，把手交給誰，即答應跟誰訂婚的意思。

⑦這是挪威傳說中一種善良的田野妖精。

樹　精

我們旅行去，去看巴黎的展覽會。

我們現在就到了！這是一次飛快的旅行，但是並非憑藉什麼魔力而完成。我們是憑著蒸氣的力量，乘船或坐火車去的。

我們的時代是一個童話的時代。

我們現在是在巴黎的中心，在一家大旅館裡面，整個的樓梯上都裝飾著花：所有的梯級上都鋪滿了柔軟的地毯。

我們的房間是很舒服的；陽台的門是向著一個寬大的廣場

開著的。春天就住在那上面。它是和我們乘車子同時到來的。它的外表是一棵年輕的大栗樹，長滿了新出的嫩葉子。它的春季新裝是多麼美麗啊！它穿得比廣場上任何其他的樹都漂亮！這些樹中有一棵已經不能算是有生命的樹了，它直直地倒在地上，連根都拔起。在它過去立著的那塊地方，這棵新的栗樹將會被栽進去，生長起來。

到目前為止，它還是立在一輛沉重的車子裡。是這輛車子今天從許多里以外的鄉下把它運進巴黎來的。在這以前，有好幾年，它一直是立在一棵大的櫟樹旁邊。一位和善的老牧師常常坐在這棵櫟樹下，講故事給那些聚精會神的孩子們聽。這棵年輕的栗樹也跟著他們一起聽。住在它裡面的樹精那時也還不過是一個孩子。她還記得這棵樹兒童時代的情景。那時它很小，還沒有草葉或鳳尾草那麼高。這些草類可以說是大得不可能再大了。但是，栗樹卻在不斷地生長，每年總要增大一點。它吸收空氣和太陽光，喝著露水和雨點，被大風搖撼和吹打。這是它的教育的一部分。

樹精喜歡自己的生活和環境、太陽光和鳥兒的歌聲。不過她最喜歡聽人類的聲音。她懂得人類的語言，也同樣懂得動物的語言。

蝴蝶啦、蜻蜓啦、蒼蠅啦──的確，所有能飛的東西都來拜訪她。他們在一起就聊天，他們談論著關於鄉村、葡萄園、樹林和皇宮──宮裡還有一個大花園──這類的事情。這些東西之中還有溪流和水壩。水裡也住著生物，而且這些生物也有自己的一套辦法從這裡飛到那裡。它們都是有知識、有思想的生物，但

是它們不說話，因為它們非常聰明。

　　曾經鑽進水裡去過的燕子談論著美麗的金魚、肥胖的鯽魚、粗大的鱸魚和長著青苔的老鯉魚。它把它們描述得非常生動，但是它說：「最好妳還是親自去看看吧！」不過樹精怎樣能看到這些生物呢？她能看到美麗的風景和忙碌的人間活動──她也只能滿足於這些東西了。

　　這是很美麗的事情。不過最美麗的事情還是聽那位老牧師在檪樹下談論法蘭西和許多男人、女人的偉大事跡──這些人的名字，任何時代的人一提起來就要表示羨慕。

　　樹精聽著關於牧羊女貞德①的事情和關於夏洛・哥戴②的事情。她聽著關於遠古時代的事情──從亨利四世和拿破崙一世，一直到我們這個時代的天才和偉大的事跡。她聽著許多在人民心裡引起共鳴的名字。法蘭西是一個具有世界意義的國家，是一塊撫育著自由精神的理智的土地。

　　村裡的孩子聚精會神地聽著；樹精也聚精會神地聽著。她像別的孩子一樣，也是一個小學生。凡是她所聽到的東西，她都能在那些移動著的浮雲中看出具體的形像。

　　白雲朵朵的天空就是她的畫冊。

　　她覺得住在美麗的法國是非常幸福的，但是她也覺得鳥兒和各種能飛的動物都比她幸運得多。甚至蒼蠅都能向周圍看得很遠，比一個樹精的眼界要大得多。

　　法國是那麼廣闊和可愛，但是她只能看到它的一個片斷。這個國家是一個世界，有葡萄園、樹林和大城市。在這些東西之中，巴黎要算是最美麗、最偉大的了。鳥兒可以飛進它裡面去，

但是她卻不能。

　　這些鄉下孩子中有一個小女孩。她穿著一身破爛的衣服，非常窮苦，但是她的模樣卻非常可愛。她不是在笑，就是在唱歌；她喜歡在她的黑髮上插一朵紅花。

　　「不要到巴黎去吧！」老牧師說。「可憐的孩子，如果妳去，妳就會受到損害！」

　　但是她卻去了。

　　樹精常常想念著她。的確，她們倆對這個偉大的城市有同樣的要求和渴望。

　　春天來臨；接著就是夏天、秋天和冬天。兩年過去了。

　　樹精所住的這棵樹第一次開出了栗花。鳥兒在美麗的陽光中喃喃地歌頌這件事情。這時路上有一輛漂亮的馬車開過來了。車裡坐著一位華貴的太太。她親自趕著那幾匹美麗的快馬。一個俊秀的小馬車夫坐在她的後面。樹精認出了她，那個老牧師也認出了她。牧師搖搖頭，惋惜地說：

　　「妳到那兒去！那會帶給妳損害呀！可憐的瑪莉啊！」

　　「她可憐嗎？」樹精想。「不，這是一種多麼大的改變啊！她打扮得像一位公爵夫人！這是因為她到了一個迷人的城市才改變得這樣。啊，我希望我自己也能到那豪華富貴的環境中去！當我在夜裡往我知道的這個城市所在的方向看去時，我只見它射出光來，把天空的雲塊都照亮了。」

　　是的，每天黃昏，每天夜裡，樹精都往那個方向望。她看見一層充滿了光的薄霧，浮在地平線上。但是在月明之夜她就看不見它了；她看不見顯示著這城的形像和歷史的那些浮雲。

　　孩子喜歡自己的畫册；樹精喜歡自己的雲世界——她的思想之書。

　　沒有雲塊的、酷熱的夏日天空，對她說來，等於是一本沒有字的書。現在一連有好幾天她只看到這樣的天空。

　　這是一個炎熱的夏天，一連串悶人的日子，沒有一點風。每一片樹葉，每一朵花，好像是昏睡過去了一樣，都垂下了；人也是這樣。

　　後來雲塊出現了，而且它出現的地方恰恰是夜間光彩的霧氣所籠罩著的地方：這是巴黎。

　　雲塊升起來了，形成一整串連綿的山脈。它們在天空中，在大地上飛馳，樹精看都看不到邊際。

　　雲塊凝結成爲紫色的龐大石塊，一層一層地疊在高空中。閃光從它們中間射出來。「這是上帝的僕人，」老牧師說。接著一道藍色的、耀眼的光——一道像太陽光似的——出現了。它射穿石塊；於是閃電打了下來，把這棵可敬的老櫟樹連根劈成兩半。它的頂裂開了，它的軀幹裂開了；它倒下來，伏在地上，好像是它想要擁抱光的使者似的。

　　一個王子誕生時向天空和全國所放的炮聲，怎樣也趕不上這棵老櫟樹死亡時的雷轟。雨水正向下流；一陣清新的和風正吹著。暴風雨已經過去了；處處是一片和平景象。村裡的人在這棵倒下的老櫟樹周圍齊集圍攏。那位可尊敬的老牧師說了幾句讚美它的話；一位畫家把這棵樹畫下來，留做最後的紀念。

　　「一切都過去了！」樹精說，「像那些雲塊一樣過去了，再也不回來！」

　　老牧師也不再來了，學校的屋頂也坍塌了，老師的座位也消失了，孩子們也不見蹤影了。但是秋天來了，冬天來了，春天也來了。在這些變換的季節中，樹精遙遙地向遠方望——在那遠方，巴黎每夜像一層放光的薄霧似的，在地平線上出現。火車頭一個接著一個、車廂一串接著一串，隨時不停地從巴黎開出來，發出隆隆的吼聲。火車在晚間和半夜行駛，在早晨和白天行駛。從世界各國來的人，有的鑽進車廂，有的走出車廂。一件世界的奇觀把他們吸引到巴黎來了。

　　這是怎樣的一種奇觀呢？

　　「一朵藝術和工業的美麗之花，」人們說，「在馬爾斯廣場的荒土上開出來了。它是一朵龐大的向日葵。它的每片花瓣使我們學習到關於地理和統計的知識，了解到各行工程師們的技術，把我們提高到藝術和詩的境地，使我們認識到各個國家的面積和偉大。」

　　「這是一朵童話之花，」另外有些人說，「一朵多彩的荷花。它把它在初春冒出的綠葉鋪在沙土上，像一塊天鵝絨的地毯。它在夏天表現出它的一切美麗。秋天的風暴把它連根帶葉全部都掃走了。」

　　軍事學校前面是一片平時訓練用的模擬戰場。這一片土地沒有長草和糧食。它是從非洲沙漠裡切割下來的一塊沙洲。在那個沙漠上，莫甘娜仙女 ③ 常常顯示出她奇異的樓閣和懸空的花園。現在這塊馬爾斯廣場顯得更美麗，更奇異，因為人類的天才把幻景變成了真實。

　　「現在正在建築的是一座近代阿拉丁之宮④，」人們說。「每

過一天，每過一點鐘，它就顯露出更多和更美麗的光彩。」

　　大理石和各種的色彩把那些非常寬闊的大廳裝飾得非常漂亮。「沒有血液」的巨人在那又圓又大的「機器館」裡揮動著它鋼鐵的四肢。鋼鐵製成的、石頭雕成的和手工織成的藝術品說明了在世界各個國家所搏動著的精神生活。畫廊、美麗的花朵、工藝師在他們的工作室裡用智慧和雙手所創造出來的東西，現在全部在這兒陳列。古代宮殿和沼澤地的遺物現在也在這兒展覽出來了。

　　這個龐大的、豐富多采的展覽，不得不複製成爲模型，壓縮到玩具那麼大小，好使人們能夠看到和了解它的全貌。

　　馬爾斯廣場，像個巨大的聖誕餐桌一樣，就是這個工業和藝術的阿拉丁之宮。宮殿的周圍陳列著來自世界各國的展覽品：每個民族在這兒都有一件紀念他們國家的東西。

　　這兒有埃及的皇宮，這兒有沙漠的旅行商隊。這兒有來自太陽的國度、騎著駱駝走過的貝杜因人⑤，這兒有養著草原上美麗烈馬的俄國馬廏。掛著丹麥國旗的丹麥農民茅屋，跟古斯達夫·瓦薩時代⑥的達拉爾精巧木雕房子，並排站在一起。美國的木房子、英國的村屋、法國的亭子、清眞寺、教堂和戲院都很藝術地在一起陳列了出來。在它們中間有新鮮的綠草地、清亮的溪流、開著花朵的灌木叢、珍奇的樹和玻璃房子——你在這裡面可以想像你是在熱帶的樹林中。從大馬士革運來的整個玫瑰花田，在屋頂下盛開著的花朵，多麼美的色彩！多麼芬芳的香氣！

　　人造的鐘乳石岩洞裡面有淡水湖和鹹水湖；它們代表魚的世界。人們現在是站在海底，在魚和珊瑚中間。

　　人們說，這一切東西現在馬爾斯廣場都有了，都陳列出來
了。整群的人，有的步行，有的坐在小馬車裡，都在這個豐盛的
餐桌上移動，像一大堆忙碌的螞蟻一樣。一般人的腿是無法支持
這種疲勞的參觀的。

　　參觀者從大清早一直到黑夜都在不停地到來。裝滿了客人
的輪船，一艘接著一艘地在塞納河上開過去。車子的數目不斷地
增加，步行和騎馬的人也不斷地在增加。公共馬車和電車上都擠
滿了人。這些人群都向同一個目的地聚集：巴黎展覽會！所有
的入口都懸著法國的國旗，展覽館的周圍則飄揚著其他國家的
國旗。「機器館」發出隆隆的響聲；塔上的鐘聲奏起和諧的音
樂。教堂裡的風琴在響；東方的咖啡館飄出混雜著音樂的粗嘎
的歌聲。這簡直像一個巴比倫人的帝國，一種巴比倫人的語言
⑦，一種世界的奇觀。

　　一切的確是這個樣子──至少關於展覽會的報導是這樣說
的。誰沒有這樣說過呢？所有這兒一切關於這個世界名城的「新
奇蹟」的報導，樹精都聽說過。

　　「你們這些鳥兒啊！飛吧！飛到那兒去看看，然後再回來告
訴我吧！」這是樹精的祈求。

　　這種嚮往擴大成為一個希望──成為生活的一個中心思
想。於是在一個靜寂的夜裡，當滿月正在照耀的時候，她看到一
顆火星從月亮上落下來了。這火星像一顆流星似地發亮著。這時
有一個莊嚴的、光芒四射的人影在這樹前出現──樹枝全在動
搖，好像有一陣狂風吹來似的。這人影用一種柔和而強有力的調

子，像喚醒人的生命的、催人受審的、末日的號角一樣，對她說：

「妳將到那個迷人的城市裡去，妳將在那兒生根，妳將會接觸到那兒潺潺的流水、空氣和陽光。但是妳的生命將會縮短。妳在這兒曠野中所能享受到的悠長歲月，將會縮爲短短的幾個季節。可憐的樹精啊，這將會是妳的滅亡！妳的嚮往將會不斷地增大，妳的渴望將會一天一天地變得強烈！這棵樹將會成爲妳的一個監牢。妳將會離開妳的佳處，妳將會改變妳的性格，妳將會飛走，跟人類混在一起。那時妳的壽命將會縮短，縮短得只有蜉蝣的半生那麼長——只能活一夜。妳的生命火焰將會熄滅，這樹的葉子將會凋零和被吹走，永遠再也不回來。」

聲音在空中這樣響著，引起回音。於是這道強光就消逝了；但是樹精的嚮往和渴望卻沒有消逝。

「我要到這個世界的名城去！」她興高采烈地說。「我的生命開始了。它像密集的雲塊；誰也不知道它會飄向什麼地方。」

在一個灰色的早晨，當月亮發白、雲塊變紅的時候，她實現希望的時刻到來了。諾言現在成爲了事實。

許多人帶著鏟子和木棍來了。他們在這樹的周圍挖，挖得很深，一直挖到根底下。於是一輛馬拉的車子開了過來。這樹連根帶土被拔了起來，還包上一塊蘆席，使它的根能夠保持溫暖。這樣，它就被牢牢地繫在車上。它要旅行到巴黎去，在這個法國的首都，世界的名城裡長大。

在車子初開動的一瞬間，這棵栗樹的枝葉都顫抖起來。樹精在幸福的期待中也顫抖起來。

「去了！去了！」每一次脈搏都發出這樣一個聲音。「去了！去了！」這是一個震盪、顫抖的回響。樹精忘記了向她的故鄉、搖動的草兒和天眞的雛菊告別。這些東西一直把她看做是我們上帝花園裡的一位貴婦人———一位扮做牧羊女下鄉的女公主。

栗樹坐在車子上，用它的枝椏點頭表示「再見」和「去了」的意思。樹精一點也不知道這些事情。她只是夢想著將要在她眼前展開的那些新奇而又熟悉的事物。沒有任何充滿了天眞幸福感的赤子心，沒有任何充滿了熱情的靈魂，會像她動身到巴黎去時那樣，是那麼地思緒萬端。

「再見！」成爲「去了！去了！」

車輪正不停地轉動著；距離縮短了，馬路向後飛馳。景色在變幻，像雲塊在變幻一樣。新的葡萄園、樹林、村莊、別墅和花園出現了，又消逝了。栗樹一直在向前進，樹精也在向前進。火車一列列地從旁邊經過或彼此對開。火車頭吐出一層煙雲。煙雲變成種種的形象，好像是巴黎的縮影——火車離開了的和樹精正要前去的巴黎。

她周圍的一切知道、同時也必須懂得，她旅行的目地。她覺得，她所經過的每一棵樹都在向她伸出枝椏，同時懇求她說：「把我帶去吧！把我帶去吧！」每一棵樹裡面也住了一位懷著渴望心情的樹精。

眞是變幻莫測！眞是急駛如飛！房子好像是從地上冒出來的一般，越冒越多，越聚越密。煙囪一隻接著一隻，一排接過一排，羅列在屋頂上，像許多花盆一樣。由一碼多長的字母所組成

的字，畫在牆上的圖畫，從牆腳一直伸到屋簷，射出光彩。

「巴黎是從什麼地方開始的呢？我什麼時候才算是到了巴黎呢？」樹精問著自己。

人的數目也增加了，鬧聲和噪音也擴大了。車子後面跟著車子，騎馬的人後面跟著步行的人。前後左右全是店鋪、音樂、歌聲、叫聲和講話聲。

坐在樹裡的樹精現在來到了巴黎的中心

這輛沉重的大馬車在一個小廣場上停了下來。廣場上種滿了樹。它的周圍全是些高房子，而且每扇窗子都有一個陽台。陽台上的人望著這棵新鮮年輕的栗樹。它現在被運進來，而且要栽在這裡，以代替那棵連根被拔起的、現在倒在地上的老樹。廣場上的人們，帶著微笑和愉快的心情、靜靜地望著這代表春天的綠色。那些剛剛冒芽的老樹，搖動著它們的枝葉，向它致敬：「歡迎！歡迎！」噴泉向空中射著水，水又嘩嘩啦啦地落到它寬廣的池裡。它正叫風兒把它的水滴吹到這新來的樹上，做為一種歡迎的表示。

樹精感覺到，她的這棵樹已經從車子上被抬下來了，而且被栽在它未來的位置上。樹根被埋在地裡，上面還蓋了一層草皮。開著花的灌木也像這棵樹一樣被栽下來了；四周還安放了許多盆花。就這麼，城市的中央出現了一個小小的花園。

那棵被煙煤、炊煙和城裡一切足以致命的氣味所殺死了的、連根被拔起的老樹，被裝在馬車上拖走了。民眾在旁邊觀看；小孩子和老年人坐在草地上的椅子上，望著樹上的綠葉。至於我們講這個故事的人呢，我們站在陽台上，俯視著這棵從鄉下

新鮮空氣中運來的年輕的樹。我們像那個老牧師一樣，也很想說一聲：「可憐的樹精啊！」

「我是多麼幸福啊！多麼幸福啊！」樹精說。「但是我卻不能了解，也不能解釋我的這種情感。一切跟我所盼望的是一樣，但也不完全跟我所盼望的是一樣！」

周圍的房屋都很高，而且很密。只有一面牆上映著陽光。牆上貼滿了招貼和廣告。人們站在它前面看，而且人越集越多。輕車和重車從旁邊跑過去。公共馬車，像擠滿了人的、移動著的房子，也嘩啦嘩啦地開過去了。騎在馬上的人向前馳騁；貨車和馬車也要求有同樣的權利。

樹精想：這些擠在一起的高房子，可不可以馬上走開，或者變成像天上雲塊那樣的東西浮走，以便讓她看看巴黎和巴黎以外的東西呢？她要看看聖母院⑧、萬多姆塔⑨和這個一直吸引著許多觀眾來參觀的奇蹟。

可是這些房子卻一動也不動。

天還沒有黑，燈就已經亮起來了。煤氣燈光從店鋪裡和樹枝間隱隱地射出來。這跟太陽光很有些相像。星星也出來了——樹精在故鄉所看到的那些同樣的星星。她感到一陣清涼的和風從星星上吹來，她有一種高超和健康的感覺。她覺得樹裡流著一股活力——從樹葉一直流到樹根的每一個尖端。她覺得她活在人的世界裡，人們溫和的眼睛在看著她。她的周圍是一片鬧聲和音樂，色彩和光線。

從一條小街裡飄來管樂和手風琴奏的邀舞曲。是的，跳舞吧！跳舞吧！這是叫人歡樂和享受生活的音樂。

　　這是鼓舞人、馬、車子、樹和房子跳舞的音樂——如果他們能跳舞的話。樹精的心裡有一種狂歡的感覺。

　　「多麼幸福啊！多麼美啊！」她快樂地高呼著。「我現在是住在巴黎！」

　　新的日子、新的夜晚和繼續到來的新的日子，帶來同樣的景象、同樣的活動和同樣的生活———切在不停地變幻，但同時又都是一樣。

　　「現在我認識這廣場上的每一棵樹，每一朵花！我認識這兒的每一棟房子、每一個陽台和店鋪。我被安放在這一個侷促的角落裡，弄得一點也看不見這個莊嚴偉大的城市。凱旋門、林蔭路和那個世界的奇觀在什麼地方呢？這些東西我一點也沒有看到！我被關在這些高房子中間，像在一個囚籠裡一樣。這些房子我現在記得爛熟：這包括它們牆上寫的字、招貼、廣告和一切畫出來的糖果——我對這些東西現在不覺得有任何興趣。我所聽到、知道和渴望的那些東西在什麼地方呢？我是為了那些東西到這兒來的呀！我把握了、獲得了和找到了什麼呢？我仍然是像從前那樣在渴望著。我已經觸覺到了一種生活，我必須把握住它，我必須過這種生活！我必須走進活生生的人群中去。在人群中跳躍，像鳥兒一樣飛，觀察，體驗，做一個不折不扣的人。我寧願過半天這樣的生活，而不願在沉悶和單調中度過一生——這種生活使我感到厭膩，感到沉淪，直到最後像草原上的露珠那樣消逝了。我要像雲塊，像生活的陽光一樣有光彩，像雲塊一樣能夠看見一切東西，像雲塊一樣飄遊——飄遊到誰也不知

道的地方去！」

　　這是樹精的嘆息。這嘆息聲升到空中，變成一個祈禱：

　　「請把我一生的歲月拿去吧！我只要求相當於一隻蜉蝣半生的時間！請把我從我的囚籠中釋放出來吧！請讓我過人的生活吧！哪怕只是一瞬間，只是一夜晚都可以！哪怕我的這種大膽和對生活的渴望會招致懲罰都可以！讓我獲得自由吧，哪怕我的這個屋子──這棵新鮮而年輕的樹──萎謝、凋零、變成灰燼、被風吹得無影無蹤都可以！」

　　樹枝發出一陣沙沙的響聲。一種癢酥酥的感覺通過它的每一片葉子，使它顫抖，好像它裡面藏有火花，或者要迸出火花似的。一陣狂風在樹頂上吹過去；正在這時候，一個女子的形體出現了──這是樹精。她坐在煤氣燈照著的、長滿了綠葉的枝椏下面。她是年輕和美麗的，像那個可憐的瑪莉一樣──人們曾經對這個瑪莉說過：「那個大城市將會使妳毀滅！」

　　樹精坐在這樹的底下。坐在她屋子的門口──她已經把她的門鎖了，而且把鑰匙也扔掉了。她是這麼年輕，這麼美麗！星星看見了她，對她眨著眼睛！煤氣燈看見了她，對她微笑，對她招手！她是多麼苗條，但同時又是多麼健康啊！她是一個孩子，但同時又是一個成年的姑娘。她的衣服像綢子一樣柔和，像樹頂上的新葉一樣碧綠。她的棕色頭髮上插著一朵半開的栗樹花。她的外貌像春天的女神。

　　她靜靜坐了一會兒，終於跳了起來，用羚羊那種輕快的步子，繞過牆腳就不見了。她跑著，跳著，像一面在太陽光裡移動

著的鏡子所射出的光輝。如果一個人能夠仔細地觀察一下、看出
實際的情況，他將會感到多麼奇異啊！無論什麼時候，只要她一
停下腳步，她的衣服和形體的色調，就會隨著她所在的地方的特
點和射在她身上的燈光的顏色而變換。

　　她走上了林蔭大道。路燈、店鋪和咖啡館所射出的煤氣燈光
形成一個光的大海。年輕而瘦削的樹在這兒成行地立著，各自保
護著自己的樹精，使她不要受這些人工陽光的損害。無窮盡的人
行道，看起來像一個巨大的餐廳：桌子上擺著各種各樣的食品
——從香檳酒和蕁麻酒一直到咖啡和啤酒。這兒還有花、繪畫、
雕像、書籍和各種顏色布料的展覽。

　　她從那些高房子下邊的人群中，向樹下可怕的人潮眺望：
急駛的馬車，單馬拉著的篷車、轎車、公共馬車、出租馬車，騎
馬的紳士和前進的軍隊合起來形成一股浪潮。要想走到對面的
人行道上簡直是等於冒生命的危險。一會兒燈光變藍，一會兒煤
氣燈光發出強烈的閃亮，一會兒火箭向高空射去：它是從什麼
地方來的，射到什麼地方去了呢？

　　的確，這就是世界名城的大馬路！

　　這兒有柔和的義大利音樂，有響板伴奏著的西班牙歌曲。不
過那淹沒一切的巨大響聲是一個八音盒所奏出的流行音樂
——這種刺激人的「康康」音樂⑩連奧爾菲斯⑪也不知道，美麗
的海倫⑫簡直沒有聽見過。如果獨輪車能夠跳舞的話，它恐怕也
要在它那個獨輪子上跳起舞來了。樹精在跳舞，在旋轉，在飄
蕩，像陽光中的蜂鳥⑬一樣在變換著顏色，因為每一棟房子和它
的內部都在它身上反射了出來。

　　像一株從根拔斷了的鮮艷蓮花在順水漂流一樣，樹精也被
這人潮捲走了。她每到一個地方，就變出一個新的形狀；因此誰
也沒有辦法追隨她，認出她，甚至眺望她。

　　一切東西像雲塊所形成的種種幻象，在她身旁飄過去了，但
是哪一個她也不認識：她沒有看見過任何一個來自她故鄉的
人。她的思想中亮著兩顆明亮的眼珠：她想起了瑪莉──可憐
的瑪莉！這個黑髮上戴著一朵紅花、衣衫襤褸的孩子，她現在就
在這個豪華富貴的世界名城裡，正如她在車子裡經過牧師的屋
子、樹精的樹和那棵櫟樹的時候一樣。

　　是的，她就在這兒──在這兒震人耳鼓的鬧聲中。可能她剛
剛才從停在那兒的一輛漂亮馬車裡走出來呢。這些華貴的馬車
都有穿著整齊制服的馬夫和穿著絲襪的僕役。車上走下來的全
是些服裝華麗的貴婦人。她們走進敞著的格子門，走上寬闊的、
通向一個有大理石圓柱的建築物的高梯。可能這就是「世界的奇
觀」吧？瑪莉一定在這兒！

　　「聖・瑪莉亞！」裡面有人在唱著聖詩，香煙在高大的、色
彩鮮明的、鍍金的拱門下繚繞，造成一種陰暗的氣氛。

　　這是瑪德蘭教堂。

　　上流社會的貴婦人，穿著最時髦的料子所做的黑禮服，在光
滑的地板上輕輕地走過。族徽在用天鵝絨精裝的祈禱書的銀扣
子上射出光，也在綴有貴重的布魯塞爾花邊的、芬芳的絲手帕上
露出面。有些人在祭壇前面靜靜地跪著祈禱，有些人在向懺悔室
走去。

　　樹精感到一種不安和恐懼，好像她走進了一個她不應該插

足的處所似的。這是一個靜寂之家，一個祕密的大殿。一切話語都是用低聲、或者在沉默的信任中講出來的。

樹精把自己用絲綢和面紗打扮起來，在外表上跟別的富貴女人沒有兩樣。她們每個人是不是像她一樣，也是「渴望」的產兒呢？

這時空中發出一個痛苦的、深沉的嘆息聲。這是由懺悔室那個角落來的呢，還是由樹精的胸中發出來的？她把面紗拉下一點。她吸了一口教堂的香煙──不是新鮮的空氣。這兒不是她渴望的地方。

去吧！去吧！無休無止地飛翔吧！蜉蝣是沒有休息的。飛翔就是它的生活！

她又到外面來了；她是在噴泉旁的耀眼的煤氣燈下面。「所有的流水都洗不淨在這兒流過的、無辜的鮮血。」

她聽到了這樣一句話。

許多外國人站在這兒高聲地、興高采烈地談論著。在那個神祕的深宮裡──樹精就是從這裡來的──誰也不敢這樣談話。

一塊大石板被翻起來了，而且還被豎起來了。她不了解這件事情；她看到通到地底層的一條寬路。人們從明亮的星空，從太陽似的煤氣燈光，從一切活躍的生命中走到這條路上來。

「我害怕這情景！」站在這兒的一個女人說。「我不敢走下去！我也不願看那兒的綺麗景象！請陪著我吧！」

「要回去！」男人說。「離開了巴黎而沒有看這最稀奇的東西──人憑他的天才和意志所創造出來的、近代的眞正奇蹟！」

「我不願意走下去，」這是一個回答。

「近代的奇蹟！」人們說。樹精聽到了這話，也懂得它的意思。她最大的渴望已經達到了目的。伸向巴黎地底層的入口就在這兒。她從來沒有想到過這事情，但是現在她卻聽到了，看到許多外國人往下面走。於是她跟著他們走。

螺旋形的梯子是鐵做的，既寬大，又便利。下面點著一盞燈，更下面一點還有另一盞燈。

這兒有一個迷宮，裡面有數不完的大殿和拱形長廊，彼此交叉著。巴黎所有的大街和小巷這兒都可以看得見，好像是站在一面模糊的鏡子裡一樣。你可以看到它們的名字；每一棟房子都有一個門牌——它的牆基伸到一條石鋪的、空洞的小徑上。這條小路沿著一條填滿了泥巴的寬運河伸展開去。這上面就是運送清水的引水槽；更上面就懸著網一樣的煤氣管和電線。遠處有許多燈在射出光來，很像這個世界都市的倒影。人們不時可以聽到頭上有隆隆聲；這是橋上開過去的載重車輛。

樹精到什麼地方去了呢？

你聽到過地下的墓窖吧？比起這個地下的新世界、這個近代的奇蹟——這些巴黎的暗溝來，它真是小巫見大巫了。樹精就在那兒，而不在這個馬爾斯廣場上的世界展覽會裡。

她聽到驚奇、羨慕和欣賞的歡呼聲。

「從這地層的深處，」人們說，「上面成千成萬的人獲得他們的健康和長壽！我們的時代是一個進步的時代，具有這個時代的一切幸福。」

這是人的意見和言談，但不是生在這兒和住在這兒的那些

生物——老鼠——的意見或言談。它們從一堵舊牆的裂縫裡發出吱吱的叫聲，非常清楚，連樹精都可以聽懂。

　　這是一隻很大的公老鼠。它的尾巴被咬掉了；它用刺耳的聲音把它的情感、痛苦和心裡的話都叫出來。它的家族對它所說的每一個字都表示支持。

　　「我討厭這些聲音，這些人的聲音，這些毫無意義的話語！是的，這兒很漂亮，有煤氣，有煤油！但是我不吃這類的東西！這兒現在變得這麼清潔和光明，我們不知怎的，不禁對自己感到羞愧起來。我們只願活在蠟燭的時代裡！那個時代離開我們並不很遠！那是一個浪漫的時代——人們都這樣說。」

　　「你在講什麼話？」樹精說。「我從前並沒有看見過你。你在講些什麼東西？」

　　「我在講那些過去的好日子，」老鼠說，「祖父和曾祖母老鼠時代的好日子！那時到這地下來才是一件了不起的事情呢。那時的老鼠窩比整個的巴黎都好！鼠疫媽媽就住在這兒。她殺死人，卻不殺死老鼠。強盜和走私販子可以在這兒自由呼吸。這兒是許多最有趣的人物的避亂所——我們最近在一般通俗劇場的舞台上所看到的那些人物。我們老鼠窩裡最浪漫的時代也已經過去了；我們這兒現在有了空氣和煤油。」

　　老鼠發出這樣吱吱的叫聲！它反對新時代，稱讚鼠疫媽媽那些過去了的日子。

　　一輛車子停在這兒。這是由飛快的小馬拖著的一種敞篷馬車。有一對人坐進去，在地下的塞巴斯托波爾大道上奔馳起來。上面就是那有著同樣名字的巴黎大馬路，擠滿了行人。

　　馬車在稀薄的燈光中消逝了。樹精也升到煤氣燈光中和新
鮮自由的空氣中消逝了。她不是在地下那些交叉的拱形走廊裡
和窒息的空氣中，而是在這兒看見了世界的奇觀——她在這短
短的一夜生命中所追尋的奇觀。它現在滑行過去，發出比一切煤
氣燈還要強烈的光來——比月亮還要強烈的光來。

　　是的，一點也不錯！她看到它向她致敬，它在她面前射出光
來。它閃耀著，像天上的太白星。

　　她看到一扇光亮的門，向一個充滿了光和舞曲的小花園開
著。人造湖和水池上面靜靜地亮著五光十色的煤氣燈。用彎彎曲
曲的彩色錫箔所剪成的水草反射出閃光，同時從它們的花瓣裡
噴出一尺多高的水來。美麗的垂柳——真正春天的垂柳——垂
著它們新鮮的枝條，像一片透明而又能遮面的綠面紗。在這兒的
灌木林中燒起了一堆篝火。它的紅色火焰照著一座小巧的、半暗
的、靜寂的花亭。富有魅力的音樂使耳朵震蕩，使血液在人的四
肢裡激動和奔流。

　　她看到許多美麗的、盛裝華服的年輕女人；這些女人臉上
露出天真的微笑和青春的歡樂。還有一位叫做瑪莉的姑娘；她
頭上戴著玫瑰花，但是她卻沒有馬車和車夫。她們在這裡盡情地
狂舞，飛翔，旋轉！好像「塔蘭得拉舞」⑭刺激著她們似的，她
們跳著，笑著。她們感到說不出地幸福，她們打算擁抱整個世
界。

　　樹精覺得自己無法抗拒地被吸引到這狂舞中去了。她的一
雙小巧的腳穿著一雙綢子做的鞋子。鞋子是栗色的，跟飄在她的
頭髮和她的赤裸的肩膀之間的那條緞帶的顏色完全一樣。她的

綠綢衫有許多大折褶，在空中飄蕩，但是遮不住她美麗的腿和纖細的腳。這雙腳好像是要在她舞伴的頭上畫出神奇的圈子。

難道她是在阿爾米達的魔花園裡面嗎？這塊地方的名字叫什麼呢？

外面的煤氣燈光中照出這樣一個名字：

瑪碧爾

音樂的調子、拍掌聲、放焰火聲、潺潺的水聲、開香檳酒聲，都混在一起。舞跳得像酒醉似地瘋狂。這時天上是一輪明月——無疑地它做出了一個怪臉。天空是澄靜的，沒有一點雲。人們似乎可以從瑪碧爾一直看到天上。

樹精全身感到一種使人疲勞的陶醉，好像吸食鴉片過後的那種昏沉。

她的眼睛在講話，她的嘴唇在講話，但是笛子和提琴的聲音把她的話語都淹沒了。她的舞伴在她的耳邊低語，這低語跟康康舞的音樂節奏在一起顫抖。她聽不懂這些私語；我們也聽不懂這些私語。他把手向她伸過去，抱著她，但她所抱著的卻是透明的、充滿了煤味的空氣。

氣流托著樹精浮走了，正如風把一片玫瑰花瓣托著一樣。她在高空上，在塔頂上，看到一簇火焰，一道閃光。一個亮光從她渴望的目標物上射出來，從馬爾斯廣場的「海市蜃樓」的燈塔上射出來。春天的微風把她吹向這兒；她繞著這塔飛。工人們以為他們所看到的是一隻蝴蝶在下落，在死去——因為它來得太早

了。

　　月亮在照著，煤氣燈和燈籠在大廳裡，在散在各處的「萬國館」裡照著，照著那些起伏的青山和人工智慧所創造的巨石「無血巨人」使瀑布從這上面傾瀉下來。海的深處和淡水的深處——魚兒的天下——都在這兒展覽出來了。你可以想像你是在海底——在一個潛水鐘裡。水從四面八方向這厚玻璃壁壓過來。六英尺多長的珊瑚，柔軟和彎曲得像鱔魚一樣，抖著它身上的活刺，正在前後蠕動，同時緊緊地貼著海底。

　　它旁邊有一條龐大的比目魚：這條魚舒舒服服地躺著，若有所思的樣子。一隻螃蟹像一隻巨大的蜘蛛在它身上爬；蝦子在它周圍不停地飛躍，好像它們是海底的蝴蝶和飛蛾。

　　淡水裡長著許多睡蓮、菅茅和燈心草。金魚像田野裡的紅色母牛一樣，都排成隊，把頭轉往同一個方向，好讓水潮能夠流進它們的嘴裡。又肥又粗的梭魚呆呆地睜著它們的大眼睛，望著玻璃牆。它們都知道，它們現在是在巴黎展覽會裡。它們也知道，它們曾經在盛滿了水的桶裡，做過一段很艱苦的旅行；它們曾經在鐵路上暈過車，正如人在海上暈船一樣。它們是來看這展覽會的，而它們也就在它們的淡水或鹹水缸裡看見了；它們看到人群從早到晚不停地流動。世界各國送來了和展覽了他們不同的人種，使這些梭魚和鯽魚、活潑的鱸魚和長滿青苔的鯉魚都能看看這些生物並對這些種族表示一點意見。

　　「他們全是些有鱗的生物！」一條黏糊糊的小鯉魚說。「他們一天換兩三次鱗，而且用他們的嘴發出聲音——他們把這叫做『講話』。我們可是什麼也不換，我們有更容易的辦法使我們

可以互相了解：把嘴角動一下，或者把眼睛瞪一下就得了！我們有許多地方要比人類高明得多！」

「他們可是學會了游泳，」一條小淡水魚說。「我是從一個大湖裡來的。那兒人類在熱天裡鑽進水裡去。這是青蛙教給他們的。他們用後腳推著，用前腿划著。他們支持不了多久。他們倒很想模仿我們呢，但是他們學得一點也不像。可憐的人類啊！」

魚兒們都瞪著眼睛。它們以為這兒擁擠著的人群仍然是它們在強烈的陽光裡所看到的那些人。是的，它們相信這仍然是那些第一次觸動了它們的所謂感覺神經的人形。

一條身上長有美麗的條紋和有一個值得羨慕的肥背的小鯽魚，說它仍然可以看見「人泥」。

「我也看見了，看得非常清楚！」一條黃鯉魚說。「我清楚地看到一個身材美麗的人形———個『高腿的小姐』———隨便你怎樣叫她吧。她有我們這樣的嘴和一雙瞪著的眼睛；她後面有兩個氣球，前面掛著一把傘，身上叮叮噹噹懸著一大堆海草。她很想把這些東西都扔掉，像我們一樣地回到自然。她很想在人類所及的範圍內，做一條有身分的鯉魚。」

「那個被拉在魚鉤上的人——那個男人——在做些什麼呢？」

「他坐在一個病人的輪椅上。他手邊有紙、筆和墨水；他把什麼都寫下來。他在做什麼嗎？人們把他叫做記者。」

「他仍然坐在輪椅上跑來跑去！」一條全身長滿了青苔的鯉魚老小姐說。她的喉嚨裡塞滿了世界的艱難辛苦，因此她的聲音有點嘶啞。她曾經有一次吞過一個魚鉤，她仍然把它含在喉嚨裡

很有耐心地游來游去。

「一個記者，」她說，「用魚的語言講老實話，那就是人類中間的烏賊⑮！」

魚兒們都談出了自己的一套意見。不過在這人造的水晶洞裡響起了一片槌子聲和工人的歌聲。這些工人不得不在夜裡做工，好使一切能在最短的時間內完成。他們的歌聲在樹精的仲夏夜裡發出回響──她站在那兒，打算飛翔和消逝。

「這都是金魚！」她說，同時對它們點點頭。「我總算看到你們了！我認識你們！我早就認識你們！燕子在我家裡講過你們的故事。你們是多麼美，多麼輝煌，多麼可愛啊！我可以把你們每一位都吻一下！我也認識別的魚！這個一定是肥胖的梭魚，那個一定是美麗的鯽魚，這兒一定是長滿了青苔的老鯉魚！我認識你們，但是你們卻不認識我！」

魚兒呆呆地望著，一個字也聽不懂。它們向那稀薄的微光望著。

樹精已經不在那兒了。她已經來到外面。從各國運來的「奇花」在這兒發出新鮮的香氣──從黑麵包的國度來的，從鱈魚的海岸來的，從產皮革的俄羅斯來的，從德國出產柯龍香水的河岸來的，從產玫瑰花精的東方國度裡來的。

晚間的舞會結束以後，我們在半睡的狀態中乘著車子回來了。音樂仍然清晰地在我們的耳朵裡發出回音；我們仍然可以聽見每一個調子；我們可以把它哼出來。一個被謀害者的眼睛可以把最後一刹那間所看到的東西保留一段時間；同樣，白天

熙熙攘攘的景象和光彩，也映在夜的眼裡。這既不能被吸光，也不能被磨滅。樹精感覺到了這一點。她知道，明天的一切情形仍然會這樣。

　　樹精站在芬芳的玫瑰花中間。她覺得她在故鄉就認識這些花兒。這是御花園和牧師花園裡的花。她在這兒還看見了鮮紅的石榴花——瑪莉曾經在她炭一樣黑的頭髮上戴過這樣一朵花。

　　她心中閃過一段回憶——一段在鄉下老家所度過的兒時的回憶。她用熱切的眼睛把周圍的景色望了一下，她感到一種迫切不安的心情。這種心情驅使她走過那些壯麗的大廈。

　　她感到疲倦。這種疲倦的感覺在不停地增長。她很想在那些鋪著的墊子和地毯上躺下來，或者在清亮的水上浮沉——像垂柳的枝條一樣。

　　但是蜉蝣是沒有辦法休息的。在幾分鐘以內，這一天就完了。

　　她的思想顫抖起來。她的肢體也顫抖起來。她躺在潺潺流水旁邊的草上。

　　「你帶著永恒的生命從土地裡流出來！」她說，「請你讓我的舌頭感到清涼，請你給我一點提神藥吧！」

　　「我並不是一條活泉水！」泉水說。「我是靠機器的力量流動的！」

　　「綠草啊，請把你的新鮮氣氛送一點給我吧！」樹精要求說。「請給我一朵芬芳的花吧！」

「如果我們被折斷了，我們就會死亡！」草和花兒一起說。
「清涼的微風呀，請你吻我吧！我只要一個生命的吻！」

「太陽馬上就會把雲塊吻得緋紅！」風兒說。「那時妳就會走進死人群裡去，消逝了，正如一切光榮在這一年沒有結束以前就會消逝一樣。那時我就又可以跟廣場上那些輕微的散沙玩耍，揚起地上的塵土，吹到空氣中去──塵土，遍地都是塵土！」

樹精感到一陣恐怖。她像一個正在洗浴的女人，把動脈血管劃開了，不停地流著血，而當她血流得快要死掉的時候，她卻仍然希望活下去。她站起來，向前走了幾步，最後在一個小教堂前面又倒下來了。門是開著的，祭壇上燃著蠟燭，風琴奏出音樂。

多美的音樂啊！樹精從來沒有聽見過這樣的調子，但她在這些調子中似乎聽見了熟識的聲音。這聲音是從一切造物的內心深處發出來的。她覺得她聽見了老櫟樹的蕭蕭聲：她覺得她聽到了老牧師在談論著一些偉大的事跡、馳名的名字，談論著上帝的造物可以而且能夠對未來做些什麼貢獻，以求自己獲得永恒的生命。

風琴的調子在空中盤旋著，用歌聲說出這樣的話：

「上帝給妳一塊地方生下根，但妳的要求和渴望卻使妳拔去了妳的根。可憐的樹精啊，這會促使妳滅亡！」

柔和的風聲好像是在哭泣，好像是在空氣中消逝了。

天上露出紅雲。風兒在呼嘯和歌唱：「死者啊，走開吧，太陽出來了呀！」

頭一道陽光射在樹精的身上。她的形體照出五光十色的光彩，像一個肥皂泡在破裂，在消逝，在變成一滴水、一滴眼淚

——一落到地上就消逝了的眼淚。

可憐的樹精啊！一滴露水，一滴眼淚———一流出來就不見了！

太陽照在馬爾斯廣場的「海市蜃樓」上，照在偉大的巴黎上空，照在有許多樹和一個小噴泉的小廣場上，照在許多高大的房屋上——這些房屋旁邊長著一棵栗樹。這樹的枝椏垂下來了，葉子也枯萎了，但是昨日它還是生氣勃勃，像一個春天。大家說它現在已經死了。樹精已經離開，像雲塊似地不見了——誰也不知道她到什麼地方去。

地上躺著一朵萎謝了的、殘破的栗樹花。教堂裡的聖水沒有力量使它恢復生命。人類的腳不一會兒就把它踩進塵土裡去了。

這一切都是發生過和經驗過的事情。

我們親眼看見過這些事情，在 1867 年的巴黎展覽會裡，在我們這個時代，在偉大的、奇異的、童話的時代裡看見過這些事情。[1868 年]

這篇故事最初是以一個單行本的形式出版的，由哥本哈根的萊澤爾出版社（C. A. Reitstl——這是一個很老的著名出版社；至今仍存在，曾從我翻譯的安徒生童話中挑出一個選本用

中文在哥本哈根出版，做爲文獻）於 1868 年 12 月 5 日出版。寫
這個故事的靈感，來自安徒生兩次參觀 1868 年 4 月 1 日至 10
月 31 日在巴黎舉行的「世界博覽會」。安徒生在他 1867 年出版
的《童話和故事集》中，在這個故事後面，加了一段説明。他寫
道：「在 1867 年的春天我旅行到巴黎去，參觀了規模宏大的『世
界博覽會』。我過去和以後的各次旅行，都沒有這次的事件能給
我如此深刻的印象和愉快。博覽會的確是一次使人驚奇不已的
盛會。法國和其他國家的報紙都在描述它的輝煌場面。一位丹麥
的記者公開宣稱，除了狄更斯以外，沒有任何人能夠寫出這種稀
世的景象。不過我覺得這項工作倒特別適合我的才能。如果我能
完成這項任務，使我的同胞和外國人都感到滿意，我將會感到非
常愉快。有一天，當我正在想這個問題的時候，在我住的那個旅
館外面的廣場上我發現有一棵栗樹，它已經枯萎了。在附近一輛
車子上有一棵新鮮年輕的樹木。它是早晨從鄉下運來的，以代替
這棵將要被拋棄的老樹。透過這棵年輕的樹，我關於世界博覽會
的思想就油然而生了。這時樹精就向我招手。我在巴黎停留的每
一天以及後來我返回丹麥的時日，樹精的生活以及它與世界博
覽會的關係一直盤踞在我的心中，而且逐漸具體化。我覺得我有
必要再去參觀博覽會一次。我頭一次的參觀，還不夠全面得足以
使我的故事可以寫得真實和豐滿。因此我在九月間又去了一
次。從那次回到哥本哈根後我才完成了這篇作品。」

　　「樹精」，是安徒生從那棵年輕的栗樹幻想和創造出來的一
個形象。透過她的眼睛和感受，安徒生描述世界博覽會的壯觀和
它的意義。安徒生認爲巴黎舉行的世界博覽會匯集了直至當時

為止的人類發明創造之大成，標誌著人類文明進入了一個新階段。「我們的時代是一個進步的時代，具有這個時代的一切幸福。」

【註釋】

①貞德(Jaenne d' Arc, 1412～1431)是法國的女英雄，曾領導法國人對英國抗戰，後來被英國人當做巫婆燒死了。

②夏洛‧哥戴(Charlotte Corday, 1768～1793)是法國大革命時一個女戰士，於1793年被絞死。

③據傳說，這個仙女的空中樓閣，就是我們肉眼所見的海市蜃樓。

④阿拉丁是《一千零一夜》中的一個人物。他有一盞神燈，他只須把它擦一下，就可以得到他所希望的東西。因此他所住的宮殿非常豪華。

⑤這是在亞洲和非洲之間的一個遊牧民族。

⑥古斯達夫‧瓦薩(Gustav Vasa)是瑞典瓦薩王朝(1521～1720)的創始人。達拉爾是瑞典西部的一個地區，這裡的人民支持古斯達夫‧瓦薩建立這個王朝。

⑦古代的巴比倫人想建造一座塔通到天上。上帝為了要阻止他們做這件事，就使他們的語言混雜起來，使他們無法彼此了解，因而無從協力做完這件工作。「巴比倫人的語言」形容語言的混雜。事見《聖經‧舊約‧創世紀》第十一章第四至九節。

⑧巴黎最重要的一個教堂，1163年開始建造，1245年完成。

⑨巴黎一個重要的建築物，為紀念法國元帥萬多姆(Houis Joseph Vendǒme, 1654～1712)而建立的。

⑩這是1830年在巴黎舞場流行的一種音樂。

⑪奧爾菲斯(Orpheus)是希臘神話中有名的歌唱家和樂師。

⑫古希臘神話中的一個美人。

⑬蜂鳥(Calibrian)是美洲熱帶所產的一種燕雀。身體很小，羽毛有光，飛行時翅膀發
　出嗡嗡的聲音。

⑭這是義大利那不勒斯的一種土風舞，以動作激烈著稱。

⑮烏賊的原文是 Blaeksprutte，這是由 Blaek 和 Sprutte 兩字合成的複合字，有雙關
　意義。照字面講，是「吐墨水的人」，即「黑良心的造謠者」的意思。

踩著麵包走的女孩

你早就聽說過，有一個女孩子，為了怕弄髒鞋子，就踩在麵包上走路；後來她可吃了苦頭。這件事被寫下來了，也被印出來了。

她是一個窮苦的孩子，但是非常驕傲，自以為了不起，正如俗話所說的，她的本性不好。當她是一個小孩子的時候，她最高興做的事是捉蒼蠅；她把它們的翅膀拉掉，使它們變成爬蟲。她還喜歡捉金龜子和甲蟲，把它們一個個串在針上，然後在它們腳

旁邊放一片綠葉子或一片紙。這些可憐的生物就抓著紙，而且抓得很緊，把它翻來翻去，掙扎著，想擺脫這根針。

「金龜子在讀書啦！」小英格兒說。「你看，它在翻這張紙！」

她越長大就越變得頑皮。但是她很美麗；這正是她的不幸。要不然的話，她也許會被管敎得不像現在這個樣子。

「妳的頑固需要一件厲害的東西來打破它！」她的媽媽說。「妳小時候常常踩在我的圍裙上；恐怕有一天妳會踩在我的心上。」

這正是她所做的事情。

現在她來到鄉下，在一個有錢人家裡當傭人。主人待她像自己的孩子，把她打扮得也像自己的孩子。她的外表很好看，結果她就更放肆了。

她工作了將近一年以後，女主人對她說：「英格兒，妳應該回去看看妳的父母了！」

她眞的回去了，不過她是為了要表現自己、叫他們看看她現在是那麼文雅才回去的。她來到村邊的時候，看見許多年輕的農夫和女人站在井邊閒談；她自己的媽媽正坐在一塊石頭上休息，面前放著她在樹林裡撿的一捆柴。英格兒這時轉身就走，因為她覺得很羞恥；像她這樣一個穿著漂亮的女子，居然有這樣一個衣衫襤褸的母親，而且要到樹林裡去撿柴！她回頭走了，並不覺得難過，她只是感到有些煩惱。

又有半年過去了。

「英格兒，妳應該回家一趟，去看看妳年老的父母！」女主

人說。「我給妳一條長麵包，妳可以把它送給他們。他們一定很
高興看到妳的。」

英格兒穿上她最好的衣服和新鞋子。她提起衣襟小心翼翼
地走，爲的是要使她的腳不沾上髒東西。這當然是不能責備她
的。不過她來到一塊沼澤地，有好長一段路要經過泥巴和水坑。
於是她便把那條麵包扔進泥巴裡，在上面踩過去，以免把腳打
濕，不過，當她的一隻腳踏在麵包上、另一隻腳翹起來打算向前
走的時候，麵包就和她一起沉下去了，而且越沉越深，直到她沉
得沒了頂，現在只剩下一個冒著泡的黑水坑。

這就是那個故事。

英格兒到什麼地方去了呢？她到熬酒的沼澤女人那兒去
了。沼澤女人是許多小女妖精的姨媽──這些小妖精是相當有
名的，關於她們的歌已經寫得不少了，關於她們的圖畫也畫得不
少了。不過，關於這個沼澤女人，人們所知道的只有這一點：在
夏天，凡是草地冒出蒸氣，那就是因爲她在熬酒。英格兒恰恰是
陷落到她的酒廠裡去了；在這兒誰也忍受不了多久。跟沼澤女
人的酒廠相比，一個泥巴坑要算是一個漂亮的房間。每一個酒杯
都發出一種怪味，可以使人暈倒。這些杯緊緊地挨在一起。如果
它們中間有什麼空隙可以使人走過去的話，你也沒有辦法通
過，因爲這兒有許多癩蛤蟆和火蛇，糾做一團。英格兒恰恰落到
這些東西中間去了。這一大堆可怕的東西是冰冷的，弄得她四肢
發抖。的確，她慢慢地凍得僵硬起來。她緊緊地踏著麵包，而麵
包黏著她往下沉，像一顆琥珀鈕扣吸住一根稻草一樣。

沼澤女人正在家裡。這天魔鬼和他的老祖母來參觀酒廠。老

祖母是一個惡毒的女人；她是永遠不會閒著的。她出來拜訪別
人的時候，手頭總是有工作做；她來到這兒也是一樣。她正在男
人的鞋子上縫「遊蕩的皮」，使得他們東飄西蕩，在任何地方也
安居不下來。她編一些謊話，把人們所講的一些不實的假話收集
到一起。她所做的一切都是爲了要損害人類。的確，這個老祖母
知道怎麼縫，怎樣編，怎樣收集！

　　她一看到英格兒，就戴起雙層眼鏡，把這個女孩仔細地看了
又看：「這是一個很能幹的女孩子！」她說。「我要求你把這小
東西送給我，做爲我來拜訪的一個紀念品。她可以成爲一尊石像
立在我孫子的房裡。」

　　英格兒就這樣被送給她了。英格兒就這樣走進地獄裡。人們
並不是直接落進那兒的。只要你有那個傾向，你總會間接走進那
兒。

　　那是一個沒有止境的前房。你如果向前看，你的頭就會發
暈；如果你向後看，你的頭也會發暈。一大堆面黃肌瘦的人正在
等待慈善的門爲他們打開──他們要等很久！龐大的、肥胖
的、蹣跚地走著的蜘蛛，在他們的腳上織出有一千年那樣陳舊的
蜘蛛網。這些網像腳鐐似地磨痛他們，像銅鏈子似地綁著他們。
每個人的心裡有一種不安的情緒───一種苦痛的不安心情。這
兒有一個守財奴，他忘記把保險箱的鑰匙帶來，他知道鑰匙插在
鎖裡沒有拿下來。要把人們在這裡所體驗到的形形色色的苦痛
心情描寫出來，的確得花很多時間。英格兒做爲一尊石像站在那
兒，不免也感覺到了這種痛苦，因爲她是緊緊地焊在這條麵包上
的。

「一個人如果怕弄髒腳，就會得到這個結果，」她對自己說。「你看大家正怎樣死死地望著我！」是的，大家的確在望著她；他們的罪惡思想在眼睛裡射出光來。他們正講著話，但是嘴唇上卻沒有什麼聲音發出來：他們的樣子真可怕。

「瞧著我一定很愉快！」英格兒想，「的確，我有漂亮的面孔和整齊的衣服。」於是她把眼睛轉過來；她的脖子太硬了，轉不動。嗨，她的衣服在沼澤女人的酒廠裡弄得多髒啊，她真沒有想到。她的衣服全糊滿了泥巴；她的頭髮裡盤著一條蛇，並且垂掛在她的背上。她衣服的每個褶折裡有一隻癩蛤蟆在向外面望，像一隻患氣喘病的獅子狗。這真是非常難看。「不過這兒一切別的東西也都可怕得很！」她自己安慰著自己。

最糟糕的是，她感到十分饑餓。她能不能彎下腰，把她踩著的麵包撕一塊下來吃呢？不能，她的背是僵硬的，她整個身體像一尊石像。她只能盡量把腦袋上的眼睛向一邊瞟過去，為的是想看到她的背後；這可難辦極了。蒼蠅飛過來，在她的眉間爬來爬去。她眨著眼睛，但是蒼蠅並不飛開，因為飛不動：它的翅膀被拉掉了，變成了爬蟲。這是一種痛苦；饑餓則是另一種痛苦。是的，最後她覺得她的內臟在吃掉自己，她的內部完全空了，可怕地空了。

「假如一直這樣下去，那麼我就支持不住了！」她說。但是她得支持下去。事情就是這個樣子，而且將會一直是這個樣子。

這時一滴熱淚落到她的頭上，沿著她的臉和胸脯流下來，一直流到她踩著的熱麵包上面。另一滴眼淚也流下來了。接著許多許多滴流下來了，誰在為英格兒哭泣呢？她不是在人世間有一

個媽媽嗎？母親爲兒女流的悲痛的眼淚，總會流到自己孩子身
邊去的；但是眼淚並不會減輕悲痛，它會燃燒起來，把悲痛擴
大。再加上這無法忍受的饑餓，同時又摸不到她的腳所踩著的那
條麵包！最後她感覺到她身體裡的一切已經把自己吃光了，她
自己就好像一根又薄又空的蘆葦，能夠收到所有的聲音，因爲她
能清楚地聽到上面世界裡人們所談的關於她的一切話語，而人
們所談的都很苛刻和懷有惡意。她的母親的確爲她哭得又可憐
又傷心。但是她還說：「驕傲是妳掉下去的根由。英格兒，這就
是妳的不幸。妳使妳的母親多難過啊！」

　　她的母親和地上所有的人都知道她的罪過，都知道她曾經
踩著一條麵包沉下去了，不見了，這是山坡上的一個牧童講出來
的。

　　「英格兒，妳使妳的母親多難過啊！」母親說。「是的，我
早就想到了！」

　　「我只願我沒有生到這個世界上來！」英格兒想。「那麼事
情就會好得多了。不過現在媽媽哭又有什麼用處呢？」

　　於是她聽到曾經對她像慈愛的父母一樣的主人這樣說：
「她是一個有罪過的孩子！」他們說，「她不珍愛上帝的禮物，
把它們踩在腳下，她是不容易走進寬恕的門的。」

　　「他們要是早點懲罰我倒好了，」英格兒想。「把我腦子裡
的那些怪思想趕出去——假如我有的話。」

　　她聽到人們怎樣爲她編了一支完整的歌：「一個怕弄髒鞋
子的傲慢姑娘。」這支歌全國的人都在唱。

　　「爲了這件事我得聽多少人唱啊！爲了這件事我得受多少

痛苦啊！」英格兒想。「別的人也應該爲他們自己的罪過而得到懲罰呀！是的，應該懲罰的人多著呢！啊，我是多麼痛苦啊！」

她的內心比她的身體變得更僵硬。

「在這裡，跟這些東西在一起，一個人是沒有辦法變好的！而我也不希望變好！看吧，他們是怎樣在瞪著我啊！」

現在她的心對一切的人都感到忿怒和憎恨。

「現在他們總算有些閒話可以聊了！啊，我是多麼痛苦啊！」

於是她聽到人們把她的故事講給孩子們聽，那些小傢伙把她叫做不信神的英格兒——「她是多麼可憎啊！」他們說，「多麼壞，應該重重地受到懲罰！」

連孩子們也嚴厲地指責她。

不過有一天，當悲哀和饑餓正在咬嚙著她空洞的身軀的時候，當她聽到她的名字和故事被講給一個天真的小女孩聽的時候，她發現這小女孩爲了這個驕傲和虛榮的英格兒的故事而流出眼淚來。

「難道她再也不能回到這地面上來嗎？」小女孩問。回答是：「她永遠也不能回來了。」

「不過假如她請求赦罪、答應永遠不再像那個樣子呢？」

「但是她不會請求赦罪的，」回答說。

「如果她會的話，我將是多麼高興啊！」小女孩說。她是非常難過的。「只要她能夠回到地上來，我願獻出我所有的玩具。可憐的英格兒——這真可怕！」

這些話透進英格兒的心裡去，似乎對她發揮了好的作用。這

算是第一次有人說出「可憐的英格兒！」這幾個字，而一點也沒有強調她的罪過。現在居然有一個天眞的孩子在爲她哭，爲她祈禱。這使得她有一種奇怪的感覺！她自己也想哭一場，但是她哭不出來——這本身就是一種痛苦。

　　地上的歲月一年一年地過去了，而下邊的世界卻一點也沒有改變。她不再聽到上面的人談起她的事情了。人們不大談到她。最後有一天她聽到一聲嘆息：「英格兒！英格兒！妳使我多傷心啊！我早就想到了！」這是她母親臨死前的嘆息聲。

　　她可以偶爾聽到，她以前的老主人提起了她的名字。女主人說的話是最和善的。她說：「英格兒，難道我再也看不到妳嗎？人們不知道妳到什麼地方去了。」

　　不過英格兒知道得很清楚，好心的女主人絕沒有辦法到她這兒來的。

　　時間慢慢地過去——漫長和痛苦的時間。

　　英格兒又聽到別人提起她的名字，並且看到頭上好像有兩顆明亮的星星在照耀著。這是地上閉著的一雙溫柔的眼睛。自從那個小女孩傷心地哭著「可憐的英格兒」的時候起，已經有許多年過去了。小女孩現在已經成了一個老太婆，快要被上帝召回去了。正當她一生的事情都在眼前出現的時候，這位老太婆記起，當她是一個小姑娘的時候，她曾經聽到英格兒的遭遇，並且爲她痛哭過。那個時刻，那個情景，都在這位老太婆最後的一分鐘裡出現了。她幾乎大聲地叫起來：「上帝啊，我不知道我是否也像英格兒一樣，常常無心地踩著您賜給我的禮物，我不知道我心裡是否也充滿了傲慢的思想，但是您的慈悲並沒有讓我墜下去，卻

把我托了起來！請您不要在我最後的一瞬間離開我！」

　　這個老太婆的眼睛合起來了，但她的靈魂的眼睛卻是對著一切隱藏的東西張開著的。英格兒在她最後的思想中生動地出現，她現在看到了她，看到她沉得多麼深。這景象使這個虔誠的女人流出淚來。她像一個孩子似地在天國裡站著，為可憐的英格兒流淚。她的眼淚和祈禱，在這個受苦的、被囚禁的女子周圍的暗空中，聽起來像一個回聲。這種來自上面的，不曾想到過的愛，把她征服了，因為有一個天使在為她流淚！為什麼會有這樣的東西賜給她呢？這個苦難中的靈魂似乎回憶起了她在地上所做的每件事情；她哭得全身抽動起來，英格兒從來沒有這樣哭過。她對於自己感到非常悲哀。她覺得寬恕的門永遠不會為她打開。當她在悔恨中認識到這一點的時候，馬上一線光明就向地下的深淵射來。它的力量比那融掉孩子們在花園裡所做的雪人的太陽光還強，比落在孩子們的熱嘴唇上的雪花還要融化得快，它變成了一滴水。於是僵化了的英格兒就化做一陣煙霧；於是一隻小鳥，以閃電的速度，飛到人間去。不過這隻鳥兒對於周圍的一切感到非常羞怯，它對自己感到慚愧，害怕遇見任何生物，它飛進一個倒塌的牆壁上的黑洞裡去躲藏起來。它在裡面縮做一團，全身發抖，一點聲音也發不出來，這是因為它沒有聲音。它在那裡藏了很久以後才能安靜地看出和辨別出周圍的美麗景物。的確，周圍是很美的：空氣是新鮮和溫和的；月亮照得那麼明朗；樹和灌木發出清香。它棲身的那個地方是那麼舒適；它的羽衣是那麼淨潔。啊，天地萬物都表示出美和愛！這隻鳥兒想把在它心裡激動著的思想全都唱出來，但是它沒有這種力量。它

眞希望能像春天的杜鵑和夜鶯那樣唱一陣歌呢。我們的上帝，祂能聽出蠕蟲無聲的頌歌，也能聽出這鳥兒胸中顫動著的讚美曲，正如祂能聽出大衛心裡還沒有形成歌詞的聖詩一樣①。

這些無聲的歌，在鳥兒的心中波動了好幾個星期。只要好的行爲一開始，這些歌馬上就要飛翔出來，而現在也應該有一件好的行爲了。

最後，神聖的聖誕節到來了。一個農人在一口古井旁豎起一根竿子，上面綁了些麥穗，好叫天上的鳥兒也過一個愉快的聖誕節，在我們救世主的這個節日裡能滿意地吃一餐。

聖誕節的早晨，太陽升起來了，照在麥穗上面。所有歌唱著的小鳥圍繞竿子而飛。這時那個牆洞裡也發出「嘰嘰」的聲音。那動蕩著的思想現在變成了歌。那柔弱的嘰嘰聲現在成了一首完整的歡樂頌。要做出一件好的行爲——這思想已活躍起來了。這隻鳥兒從它藏身處飛出來。天國裡的人都知道，這是一隻什麼鳥兒。

這是一個嚴寒的多天。水池裡都結滿了冰。田野裡的動物和高空中的鳥兒都因爲沒有食物而感到苦惱。這隻小鳥兒飛到公路上去；它在雪橇的轍溝裡找到一些麥粒，在停留站裡找到一些麵包屑。在它找到的這些東西中，它自己只吃很少的一部分，卻把大部分請許多饑餓的鳥兒來共享。它又飛到城裡去，四處去尋找。當它看到窗台上有許多慈善的手爲鳥兒撒了一些麵包屑的時候，它自己只吃一丁點，而把其餘的都送給別的鳥兒。

在這整個多天，這隻鳥兒收集得來和送給其他鳥兒的麵包屑，已經比得上英格兒爲了怕弄髒鞋子而踩著的那條麵包。當它

找到了最後一塊麵包屑，把它獻出來的時候，它灰色的翅膀就變成了白色的，並且伸展開來。

「請看那一隻海燕，它在橫渡大海，」孩子們看到這隻白鳥的時候說。它一會兒向海面低飛，一會兒向明朗的太陽光上升。它發出閃光。誰也不知道它飛向什麼地方去了；有的人說，它直接飛向了太陽。［1859 年］

　　這篇故事發表在 1859 年哥本哈根出版的《新的童話和故事集》第一卷第三部裡。安徒生在他的手記中寫道：「我在早期的童年時代聽到一個故事：一個女孩子踩著一塊麵包走路，結果麵包變成了石頭，她就和石頭一起沉到沼澤地下面去了。由此我產生了一個問題──怎樣透過思想上的紓解與救助，使她能得到超昇。於是我就寫了這篇故事。」這個故事實際上是安徒生式的宗教信念和人道主義思想的體現。從虛榮到傲慢，直到沉淪。只有憐憫和同情──也就是慈悲──可以使沉淪得到超昇，但這必須本人能夠醒悟，進行反思，知道悔恨做出善行，才能「向明朗的太陽光上升。它發出閃光。誰也不知道它飛向什麼地方去了；有的人說，它直接飛向了太陽。」這就是天國，也就是安徒生對我們人生所做的追求──一種天真的、童心式的、理想主義的追求。這個特點使他成為一個浪漫主義、充滿了幻想的偉大詩人和童話作家──但他同時又是一個現實主義大師：像〈皇帝

的新裝〉②這樣的作品,說明他對現實生活的洞察力是多麼尖銳和深況。這是一種頗有意思的混合。

【註釋】

①據傳說,《聖經·舊約全書》裡的〈詩篇〉和〈雅歌〉等卷主要是以色列王大衛和所羅門所作。

②校訂者註:國內譯作〈國王的新衣〉。

開門的鑰匙

每一把鑰匙都有它自己的故事，而鑰匙的種類卻不少：有家臣①的鑰匙，有開鐘的鑰匙，有聖彼得大敎堂②的鑰匙。我們可以談到種種鑰匙，不過現在我們只談談家臣的那把開門的鑰匙。

它是在一個鎖匠店裡出世的；不過人們在它身上錘和銼得那麼厲害，人們可能相信它是一個鐵匠的產品。褲袋對它來說，是太大了，因此人們只好把它裝在上衣口袋裡。它在這個袋裡經

常待在黑暗之中；不過它在牆上也有一個固定的位置；這個位置是在家臣的一張兒時畫像的旁邊——在這張像裡，他的那副樣兒倒頗像襯衫皺摺裡包著的肉丸。

人們說，在某些星宿下出生的人，會在自己的性格和品行中帶有這些星宿的某些特點——如曆書上所寫的金牛宮啦、處女宮啦、天蠍宮啦。家臣的太太沒有提起任何這類星宿的名字，而只是說她的丈夫是在「手車星」下面出生的，因為他老是要人向前推幾下才能動。

他的父親把他推到一個辦公室裡去，他的母親把他推到結婚的路上去，他的太太把他推到家臣的職位上去——不過最後這件事她不講出來，因為她是一個非常有分寸的女人：她在適當的場合下沉默，在適當的場合下講話和向前推進。

現在他的年事漸高了，正如他自己所說的「肥瘦適中」；他是一個有教養、有幽默感的人，對於鑰匙，具有豐富的知識——關於鑰匙的問題，我們待一會兒就會知道。他老是心情愉快的；大家都喜歡他，願意和他談話。他上城裡去的時候，要不是他的媽媽在後面推著，是很難把他推回家裡來的。他必然會跟他碰到的每一個熟人聊一通，而他的熟人卻是多如過江之鯽。這使得他總是把吃飯的時間耽誤了。

家臣太太坐在窗口盼望他。「現在他來了！」她對女傭人說，「快把鍋放上！……現在他又停下來了，跟一個什麼人在談話，快把鍋拿下來吧，不然菜就煮得太爛了！……現在他來了！是的，把鍋再放上吧！」

不過他還是沒有來。

他可以站在窗子下面對她點頭，但是只要有一個熟人走過，他就控制不住自己，要跟這人說一兩句話。假如他在跟這個人談話時而又有另一個熟人走過，那麼他就抓住這個人的扣子孔，握住那個人的手，同時大聲地對快要經過的第三個熟人打招呼。

對於太太的耐心說來，這真是一個考驗。「家臣！家臣！」她於是就這樣喊起來。「是的，這人是在手車星宿下出生的，不把他推一下，他就走不動！」

他非常喜歡到書店裡去，翻翻書和雜誌。他送給書商一些小禮物，為的是要得到許可把新書借回家裡來看——這就是說，得到許可把書的直邊裁開，而不是把書的頂上橫邊裁開③，因為如果這樣做，就不能當做新書出售了。他是沒有什麼大害處的一份活報紙：他知道一切關於訂婚、結婚、入葬、書本上的閒話和街頭巷尾的閒話等事情。許多人們所不知道的事情，他能做出神祕的暗示叫人知道。這一套本領他是從開門鑰匙那裡得來的。

家臣和他的太太從還是一對年輕的新婚夫婦時候起，就住在自己的公館裡。那時，他們就有了這把鑰匙，不過那時他們不知道它出奇的能力——他們是後來才知道的。

那是在國王腓特烈六世④統治的時代。哥本哈根在那時還沒有煤氣。那時還只用油燈，還沒有提佛里或者卡新諾⑤；還沒有電車，沒有鐵路。比起現在來，娛樂的地方並沒有多少。星期天，人們只是走出城外，到「互助教堂」去遊覽，讀墳上刻的字，坐在草地上，吃裝在籃子裡的東西，喝點燒酒；不然就到佛列得里克斯堡公園去。這兒有一個樂隊在宮殿前面演奏。許多人專門

到這兒來看皇室的人在那又小又狹窄的運河上划船。老國王在船上掌舵；他和皇后對衆人不分等級上下，一律點頭。有錢的人家特別從城裡到這裡來喝晚茶。他們可以從花園外面的農舍裡得到開水，至於茶壺，他們就得自己準備了。

家臣的一家人在一個陽光燦爛的星期天下午也到這兒來。他們的女傭人提著茶壺、一籃子食物及「一滴斯本得路普濃酒」走在前面。

「把開門鑰匙帶著吧！」太太說，「好叫我們回來時可以進門。你知道，他們天一黑就把門鎖上了，而門鈴繩子今天早晨又斷了！……我們要很晚才回家！而且遊了佛列得里克斯堡以後，還要到西橋的加索蒂戲院去看啞劇《收穫人的頭目哈列金》；他們從雲朵上降下來；每張票價是兩個馬克。」

就這樣，他們到佛列得里克斯堡去，聽了音樂，看了飄著國旗的御船，瞧見了老國王和雪白的天鵝。他們痛痛快快地吃了一頓茶點以後就匆匆地離開，但是仍然沒有準時到達戲院。

踩繩這個節目已經完了，高蹺舞也結束了，啞劇早已開始；他們照例是遲到了；這應該怪這位家臣。他在路上每分鐘要停一下，跟某個熟人談幾句。在戲院裡他又碰見很多好朋友。等這個節目演完以後，他和他的太太又非得陪一家熟人回到西橋的家裡去喝一杯鷄尾酒不可；本來這只須十分鐘就可以喝完的，但是他們卻拉長到一個鐘頭，他們簡直談不完。特別有趣的是瑞典的一位男爵——也可能是一位德國的男爵吧！這位家臣記不太清楚。可是相反地，這位男爵教給他關於鑰匙的花樣，他卻一直記得清清楚楚。這眞是了不起！他可以叫鑰匙回答他的一切

問題，甚至最祕密的事情。

家臣的鑰匙特別適合於這個目的。它的頭特別沉重，所以非倒懸著不可。男爵把鑰匙的把手放在右手的食指上。它輕鬆愉快地懸在那兒；他指尖上每一次脈搏的跳動都可以使它動，使它擺。如果它不動，男爵就知道怎樣叫它按照他的意志轉，而不被人察覺。每一次轉動代表一個字母，從A開始，直到我們所希望的任何字母。第一個字母出現以後，鑰匙就朝相反方向轉，於是我們再找下一個字母。這樣我們就可以得出整個字，整個句，整個問題的答案。這完全是虛構的，但是有趣。這位家臣最初的看法也是這樣，但是他沒有堅持下去。他被鑰匙迷住了。

「先生！先生！」他的太太喊起來。「西城門在十二點鐘就要關呀！我們進不去了，現在只剩下一刻鐘了。」

他們得趕快。有好幾位想回到城裡去的人匆匆在他們身旁走過。當他們快要走近最後一個哨所的時候，鐘正在敲十二下，門於是就砰的一聲關上了。一大堆人被關在外面，包括這對家臣夫婦和那位提著茶壺和一個空籃子的女傭人。有的人站在那兒感到萬分惶恐，有的人感到非常煩惱。每個人的心情都不同。究竟怎麼辦呢？

很幸運的是：最近曾經決定過，有一個城門——北門——不關，步行的人可以通過那兒的哨所鑽進城裡去。

這一段路可不短，不過天氣非常好；天空是清淨無塵，布滿了星星和流星；水溝和池塘裡是一片蛙聲。這一行人士開始唱起歌來——一個接著一個地唱。不過這位家臣既不唱歌，也不看星星，甚至還不看自己的腿。因此他就一個倒栽蔥，在水溝旁跌

一跤，人們可能以爲他的酒喝得太多了一點；不過鑽到他腦袋裡去、在那兒打轉的東西倒不是鷄尾酒，而是那把鑰匙。

最後他們來到了北門的哨所，走過橋，進入城裡去。

「我現在算是放心了！」太太說。「到我們的門口了！」

「但是開門的鑰匙在什麼地方呢？」家臣問。它既不在後邊的衣袋裡，也不在旁邊的衣袋裡。

「我的天！」他的太太喊著。「你把鑰匙丟掉了嗎？你一定是在跟那位男爵玩鑰匙花樣時遺失了的。我們現在怎樣進去呢？門鈴繩子今天早晨斷了，更夫又沒有開我們房子的鑰匙。這簡直叫我們走投無路！」

女傭人開始嗚咽地哭起來。只有這位家臣是唯一保持鎮靜的人。

「我們得把那個雜貨商人⑥的窗玻璃打破！」他說；「把他喊起來，然後走進去。」

他打破了一塊玻璃，接著又打破了兩塊。「彼得生！」他喊著，同時把陽傘的把手伸進窗子裡去。地下室住戶的女兒在裡面尖叫起來。這人把店門打開，大聲喊：「更夫！」但是他一看到家臣一家人，馬上就認出來了，讓他們進來。更夫吹著哨子；附近街上的另一個更夫也用哨子來回答。許多人都擠到窗子這邊來。

「什麼地方失火了？什麼地方出了亂子？」大家都問。等這位家臣回到了他的房間裡，他們還在問。他把上衣脫掉……他的鑰匙恰恰就在那裡面──不在衣袋裡，卻在襯布裡。原來它從衣袋不應該有的一個洞溜到那兒去了。

從那天晚上開始，鑰匙就有了一種特殊的巨大意義，不僅是他們晚上出去的時候，就是他們坐在家裡的時候都是如此。這家臣表現出他的聰明，讓鑰匙來回答一切問題。

他自己想出最可能的答案，而卻讓鑰匙講出來，直到後來他自己也把答案信以爲眞了。不過一位藥劑師——他是和家臣太太有親戚關係的一個年輕人——不相信這一套。

藥劑師有一個聰明的頭腦；他從學生時代起就寫過書評和劇評，但是他從來沒有簽署過自己的名字——這是一件重要的事情。他是我們所謂的有精力之人，可是他不相信精靈，也不相信鑰匙精。

「是的，我相信，我相信，」他說，「親愛的家臣，我相信鑰匙和一切鑰匙精，正如我相信現在開始爲大家所明瞭的新科學：靈動術 ⑦ 和新舊家具的精靈。你聽到人們說過沒有？我聽到過！我曾經懷疑過。你知道，我是一個懷疑論者，但是我在一本相當可信的外國雜誌上讀到一則可怕的故事——而我被說服了。家臣，你能想像得到嗎？我把我所知道的這個故事講給你聽吧。

「兩個聰明的孩子看到過他們的父母把一張大餐桌的精靈叫醒。當這兩個小傢伙單獨在房間裡的時候，他們想用同樣的方法把一個櫃子叫醒。它有了生命，它的精靈醒了，但是它卻不理兩個孩子的命令。它自己立起來，發出一個破裂聲，把抽屜都倒出來，接著用它的兩隻木腿把這兩個孩子各抱進一個抽屜裡去。櫃子裝著他們跑出敞開的門，跑下樓梯，跑到街上，一直衝到運河裡去，把兩個孩子都淹死了。這兩具小屍體被埋在基督徒

的墳地裡，但是櫃子卻被帶到市府的會議廳裡去，做爲孩子的謀殺犯而判處死刑，在市場上活活地燒死了。

「我讀到過這則故事！」藥劑師說，「在一本外國雜誌上讀到過，這並不是我自己捏造的。憑這把鑰匙作證，這是眞事！我莊嚴地發誓！」

家臣認爲這類故事簡直是一種粗暴的玩笑。關於鑰匙的事兒，兩個人永遠談不攏；在鑰匙問題上，藥劑師完全是一個糊塗蟲。

對於鑰匙的知識，家臣不斷地獲得進步。鑰匙成了他娛樂和智慧的源泉。

有一天晚上，家臣上床去睡覺；當他把衣服脫了一半的時候，忽然聽到走廊上有人敲門。這是那個雜貨商人。他的來訪眞是遲了。他的衣服也脫了一半，不過他說他忽然想起一件事情，只怕過一夜就會忘記。

「我所要說的是關於我女兒洛特‧倫的事情。她是一個美麗的女孩子，她已經受了堅信禮。現在我想把她好好地安頓一下。」

「我的太太還沒有死呀，」家臣說，同時微笑了一下，「而我又沒有兒子可以介紹給她。」

「我想您懂得我的意思，家臣！」雜貨商人說。「她能彈鋼琴，也能唱歌。您也許在這屋子的樓上聽到過。您不知道這個女孩能做些什麼事情。她能夠模仿各種人說話和走路的樣子。她是一個天生的演員，這對於出身良家的女孩子是一條好出路。她們可能嫁給伯爵，不過這並不是我，或者洛特‧倫的想法。她能唱歌，能彈鋼琴！所以前天我陪她一起到聲樂學校去過一次。她唱

了一下，但是她缺乏那種女子所必須有的濁音，也沒有人們對於
一個女歌唱家所要求的那種金絲雀般的、最高的尖嗓子。因此我
想，如果她不能成爲一個歌唱家，她無論如何可以成爲一個演員
——一個演員只要能背台詞就行。今天我跟教師——人們這樣
叫他——談過話。『她書讀得多嗎？』他問。『不多，』我說。『什
麼也沒有讀過！』他說：『多讀書對於一個藝術家是必要的！』
我想這件事還不難辦；所以我就回到家裡來。我想，她可以到一
個租閱圖書館去，讀那裡所有的書。不過，今天晚上當我坐著正
在脫衣服的時候，我忽然想起：當我想要借書的時候，爲什麼要
去租書呢？家臣有的是書，讓她去讀吧。她讀也讀不完，而且她
一文不花就能讀到。」

「洛特・倫是一個可愛的女子！」家臣說，「一個漂亮的女
子！她應該有書讀。不過她腦子裡有沒有人們所謂的『稟氣』
——即天才——呢？更重要的是：她有沒有——福氣呢？」

「她中過兩次彩票，」雜貨商人說。「有一次她抽到一個衣
櫃，另一次抽到兩條床單。我把這叫做幸運，而她是有這種幸運
的！」

「我要問問鑰匙看，」家臣說。

他把鑰匙放在右手的食指上和商人的食指上，讓它轉動起
來，接二連三地標出一系列的字母。

鑰匙說：「勝利和幸運！」所以洛特・倫的未來就這麼確定
了。

家臣立刻給她兩本書讀：關於「杜威克」⑧的劇本和克尼格
⑨的《處世與交友》。

　　從這天晚上開始，洛特・倫和家臣一家間的一種親密關係就開始了。她常來拜訪這家；家臣認爲她是一個聰明的女子。她也相信他和鑰匙。家臣太太從她時時刻刻在不知不覺中所表現出來的無知，發現了她有某種孩子氣和天眞。這對夫婦，每人根據自己的一套看法來喜愛她，而她也是一樣地喜愛他們。

　　「樓上有一陣非常好聞的香氣，」洛特・倫說。

　　走廊上飄著一種香味，一種芬芳的氣味，一種蘋果的香味——家臣太太曾經在走廊上放了一顆「格洛斯登蘋果⑩」，所有的房間裡也飄著一種噴香的玫瑰花和熏衣草的氣味。

　　「這眞是可愛！」洛特・倫說。

　　家臣太太經常在這兒陳設著許多美麗的花兒，洛特・倫眞是把眼睛都看花了。是的，甚至在多天，這兒都有紫丁香和櫻桃的枝椏在開著花。插在水裡的這些枝椏，在溫暖的房間裡，很快地就冒出葉，開出花來。

　　「人們可能以爲這些光禿的枝椏已經沒有生命了。可是，請看它們怎樣起死回生吧。」

　　「我以前從來沒有看見過這樣的東西，」洛特・倫說。「大自然眞是美妙！」

　　於是家臣就讓她看看他的「鑰匙書」。這書裡記載著鑰匙所講過的一切奇異的事情——甚至一天晚上，當他的女傭人的愛人來看她時，櫥櫃裡半塊蘋果餅不見了的這類事情也被記載下來。

　　家臣問他的鑰匙：「誰吃了那塊蘋果餅——貓兒呢，還是她的愛人？」鑰匙回答說：「她的愛人！」家臣在沒有問它以前心

裡早就有數了。女傭人只得承認：這該死的鑰匙什麼都知道！

「是的，這不是很稀奇嗎？」家臣說。「鑰匙！鑰匙！它對洛特・倫做了這樣的預言：『勝利和幸運！』——我們將會看到它實現的——我敢負責！」

「那眞是好極了，」洛特・倫說。

家臣太太並不輕易相信這種話，但是她不當面表示懷疑，因爲她怕丈夫聽見。不過後來她告訴洛特・倫說，家臣在年輕的時候曾經是一個戲迷。如果那時有人推他一把，他一定可以成爲一個演員；不過他的家庭把他推到另一方面去了。他曾經堅持要進入戲劇界；爲了達到這個目的，他曾經寫過一部戲。

「親愛的洛特・倫，這是我告訴妳的一件大祕密。那部戲寫得並不壞。皇家劇院接受了它，但是它卻被觀衆噓下了台。因此後來就沒有人提起過它了。這種結果倒使我感到很高興。我是他的太太，我了解他。嗯，妳將要走同樣的道路——我希望妳萬事如意，不過我不相信這會成爲事實——我不相信鑰匙！」

洛特・倫相信它；在這個信仰上，她和家臣的看法一致。

他們是誠心誠意地相信。

這位小姐有好幾種才能，家臣的太太非常欣賞。洛特・倫知道怎樣用馬鈴薯做出澱粉來，怎樣用舊絲襪織出絲手套，怎樣把舞鞋上的綢面子剝下來——雖然她有錢買新衣服。她像那個雜貨商人所說的，「抽屜裡有的是銀元，錢櫃裡有的是股票。」家臣太太認爲她可以成爲那位藥劑師的理想妻子，但是她沒有說出口來，也沒有讓那把鑰匙講出來。藥劑師不久就要成家了，而且自己在一個大城鎮裡開了藥店。

洛特‧倫經常讀著《杜威克》和克尼格的《處世與交友》。她把這些書保留了兩年,其中《杜威克》這本書她記得爛熟;她記得裡面所有的人物,不過她只希望成爲其中之一──杜威克這個角色──同時她不願在京城裡演出,因爲那兒的人都非常嫉妒,而且也都不歡迎她演出。照家臣的說法,她倒很想在一個較大的鄉鎮裡開始她的藝術事業呢。

這也眞是神奇:那個年輕的藥劑師就正是在這個鄉鎮裡開業了──如果說他不是這城裡唯一一位年輕的藥劑師,卻是一位最年輕的藥劑師。

那個等待了很久的偉大一晚終於到來。洛特‧倫登台了,同時正如鑰匙所說的,要獲得勝利和財富了。家臣不在這兒;他病倒在床上,他的太太在看護他。他得用溫暖的餐巾,喝甘菊茶;他肚子外面是餐巾,他肚子裡面是茶。

《杜威克》演出的時候,這對夫婦不在場;不過藥劑師卻在那兒。他把這次演出的情形寫了一封信給他的親戚──家臣太太。

「最像個樣子的是杜威克的縐領!」他寫道,「假如家臣的鑰匙在我的衣袋裡的話,我一定要把它拿出來,噓它幾下;她值得這種待遇,開門鑰匙也值得這種待遇──因爲它曾經那麼無恥地用什麼『勝利和幸運』這類話兒來騙她。」

家臣讀了這封信。他說這是一種毒辣的誹謗──對鑰匙的仇恨──而同時卻把這仇恨發洩在這個天眞女子的身上。

他一能夠起床、恢復健康以後,就馬上寫了一封簡短而惡毒的信給那個藥劑師。藥劑師也回了一封,語氣好像他在家臣的信

裡沒有讀到什麼，只看到玩笑和幽默的話似的。

他感謝他那封信，正如他要感謝家臣以後每次替鑰匙的無比價值和重要性所做的宣傳一樣。他告訴家臣說，他除了做藥劑師的工作以外，還正在寫一部偉大的鑰匙傳奇。在這部書裡，所有的人物毫無例外地是鑰匙。「開門鑰匙」當然是裡面的主角，而家臣的開門鑰匙就是它的模特兒，具有未卜先知的特性。一切其他的鑰匙都圍繞著它發展：如那把知道宮廷內豪華和喜慶場面的、老家臣的鑰匙啦；那把細小、精緻、華麗、在鐵匠店裡值三個銅板的開鐘的鑰匙啦；那把經常跟牧師打交道的、因為有一夜待在鑰匙孔裡而曾經看到過鬼的、講道壇的鑰匙啦！儲藏室的、柴草房的、酒窖的鑰匙都出了場，都在敬禮，並且在開門鑰匙的周圍活動著。陽光把開門鑰匙照得像銀子一樣亮；風──宇宙的精氣──正吹進它的身體，使它發出哨子聲。它是鑰匙王，它是家臣的開門鑰匙，現在它是開天國的門的鑰匙，它是教皇的鑰匙，它是永遠不會錯的！

「惡意！」家臣說，「駭人的惡意！」

他和藥劑師不見面了⋯⋯是的，只有在家臣的太太安葬時他們才碰頭。

她先死了。

屋子裡充滿悲哀和惋惜之情。甚至那些開了花、發了芽的櫻桃枝椏也由於悲哀而萎謝。它們被人遺忘了，因為她不能再照料它們。

家臣和藥劑師，做為最親近的親屬，在棺材後面並排地走著。現在他們沒有時間，也沒有心情來吵嘴了。

洛特‧倫在家臣的帽子上圍了一條黑紗。她早就回到這兒來了，她沒有從她的藝術事業中得到勝利和幸運。不過將來她可能會得到勝利和幸運的。洛特‧倫有她的前途，鑰匙曾經這樣說過，家臣也這樣說過。

她來看他。他們談起死者，他們哭起來；洛特‧倫是一個軟心腸的人。他們談到藝術；洛特‧倫是堅定的。

「舞台生活眞是可愛得很！」她說，「可是無聊嫉妒的事兒也眞夠多！我寧願走我自己的道路。先解決我自己的問題，然後再談藝術！」

克尼格曾經在他書中關於演員的一章說過眞話；她知道鑰匙並沒有說眞話，但是她不願意在家臣面前揭穿它；她太喜歡他了。

在他居喪的這一年中，開門鑰匙是他唯一的安慰和鼓勵。他問它許多問題；它都一一做出回答。這一年結束了以後，有一天晚上他和洛特‧倫情意綿綿地坐在一起。他問鑰匙：

「我會結婚嗎？我會和誰結婚？」

現在沒有誰來推他；所以他就只好推這鑰匙。它說：「跟洛特‧倫。」

話既然是這麼說了，洛特‧倫也就成了家臣的太太。

「勝利和幸運！」這句話以前已經說過——是開門的鑰匙說的。[1872 年]

　　這篇作品最初發表在 1872 年哥本哈根出版的《新的童話和故事集》第三卷第二部。關於這篇故事安徒生寫道：「沒有多少年以前，由桌子產生的靈動術，在哥本哈根的社交生活中扮演著一定的角色。有許多人相信它。甚至某些有頭腦和在精神界有一定地位的人也相信，桌子和一些其他的家具都具有靈性，可以與一切精靈交流。我在德國拜訪住在一座大莊園裡的幾位知識界人士時，結識了一個『鑰匙精』——一隻能預卜吉凶禍福的鑰匙。許多人都相信它。」安徒生又寫道：「那個雜貨商人對家臣的拜訪以及洛特·倫的藝術生涯都在現實生活中確有其人。」

　　這篇作品實際上寫於 1872 年 8 月。它是對當時哥本哈根紳士淑女們的無聊社會生活及某些所謂「藝術家」的「事業」，一篇別具風趣的諷刺。

【註釋】

① 「家臣」是古代皇室或貴族家裡一種「管事」的官職。

② 聖彼得大教堂是羅馬梵蒂崗的一個大教堂。教皇在這兒舉行所有的宗教儀式。它是 1506～1626 年建築的，歷時 120 年。頂高約 138 公尺，占地 36,450 平方公尺，室內直徑 210 公尺，裡面有 30 個祭壇。

③ 在歐洲的許多國家裡面，特別是在法國和義大利，有些書籍是不切邊的，因此讀者必須自己裁開。這裡是說裁開書頁的一部分，這樣既可閱讀，又仍然可做爲新書。

④ 腓特烈六世(Frederik　VI, 1768～1839)是丹麥國王(1808～1839)，又是挪威國王(1808～1814)。

⑤ 提佛里(Tivoli)是現在哥本哈根市內的一個大遊藝場；卡新諾(Casino)是現在哥本

哈根市內的一個大咖啡館兼遊藝場。

⑥歐洲的大建築物，最底下的一層經常不住人，只租給小商人開店。

⑦這是十九世紀中葉在歐洲盛行的一種迷信：許多人圍繞桌子坐著，把手放在桌子上，桌子就會自動地動起來。據說這是因為「精靈」在暗中發生作用。

⑧「杜威克」是荷蘭文 Duiveke（小鴿子）的音譯。它是一個荷蘭旅店主人的女兒的小名，她後來成了丹麥國王克里斯蒂安二世的情婦。她在 1517 年暴斃，據說是被人毒死的。

⑨德國的一個男爵 Adolf von Knigge。他是一位作家。

⑩這是一種很大的蘋果，出產於丹麥尤蘭島上一個叫做格洛斯登(Graasten)的地方。

旅　伴

可　　憐的約翰奈斯眞是非常難過，因爲他的父親病得很厲
害，不容易再好起來。這間小房子裡只住著他們兩人，此外沒有
別人。桌上的燈已經快要熄滅了，夜已經很深了。

　　「約翰奈斯，你是一個很好的孩子！」病中的父親說。「我
們的上帝會在這個世界裡幫助你的！」於是他莊嚴地、慈愛地望
了兒子一眼，深深地吸了一口氣，隨後就死了：好像是睡著了似
的。可是約翰奈斯哭起來，他在這個世界上現在什麼親人也沒有

了：沒有父親，也沒有母親；沒有姊妹，也沒有兄弟。可憐的約翰奈斯！他跪在床前面，吻著他死去的父親的手，流了很多辛酸的眼淚，不過最後他閉起眼睛，把頭靠在硬床板上睡著了。

這時他做了一個很奇怪的夢：他看到太陽和月亮向他鞠躬，看到他的父親又變得活潑和健康，聽到他的父親像平常高興的時候那樣又大笑起來。一位可愛的姑娘──她美麗的長髮上戴著一頂金王冠──向約翰奈斯伸出手來。他的父親說，「看到沒有，你現在得到一位多麼漂亮的新娘！她是一位全世界最美麗的姑娘！」於是他醒了，這一切美麗的東西也消逝了。他的父親冰冷地、僵直地躺在床上，再沒有別的人跟他們在一起。可憐的約翰奈斯！

死者在第二周就埋葬了。約翰奈斯緊跟在棺材後面送葬；從今以後他再也看不見這個非常愛他的慈祥的父親。他親耳聽見人們把土蓋在棺材上，親眼看到棺材最後的一角。不過再加上一鏟土，就連這一角也要不見了。這時他悲慟萬分，他的心簡直就要裂成碎片。人們在他的周圍唱起聖詩，唱得那麼美麗，約翰奈斯不禁流出眼淚來。他放聲大哭──在悲哀中哭是有好處的。太陽在綠樹上光耀地照著，好像是說：「約翰奈斯！你再也不會感到悲哀了，天空是那麼美麗，一片藍色，你看見了嗎？你的父親就在那上面，他在請求仁慈的上帝使你將來永遠幸福！」

「我要永遠做一個好人，」約翰奈斯說，「好使我也能到天上去看我的父親；如果我們再見面，我們將會多麼快樂啊！我將有多少話要告訴他啊！他將會指給我看許多東西；他將會像活在人世間的時候一樣，把天上許多美麗的東西教給我。哦，那

該是多麼快樂的事啊！」

　　約翰奈斯想著這些情景，像親眼看見過似的，不禁笑了起來。在這同時，他的眼淚仍然在臉上滾滾地流著。小鳥們高高地棲在栗樹上，唱道：「啁喳！啁喳！」雖然它們也參加過葬禮，卻仍然很高興；不過它們知道得很清楚，死者已經上了天，並且還長出了翅膀──這些翅膀比它們的還要寬廣和美麗得多；他現在是幸福的，因為他生前曾經是一個好人。它們都為他高興。約翰奈斯看到它們從綠樹林裡向廣大的世界飛去，他自己也非常想跟它們一起飛。但是他要先做好一個木十字架，以便豎在他父親的墳墓上。當他晚間把十字架送去時，墳墓上已經裝飾著沙子和花朵──這都是一些陌生人做的，因為這些人都喜歡這位已故的慈愛的父親。

　　第二天大清早約翰奈斯把他的一小捆行李打理好，同時把他繼承的全部遺產──五十塊錢和幾枚小銀幣──紮進他的腰帶裡。他帶著這點東西走向這個茫茫的世界。但是他先到教堂墓地去看望父親的墳，念了〈主禱文〉①；於是他說：「再會吧，親愛的爸爸！我要永遠做一個好人。你可以大膽地向好心腸的上帝祈禱，請祂保佑我一切都好。」

　　約翰奈斯在田野上走。田野裡的花兒在溫暖的太陽光中開得又鮮艷，又美麗。它們在風中點著頭，好像是說：「歡迎你到綠草地上來。你看這兒好不好？」但是約翰奈斯轉頭又向那個老教堂看了一眼：他小時候就是在那裡受洗禮的，每個星期天跟父親一起去那裡做禮拜，唱讚美詩。這時他看到教堂的小精靈，高高地站在教堂塔樓上的一個窗洞裡。他戴著尖頂小紅帽，把手

膀彎上來遮住臉，免得太陽射著他的眼睛。約翰奈斯對他點點頭，表示告別。小妖精也揮著紅帽，把手貼在心上，用手指飛吻了好幾次，表示他多麼希望約翰奈斯一切都好，能有一個愉快的旅程。

約翰奈斯想，在這個廣大而美麗的世界裡，他將會看到多少好的東西啊。他越走越遠——他以前從來沒有走過這樣遠的路。他所走過的城市，他所遇見的人，他全都不認識。他現在來到遙遠的陌生人中間了。

第一天夜晚他睡在田野裡的一個乾草堆下，因為他沒有別的地方可睡。不過他覺得這也很有趣；就是一個國王也不會有比這還好的地方。這兒是一大片田野，有溪流，有乾草堆，上面還有蔚藍的天；這的確算得上是一間美麗的睡房。開著小紅花和白花的綠草是地毯，接骨木叢和野玫瑰籬笆是花束，盛滿了新鮮清水的溪流是他的洗臉池。小溪裡的燈心草對他鞠躬，祝他「晚安」和「早安」。高高地掛在藍天花板下的月亮，無疑地是一盞巨大的夜明燈，而這燈絕不會燒著窗帘。約翰奈斯可以安安心心地睡著；他事實上也是這樣。他一覺睡到太陽出來，周圍所有的小鳥對他唱著歌：「早安！早安！你還沒有起來嗎？」

做禮拜的鐘聲響起來了，這是星期天；大家都去聽牧師講道，約翰奈斯也跟著一塊兒去。他唱了一首聖詩，聽了上帝的教義。他覺得好像又回到了他受洗的那個老教堂裡，跟父親在一起唱聖詩。

教堂的墓地裡有許多墳墓，有幾座墳還長滿了很高的草。約翰奈斯這時想起了父親的墳墓：那一定也是跟這些墳墓一樣，

因爲他不能去鋤草和修整它。因此他坐下來拔去這些荒草，把倒了的十字架重新豎起來，把風吹走了的花圈又搬到墳上來。在這同時，他想：「現在我旣然不在家，也許有人會同樣照料我父親的墳墓吧！」

教堂墓地門外有一個年老的乞丐。他挂了一根拐杖站著。約翰奈斯把他所有的幾枚銀幣全都給了他，然後帶著愉快和高興的心情繼續向這茫茫大世界走去。

到晚上，天氣忽然變得非常壞。約翰奈斯急忙去找一個藏身的地方，但是馬上黑夜就到來了。最後他在一個山上找到了一座孤寂的小教堂。很幸運地，門還沒有關。他輕輕地走進去：打算在裡面待到暴風雨停息爲止。

「我就在這角落裡坐下來吧！」他說：「我相當疲倦，需要休息一下。」於是他就坐了下來。他把雙手合在一起，念了晚禱。外面正是雷鳴電閃，他竟然不知不覺地睡著了，並且做起夢來。

他醒來的時候，正是半夜，不過暴風雨已經過去了，月亮穿過窗子向他照進來。教堂的中央停著一具開著的棺材，裡面躺著一個還沒有埋葬的死人。約翰奈斯一點也不害怕，因爲他的良心很平靜；同時他也知道得很清楚，死人是不會害人的。能害人的倒還是活著的壞人。現在就有這樣兩個惡劣的人。他們就站在死人的旁邊。這死人是停在教堂裡，等待埋葬的。他們想害他一下，不讓他睡在棺材裡，而要把他扔到教堂門外去──可憐的死人啊！

「你們爲什麼要做這樣的事情呢？」約翰奈斯問；「這是不對的，惡劣的。看耶穌的面子，讓他休息吧！」

「廢話！」這兩個惡人說。「他騙了我們呀！他欠我們的錢，一直沒有還；現在他又忽然死掉了，我們連一角錢也收不回來！我們非報復他一下不可；我們要叫他像一隻狗似地躺在教堂門外！」

「我所有的錢只不過五十來塊，」約翰奈斯說；「這是我所繼承的全部遺產，可是我情願把這錢送給你們，只要你能老老實實地答應我讓這個可憐的死人安靜地睡著。沒有錢我也可以活的。我年富力強，有一雙健壯的手，一雙健壯的腳，而且上帝也會幫助我。」

「好吧，」這兩個醜惡的人說，「只要你能還他的債，我們當然可以放過他的，你儘管放心好了！」於是他們就把約翰奈斯所給的錢都接過來，大笑了一陣，覺得他太老實，隨後他們就走開了。他把在棺材裡的死人放好，同時把死人的手合在一起。他說了一聲「再會」，就很滿意地走進一個大森林裡去。

周圍有月光從樹枝間射進來，他看見許多可愛的小山精在快樂地玩耍。他們對他一點也不害怕，因為他們知道他是一個好人；只有壞人才看不慣小山精。他們有些還沒有手指那麼粗，他們長長的金髮是用金梳子朝上紮著的。他們成雙成對地騎著樹葉和長草上的露珠搖來搖去。有時露珠一滾，他們就跌到長草間的空隙裡去。這就使得其他的小山精大笑大叫起來。這真是好玩極了！他們唱著歌。約翰奈斯一下子就聽出這都是他小時候學過的那些美麗歌曲。戴著王冠的雜色蜘蛛，正在灌木林間織著長長的吊橋和宮殿；當微小的露珠落到它們身上的時候，它們就像月光底下發亮的玻璃，直到太陽升起來時為止。這時小山精們

就鑽進花苞裡去。風把他們的吊橋和宮殿吹走。它們成為一面大蜘蛛網，在空中飄蕩。

約翰奈斯這時走出了樹林。他後面有一個人在高聲喊他：「喂，朋友！你到什麼地方去呀？」

「到廣大的世界裡去！」約翰奈斯說。「我沒有父親，也沒有母親，我是一個窮苦的孩子；但是上帝會幫助我！」

「我也要到廣大的世界裡去，」陌生人說；「我們兩人一塊兒走好嗎？」

「很好！」約翰奈斯說。於是他們就一起走了。不多久他們就建立起很好的友情，因為他們兩個人都是好人。不過約翰奈斯發現陌生人比自己聰明得多：他差不多走遍了全世界，什麼事情都知道。

太陽已經升得很高。他們在一棵大樹下坐下來吃早餐。正在這時候，來了一個老太婆。咳！她的年紀才老呢。她拄著一根拐杖走路，腰彎得很厲害。她的背上背著一捆在樹林裡撿來的柴。她的圍裙兜著東西，約翰奈斯看出裡面是鳳尾草稈子和楊柳枝。當她走近他們的時候，一隻腳滑了一下。於是她大叫一聲，倒下來了，因為她──可憐的老太婆──跌斷了腿！

約翰奈斯馬上就說，他們應該把這老太婆背著送回家去。不過陌生人把背包打開，取出一個小瓶子，說他有一種藥膏可以使她的腿立刻長好和有氣力，使她可以自己走回家去。好像沒有跌斷過腿一樣。但是，他要求她把她兜在圍裙裡的三根樹枝送給他。

「那麼你所得到的報酬就不小了！」老太婆說，同時很神祕

地把頭點了一下。她不願意交出這幾根樹枝來，但是她又覺得腿斷了，躺在這兒也不太舒服。因此她只好把這幾根樹枝送給他。當他把藥一塗到她腿上的時候，老太婆馬上就站起來，走路比以前更有勁。這藥膏的效力眞不小，但是它在藥房裡是買不到的。

「你要這幾根樹枝有什麼用呢？」約翰奈斯問他的旅伴。

「它們是三把漂亮的掃帚呀，」他回答說。「我就喜歡這些玩意兒，因爲我是一個古怪的人。」

他們走了很長的一段路。

「你看天陰起來了，」約翰奈斯指著前面說。「那是一大堆可怕的烏雲！」

「你錯了，」旅伴回答說，「那不是雲塊，那是高山呀。那是壯麗的大山。你一爬上山就鑽進雲層和新鮮的空氣中去。請相信我，這才是奇觀呢！明天我們就可以走進這些山裡去了！」

不過這些山並不是像我們所看到的那樣近。他們要走一整天才能到達。山上的黑森林長得很高，把天都遮著了；有些石頭眞大，跟整個的城市差不多。爬上這些山眞是一趟艱難的旅程。因此約翰奈斯和他的旅伴就到一個旅店裡歇下來，打算好好地休息一晚，養好了精神準備明天再旅行。

這個旅店的客廳裡坐著許多人，因爲有一個人在演木偶戲。這人剛剛布置好了一座小舞台，大家坐在它的周圍，準備看戲。坐在最前面的是一個胖胖的老屠夫；他占了一個最好的位置。他有一隻大哈巴狗，噢！它的樣子才兇呢！它坐在他旁邊，像所有看戲的人一樣，把眼睛睜得斗大。

現在戲開演了。這是一齣好戲，戲中有國王和王后。他們坐

在華麗的皇位上，每人頭上戴一頂金王冠；他的衣服後面拖著
一條長裙，因爲他們有錢可以這樣擺闊。裝了玻璃眼睛和大把鬍
子的漂亮木偶，站在門邊開門和關門，使新鮮空氣可以流進屋子
裡來。這是一齣逗人喜歡的戲，一點也不悲慘。不過——正當那
位王后站起來要走過舞台的時候——眞是天曉得，不知那隻哈
巴狗的心裡想著什東西——胖屠夫沒有抓住這隻狗，它忽然跑
上舞台，一口把王后纖細的腰咬住，同時說：「咬呀，咬呀！」
這眞嚇人啦！

　　演這齣戲的人眞可憐；他嚇得不成樣子。他替這個王后感
到非常難過，因爲她是他最可愛的一個木偶，而現在這隻醜惡的
哈巴狗卻把她的頭咬掉了。不過大家散了以後，跟約翰奈斯一同
來的那個陌生人說，他可以把她修好。於是他把他的小瓶子取出
來，把藥膏塗到木偶身上——這就是把那個老太婆跌斷了的腿
治好過的藥膏。木偶一塗上了藥膏，馬上就復元了。是的，她甚
至還可以自己動著手腳，再也不要人牽線了。這木偶現在好像是
一個活人似的，只是不能說話罷了。木偶戲老闆現在非常高興，
因爲他不須再牽著木偶了。她可以自己跳舞。這一點別的木偶都
做不到。

　　夜深了。旅店的客人都上床去睡了。這時有一個人發出可怕
的嘆息聲來，嘆息聲一直沒有停，旅店的人都起來，要看看這究
竟是一個什麼樣的人。演木偶戲的人跑到他的小劇場去，因爲嘆
息正是從那兒來的。所有的木偶，包括國王和他的隨員們在內，
都亂七八糟地滾做一團：原來他們是在可憐傷心地嘆氣。他們
的玻璃眼睛在發呆，因爲他們也希望像王后一樣，能夠塗上一點

兒藥膏，使自己動起來。王后馬上跪到地上，舉起她美麗的王
冠，懇求說：「我把這送給你！不過，請在我的丈夫和使臣們身
上塗點藥膏！」

可憐的劇場和木偶們的老闆，不禁哭起來，因為他眞是替他
們難過。他馬上跟旅伴說，只要他能把他四、五個最漂亮的木偶
塗上一點藥膏，他願意把第二天晚上演出的收入全部送給他。不
過旅伴說他什麼也不需要，他只是希望得到這人身邊掛著的那
把劍。他得到了這劍以後，就在六個木偶身上擦了藥膏。這六個
木偶馬上就跳起舞來，而且跳得很可愛。在場的女子們——眞正
有生命的人間的女子——也不禁一同跳起舞來了。馬車夫跟女
廚子跳舞，茶役跟女侍者跳舞。所有的客人，所有的火鏟和火鉗
也都跳起舞來了。不過最後的這兩件東西一開始跳就跌跤。是
的，這是歡樂的一夜！

第二天早晨，約翰奈斯和旅伴就離開大家了，他們爬上高
山，走過巨大的松樹林。他們爬得非常高，下邊的教堂尖塔看起
來簡直像綠樹林中的小紅漿果。他們可以望得很遠，望到許多許
多里以外他們從來沒有到過的地方！約翰奈斯從來沒有在這個
可愛的世界裡一眼看到這麼多的美景。太陽溫暖地照著；在新
鮮蔚藍色的空中，他聽到獵人在山上快樂地吹起號角。他高興得
流出眼淚，不禁大聲說：「仁慈的上帝！我要吻您，因為您對於
我們這樣好，您把世界上最美的東西都給我們看！」

旅伴也停下來，合著雙手，向著浸在溫暖陽光中的森林和城
市望。在這同時，他們的上空響起一個美麗的聲音：他們抬頭看
見空中有一隻大白天鵝在飛翔。這鳥兒非常美麗；它在唱歌

——他們一直到現在還沒有聽見任何鳥兒唱過歌。不過歌聲慢慢地、慢慢地消沉下去：鳥兒垂下頭，慢慢地落到他們的腳下——這隻美麗的鳥兒就躺在這兒死了。

「這隻鳥兒的兩隻翅膀眞漂亮，」旅伴說，「又白又寬，是很值錢的。我要把它們帶走。有一把劍是很有用的，你現在可知道了吧？」

於是他很快就把死天鵝的翅膀砍下來了，因爲他要把它們帶走。

他們兩人在山中又走了許多許多里路。後來他們看到一個很大的城市。城裡有一百多個塔，這些塔像銀子一樣反射著太陽光。城中央有一座美麗的大理石宮殿。它的屋頂是用赤金蓋的，國王就住在裡面。

約翰奈斯和他的旅伴不願立刻就進城，但是他們停在城外的一個旅店裡，打算換換衣服，因爲他們希望走到街上去的時候，外表還像個樣子。旅店的老闆告訴他們說，國王是一個有德行的君主，從來不傷害任何人。不過他的女兒，糟糕得很，是一個很壞的公主。她的相貌是夠漂亮的——誰也沒有她那樣美麗和迷人——可是這又有什麼用呢？她是一個惡毒的巫婆，許多可愛的王子在她手上喪失了生命。任何人可以向她求婚，這是她許可的。誰都可以來，王子也好，乞丐也好——對她都沒有什麼差別。求婚者只須猜出她所問的三件事情就得了。如果他能猜得出，他就可以和她結婚，而且當她的父親死了以後，他還可以做全國的國王。但是如果他猜不出這三件事情，她就會把他絞死，或者砍掉他的頭！這個美麗的公主是那麼壞和惡毒啦！

　　她的父親——這位老國王——心裡非常難過。不過他沒有
辦法叫她不要這樣惡毒，因爲他有一次答應過絕不干涉任何與
她的求婚者有關的事情——她喜歡怎麼辦就怎麼辦。每次一個
王子來猜答案、想得到這位公主的時候，他總是失敗，結果不是
被絞死便是被砍掉了頭。的確，他事先並不是沒有得到警告；他
很可以放棄求婚的念頭。老國王對於這種痛苦和悲慘的事情，感
到萬分難過，所以每年都要花一整天的工夫和他所有的軍隊跪
在地上祈禱，希望這個公主變好，可是她卻偏偏不願意改好。老
太婆在喝燒酒的時候，總是先把它染上黑色②才呑下去，因爲
她們感到悲哀——的確，她們再也沒有其他的辦法。

　　「醜惡的公主！」約翰奈斯說；「應該結結實實地把她抽一
頓，這樣對她才有好處。如果我是老國王的話，我要抽得她全身
流血！」

　　這時外面有人聽到這話，他們都喊「好」！公主正在旁邊經
過。她的確是非常漂亮的，所以老百姓一時忘記了她的惡毒，也
對著她叫：「好！」十二個美麗的年輕姑娘，穿著白色的綢衣，
每人手中拿著一朵金色的鬱金香，騎著十二匹漆黑的駿馬，在她
的兩旁護衛。公主本人騎著一匹戴著鑽石和紅玉的白馬。她騎馬
穿的服裝是純金做的，她手中的馬鞭亮得像太陽的光芒。她頭上
戴著的金冠像是從天上摘下來的小星星，她的外衣是用一千多
隻美麗的蝴蝶翅膀縫成的。但是她本人要比她的衣服美麗得
多。

　　約翰奈斯一看到她的時候，臉上就變得像血一樣地鮮紅。他
一句話也說不出來。公主的樣子很像他在父親去世那個晚上所

夢見的一個戴著金冠的美女。他覺得她是那麼動人，不禁也非常愛起她來。他說，他不相信她是一個惡毒的巫婆，專門把猜不出她問題的人送上絞架或砍頭。

「她既然准許每個人向她求婚，甚至最窮的乞丐也包括在內，那麼我也要到宮殿裡去一趟，因為我實在沒有別的辦法！」

大家都勸他不要衝動地嘗試，因為他所得到的結果一定會跟別人一樣。他的旅伴也勸他不要這樣做，但是約翰奈斯認為一切都會是很順利的。他把鞋子和上衣刷了，把臉和手也洗了，把他的美麗的黃頭髮也梳了。於是他獨自進了城，直接向王宮走去。

「請進吧！」約翰奈斯敲門的時候老國王說。

約翰奈斯把門推開。老國王穿著長便服和繡花拖鞋來接見他。他的頭上戴著王冠，一手拿著代表王權的王笏，一手拿著象徵王權的金珠。「請等一下吧！」他說，同時把金珠夾在腋下，以便跟約翰奈斯握手。不過，當他一聽到他的客人是一位求婚者的時候，他就開始抽咽地哭起來，他的王笏和金珠都滾到地上了，他不得不用睡衣來擦眼淚。可憐的老國王！

「請你不要來！」他說。「你會像別人一樣，碰上禍害的。你只要看看就知道！」

於是他把約翰奈斯帶到公主遊樂的花園裡去。那兒的情景才可怕呢！每一棵樹上懸著三、四個王子的屍首。他們都是向公主求過婚的。但是他們都猜不出她所提的問題。微風一吹動，這些骸骨就吱咯吱咯地響起來，小鳥都嚇跑了，再也不敢飛到花園裡來。花兒都盤在人骨上；骷髏躺在花盆裡，發出冷笑。這確實

稱得上是一個公主的花園。

「你可以在這裡仔細瞧瞧吧！」老國王說。「你所看到的這些人的命運，也會是你的命運。你最好還是放棄你的念頭吧。我感到很難過，因為我關心這一件事情。」

約翰奈斯吻了一下這和善老國王的手；他說，結果會很好的，因為他很喜歡這位美麗的公主。

這時公主帶了所有的侍女騎著馬走進宮殿的院子。他們都走過來問候她。她的模樣真是非常美麗。她和約翰奈斯握手。約翰奈斯現在比從前更愛她了──她絕不會像大家所說的那樣，是一個惡毒的巫婆。他們一起走進大廳裡去，小童僕們端出果子漿和椒鹽核桃仁來款待他們。可是老國王感到非常難過；他什麼東西也吃不下。當然椒鹽核桃仁對他說來也是太硬了。

他們約定好，第二天早晨讓約翰奈斯再到宮裡來；那時法官和全體樞密大臣將到場來聽取他怎樣回答問題。如果回答得好，他還要再來兩次。不過，到目前為止，還沒有什麼人能通過第一關，因此他們都喪失了生命。

約翰奈斯對於自己的命運一點也不感到難過。他倒反而感到快樂。他的心目中只有這個美麗的公主，同時覺得仁慈的上帝一定會來幫助他的；不過是怎樣幫助法，他一點也不知道，他也不願意想這件事情。他邊走邊跳地回到旅店來──他的旅伴正在等他。

約翰奈斯說公主對他怎樣好，公主是怎樣美麗──他說得簡直沒有完。他渴望著第二天的到來，好到宮裡去，碰碰自己猜謎的運氣。

　　不過旅伴搖搖頭，非常難過。「我很喜歡你！」他說。「我們很可以在一起多待一會兒，但是現在我卻要失去你了！你，可憐的、親愛的約翰奈斯！我真想哭一場，但是我不願意擾亂你今晚的快樂心情，這可能是我們在一起的最後一個晚上了。我們來歡樂吧，痛快地歡樂吧！明天早晨你走了以後，我再痛哭一番。」

　　市民馬上都知道公主又有了一位新的求婚者。對老百姓來說，這當然是一件非常悲哀的事情。戲院都關上門，賣糕餅的老太婆在糖豬身上繫一條黑紗，國王和牧師們在教堂裡跪著祈禱。處處是一片悲悼的情緒，因為大家都覺得約翰奈斯的運氣絕不會比別的求婚者好多少。

　　晚上旅伴調了一大碗雞尾酒，同時對約翰奈斯說：「我們現在應該快樂一番，並且為公主的健康乾杯。」不過約翰奈斯喝了兩杯就想睡，他的眼睛已經睜不開了，就呼呼地睡著了。旅伴輕輕地把他從椅子上抱起來，放到床上。夜深的時候，他把那兩隻從天鵝身上砍下的大翅膀拿出來，綁在自己的肩上，同時把跌斷了腿的老太婆送的那根最長的樹枝裝進自己的袋裡。後來他就打開窗子，飛到城裡去，一直飛向王宮。他在面對公主睡房的一扇窗子下邊的角落裡坐下來。

　　全城都非常靜寂。這時鐘敲起來，時間是十一點四十五分。窗子開了，公主穿著一件白色的長外衣，展開她的黑翅膀，在城市的上空向一座大山飛去。可是旅伴隱去了自己的原形，她完全看不見他。他在公主後面跟著飛，用樹枝抽打著她。樹枝打落到什麼地方，什麼地方就流血。噢，這才算是空中旅行呢！風鼓起她的外衣，使它向四面張開，像一大片船帆。月光透射進去。

「冰雹眞厲害！冰雹眞厲害！」公主被樹枝抽一下就這樣叫
一聲。這對她是一個敎訓。最後她飛到山上，在山上敲了一下。
這時好像天在打雷，山裂開了。公主走進去，旅伴也跟著走進
去。誰也沒有看見他，因爲他是看不見的。他們走一條又長又寬
的通道，兩邊壁上發出奇異的光。這是因爲壁上有一千多隻發亮
的蜘蛛的緣故：它們正上上下下地爬行著，散出火一樣的彩
霞。他們走進一個用金銀砌成的大廳。牆上有向日葵那麼大的紅
花和藍花，射出光來。可是誰也不能摘下這些花，因爲花梗全是
些醜惡的、有毒的長蛇。事實上這些花朵就是它們噴出的火焰。
天花板上全是發亮的螢火蟲和拍著薄翅膀的天藍色蝙蝠。這情
景眞有些嚇人。

　地中央有一個王座。它是由四匹死馬的骸骨托著的。這些死
馬的挽具全是血紅的蜘蛛所組成的。王座則是乳白色的玻璃做
的，它的座墊就是一堆互相咬著尾巴的小黑老鼠。華蓋是一面粉
紅色的蛛網；它裡面鑲著許多漂亮的、像寶石一樣的小綠蒼
蠅。王座上坐著一個老巫師。他醜惡的頭上戴著一頂王冠，手中
拿著一個笏板。他在公主的額上吻了一下，叫她在他身邊、在這
貴重的王座上坐下來。於是音樂奏起來了。巨大的黑蚱蜢彈起獨
弦琴，貓頭鷹用翅膀敲著肚皮——因爲她沒有鼓。這眞是一個很
妙的合奏！許多小黑妖精，戴著鑲有鬼火的帽子，在大廳裡跳
舞。可是誰也看不見旅伴，因爲他隱身在王座後面。他什麼都聽
得見。朝臣們這時都進來了。他們都是神氣十足，不可一世。不
過有眼力的人一看就知道他們是些什麼寶貝東西。他們原來是
頂著幾棵老白菜根的掃帚。魔法師只不過用魔力使它們有了生

命。給它們穿上幾件繡花衣服罷了。不過這倒沒有什麼關係，因為他們在這兒只是擺擺場面。

跳了一陣舞以後，公主告訴魔法師說，她又有一位新的求婚者。她問他，明天這人來到宮裡的時候，他覺得她應該叫他猜一個什麼問題好。

「聽著！」魔法師說，「我告訴妳，妳應該給他一件最容易的東西猜，這樣他才想不到。妳覺得妳的一隻鞋子怎樣？這東西他一定是猜不著的。把他的頭砍下來吧：不過請不要忘記明晚妳來的時候，千萬把他的眼珠帶來，因為我想嚐嚐味道。」

公主彎腰行了禮，答應她絕不會忘記那對眼珠子。魔法師於是就把山打開。她又飛回家去。不過旅伴在緊跟著她，同時用樹枝拚命地抽她。她不禁大聲嘆氣，說冰雹真厲害。她加速地飛，希望早點飛進窗子，回到睡房裡去。旅伴飛回旅店的時候，約翰奈斯還在熟睡。他摘下翅膀，也躺到床上睡，因為他已經很疲倦了。

當約翰奈斯醒來的時候，天已經亮了。旅伴也起來了，並且說他昨夜做了一個非常奇怪的夢，夢見公主和她的一隻鞋子。因此旅伴就叫約翰奈斯問一問公主，她心裡是不是在想一隻鞋子！這正是他從山裡魔法師口中所聽到的東西，但是他一點也不把實情告訴約翰奈斯。他只是叫他問她是不是在想一隻鞋子。

「我當然可以問她這件事，正如我可以問她任何別的事一樣，」約翰奈斯說。「也許你的夢是有道理的，因為我一直相信，上帝會幫助我。不過我現在得向你告別了，因為如果我猜錯了的話，我就再也不能見到你了。」

於是他們互相擁抱了一下。約翰奈斯走進城，直接到宮裡去。大殿內擠滿了人：裁判官都坐在靠椅上，而且還在腦袋後邊墊了許多鴨絨枕頭──因為他們有很多事情要費腦筋來想。老國王站起來，用一條白手帕擦了一下眼睛。這時公主也進來了。她的模樣比昨天還要漂亮。她很和氣地向大家行禮，不過她對約翰奈斯伸出手來，說：「祝你平安！」

現在約翰奈斯要猜猜她心裡想的是什麼東西。老天爺！她瞧著他的那副樣兒真可愛，不過當她一聽到他說出「一隻鞋子」以後，她的臉立刻變得比粉筆還要慘白。她的全身發抖，但是這也解決不了問題，因為他猜對了！

真想不到：老國王才高興呢！他翻了一個筋斗，樣子真好看。所有在場的人都為他和約翰奈斯鼓掌──他是第一次猜中了的人！

旅伴聽到這個圓滿的結果，也感到很高興。但是，約翰奈斯合著雙手，感謝仁慈的上帝──祂下一次一定也會幫助他的。第二天他又得去猜。

這天晚上過得像昨天一樣。當約翰奈斯睡著了的時候，旅伴仍舊跟在公主後面飛到山裡去。他在路上把她抽得比上次還要厲害，因為這次他帶著兩根樹枝。誰也看不見他，可是他什麼都聽見。公主這次心裡要想的是一隻手套。旅伴把這事又做為一個夢告訴了約翰奈斯。因此約翰奈斯又猜中了。宮裡的人全都非常高興。所有的大臣，照上次他們看到國王翻筋斗的那個樣子，也都翻起筋斗。只有公主一個人躺在沙發上，一句話也說不出來。現在的問題是：約翰奈斯是不是第三次也能猜得中呢？如果他

能猜中的話，他不僅有了這位美麗的公主，還可以在國王死後繼承整個的王國哩。如果他猜不中，他就要喪失生命，而且那個魔法師還要把他那一對美麗的藍眼珠吃掉。

這天晚上約翰奈斯上床得很早。他念了晚禱就安靜地睡著了。不過旅伴照舊把翅膀綁在背上，把寶劍掛在身邊，拿起三根樹枝，向宮中飛去。

這是一個漆黑的夜。風吹得厲害，連屋頂上的瓦都被吹走了；花園裡掛著骸骨的那些樹，在暴風中像蘆葦似地倒下來了。每秒鐘都在閃電，雷聲不停，好像只有這一個雷聲整夜在響著似的。這時窗子大開，公主向外飛出去了。她的面色像死人一樣慘白，不過她仍然對這惡劣的天氣發笑，覺得它還不夠惡劣。她的白外衣在風中鼓動著，像一片大船帆。可是旅伴這次用三根樹枝抽她，她的血直往地上滴，弄得她幾乎沒有氣力再向前飛了。最後她好不容易才飛到那座山上。

「冰雹和狂風真厲害！」她說。「我從來沒有在這樣的天氣裡飛過。」

「好事多磨！」魔法師說。

她把約翰奈斯第二天又猜中了的事情告訴他。如果他明天又猜中的話，那麼他就勝利了，她將再也不能飛到山裡來看他，再也不能像以前那樣使魔法，因此她現在感到非常難過。

「這次絕不叫他猜中，」魔法師說。「我要找出一件叫他連做夢也想不到的東西，如果他再猜中的話，那麼他簡直是一個比我要高明的魔法師了。不過我們現在還是快樂一番吧！」

於是他拉著公主的雙手，跟屋子裡所有的妖精和鬼火一同

跳起舞來。紅蜘蛛也同樣在牆上跳上跳下，好像有許多火紅的花
朵在射出火花似的。貓頭鷹在擊鼓，蟋蟀在吹簫管，黑蚱蜢在彈
著獨弦琴。這眞是一個歡樂的舞會！

　　當他們舞了一段相當長的時間以後，公主就不得不回家
去，否則宮裡的人就要找她了。魔法師說他願意送她回去，因爲
這樣他又可以跟她在一起多待一段時間。

　　他們在惡劣的天氣中飛。旅伴的三根樹枝都在他們背上抽
斷了。魔法師從來沒有在這樣厲害的冰雹中旅行過。他在宮殿前
面對公主告別，同時低聲在她耳邊說：「你心中想著我的頭吧。」
旅伴又聽到了這句話。正在這時候，公主從窗子飛進她的睡房裡
去。魔法師正要轉身的時候，旅伴就一把抓住他又長又黑的鬍
子，用劍把他醜惡的頭砍下來，弄得魔法師連回頭看他一下的機
會都沒有。他把他的屍體扔進海裡去餵了魚；至於他的頭，他只
放進水裡浸一下，然後把它包在濕手帕裡，帶回到旅店裡來，接
著他就躺在床上睡了。

　　第二天早晨他把手帕交給約翰奈斯，但是他說：在公主沒
有要他猜測她心中所想的東西以前，切記不要打開。

　　宮中的大殿裡現在有許多人。他們緊緊地擠在一起，好像一
大捆蘿蔔。裁判官坐在有柔軟枕頭的椅子上，老國王也換上了新
衣服，金王冠和王笏也擦亮了，看起來非常漂亮。不過公主的面
色慘白，她穿著一身深黑色的衣服，好像要去參加葬禮似的。

　　「我心裡現在想著什麼東西呢？」她問。約翰奈斯立刻打開
他的手帕。當他看見魔法師難看的頭時，他自己也大吃一驚。所
有在場的人也都嚇了一跳，因爲這實在太可怕了。不過公主坐著

像一尊石像，一句話也說不出來。最後她站起來，把手伸向約翰奈斯，因爲他猜中了。她誰也不看，只是唉聲嘆氣。她說：「你現在是我的主人了！今晚我們就舉行婚禮吧！」

「這才叫我高興呢！」老國王說。「這滿足了我的心願。」

所有在場的人都高呼：「萬歲！」軍樂隊在街上奏起樂來，教堂的鐘聲鳴響，賣糕餅的老太婆把糖豬身上的黑紗拿下，因爲現在大家都非常快樂。三隻烤熟了的全牛──肚裡全填滿了鷄鴨──現在放在市場中央，任何人都可以去割一塊下來吃。噴泉現在流出美酒。老百姓只要到麵包店去花一毫錢買一塊麵包，就可以同時得到六塊甜麵包的贈品──而且這些甜麵包裡還有葡萄乾呢。

夜裡整個城市亮得像白天一樣。兵士放禮炮，孩子放鞭炮。宮裡在舉行宴會，喝酒，乾杯和跳舞。紳士和小姐們正成對跳舞。就是住在很遠的人都能聽到他們的歌聲──

> 這裡有這麼多的美女，
> 她們個個都喜歡跳舞。
> 她們跳著〈大鼓進行曲〉，
> 美麗的姑娘喲，旋轉吧！
> 舞一步，又跳一步，
> 一直跳到鞋底掉下。

然而這個公主仍然是一個巫婆。她並不太喜歡約翰奈斯。這一點，旅伴早已料想到了，因此他給約翰奈斯三根天鵝翅上的羽

毛，和一個裝有幾滴水的小瓶。他叫他在公主的床前面放一個裝滿了水的澡盆，當公主要上床的時候，他可以把她輕輕一推，使她掉進水裡；他先把羽毛和瓶子裡的水倒進去，然後把她按進水裡三次；這樣就可以使她失去魔力，熱烈地愛起他來。

約翰奈斯照旅伴說的話做了。當他把公主按進水裡的時候，她大叫了一聲，同時變成了一隻睜著閃亮眼睛的黑天鵝，在他的手下面掙扎。這隻天鵝第二次冒出水面的時候，就變成了白色，只是頭頸上有一道黑圈。約翰奈斯向上帝祈禱，然後又把這天鵝第三次按進水裡。這時它立刻又變成一個可愛的公主。她比以前還要美麗。她感謝他，她的眼裡含著水汪汪的淚珠，因為他把附在她身上的魔力驅走了。

第二天老國王帶著全體朝臣來了。盛大的慶祝會舉行了一整天。旅伴是最後來的一位客人。他手裡拄著手杖，背上背著行囊。約翰奈斯吻了他好幾次，請他不要離開，請他和自己住在一起，因為約翰奈斯的幸福完全是他帶來的。不過旅伴搖搖頭，溫和地、善意地說：

「不行，我的時刻已經到了。我只不過是還清我欠的債罷了。你記得兩個壞人想要傷害那具屍體嗎？你把你所有的東西都拿出來給他們，好叫死人能安靜地睡在裡面。我就是那個死人。」話說完以後他就不見了。

結婚的慶祝活動繼續了一整個月。約翰奈斯和公主眞誠地相親相愛。老國王過著長時期愉快的日子；公主的孩子們騎在他的膝上，玩弄著他的笏板。後來約翰奈斯就成了整個國家的君主。〔1835 年〕

這個故事發表於1835年，是安徒生開始創作童話時最初寫的幾篇作品之一。從這裡可以看出民間故事對他最初的寫作所產生的影響。事實上這個故事的原形是他小時候多次聽到，在丹麥流傳的一個民間故事。故事中的「旅伴」是一個死去了的人。但「死人是不會害人的。害人的倒還是活著的壞人。現在就有兩個惡劣的人……站在死人的旁邊。這死人是停在教堂裡，等待埋葬的。」他們說：「他欠了我們的錢，一直沒有還……我們要把他扔到教堂門外去──」為了金錢，壞人連死人也不放過。約翰奈斯拿出他所有的一切把死人從壞人手裡贖出來，因此死人才變成「旅伴」來報答他，使他得到了幸福，同時也消滅了惡魔的勢力，解救了公主。這有一定的象徵意義，歌頌了民間所流行的那種信念：「善有善報，惡有惡報，不是不報，時候未到。」──但在實際生活中所說的也不一定盡是如此。這個故事也展示了安徒生性格的一面：善良。

【註釋】

①這是《聖經‧新約全書‧馬太福音》裡第六章九至十三節中的一段話。基督教徒感謝上帝時都念這一篇。

②根據歐洲的習慣，黑色象徵哀傷。

世上最美麗的一朵玫瑰花

從前有一位權力很大的皇后。她的花園裡種植著每季最美麗的、從世界各國移來的花。但是她特別喜愛玫瑰花,因此她有各種各色的玫瑰花:從那綠葉能發出蘋果香味的野玫瑰,到最可愛的、普羅旺斯①的玫塊,樣樣都有。它們爬上宮殿的牆壁,攀著圓柱和窗框,伸進走廊,一直長到所有大殿的天花板上去。這些玫瑰有不同的香味、形狀和色彩。

但是這些大殿裡卻充滿了憂慮和悲哀。皇后躺在病床上起

不來；御醫宣稱她的生命沒有希望了。

「只有一件東西可以救她，」一位最聰明的御醫說。「送給她一朵世界上最美麗的玫瑰花──一朵表示最高尚、最純潔的愛情的玫瑰花。這朵花要在她的眼睛沒有閉上以前就送到她面前來，那麼她就不會死掉。」

各地的年輕人和老年人送來許多玫瑰花──所有的花園裡開著的最美麗的玫瑰花。然而這卻不是那種能治病的玫瑰花。那應該是在愛情的花園裡摘下來的一朵花；但是哪朵玫瑰花能真正表示出最高尚、最純潔的愛情呢？

詩人們歌唱著世界上最美麗的玫瑰花；每個詩人都有自己的一朵。消息傳遍全國，傳到每一顆充滿了愛情的心裡，傳給每一種年齡和從事每種職業的人。

「至今還沒有人能說出這朵花，」一個聰明人說，「誰也說不出盛開著這朵花的地方來。這不是羅密歐和茱麗葉棺材上的玫瑰花，也不是瓦爾堡②墳上的玫瑰花，雖然這些玫瑰在詩歌和傳說中永遠是芬芳的。這也不是從文克里得③那血跡斑斑的長矛上開出的那些玫瑰花──從一個為祖國而死去的英雄的心裡所流出的血中開出的玫瑰花，雖然什麼樣的死也沒有這種死可愛，什麼樣的花也沒有他所流出的血那樣紅。這也不是人們在靜寂的房間裡，花了無數不眠的夜和寶貴的生命所培養出的那朵奇異的花──科學的奇花。」

「我知道這朵花開在什麼地方，」一個幸福的母親說。她帶著她的嬌嫩的孩子走到這位皇后的床邊來，「我知道在什麼地方可以找到世界上最美麗的玫瑰花！那朵表示最高尚和最純潔

的愛情的玫瑰，是從我甜蜜的孩子的鮮艷臉上開出來的。這時他睡足了覺，睜開他的眼睛，對我發出充滿了愛情的微笑！」

「這朵玫瑰是夠美的，不過還有一朵比這更美，」聰明人說。

「是的，比這還要美得多，」另一個女人說。「我曾經看到過一朵，再沒有任何一朵開得比這更高尚、更神聖的花，不過它像庚申玫瑰的花瓣，白得沒有血色。我看到它在皇后的臉上開出來。她脫下了她的皇冠，她在悲哀的長夜裡抱著她生病的孩子哭泣，吻他，祈求上帝保佑他──像一個母親在苦痛的時刻那樣祈求。」

「悲哀中的白玫瑰是神聖的，具有神奇的力量；但是它不是我們所尋找的那朵玫瑰花。」

「不是的，我只是在上帝的祭壇上看到世界上最美的那朵玫瑰花，」虔誠的老主教說。「我看到它像一個天使的面孔似地射出光彩。年輕的姑娘走到聖餐的桌子前面，重複她們在受洗時所做出的諾言，於是玫瑰花開了──她們鮮嫩的臉上開出淡白色的玫瑰花。一個年輕的女子站在那兒。她的靈魂充滿了純潔的愛，她抬頭望著上帝──這是一個最純潔和最高尚的愛的表情。」

「願上帝祝福她！」聰明人說。「不過你們誰也沒有對我說出世界上最美麗的玫瑰花。」

這時有一個孩子──皇后的小兒子──走進房間裡來了。他的眼睛裡和他的臉上全是淚珠。他捧著一本打開了的厚書。這書是用天鵝絨裝訂的，上面還有銀質的大扣子。

「媽媽！」小傢伙說，「啊，請聽我念吧！」

　　於是這孩子在床邊坐下來，念著書中關於祂的事情
——祂，爲了拯救人類，包括那些還沒有出生的人，在十字架上
犧牲了自己的生命。

　　「沒有什麼愛能夠比這更偉大！」

　　皇后的臉上露出一片玫瑰色的光彩，她的眼睛變得又大又
明亮，因爲她在這書頁上看到世界上最美麗的玫瑰花——從十
字架上的基督的血裡開出的一朵玫瑰花。

　　「我看到它了！」她說，「看到了這朵玫瑰花——這朵地上
最美麗的玫瑰花——的人，永遠不會死亡！」[1852 年]

　　這篇故事於 1852 年發表在《丹麥大眾曆書》上。在舊時的
丹麥，「曆書」就像中國過去的「黃曆」一樣，每家都有一本，
做爲日常生活的參考；所不同的是，丹麥的「曆書」中總載有一
篇故事，做爲閱讀曆書者的「座右銘」。安徒生的幾篇具有深刻
社會意義的故事，如〈賣火柴的小女孩〉和〈她是一個廢物〉，
就是首先發表在《大眾曆書》上。他利用這種群眾性強的出版物
發表這類作品，用意是很明顯的。在安徒生的想像中，耶穌是一
個獻出自己生命從苦難中拯救人類的人——因爲當時他在現實
生活中還找不到這樣的人，所以他說在惡人把祂釘在十字架的
那一堆血泊中所開出的玫瑰，才是世界上最美的花。「祂，爲了
拯救人類，包括那些還沒有出生的人，在十字架上犧牲了自己的

生命。」實際上他是透過這個象徵性的故事來歌頌勇於爲解除人
類苦難而犧牲的人。這裡的耶穌不宜與宗教迷信混爲一談。

【註釋】

①普羅旺斯(Provence)是法國東南部的一個地區。這兒的天氣溫和，各種各色的花草
　很多。

②瓦爾堡(Valborg)是八世紀在德國傳道的一個修女，在傳說中被神化成爲「聖者」。
　她在傳說中是保護人民反對魔術侵害的神仙。

③文克里得(Arnold Von Winkelried)是瑞士的一個愛國志士。1386 年瑞士在山巴赫
　(Sempach)戰勝奧國時，據說他發揮了決定性的作用。他把好幾個敵人的長矛抱在
　一起，使它們刺進自己的胸口裡而失去作用。這樣他就造成一個缺口，使瑞士軍隊
　可以在他身上踩過去，攻擊敵人的陣地。

癩蛤蟆

水井很深，因此繩子也就很長。當人們要把裝滿了水的汲水桶拉到井邊上的時候，滑輪幾乎連轉動的餘地都沒有了。不論井水怎樣清澈，太陽總是沒有辦法照進去的。不過凡是太陽光可以照到的地方，就有綠色的植物從石縫間生長出來。

這兒住著一個癩蛤蟆家族。他們是外來的移民。事實上他們是跟老癩蛤蟆媽媽倒栽蔥跳進來的。她現在還活著。那些早就住在這兒和現在正在水裡游著的青蛙，都承認與他們有親族關

係，同時也把他們稱爲「井客」。這些客人願意在這兒住下來。他們把潮濕的石塊叫做乾地；他們就在這上面舒服地生活下去。

青蛙媽媽曾經旅行過一次。當汲水桶被拉上來的時候，她就在裡面。不過她覺得陽光太厲害，刺痛了她的眼睛。很幸運，她馬上跳出水桶，噗通一聲就跳進井水裡去了。她腰痛了整整三天，不能動彈。關於上面的世界，她沒有多少意見可以發表，不過她知道，所有別的青蛙也全知道——水井並不就是整個世界。癩蛤蟆媽媽大概可以談出一點道理來；不過當別人問起她的時候，她從來不回答，因而別人也就不再問了。

「她是又笨又醜，又胖又討厭！」小青蛙們齊聲說。「她的一些孩子們也同樣醜。」

「也許是這樣，」癩蛤蟆媽媽說。「不過他們其中有一個頭上鑲著一顆寶石——如果不是鑲在我的頭上的話！」

青蛙們都聽到了這句話，他們同時把眼睛睜得斗大。當然他們是不願意聽這樣的話的，因此就對她做了一個鬼臉，跳到井底去了。不過那些小癩蛤蟆們特別伸伸後腿，表示驕傲。他們都以爲自己有那顆寶石，因此把頭昂著，動也不敢動一下。不過後來大家問他們究竟爲什麼要感到驕傲，寶石究竟是一種什麼東西。

「是一種漂亮和昂貴的東西，」癩蛤蟆媽媽說，「我簡直形容不出來！那是一種使你戴起來感到非常得意、卻讓別人看了非常嫉妒的東西。但是請你們不要問吧，我是不會回答的。」

「是的，我不會有這顆寶石的，」最小的那隻癩蛤蟆說。他

是一個醜得不能再醜的小玩意兒。「我爲什麼要有這樣了不起的東西呢？如果它引起別人煩惱，那麼我也不會感到得意的！不，我只希望將來有機會跑到井邊上去看看外面的世界。那一定是非常好玩的！」

「你最好待在原來的地方不要動！」老癩蛤蟆說。「這是你根生土長的地方，這兒你什麼都熟悉。當心那個汲水桶啦！它可能把你壓碎。即使你安全地跑進裡面去，你也可能跌出來的。我跌過一跤，連四肢和肚子裡的卵都沒有受到損傷，但不是每隻癩蛤蟆都能像我這樣幸運呀！」

「呱！」小癩蛤蟆說。這跟我們人類說一聲「哎呀！」差不多。

他非常想跑到井邊去看看；他渴望瞧瞧上面的綠東西。第二天早晨，當盛滿了水的汲水桶正要被拉上去、還在小癩蛤蟆坐著的石頭旁偶爾停頓的時候，這個小傢伙就抖了一下，跳到這個滿滿的桶裡，一直沉到桶底，水被拉上去了，他也被倒出來了。

「呸，眞倒楣！」看到他的那個人說。「這是我從來沒有看到過的一個最醜的東西！」

他用木拖鞋踢了它一腳。癩蛤蟆幾乎要成了殘廢，不過他總算是滾進一叢很高的蕁麻裡去了。他把周圍的麻梗子看了又看，還向上面看了一眼。太陽光射在葉子上；葉子全都是透明的。這對他說來，簡直就像我們人走進了一個大森林裡去一樣，太陽從青枝綠葉間透了進來。

「這兒比井裡漂亮多了！叫我在這兒住一生也是樂意的！」小癩蛤蟆說。他在這兒待了一個鐘頭，待了兩個鐘頭！「我倒很

想知道，外面是個什麼樣子？我既然跑了這麼遠的路，那麼當然可以再跑遠一點！」於是他就盡快地往外面爬。他爬到大路上來了。當他正要橫爬過去的時候，太陽在照著，灰塵在路上飛揚。

「人們在這兒可算是真正到乾地上來了，」癩蛤蟆說。「我幾乎可以說是一個幸運兒；這太使我舒服了！」

他現在來到了一條水溝旁邊。這兒長著毋忘我花和繡線菊；緊挨著還有一道山楂和接骨木形成的籬笆，上面懸掛著許多白色的旋花。人們可以在這兒看到許多不同的色彩。這兒還有一隻蝴蝶在飛舞。癩蛤蟆以為它是一朵花，為了要好好地看看這個世界，才從枝椏上飛走──這當然是再合理不過的事情。

「假如我能像它這樣自由自在地來往，」癩蛤蟆說。「呱！哎呀，那該是多麼痛快啊！」

他在溝裡待了八天八夜，什麼食物也不缺少。到了第九天，他想：「再向前走吧！」但是他還能找到什麼比這更美麗的東西呢？他可能找到一隻小癩蛤蟆和少數青蛙。昨天晚上，風裡有一種聲音，好像是說附近住著一些「親族」似的。

「活著真愉快！從井裡跳出來，躺在蕁麻裡，在塵土飛揚的路上爬，在濕潤的溝裡休息！但是再向前走！我就得找一些青蛙和一隻小癩蛤蟆。沒有他們是活不下去的；光有大自然是不夠的！」

於是他又開始瞎闖亂跑起來。

他來到田野裡一個長滿了燈心草的小池旁邊。接著他就走進去。

「這地方對你說來是太潮濕了，是不是？」青蛙們說。「不

過我們非常歡迎你！——請問你是一位先生還是一位太太？不過這也沒有什麼關係，我們歡迎你就得了！」

這天晚上，他被請去參加了一個音樂會——一個家庭音樂會：滿腔的熱忱和微弱的歌聲。我們都熟悉這一套。會上沒有什麼點心吃，但是水可以隨便喝——假如你高興的話，你可以把一池的水都喝光。

「現在我還得向前走！」小癩蛤蟆說。他老是在追求更好的東西。

他看到又大又明亮的星星在眨著眼睛。他看到新月正射出光輝。他看到太陽升起來——越升越高。

「我還在井裡，不過在一個較大的井裡罷了。我必須爬得更高一點。我有一種不安和渴望的心情！」

當這個可憐的小東西看到一個又大又圓的月亮的時候，他想：「不知道這是不是上面放下來的一個汲水桶？我不知道能不能跳進去，爬得更高一點？難道太陽不是一個大汲水桶嗎？它是多麼大，多麼亮啊！它可以把我們統統都裝進去！我一定要抓住機會！啊，我的腦袋裡是多麼亮啊！我不相信寶石能夠發出比這還大的光來！但是我並沒有寶石，我也不一定要為這而感到傷心。不，更高地爬進快樂和光明中去吧！我有把握，可是我也害怕——這是一件很難辦的事情。但是我非辦到不可！前進吧！向大路上前進吧！」

於是他就前進了——像一隻爬行動物能夠前進的那個樣兒前進。他來到一條兩旁有人居住的大路上。這兒有花園，也有菜園。他在一個菜園旁邊休息一下。

「該是有多少不同的動物啊！我從來沒有看到過這些東西！這個世界是多麼大，多麼幸福啊！不過你也得走過去親自看看，不能老待在一個地方呀！」因此他就跳進菜園裡去。「這兒是多麼綠啊！多麼美麗啊！」

「這些東西我早就知道！」白菜葉上的毛蟲說。「我的這片葉子在這兒要算最大！它蓋住了半個世界，不過沒有這半個世界我也可以活下去。」

「咕！咕！」有一個聲音說。接著就有一些母雞進來了。她們在菜園裡蹣跚地走著。

走在最前面的那隻母雞是遠視眼。她一眼就瞧見了那片皺菜葉上的毛蟲。她啄了一口，於是它滾到地上來，捲做一團。母雞先用一隻眼睛瞧了它一下，接著又用另一隻眼睛瞧了它一下，因為她猜不透，它這樣捲做一團究竟是為了什麼。

「它這樣做絕不是出於自願的！」母雞想。於是它抬起頭來又啄了一下。癩蛤蟆嚇了一大跳，無意之中爬到雞面前去了。

「它居然還有援軍！」母雞說。「瞧這個爬行的東西！」母雞轉身就走。「我不在乎這一小口綠色的食物；這只會使得我的喉嚨發癢！」

別的雞也同意她的看法，因此大家就走開了。

「我捲動一下就逃脫了！」毛蟲說。「可見胸有成竹是必要的。不過最困難的事情還在後面——怎樣回到白菜葉上去。那是在什麼地方呢？」

小癩蛤蟆走過來，表示同情。他很高興，他能用他醜陋的外貌把母雞嚇跑了。

「你這是什麼意思？」毛蟲問。「事實上是我自己逃開她的。你的樣子的確難看！讓我回到我原來的地方去吧！我現在已經可以聞到白菜的氣味了！我現在已經走到我的菜葉上了！什麼地方也沒有自己的家好。我得爬上去！」

「是的，爬上去！」小癩蛤蟆說。「爬上去！它的想法跟我一樣。不過它今天的心情不大好，這大概是因為它嚇了一跳的緣故。我們大家都要向上爬！」

因此他就盡量地抬頭向上面看。

鸛鳥正坐在農家屋頂上的巢裡。他正在嘰哩咕嚕地講些什麼東西，鸛鳥媽媽也在嘰哩咕嚕地講些什麼東西。

「他們住得多高啊！」癩蛤蟆想。「我希望也能爬得那麼高！」

農舍裡住著兩個年輕的學生。一個是詩人，另一個是博物學家。一個歌頌和歡樂地描述上帝所創造的一切以及他自己心中的感受；他用簡單、明瞭、豐富、和諧的詩句把這一切都唱出來。另一個找來一些東西，而且在必要的時候，還要把它們分析一下。他把我們上帝創造出來的東西當做數學，一會兒減，一會兒乘。他要知道事物的裡裡外外，找出其中的道理。他懂得全部的奧妙，他歡樂地、聰明地談論著它。他們兩人都是善良的、快樂的人。

「那兒坐著一個完整的癩蛤蟆標本，」博物學家說。「我要把它放在酒精裡保存起來。」

「你已經有了兩個呀！」詩人說。「你讓他安靜地坐著，享受生活吧！」

「不過他是醜得那麼可愛！」博物學家說。

「是的，如果你能在他頭上找得出一顆寶石來！」詩人說，「那麼我都要幫助你把它剖開。」

「寶石！」博物學家說。「你倒是一個博物學專家呢！」

「民間不是流傳著一個美麗的故事，說最醜的動物癩蛤蟆頭上藏著一顆最貴重的寶石嗎？人不也是一樣嗎？伊索和蘇格拉底不都是有一顆寶石嗎？」

「他們也在談論著寶石！」癩蛤蟆說。「我身上沒有這東西──真是幸運！不然的話，我可要倒楣了。」

農舍的屋頂上又有嘰哩咕嚕的聲音。原來是鸛鳥爸爸在對他家裡的人訓話。他們都歪著頭望著菜園裡的這兩個年輕人。

「人是一種最自命不凡的動物！」鸛鳥說。「你們聽他們講話的這副神氣！他們連一個像樣的『嘎嘎』聲都發不出來，而卻以爲自己講話的本領和語言非常了不起。他們的語言倒是世界上少有的：我們每次走完一天路程，語言就變了。這個人聽不懂那個人的話。但我們的語言在全世界都通行──在丹麥跟在埃及一樣容易懂。而且人還不會飛呢！他們發明一種東西來幫助他們旅行──把這叫做『鐵路』。不過他們常常在鐵路上跌斷脖子。我一想起這事情就不禁連嘴都要哆嗦起來。世界沒有人也可以存在下去。我們沒有他們也可以活下去！我們只要有青蛙和蚯蚓就得了！」

「這是一篇了不起的演說！」小癩蛤蟆想。「他是一個多麼偉大的人，他坐得那麼高──我從來沒有看見過有人坐得這樣高！他游得才好呢！」當鸛鳥展開翅膀，在空中飛過去的時候，

癩蛤蟆就大叫了一聲。

　　鸛鳥媽媽在巢裡談話。她談著關於埃及、尼羅河的水和外國美妙的泥巴。小癩蛤蟆覺得這是非常新奇和有趣的故事。

　　「我也得到埃及去，」他說，「只要鸛鳥或者他的一個孩子願意帶我去的話。將來這小傢伙結婚的時候，我將送給他一點什麼東西。是的，我一定會到埃及去的，因為我是一個非常幸運的人！我心中的這種渴望和希求，比頭上有一顆寶石要好得多。」

　　他正是有這樣一顆寶石，叫做：永恒的渴望和希求；向上——不斷地向上。這顆寶石在他的身體裡發出光來——發出快樂和輝煌的光。

　　正在這時候，鸛鳥飛來了。它看到草裡的這隻癩蛤蟆。它撲下來，使勁地啄住這隻癩蛤蟆。嘴銜得很緊，風在蕭蕭地吹著。這是一種很不愉快的感受，但癩蛤蟆卻在向上飛，而且他知道是在向埃及飛。因此他的眼睛在發著光，好像他身體裡面有火星迸出來似的：

　　「呱！哎呀！」

　　他的軀體死了；癩蛤蟆被掐死了。但是他的眼睛裡迸出的火花變成了什麼呢？

　　太陽光把他吸收去了。太陽帶走了癩蛤蟆頭上的那顆寶石。但帶到什麼地方去了呢？

　　你不必去問那位博物學家。你最好去問那位詩人。他可以把這故事當做一個童話告訴你。這童話裡面還有那條毛蟲，也有鸛鳥這一家人。想想看吧，鸛鳥變了形，變成了一隻美麗的蝴蝶！鸛鳥家庭飛過高山和大海，到遼遠的非洲去。但是它們仍然能

夠找到最短的捷徑，飛回到丹麥來——飛到同樣的地方，同樣的
屋頂上來。是的，這幾乎是太像一個童話了，但這是眞的！你不
妨問問博物學家吧。他不得不承認這個事實。但是你自己也知
道，因爲你曾經看到過全部的經過。

　　不過怎樣才可以看到癩蛤蟆頭上的寶石呢？

　　你到太陽裡去找吧！你可以瞧瞧它，假如你能夠的話！

　　太陽光是很強的。我們的眼睛還沒有能力正視上帝創造的
一切光輝，但是有一天我們會有這種能力的。那時這個童話將會
非常精采，因爲我們自己也將會成爲這個童話的一部分。［1866
年］

　　這篇故事首先發表在 1866 年哥本哈根出版的《新的童話和
故事集》第二卷第四部。故事中有許多動物出場——它們都是爲
生存而生存，安於現狀，不時吹吹牛，但眞正的主角是那隻最醜
的小癩蛤蟆。它還有點志氣，有點較高的趣味。它不像別的醜癩
蛤蟆那樣，一生下來頭上就有一顆「寶石」，但是它心裡有一顆
寶石，「叫做永恒的渴望和希求；向上——不斷地向上。這顆寶
石在他的身體裡發出光來——發出快樂和輝煌的光。」小癩蛤蟆
倒是最後達到了「向上」的願望：鸛鳥啄住了它，嘴銜得很緊，
向埃及飛去。它還是不免被掐死，可是「他的眼睛在發著光」，
「太陽光把他吸收去了。」他的靈魂不滅。

　　關於這篇故事的起因，安徒生在他的手記中寫道：「這是我
1866 年夏天在葡萄牙塞杜巴爾旅行時寫的。那裡有一口深井，
人們用懸在轆轤上的一個瓦罐把水汲上來，然後倒進水槽裡流
到菜圃上澆地。有一天我看見一隻非常醜的癩蛤蟆向我爬來。我
仔細地觀察了它一下，發現它的眼睛非常聰明。很快一個童話的
情節就浮現在我的腦中了。後來我在丹麥重寫了這個故事，加進
一些丹麥大自然和環境的氣氛。」事實上安徒生是於 1866 年 6
月 26 日在葡萄牙開始動筆，於 1866 年 10 月 23 日在丹麥霍爾
斯坦堡城堡完成它的。

兩隻公鷄

從前有兩隻公鷄——一隻在糞堆上，另一隻在屋頂上。他們都是驕傲得不可一世。不過他們兩隻誰表現得最突出呢？請把你的意見講出來吧……但是我們要保留我們的意見。養鷄場是用一排木柵欄和另外一個場子隔開的。那另外一個場子裡有一個糞堆，上面長著一顆大黃瓜。黃瓜充分了解，它是生長在溫床裡的一種植物。

「這是生來如此，」黃瓜自己心裡想。「世上一切東西不會

生下來就都是黃瓜；應該還有別種不同的東西才對！雞啦，鴨
啦，以及旁邊那個場子裡的動物，也都是生物。我現在就看見柵
欄上有一隻公雞。比起那隻高高在上的風信雞來，他當然具有不
同的重要性。那隻風信雞連叫都不會，更說不上啼！而且他既然
沒有母雞，當然也就沒有小雞；他只是老想著自己，冒出一身銅
綠！嗨，這隻養雞場上的公雞，才算得上是一隻公雞哩！看他走
路的那副樣子，簡直在跳舞！聽他啼叫的那種聲音，簡直是音
樂！他每到一個地方，人們就好像聽到了喇叭似的！假如他到
這兒來，把我連梗子和葉子一口吃掉，把我藏在他的身體裡，那
也算是一種很幸福的死吧！」黃瓜說。

　　晚間天氣變得非常壞。母雞、小雞和公雞都忙著找藏身的地
方。這兩個場子間的柵欄被狂風吹垮了，發出很大的聲響。瓦片
向下面飛，但是那隻風信雞仍然坐得穩如泰山。他連頭也不轉一
下，因為他的頭轉不過來。他很年輕，是新近鑄出來的，但是他
卻也很清醒和沉著。他是「生而老成持重的」，與天空中的翩翩
飛鳥，如麻雀和燕子之類的東西，是截然不同的。他瞧不起這些
東西，這些「身材渺小、嘰嘰喳喳、平平凡凡的鳥兒」。鴿子是
身材高大，光彩奪目，頗像珍珠母，同時樣子也像某種風信雞，
不過它們卻是又胖又呆，而它們心中所想的唯一事情是怎樣裝
點東西到肚子裡面去。「此外，跟他們打交道是再討厭不過的
了，」風信雞說。

　　許多路過的鳥兒來拜訪這隻風信雞，告訴他一些關於外
國、空中旅行隊，以及許多猛鳥攔路搶劫的故事。這類事兒在第
一次聽來是新鮮有趣的，但是風信雞後來知道，他們老是重複，

老是講著同樣的事情。這是很單調的！他們是很單調的，一切都是單調的，誰都不值得來往，每個人都是呆板乏味。

「這個世界真是一文不值，」他說。「一切都是無聊之至！」

風信雞變得快要「煩」起來了。這種情況在黃瓜眼中看來——如果他知道的話——是非常有趣的。不過它只知道景仰養雞場的這隻公雞，而不知他已經走進它的場子裡，到它的身邊來了。

柵欄已經垮了，但閃電和雷聲卻是過去了。

「你們對於那陣叫聲有什麼感想？」公雞問他的母雞和小雞。「那調子比較粗——缺乏藝術性。」

母雞和小雞都飛到那個糞堆上去。公雞也走來，像一位騎士。

「你這菜園的植物啊！」他對黃瓜說這話的時候，它體會到了他很有文化修養，卻沒有想到他正在啄它，把它吃掉。

「幸福的死！」

接著母雞來了，小雞也來了。只要它們其中有一隻開始跑，別的也就都跑起來。它們咯咯地叫著，唱著，望著公雞。它們因為他而感到驕傲，覺得他是它們的族人。

「喔——喔——喔——嘟！」他啼起來了。「只要我在世界的養雞場上叫一聲，小雞馬上就長成大雞。」

於是母雞和小雞就跟著他咯咯地叫和唱。

這時公雞就告訴他們一個大消息：

「一隻公雞能夠生蛋！你們知道這蛋裡面有什麼嗎？在這蛋裡面有一個蛇怪①。誰見到都會受不了的。人類都知道這件

事。現在你們也知道了——知道了我身體裡有什麼東西，我是一隻怎樣傑出的公雞！」

講完以後，這隻公雞就拍拍翅膀，把雞冠豎起來，又啼了一聲。大家都震動了一下——包括所有的母雞和小雞。不過它們同時又感到萬分驕傲，覺得它們族人中居然有這麼一個傑出的人物。它們都咯咯地叫著，唱著，好讓那隻風信雞聽到。他當然聽到了，但是他一動也不動。

「這眞是無聊極了！」風信雞心裡說。「養雞場裡的公雞是從來不生蛋的，而我自己呢，我懶得生蛋。如果我高興的話，我可以生風蛋！但是這個世界不配有一個風蛋！一切眞是無聊極了！現在我連坐在這兒也不願意了。」

因此風信雞就倒下來了。但是他並沒有壓死養雞場上的那隻公雞，「雖然他有這個想法！」母雞們說。這故事的敎訓是什麼呢？

「與其煩躁倒下來，還不如啼叫幾聲好呢！」［1860 年］

這篇諷刺小品最初發表在哥本哈根 1860 年出版的《新的童話和故事集》第一卷第四部裡。諷刺的對象是那些自高自大、自作多情、說空話而不做實事，也無能力做什麼實事的一批庸俗人物——這類人物隨處可見。「與其煩躁倒下來，還不如啼叫幾聲好呢！」

【註釋】

①這是指神話中的蛇(Basilisk)，是由蛇從公雞的蛋中孵出來的，它的呼吸和視線可以
　傷人。

波爾格龍的主教和他的親族

我們現在是在尤蘭，在那塊「荒野的沼地」的另一邊。我們可以聽到「西海的呼嘯聲」；可以聽到它的浪花的衝擊聲，而且這聲音就在我們的身旁。不過我們面前現在湧現出了一個巨大的沙丘，我們早就看見了它，現在我們在深沉的沙地上慢慢地趕著車子，正在向前走。這個沙丘上有一棟高聳入雲的古老的建築物——波爾格龍修道院。它剩下的最大的一邊現在仍然是一座教堂。有一天我們到這裡來，時間很晚了，不過天空卻很明朗，

因爲這正是光明之夜的季節。我們能夠望得很遠，向周圍望得很遠，可以從沼地一直望到窩爾堡灣，望到荒地和草原，望到深沉的海的彼岸。

我們現在來到了山上，我們趕著車子在倉房和農莊之間走過。我們拐一個彎，走進那棟古老建築物的大門。這兒有許多菩提樹沿著牆成行地立著。因爲風暴打不到它們，所以長得非常茂盛，枝葉幾乎把窗子都掩蓋住了。

我們走上盤旋的石階，穿過那些用粗樑蓋成頂的長廊。風在這兒發出奇怪的嘯聲，屋裡屋外都是一樣。誰也弄不清楚這是怎麼一回事情。是的，當人們害怕或者把別人弄得害怕的時候，人們就講出很多道理或看出很多道理來。人們說：當我們在唱著彌撒的時候，有許多死滅了的古老大炮靜靜地從我們的身邊走進教堂裡去。人們可以在風的呼嘯聲中聽到它們走過，而這就引起人們許多奇怪的想像——人們想起了那個遠古的時代，結果就使我們走進了那個遠古的時代裡去：

在海灘上，有一艘船擱淺了。主教的部下都在那兒。海所保留下來的人，他們卻不保留。海洗淨了從那些被打碎的頭裡流出來的血。那些擱淺的貨物成了主教的財產，而這些貨物的數量是很多的。海上漂來許多整桶的貴重的酒，來充實這個修道院的酒窖；而這個酒窖裡已經儲藏了不少啤酒和蜜酒。廚房裡的儲藏量也是非常豐富的：有許多宰好了的牛羊、香腸和火腿。外面的水池裡則有許多肥大的鯽魚和鮮美的鯉魚。

波爾格龍的主教是一位非常有權勢的人，他擁有廣大的土地，但是仍然希望擴大他占有的面積。所有的人必須在這位奧拉

夫・格洛布面前低下頭來。

他有一位住在蒂蘭的富有親族死了。「親族總是互相嫉恨的」；死者的未亡人現在可要體會這句話的眞義了。除了敎會的產業以外，她的丈夫統治著整片土地。她的兒子在外國：他小時候就被送出國去研究異國風俗，因爲這是他的志願。他許多年來一直沒有消息，可能已經躺在墳墓裡，永遠不會回來接替他母親的統治權了。

「怎麼，讓一個女人來統治嗎？」主敎說。

他召見她，然後叫法庭把她傳了去。不過他這樣做有什麼好處呢？她從來沒有觸犯過法律，她有十足的理由來維護自己的權利。

波爾格龍的主敎奧拉夫，你的意圖是什麼呢？你在那張光滑的羊皮紙上寫下的是什麼呢？你蓋上印，用帶子把它紮好，叫騎士帶一個僕人把它送到國外，送到那遼遠的敎皇城裡去，爲的是什麼呢？

現在是落葉和船隻擱淺的季節，冰凍的冬天馬上就要到來。

他已經這樣做了兩次，最後他的騎士和僕人在歡迎聲中回來了，從羅馬帶回敎皇的訓令———一封指責寡婦竟敢違抗這位虔誠的主敎的訓令：「她和她所有的一切應該得到上帝的詛咒。她應該從敎會和敎徒中被驅逐出去。誰也不應該給她幫助。讓她所有的朋友和親戚避開她，像避開瘟疫和痲瘋病一樣！」

「凡是不屈服的人必須粉碎他，」波爾格龍的主敎說。

所有的人都避開這個寡婦。但是她卻不避開她的上帝。祂是

她的保護者和幫助者。

　　只有一個傭人——一個老女僕——仍然對她忠心。這位寡婦帶著她親自下田去耕作。糧食生長起來了，雖然土地受過了教皇和主教的詛咒。

　　「妳這個地獄裡的孩子！我的意志必須實現！」波爾格龍的主教說。「現在我要用教皇的手壓在妳的頭上，叫妳走進法庭和滅亡！」

　　於是寡婦把她最後的兩頭牛駕在一輛車子上。她帶著女僕人爬上車子，走過那荒地，離開了丹麥的國境。她成爲一個異國人要流浪到異國去了。人們講著異國的語言，保持著異國的風俗。她一程一程地走遠了，走到一些青山發展成爲峻嶺的地方①——一些長滿了葡萄的地方。旅行商人在旁邊走過。她們不安地看守著滿載貨物的車子，害怕騎馬大盜的部下來襲擊。

　　這兩個可憐的女人，坐在那輛由兩頭黑牛拉著的破牛車裡，安全地在這崎嶇不平的路上、在陰暗的森林裡向前走。她們來到了法國。她在這兒遇見了一位「豪強騎士」帶著一打全副武裝的隨從。他停了一會兒，看一眼這部奇怪的車子，便問這兩個女人爲了什麼目的而旅行，從什麼國家來的。年紀較小的這個女人提起丹麥的蒂蘭這個名字，傾吐出她的悲哀和痛苦——而這些悲愁馬上就要終結了，因爲這是上帝的意旨。原來這個陌生的騎士就是她的兒子！他握著她的手，擁抱著她。母親哭起來了。她許多年來沒有哭過，而只是把牙齒緊咬著嘴唇，直到嘴唇流出熱血來。

　　現在是落葉和船隻擱淺的季節。

海上的浪濤把滿桶的酒捲到岸上來，充實主教的酒窖和廚房。烤叉上串著野味在火上燒烤。冬天到來了，但屋子裡是舒適的。這時主教聽到了一個消息：蒂蘭的演斯·格洛布和他的母親一起回來了；演斯·格洛布要設法庭，要在神聖的法庭和國家的法律面前來控告主教。

「那對他沒有什麼用，」主教說。「騎士演斯，你最好放棄這場爭吵吧！」

這是第二年；又是落葉和船隻擱淺的季節。冰凍的冬天又來了：「白色的蜜蜂」又在四處紛飛，刺著行人的臉，一直到它們融化。

人們從門外走進來的時候說：「今天的天氣真是冷得厲害啦！」

演斯·格洛布沉思地站著，火燒到了他的長衫上，幾乎要燒出一個小洞來。

「你，波爾格龍的主教！我是來制服你的！你在教皇的包庇下，法律拿你沒有辦法。但是演斯·格洛布對你有辦法！」

於是他寫了一封信給他住在薩林的妹夫奧拉夫·哈塞，請求他在聖誕節的前夕，在衛得堡的教堂做早禱的時候來晤面。主教本人要念彌撒，因此他得從波爾格龍到蒂蘭來。演斯·格洛布知道這件事情。

草原和沼地現在全蓋上了冰和雪。馬和騎士，全副人馬，主教和他的神父以及僕從都在那上面走過。他們在容易折斷的蘆葦叢中選一條捷徑通過，風在那兒淒慘地呼號。

穿著狐狸皮衣的號手，請你吹起你的黃銅號吧！號聲在晴

朗的空中響著。他們在荒地和沼澤地上這樣馳騁著──在炎熱
的夏天出現海市蜃樓的原野上馳騁著，一直向衞得堡的敎堂馳
去。

　　風也吹起它的號角來，越吹越厲害。它吹起一陣暴風雨，一
陣可怕的暴風雨。越來越大的暴風雨。在上帝的暴風雨中，他們
向上帝的屋子馳去。上帝的屋子屹立不動，但是上帝的暴風雨卻
在田野上和沼澤地上，在陸地上和大海上呼嘯。

　　波爾格龍的主敎到達了敎堂；但是奧拉夫‧哈塞，不管怎樣
飛馳，還是離得很遠，他和他的武士們在海灣的另一邊前進，爲
的是要來幫助演斯‧格洛布，因爲現在主敎要在最高的審判席前
出現了。

　　上帝的屋子就是審判廳，祭壇就是審判席。蠟燭在那個巨大
的黃銅燭台上明亮地燃著。風暴念出控訴和判詞：它的聲音在
沼澤地上和荒地上，在波濤洶湧的海上回響著。在這樣的天氣
中，任何渡船都渡不過這個海峽。

　　奧拉夫‧哈塞在俄特松得停了一下。他在這兒辭退了他的勇
士，給了他們馬和馬具，准許他們回家去，和他們的妻子團聚。
他打算在這呼嘯的海上單獨一個人去冒生命的危險。不過他們
得做他的見證；那就是說：如果演斯‧格洛布在衞得堡的敎堂
裡孤立無援的話，那並不是他的過錯。他忠實的勇士們不願意離
開他，而跟著他走下深沉的水裡面去。他們中有十個人被水捲走
了，但是奧拉夫‧哈塞和兩個年輕的人到達了海的彼岸。他們還
有五十多里路要走。

　　這已經是半夜過後了。這正是聖誕節之夜。風已經停了。敎

堂裡照得很亮。閃耀著的光焰透過窗玻璃，射到草原和荒地上面。晨禱已經做完了：上帝的屋子裡是一片靜寂，人們簡直可以聽到熔蠟滴到地上的聲音。這時奧拉夫・哈塞到來了。

演斯・格洛布在大門口和他會見。「早安！我剛才已經和主教達成了協議。」

「你真的這樣辦了嗎？」奧拉夫・哈塞說。「那麼你或主教就不能活著離開這個教堂了！」

劍從他的劍鞘裡跳出來，奧拉夫・哈塞向演斯・格洛布剛才急忙關上的那扇教堂的門捅了一劍，把它劈成兩半。

「請住手，親愛的兄弟！請先聽聽我所達成的協議吧！我已經把主教和他的武士都刺死了。他們在這問題上再也沒有什麼話可說了。我也不再談我母親所受的冤屈了。」

祭台上的燭芯正亮得發紅，不過地上亮得更紅。被砍了頭的主教，以及他的一群武士都躺在自己的血泊裡。這個神聖的聖誕之夜非常安靜，現在沒有一點聲音。

三天以後，波爾格龍的修道院敲起了喪鐘。那位被殺的主教和被刺死的武士們，被陳列在一個黑色的華蓋下面，周圍是用黑紗裹著的燭台。死者曾經一度是一個威武的主人，現在則穿著銀絲繡的衣服躺著：他的手握著十字杖，已經沒有絲毫權力了。香煙在繚繞著：僧眾們唱著歌。歌聲像哭訴——像忿怒和定罪的判詞。風托著它，風唱著它，向全國飛去，讓大家都能聽見。歌聲有時沉靜一會兒，但是它卻永遠不會消失。它總會再升起來，唱著它的歌，一直唱到我們的這個時代，唱著關於波爾格龍的主教和他屬害的親族的故事。驚恐的莊稼漢，在黑夜中趕著車子走

過波爾格龍修道院旁邊沉重的沙路時，聽到了這個聲音。躺在波爾格龍那些厚牆圍著的房間裡的失眠的人也聽到了這個聲音，因為它老是在通向那個教堂的、發出回音的長廊裡盤旋。教堂的門早已用磚封閉了，但是在迷信者的眼中它是沒有封閉的。在他們看來，它仍然在那兒，而且仍然是開著的，亮光仍然在那些黃銅的燭台上燃著，香煙仍然在盤旋，教堂仍然在射出古時的光彩，僧眾仍然在為那位被人刺死的主教念著彌撒，主教穿著銀絲繡的黑衣，用失去了權威的手拿著十字杖。他那慘白和驕傲的前額上的一塊赤紅的傷痕，像火似地射出光來——光上面燃著一顆世俗的心和罪惡的慾望……

你，可怕的古時的幻影！墜到墳墓裡去吧，墜到黑夜和遺忘中去吧！

請聽在那波濤洶湧的海上呼嘯著的狂暴的風吧！外邊有一陣暴風雨，正要吞嚙人的生命！海在這個新的時代裡沒有改變它的思想。這個黑夜無非是一張吞嚙生命的血口。至於明天呢，它也許是一顆能夠照出一切的明亮的眼睛——也像在我們已經埋葬了的那個遠古的時代裡一樣。甜蜜地睡去吧，如果你能睡的話！

現在是早晨了。

新的時代把太陽光送到房間裡來。風仍然在猛烈地吹著。有一艘船觸礁的消息傳來了——像在那個遠古的時代裡一樣。

在這天夜裡，在洛根附近，在那個有紅屋頂的小漁村裡，我們從窗子裡可以看見一條擱了淺的船。它觸到了礁岩，不過一架

放射器射出一條繩子到這船上來，形成一座聯結這艘破船和陸
地的橋樑。所有在船上的人都被救出來了，而且到達了陸地，在
床上得到休息；今天他們被請到波爾格龍修道院裡來。他們在
舒適的房間裡受到了殷勤的招待，看到了和善的面孔。大家用他
們的民族語言向他們致敬。鋼琴上奏出他們祖國的曲子。在這一
切還沒有結束以前，另外一根弦震動起來了；它沒有聲音，但是
非常洪亮和充滿了信心。思想的波 ② 傳到了遇難者的故國，報
導他們的獲救。於是他們所有的憂慮就都消逝了，他們在這天晚
上，在波爾格龍大廳裡的舞會中跳舞。他們跳著華爾滋舞和波蘭
舞的步子，同時唱著關於丹麥和新時代的歌：《英勇的步兵》。

祝福你，新的時代！請你騎著夏天的薰風飛進城裡來吧！
把你的太陽光帶進我們的心裡和思想裡來吧！在你光明的畫面
上，讓那些過去的、野蠻的、黑暗的時代的故事被擦掉吧！〔1861
年〕

這篇故事最初發表在 1861 年哥本哈根出版的《新聞畫報》
上，是作者 1860 年 11 月在巴斯納斯農莊寫成的。他 1859 年 8
月曾經去看過波爾格龍修道院。他在手記中寫道：「這個知名的
歷史故事產生於一個野蠻、黑暗的時代，但人們卻認為那個時代
很美，可以生活得比在我們今天更光明、更快樂的時代還好。」
安徒生在這裡是隱約地對當時懷古而美化中世紀的浪漫主義者

提出批評。安徒生是一個富於幻想的浪漫主義詩人，但他的思想卻完全與他的同行相反：「祝福你，新的時代！請你騎著夏天的薰風飛進城裡來吧！把你的太陽光帶進我們的心裡和思想裡來吧！在你光明的畫面上，讓那些過去的、野蠻的、黑暗的時代的故事被擦掉吧！」

【註釋】

①這是指阿爾卑斯山脈。丹麥沒有山，從丹麥向法國和義大利去的路程，是一段由平原走向高山的路程。

②此處原文意義不明，疑是指電報。

鄰居們

人們一定以爲養鴨池裡有什麼不平常的事情發生了，但是一丁點事兒也沒有。所有那些安靜地浮在水上、或者用頭倒立在水裡（因爲它們有這套本領）的鴨兒忽然都衝向岸上來了。人們可以在潮濕的泥土上看到它們的足跡；人們在很遠的地方就可以聽到它們的叫聲。水也動蕩起來了。不久以前，水還是像鏡子一樣光亮，人們可以看到倒映在水面上的樹，岸旁的每一個灌木叢，那個有一堵滿是洞孔和燕子巢的三角牆的農舍，特別是那個

開滿了花朵的大玫瑰花叢──花叢從牆上垂下來，懸在水上。這一切都在水裡映出來，像圖畫一樣，只不過是顛倒的罷了。當水在波動著的時候，一切東西就攪在一起，這整個的圖畫也就消失了。

有兩根羽毛從幾隻拍著翅膀的鴨子身上落了下來了。它們一起一伏地浮著；忽然間飛起來了，好像有一陣風吹起來，但是又沒有風。所以它們只好停下不動。於是水就又變得像鏡子一樣光滑。人們又可以很清楚地看出三角牆和它上面的燕子巢；人們也可以看出玫瑰花叢。每朵玫瑰花都被映出來了──它們是非常美麗的，但是它們自己不知道，因為沒有人把這事告訴它們。它們細嫩的花瓣發出幽香，太陽在上面照著。像我們在充滿了幸福感的時候一樣，每朵玫瑰花有一種怡然自得的感覺。

「活著是多麼美好啊！」每一朵玫瑰花說。「我只是希望一件事──希望能夠吻一下太陽，因為它是那麼光明和溫暖。是的，我也希望吻一下水裡的玫瑰花──它們簡直跟我們沒有什麼差別。我也希望吻一下巢裡那些可愛的小鳥。是的，我們上面也有幾隻！他們把小頭伸出來，唱得那麼溫柔。他們和他們的爸爸媽媽不一樣，連一根羽毛都沒有，住在上面也好，住在下面也好，他們都要算是我們的好鄰居。啊，生存是多麼美好啊！」

住在上面和下面的那些小鳥──住在下面的當然只不過是映在水裡的影子──都是麻雀。它們的爸爸和媽媽也是麻雀。它們去年就把燕子的空巢占領了，在裡面成家立業。

「那兒是鴨子的小寶寶在游泳嗎？」那幾隻小麻雀一看到水上浮著的羽毛，就這樣問。

「你們要問問題，就應該問得聰明一點！」麻雀媽媽說。「你們沒有看到那是羽毛嗎？那是活的衣服呀，像我穿的和你們不久就要穿的東西一樣；不過我們的可要漂亮得多！我倒很想把它們搬到我們的巢裡來，因爲它們能保暖。我也很想知道，什麼東西把鴨兒嚇成那個樣子。水裡面一定出了什麼事情。她們絕不至於怕我吧，雖然我對你們說『嘰』的時候，聲音未免大了一點。那些傻頭傻腦的玫瑰花應該知道，不過她們什麼也不懂。她們只是互相呆望，發出一點香氣罷了。對於這類鄰居我眞感到膩煩了。」

「請聽聽上面那些可愛的小鳥吧！」玫瑰花說。「他們也想要學著唱唱歌。當然他們還不會唱，但是他們不久就會的。那一定是非常幸福的事情！有這樣快樂的鄰居眞是有趣得很！」

這時有兩匹馬兒飛奔過來了，它們是要來喝水的。有一匹馬上騎著一個農家孩子。他把所有的衣服都脫掉了，只戴了那頂又大又寬的黑帽子。這個孩子吹著口哨，像一隻小鳥兒一樣。他一直騎到池子最深的地方。當他走過玫瑰花叢的時候，他摘下一朵玫瑰，把她插在自己的帽子上。他現在以爲自己打扮得很漂亮，就騎著馬走了。其餘的玫瑰花目送著她們的妹妹，同時相互問著：「她會旅行到什麼地方呢？」但是她們回答不出來。

「我很想到外面的世界去見見世面，」這朵玫瑰對那朵玫瑰說。「不過住在我們自己家裡的綠葉子中間也是很愉快的。白天有溫暖的太陽照著；夜裡更有美麗的天空！我們還可以瞭望它上面的那些小洞！」

她們所謂的小洞就是星星，因爲玫瑰只能想像到這一點。

「我們使得這房子周圍的一切都活躍起來了！」麻雀媽媽說。「人們常說：『燕子巢帶來運氣』，所以他們也願意我們在這兒住。不過請看那兒的一些鄰居！這麼一堆爬上牆來的玫瑰花叢，只有把這地方弄得發潮。我想她們會被移走，好叫這兒能種些麥子。玫瑰花只不過是給人看看、聞聞罷了，最多也不過是挿在帽子上。我聽我的母親說過，她們每年凋謝一次。農家婦人把她們用鹽保藏起來，在她們裡面放些鹽進去。於是她們就得到一個我旣念不出、也不願意念出的法國名兒①；然後她們就被扔進火裡，好叫她們發出一點好聞的氣味來。你們看，那就是她們的事業。她們只是爲人家的眼睛和鼻子活著。現在你們懂得了！」

當黃昏到來、蚊蚋在映著晚霞的溫暖空氣中跳舞的時候，夜鶯就飛來對玫瑰花唱著歌，說，「美」就像這個世界的太陽光一樣，是永遠不滅的。不過玫瑰花兒都以爲夜鶯是在歌唱自己——的確，你也可以有這種看法。她們沒有想到，這歌可能就是爲她們而唱的。不過她們聽到這歌都感到非常愉快。她們甚至幻想，那些小麻雀也可能會變成夜鶯。

「我完全能聽懂那隻鳥兒的歌，」小麻雀說。「只是有一個字我聽不懂。『美』是個什麼意思？」

「什麼意思也沒有，」麻雀媽媽回答說。「那不過是一種表面的東西罷了。在那兒的一個公館裡，鴿子都有他們自己的房子，院子裡每天有人撒許多小麥和豌豆粒給他們吃。我親自跟他們一同吃過飯，而且我還要再去。你只須告訴我你跟什麼人來往，我就可以說出你是什麼人。那公館裡還住著兩隻麻雀。他們

的脖子是綠的，頭上還長著一個冠子。他們能把尾巴展開來，像一個巨大的輪子一樣。它們顯出種種不同的顏色，使得你的眼睛都要發昏。他們的名字叫做孔雀，而且他們就是所謂『美』。人們只須把他們的毛扯些下來，那麼他們跟我們也就沒有什麼兩樣了。要不是他們長得那麼大的話，我自己就可以拔掉他們的毛的。」

「要拔掉他們的毛！」最小的那個麻雀說；它連毛都還沒有長出來。

在那個農舍裡面住著一對年輕人。他們的感情非常好，他們非常勤儉和活潑；他們的家顯得非常可愛。在禮拜天的早晨，那個年輕的妻子走出來，摘了一大把最美麗的玫瑰花，放在一個玻璃杯裡，然後把這杯子放在碗櫃上。

「現在我可以知道這是禮拜天了！」丈夫說，同時吻了一下他甜蜜的小妻子。於是他們坐下來，兩人緊緊地握著手，讀著一本聖詩集。太陽從窗子裡射進來照在那些新鮮的玫瑰花上，照在這對年輕人的臉上。

「這樣子真叫我感到討厭！」麻雀媽媽說，因為她從巢裡可以直接望到這房間裡的東西。所以她就飛走了。

第二個禮拜天她又是這樣，因為那個玻璃杯裡每個禮拜天都插上了新鮮的玫瑰花，而玫瑰花叢又老是開得那樣美麗。

那些小麻雀現在長好羽毛了，它們想要向外飛，不過媽媽說：「不准你們動！」於是它們只好不動了。她獨自兒飛走了。但是，不知怎的，她忽然被樹枝上一個圈套絆住了，那是小孩子用馬尾做的。這圈套牢牢地纏住她的雙腿。啊，纏得才緊呢，簡

直要把她的腿割斷似的。這眞叫人痛苦！這眞叫人害怕！孩子
們跑過來，把這鳥兒捉住，而且把她捏得很緊，緊到殘酷的程
度。

「原來不過是一隻麻雀！」他們說，但是並不放走她，卻把
她帶回家裡來。她每叫一聲，他們就在她的嘴上打一下。

在那個農舍裡有一個老頭兒。他會做刮臉的、洗手的肥皂
──肥皂球或肥皂片。他是一個樂天、隨性的老傢伙。當他看到
那孩子把這隻灰麻雀帶回來、聽說他們並不喜歡她的時候，他就
說：

「咱們把她美化一下，好嗎？」

當他說出這句話的時候，麻雀媽媽身子就冷了半截。

老頭兒從一個裝滿了各色耀眼的東西的匣子裡拿出許多閃
亮的金葉子來。他又叫孩子們去拿一個鷄蛋來。他把這麻雀塗了
滿身的蛋淸。於是他把金葉子黏上去；這麼一來，麻雀媽媽就算
是鍍金了。不過她並沒有想到漂亮，她只是四肢發抖。這位肥皂
專家從舊衣裡拉下一片紅布來，剪成一個公鷄冠的形狀，然後把
它貼在這鳥兒的頭上。

「你們現在可以看到一隻金鳥飛翔了！」老頭兒說。於是他
把這麻雀放走了。她在明亮的太陽光中趕快逃命，嚇得要死。

嗨，她才耀眼哩！所有的麻雀，連那隻大烏鴉──他已經不
是一個年輕小伙子了──看到了她也不禁大驚失色起來。不過
他們仍然在她的後面猛追，因爲他們想要知道，這究竟是一隻什
麼怪鳥兒。

「從什麼地方飛來的？從什麼地方飛來的？」烏鴉大聲喊

著。

「請停一下！請停一下！」許多麻雀一齊喊著。

但是麻雀卻不願意停下來。她懷著害怕和恐怖的心情，一口氣飛回家來。她幾乎墜到地上來了。追逐的鳥兒越集越多，大的小的都有；有些甚至緊緊逼到她身邊來，要啄掉她的毛。

「看她呀！看她呀！」大家都喊。

「看她呀！看她呀！」當麻雀媽媽飛近她的巢時，那些小麻雀也喊。「這一定是一隻小孔雀。她射出種種不同的色彩，正像媽媽告訴我們的一樣，簡直把我們的眼睛都弄昏了。噭！這就是『美』呀！」

他們開始用小嘴啄著這鳥兒，使得她簡直沒有辦法飛進巢裡來。她嚇得驚惶失措，連「噭！」都說不出來，更談不上說：「我是你們的媽媽呀！」

別的麻雀們都湧過來，把她的羽毛一根接著一根地啄得精光。最後麻雀媽媽全身流血，墜落到玫瑰花叢裡去了。

「妳這可憐的東西！」玫瑰花說，「請不要著急。我們可以把妳隱藏起來呀！請把妳的頭靠著我們吧！」

麻雀把翅膀張開了一下，接著馬上就縮回去了，緊貼著身子。她在這些鄰居們——這些美麗新鮮的玫瑰花——旁邊死了。

「噭！噭」巢裡的麻雀說。「媽媽到什麼地方去了呢？我們連影子都不知道！該不會是她玩了一個花樣，叫我們自己去找出路吧？她留下這麼一間房子給我們做爲遺產！不過當我們都成家立業了的時候，究竟誰來繼承它呢？」

「是的，等我有了妻子和小孩、把家庭擴大了的時候，你們想要跟我住在一起可不行啦，」最小的那隻麻雀說。

「我的妻子和孩子將會比你的還要多！」另一隻說。

「但是我是長子呀！」第三隻說。

現在他們都吵起來了，他們用翅膀打，用嘴啄著，於是，啪！他們一隻跟著一隻地從巢裡滾出來了。他們躺在地上，生氣得不得了。他們把頭兒偏向一邊，眨著朝上的那個眼睛——這就是他們生氣的表示。

他們能夠飛一點兒，又進一步練習了一陣子。最後，為了使他們今後在世界上碰頭的時候可以彼此認得出來，他們一致同意到那時應該說：「嘰！嘰！」同時用左腳在地上扒三次。

那隻仍然留在巢裡的小麻雀，盡量擺出一副神氣十足的架子來，因為它現在成了這屋子的主人，不過它沒有當家很久。在這天晚上，一股紅色的火在窗玻璃裡閃耀著，火焰從屋頂下燒出來，乾草嘩啦嘩啦地燃燒，整間屋子都著火了，連這隻小麻雀也在內。不過別的麻雀都逃命了。

第二天早晨，當太陽又升起來的時候，一切東西都顯得非常新鮮，好像安靜地睡了一覺似的；那個農舍什麼也沒有剩下，只有幾根燒焦了的屋樑，靠著那個沒有人管的煙囪。濃厚的煙從廢墟升上來，不過外邊的玫瑰花叢仍然很鮮艷，開得很茂盛；每一朵花，每一根枝葉都映照在那平靜的水裡。

「咳，這座燒塌了的房子前面，玫瑰花開得多麼美啊！」一位路過的人說。「這是一幅最美麗的小小畫面，我要把它畫下來！」

　　於是這人從衣袋裡拿出一本白紙；他拿起鉛筆，因為他是
一個畫家。他畫出這冒煙的廢墟，燒焦了的屋樑，傾斜的、幾乎
要塌下來的煙囪；不過最突出的是一叢盛開的玫瑰。它的確非
常美麗，這幅畫完全是為它而畫的。

　　這天的傍晚，原來在那兒出生的兩隻麻雀經過這兒。

　　「那房子到什麼地方去了？」他們問。「那個巢到什麼地方
去了？嘰！嘰！什麼都燒掉了，連我們那個強壯的老弟也被燒
掉了！這就是他獨占那個巢的結果。那些玫瑰花兒倒是安然地
逃脫了——她們仍然立在那兒，滿臉紅潤。她們當然不會為鄰居
的倒楣而難過的。我們不跟她們講話；這地方真醜——這是我
們的意見。」於是他們就飛走了。

　　當秋天來臨的時候，有一天太陽照得非常燦爛；人們很可
能相信這還是夏天。在一個公館前面的一排大台階下面有一個
院子，它是乾燥和清潔的。有一群鴿子在院子裡散著步：黑色
的、白色的和紫色的，他們都在太陽光裡閃著光。年老的鴿子媽
媽特別提高嗓子對她們的孩子說：

　　「要成群地站著！要成群地站著！」——因為只有這樣才顯
得更好看。

　　「那些在我們中間跳來跳去的灰色小東西是什麼？」一隻眼
睛顯出紅綠二色的老鴿子問。「灰色的小東西，灰色的小東
西！」她說。

　　「他們是麻雀呀！——沒有什麼害處的動物。我們素來是以
和善馳名的，所以我們還是讓他們啄點我們的東西吃吧！他們
不會跟我們講話的，而且他們的腳扒得也蠻客氣！」

是的，它們都會扒，它們用左腿扒三下；不過它們還會說：「噭！」他們用這種辦法可以認出他們是那間燒塌了的房子裡一巢生出來的三隻麻雀。

「這兒真叫人吃得痛快！」麻雀們說。

鴿子們只是跟自己的人在一起昂然闊步地走來走去，而且只是談論著他們自己的事情。

「你看到那隻凸胸脯的鴿子嗎？」一隻麻雀對另一隻麻雀說。「你看到她啄豌豆吃的那副樣兒嗎？她吃得太多了！而且老是挑最好的吃！咕嚕！咕嚕！你們看她的鴿冠禿得多厲害！——你看這個可愛又可氣的東西！咕嚕！咕嚕！」

他們的眼睛都紅起來，射出氣憤的光芒。

「站成群呀！站成群呀！灰色的小東西！灰色的小東西！灰色的小東西！咕嚕！咕嚕！咕嚕！」

他們的嘴巴就是這麼不停地囉唆著；一千年以後，他們還會這麼囉唆。

麻雀們大吃了一頓，他們也聽了許多話。是的，他們甚至還「站成群」，不過這對他們是不相稱的。他們都吃飽了，所以就離開了鴿子，彼此還發表了對鴿子的意見。然後就跳到花園的柵欄下面去。當他們發現花園門是開著的時候，有一隻就跳進門檻裡去。他因為吃得非常飽，所以膽子也就大了。「噭噭！」他說，「我敢這樣做！」

「噭噭！」另一隻說，「我也敢，而且還要超過你。」於是他就直接跳到人家的房間裡去。

房間裡沒有人。第三隻麻雀看到這情形，也飛進去，而且飛

到最裡面去，同時說：

「要不就索性飛進去，要不就索性不進去！這是一個多麼滑稽的『人巢』！那上面掛的是什麼東西？嗨，那是什麼東西！」

麻雀看到自己面前有許多盛開的玫瑰；她們都倒映在水裡；那燒焦了的屋樑斜倚著那隨時都會倒下來的煙囪。——乖乖，這是什麼？她們怎麼會跑到一個公館裡的房間裡來了呢？

這三隻麻雀想在煙囪和玫瑰花上飛過去，但是卻碰到了一堵硬牆。這原來是一幅畫，一幅美麗的巨畫。它是畫家根據他的速寫完成的。

「嘰嘰！」這些麻雀說，「這沒有什麼！只不過看起來像真東西罷了。嘰嘰！這就是『美』呀！你們能看出這是什麼道理嗎？我看不出什麼道理！」

於是他們就飛走了，因為這時有幾個人走進房間裡來了。

許多歲月過去了。鴿子不知咕嚕咕嚕了多少次，且不提他們的囉唆——這些脾氣暴躁的東西！麻雀們在冬天挨過凍，在夏天裡享受過舒服的日子。他們現在都訂了婚，或者結了婚——隨你怎樣說吧。他們都生了小寶寶；當然每一隻麻雀總認為自己的孩子最漂亮，最聰明。這個孩子飛到東，那個孩子飛到西；當他們相遇的時候，便叫一聲「嘰！」同時用左腳扒三下，彼此就認出來了。他們中間一隻最老的麻雀現在是一個老姑娘，她既沒有家，也沒有孩子。她非常想到一個大城市去看看，因此就飛到哥本哈根去。

那兒有一棟五光十色的大房子。它聳立在皇宮和運河的近旁。河上有許多裝載著蘋果和陶器的船來往。房子的窗子都是下

面寬，上面窄。麻雀向裡面看去，覺得每個房間就像一朵鬱金香，什麼色彩和裝飾都有。在這朵鬱金香的中央有些雪白的人像，是用大理石雕的，但還有幾座是用石膏塑的，不過在一隻麻雀的眼中看來，它們都是一樣。屋頂上有一架鐵車，上面還套著幾匹鐵馬，由一個鐵鑄的勝利女神趕著。這原來是多瓦爾生博物館。

「你看它是多麼光彩，你看它是多麼光彩！」麻雀老姑娘說。「這一定就是所謂『美』了。嘰嘰！不過它比麻雀要大一點！」

她還記得小時候她媽媽所知道的最美的東西是什麼。於是她飛到院子裡來。這兒也很美麗：牆上畫著棕櫚樹和枝椏；院子中央長著一個盛開的大玫瑰花叢——那開滿了花朵的新鮮枝葉在一座墳墓上面伸展開來。她飛進這花叢裡去，因為裡面有許多別的麻雀。「嘰嘰！」接著她用左腳扒了三下土——這種敬禮她在過去的歲月中不知做過多少次，但是誰也不懂得，因為大家一分手，就不一定每天都可以碰到。現在這種敬禮不過成了一種習慣罷了。但是今天卻有兩隻老麻雀和一隻小麻雀回答一聲：「嘰嘰！」同時用左腳扒了三下土。

「啊！日安！日安！」他們是老巢裡的兩隻老麻雀和這個家族的一隻小麻雀。「我們居然在這兒會面了！」他們說。「這真是一個好地方，可惜沒有什麼東西可吃。這就是『美』呀！嘰嘰！」

許多人從兩邊的房間裡走出來——那裡面陳列著許多美麗的大理石像。他們走到了墳墓旁邊。雕刻這些美麗的石像的那位藝術家就躺在這裡。他們臉上現出欣悅的表情，站在多瓦爾生的

墓旁；他們拾起落下的玫瑰花瓣，保存起來做紀念。他們有的是從很遠的地方來的：或來自強大的英國，或來自德國和法國。他們中有一位最美麗的太太摘下了一朵玫瑰，藏在自己的懷裡。

這些麻雀以爲玫瑰花成了這地方的主人，以爲這整棟房子就是爲玫瑰花而建築的。他們覺得這未免做得太過分。不過人類既然這樣重視玫瑰花，他們當然也不甘落後。「嘰嘰！」他們說，同時把尾巴在地上一掃，用一隻眼睛對這些玫瑰花斜望一下。他們沒有看多久馬上就認出來了，這些花兒原來是他們的老鄰居。事實上也沒有錯，這些玫瑰花的確是的。畫下這叢長在那座塌屋子旁的玫瑰的畫家，後來得到許可把玫瑰挖起來，送給這個博物館的建築師，因爲在任何地方都不容易找到比這更美麗的玫瑰花。那位建築師把這花栽在多瓦爾生的墓上。現在玫瑰花在這兒開了，做爲美的具體形象，它貢獻出又紅又香的花瓣，讓人們帶到遙遠的國度裡去，做爲紀念。

「你們在這城裡找到一個地方了嗎？」麻雀們問。

這些玫瑰花都點點頭，認出了灰色的鄰居們。它們看到他們，覺得非常高興。

「活著和開著花，碰到舊時的朋友，每天看到和善的面孔——這是多麼幸福啊！這兒每天都好像是一個節日！」

「嘰嘰！」這些麻雀齊聲說。「是的，它們的確是我們的老鄰居；我們記得起它們在那個池塘旁邊的原形。嘰！它們眞是走運了！是的，有人一覺醒來就成了貴人。我們不懂，在它們那一大堆紅顏色裡有什麼了不起的高貴東西？咳，那上面就有一片萎枯的葉子——我們一眼就看得出來！」

　　於是他們啄了一口這葉子，葉子就落下來了。不過玫瑰樹倒反而變得更新鮮，更翠綠。玫瑰花兒在多瓦爾生墓上的太陽光中芬芳地開著。她們的美跟他不朽的名字永遠聯在一起。〔1847年〕

　　這篇故事最初收集在《新的童話》裡。這裡「鄰居們」不是人，而是麻雀和玫瑰花。它們之間有分歧，焦點是「美」。麻雀瞧不起玫瑰花，說：「玫瑰花只發出一點香氣罷了。對於這樣的鄰居我眞感到膩煩了。」夜鶯飛來對玫瑰花歌唱：「『美』就像這個世界的太陽光一樣，是永遠不滅的。」「美」就是玫瑰花，但「美」的內容還包括一顆善良的心。玫瑰花認爲它們的鄰居，那些還沒有長好毛的麻雀「把小頭伸出來，唱得那麼溫柔……都要算是我們的好鄰居。」它們還希望這些小麻雀也能變成夜鶯。後來麻雀巢居的那間農舍被火燒塌了，只有外邊的玫瑰花還在盛開。一位畫家見到了，覺得在這個背景下的玫瑰花特別美，就把它畫下來，後來又把它移植到世界知名的丹麥雕刻大師多瓦爾生(1768～1844)的墓前，「做爲美的具體形象。」世界各地來的瞻仰者，摘下它又紅又香的花瓣，「帶到遙遠的國度裡去，做爲紀念。」麻雀偶然飛來，發現這就是它們的老鄰居，不禁輕蔑地說：「我們不懂，在她們那一大堆紅顏色裡有什麼了不起的高貴東西？咳，那上面就有一片萎枯的葉子——我們一眼就看得

出來！」它們又挑剔，「啄了一口這葉子，葉子就落下來了。不過玫瑰樹倒反而變得更新鮮，更翠綠。」真正美的東西，不是奚落可以抹煞掉的。「她們的美跟他（多瓦爾生）不朽的名字永遠聯在一起。」這裡玫瑰花象徵安徒生自己，麻雀自然是指奚落他的「哥兒們」——那些相互吹捧、自負其才、曇花一現的「作家們」。

【註釋】

①法國人把這種保藏起來的花瓣叫做 Potpourri。

雪 人

「天氣眞是冷得可愛極了，我身體裡要發出淸脆的碎裂聲來！」雪人說。「風可以把你吹得精神飽滿。請看那兒一個發亮的東西吧，她在死死地盯著我。」他的意思是指那個正在沉落的太陽。「她想要叫我對她擠眼是不可能的——我絕不會在她面前軟下來。」

他的頭上有兩大塊三角形的瓦片做眼睛。他的嘴巴是一塊舊耙做的，因此他也算是有牙齒了。

雪　人

　　他是在一群男孩子的歡樂聲中出生的；雪橇的鈴聲和鞭子的呼呼聲歡迎他的出現。

　　太陽下山了。一輪明月升上來了；她在蔚藍色的天空中顯得又圓，又大，又乾淨，又美麗。

　　「她又從另一邊冒出來了，」雪人說。他以為這又是太陽在露出她的頭面。「啊！我算把她的瞪眼病治好了。現在讓她高高地掛在上面照著吧，我可以仔細把自己瞧一下，我真希望有什麼辦法可以叫我自己動起來。我多麼希望動一下啊！如果我能動的話，我真想在冰上滑他幾下，像我所看到的那些男孩子一樣。不過我不知道怎樣跑。」

　　「完了！完了①！」那隻守院子的老狗兒說。他的聲音有點啞——他以前住在屋子裡、躺在火爐旁邊時就是這樣。「太陽會教你怎樣跑的！去年冬天我看到你的祖先就是這樣；在那以前，你祖先的祖先也是這樣。完了！完了！他們一起都完了。」

　　「朋友，我不懂你的意思，」雪人說。「那東西能教會我跑嗎？」他的意思是指月亮。「是的，剛才當我在仔細瞧她的時候，我看到她在跑。現在她又從另一邊偷偷地冒出來了。」

　　「你什麼也不懂，」守院子的狗說。「可是你也不過是剛剛才被人修起來的。你看到的那東西就是月亮呀，而剛才落下的那東西就是太陽啦。她明天又會冒出來的。而且她會教你怎樣跑到牆邊的那條溝裡去。天氣不久就要變，這一點我在左後腿就能覺得到，因為它有點酸痛。天氣要變了。」

　　「我不懂他的意思，」雪人說。「不過我有一種感覺，他在講一種不愉快的事情。剛才盯著看我、後來又落下去的那東西

──他把她叫做『太陽』──絕不是我的朋友。這一點我能夠感覺得到。」

「完了！完了！」守院子的狗兒叫著。他兜了三個圈子，然後就鑽進他的小屋裡躺下來了。

天氣真的變了。天亮的時候，一層濃厚的霧蓋滿了這整個的地方。到了早晨，就有一陣風吹來───一陣冰冷的風。寒霜緊緊地蓋著一切；但是太陽一升起，那是一幅多麼美麗的景象啊！樹木和灌木叢蓋上一層白霜，看起來像一座完整的白珊瑚林。所有的枝椏上似乎開滿了亮晶晶的白花。許多細嫩的小枝，在夏天全被葉簇蓋得看不見，現在都露了面──每一枝都現出來了。這像一幅刺繡，白得放亮，每一根樹枝似乎在放射出一種雪白晶瑩的光芒。赤楊在風中搖動，精神飽滿，像夏天的樹兒一樣。這真是分外的美麗。太陽一出來，處處是一片閃光，好像一切都撒上了鑽石的粉末似的；而雪鋪的地上簡直像蓋滿了大顆的鑽石！每一個人幾乎可以幻想地上點著無數比白雪還要白的小燈。

「這真是出奇的美麗，」一位年輕的姑娘跟一個年輕的男子走進這花園的時候說。他們兩人恰恰站在雪人的身旁，望著那些發光的樹。「連夏天都不會給我們比這還美麗的風景！」她說；於是她的眼睛也射出光彩。

「而且在夏天我們也有這樣的一位朋友，」年輕人說，指著那個雪人。「他真是漂亮！」

這姑娘咯咯地大笑起來，向雪人點了點頭，然後就和她朋友蹦蹦跳跳地在雪上舞起來了──雪在她的步子下發出疏疏的碎裂聲，好像他們在麵粉上走路似的。

「這兩個人是誰？」雪人問守院子的狗兒。「你在這院子裡比我住得久。你認識他們嗎？」

「我當然認識他們，」看院子的狗說。「她撫摸過我，他扔過一根骨頭給我吃。我從來不咬這兩個人。」

「不過他們是什麼人吶？」雪人問。

「一對戀人——戀人！」守院子的狗說。「他們將要搬進一間共同的狗屋裡去住，啃著一根共同的骨頭。完了！完了！」

「他們像你和我那樣重要嗎？」雪人問。

「他們屬於同一個主人，」看院子的狗說。「昨天才生下來的人，所知道的事情當然是很少很少的，我在你身上一眼就看得出來。我上了年紀，而且知識廣博。我知道院子裡的一切事情。有一個時期我並不是被用鏈子鎖著，在這兒的寒冷中站著的。完了！完了！」

「寒冷是可愛的，」雪人說。「你說吧，你說吧！不過請你不要把鏈子弄得作響——當你這樣弄的時候，我就覺得要裂開似的。」

「完了！完了！」看院子的狗兒叫著。「我曾經是一個好看的小伙子。人們說，我又小又好看，那時我常常躺在屋子裡鋪著天鵝絨的椅子上，有時還坐在女主人的膝上。他們常常吻我的鼻子，用繡花的手帕擦我的腳掌。我被叫做最美麗的哈巴哈巴小寶貝。不過後來他們覺得我長得太大了。他們把我交到管家的手上。以後我就住在地下室裡。你現在可以望見那塊地方；你可以望見那個房間。我就是它的主人，因為我跟那個管家的關係就是這樣。比起樓上來，那的確是一個很小的地方，不過我在那兒住

得很舒服，不像住在樓上那樣，常常被小孩子捉住或揪著。我同樣得到好的食物，像以前一樣，而且分量多。我有我自己的墊子，而且那兒還有一個爐子——這是在這個季節中世界上最好的東西。我爬到那個爐子底下，可以在那兒睡一覺。啊！我還在夢想著那個爐子哩。完了！完了！」

「那個爐子是很美麗的嗎？」雪人問。「它像我一樣嗎？」

「它跟你恰恰相反。它黑得像炭一樣，有一個長頸和一個黃銅做的大肚子。它吞下木柴，所以它的嘴裡噴出火來。你必須站在它旁邊，或者躺在它底下——那兒是很舒服的，你可以從你站著的這地方穿過窗子望見它。」

雪人瞧了瞧，看見一個有黃銅肚子的、擦得發亮的黑東西。火在它的下半身熊熊地燒著。雪人覺得有些兒奇怪；他感覺到身上生出一種情感，他說不出一個理由來。他身上發生了一種變化，他一點也不了解；但是所有別的人，只要不是雪做的，都會了解。

「爲什麼你離開了她呢？」雪人問。因爲他覺得這火爐一定是一個女性。「你爲什麼要離開這樣一個舒服的地方呢？」

「我是被迫離開的呀，」守院子的狗說。「他們把我趕出門外，用一條鏈子把我鎖在這兒。我在那個小主人的腿上咬了一口，因爲他把我正在啃著的骨頭踢開了。『骨頭換骨頭』，我想。他們不喜歡這種做法。從那時起，我就被鎖在一條鏈子上，同時我也失去了我響亮的聲音。你沒有聽到我聲音是多麼啞嗎？完了！完了！事情就這樣完了。」

不過雪人不再聽下去了，而且在向著管家住的那個地下室

望；他在看著那房間裡站在四隻腿上的、跟雪人差不多一樣大的火爐！

「我身上有一種癢癢的奇怪的感覺！」他說，「我能不能到那兒去一趟呢？這是一種天真的願望，而我們天真的願望一定會得到滿足的。這也是我最高的願望，我唯一的願望。如果這願望得不到滿足的話，那也真是太不公平了。我一定要到那兒去，在她身邊偎一會兒，就是打破窗子進去也管不了。」

「你永遠也不能到那兒去，」看院子的狗說。「如果你走近火爐的話，那麼你就完了！完了！」

「我也幾乎等於是完了，」雪人說。「我想我全身要碎裂了。」

這一整天雪人站著直盯窗子裡面看。在黃昏的時候，這個房間變得更逗人喜愛；一種溫和的火焰，既不像太陽，也不像月亮，從爐子裡射出來；不，這是一個爐子加上了柴火以後所能發出的那種亮光。每次房門一開，火焰就從它的嘴裡噴出來——這是爐子的一種習慣。火焰明朗地照在雪人潔白的臉上，射出紅光，一直把他的上半身都照紅了。

「我真的吃不消了，」他說。「當她伸出她的舌頭的時候，她是多麼美啊！」

夜是很長的。但是對雪人說來，可一點也不長。他站在那兒，沉浸在他美麗的想像中；他在寒冷中起了一種癢酥酥的感覺。

在早晨，地下室的窗玻璃上蓋滿了一層冰。冰形成了雪人所喜愛的、最美麗的冰花，不過它們卻把那個火爐遮掩住了。它們在窗玻璃上融不掉；他也就不能再看到她了。他的身體裡裡外

外都有一種癢酥酥的感覺。這正是一個雪人最欣賞的寒冷天氣。但是他卻不能享受這種天氣。的確,他可以、而且應該感到幸福的,但當他正在害火爐相思病的時候,他怎樣能幸福起來呢?

「這種病對於一個雪人說來,是很可怕的,」守院子的狗兒說。「我自己也吃過這種苦頭,不過我已經度過了難關。完了!完了!現在天氣快要變了。」

天氣的確變了。雪開始在融化。

雪融化得越多,雪人也就越變得衰弱起來。他什麼也不說,什麼牢騷也不發——這正說明相思病的嚴重。

有一天早晨,他忽然倒下來了。看哪,在他站過的那塊地方,有一根掃帚把直直地插在地上。這就是孩子們做雪人時用來做支柱的那根棍子。

「現在我可懂得了他的相思病為什麼害得那樣苦,」守院子的狗兒說。「原來雪人的身體裡面有一個火鈎,它在他的心裡攪動。他現在算是度過了難關。完了!完了!」

不久冬天就要過去了。

「完了!完了!」守院子的狗兒叫著;不過那屋子裡的小女孩們唱起歌來:

> 快出芽喲,綠色的車葉草,新鮮又美麗;
> 啊,楊柳啊,請你垂下羊毛一樣軟的新衣。
> 來吧,來唱歌啊,百靈鳥和杜鵑,
> 二月過去,緊接著的就是春天。

我也來唱：滴麗！滴麗！玎璫！
來吧，快些出來吧，親愛的太陽。

於是誰也不再想起那個雪人了。〔1861 年〕

　　這個小故事發表在 1861 年哥本哈根出版的《新的童話和故事集》第二卷第一部裡。這是一個雪人單戀火爐的故事，很風趣：「『現在我可懂得了他的相思病爲什麼害得那樣苦，』守院子的狗兒說。『原來雪人的身體裡面有一個火鈎（做爲他的支柱），它在他的心裡攪動。他現在算是度過了難關。』」因爲「不久冬天就要過去了。」關於這個故事的背景，安徒生在手記中寫道：「我在巴士納斯農莊過聖誕節，寫了〈雪人〉。這是我許多故事中較滿意的一篇。」在 1861 年 1 月 1 日，安徒生又寫道：「外面的雪看上去像天上灑下的珍珠一樣。我寫完我的童話〈雪人〉。」

【註釋】

①在原文裡這是一個雙關語"Voek"。它字面的意思是：「完了！」或「去吧！」但同時它的發音像犬吠聲：「汪！汪！」

一滴水

你當然知道什麼叫做放大鏡——它是一種圓玻璃，可以把一切東西放大到比原來的體積大一百倍。你只要把這鏡子放在眼睛前面，瞧瞧一滴從池子裡抽出來的水，你就可以看見一千多種奇怪的生物——在別的情況下你是沒有辦法在水裡看見的。不過它們的確存在著，一點也不虛假。這好像是一大盤龍蝦，在你上我下地跳躍著。它們的樣子非常凶猛，彼此撕著腿和臂、尾巴和身體；然而它們自己卻感到愉快和高興。

一　　滴　　水

　　從前有一個老頭兒，大家把他叫做克里布勒·克拉布勒①，這就是他的名字。他總是希望在一切東西中抽出最好的東西來。當他沒有辦法達到目的時，他就要使用魔術了。

　　有一天他坐下來拿著一個放大鏡在眼前，查看一滴從溝裡抽出來的水。嗨，那才是一副亂爬亂叫的景象呢！無數的小生物在跳躍著，互相撕扯，互相吞食。

　　「這真嚇人！」老克里布勒·克拉布勒說。「我們不能勸它們生活得和平與安靜一點嗎？勸它們不要管別人的閒事嗎？」

　　他想了又想，可是想不出辦法。最後他只好使魔術了。

　　「我得把它們染上顏色，好使它們顯得清楚！」他說。

　　於是他就在這滴水裡倒進了一滴像紅酒這類的東西。不過這就是巫婆的血——最上等的、每滴價值兩個銀毫的血。這樣，那些奇異的小生物就全身染上了粉紅色；水滴簡直像住著一群裸體野人的城市一樣。

　　「這是一些什麼東西？」另外一個魔法師問。這人沒有名字——而他卻正因為沒有名字而馳名。

　　「嗨，如果你能猜出它們是什麼東西，」老克里布勒·克拉布勒說，「我就把它們送給你。不過，你不知道，要猜出來是不很容易的。」

　　這個沒有名字的魔法師向放大鏡裡面看。這真像一個城市，那裡面的人都在跑來跑去，沒有穿衣服！多麼可怕啊！不過更可怕的是看到這個人怎樣打著和推著另外一個人，他們互相咬著、掐著、拉著和捶著。在下面的要爬上來，在上面的要鑽到下面去。

「看呀！看呀！他的腿比我的長！呸！滾他的！有一個人的耳朵後面長了一個小瘤———一個無害的小瘤，不過這使他感到痛，而它將來還會使他感到更痛！」

於是大家拖著他，向這瘤砍來；而且正因為這個小瘤，大家就把這人吃掉了。另外還有一個人坐在那裡一聲不響，像一個小姑娘。她只希望和平與安靜。不過大家不讓這位小姑娘坐在那兒。他們把她拖出來，打她，最後就把她吃掉了。

「這真是滑稽透頂！」魔法師說。

「是的，你知道這是什麼嗎？」克里布勒・克拉布勒問。「你能看得出來嗎？」

「這很容易就可以看得出來！」魔術師說。「這就是哥本哈根的縮影，或者某個別的大城市———因為它們都是一樣的。這就是大城市！」

「這不過是溝裡的一滴水而已！」克里布勒・克拉布勒說。

〔1848 年〕

這個小故事最初收集在《新的童話》裡。「從一滴水可以看一個世界。」這個小故事就是想說明這個問題，但在這裡卻是一個城市———首都「哥本哈根的縮影，或者某個別的城市———因為它們都是一樣的。」安徒生為了推崇世界知名的丹麥大物理學家奧爾斯特德(H. C. Orsted, 1777～1851)而寫成這篇作品。

【註釋】

①原文是 Krible—Krable，即亂爬亂叫的意思。

好心境

我從我父親那裡繼承了一筆最好的遺產：我有一個好心境。那麼誰是我的父親呢？咳，這跟好的心境沒有什麼關係！他是一個心廣體胖的人，又圓又肥。他的外表和內心跟他的職業完全不相稱。那麼，他的職業和社會地位是怎樣的呢？是的，如果把這寫下來，印在一本書的開頭，很可能許多人一讀到它就會把書扔掉，說：「這使我感到真不舒服，我不要讀這類的東西。」但是我的父親既不是一個劊子手的跟班，也不是一個劊子手。相

反地，他的職業卻使他站在城裡最尊貴的人面前。這是他的權利，也是他的地位。他得走在前面，在主教的前面，在血統純正的王子前面。他老是走在前面——因爲他是一個趕靈車的人！

你看，我把眞相說出來了！我可以說，當人們看見我的父親高高地坐在死神的交通車上、穿著一件又長又寬的黑披風、頭上戴著一頂綴有黑紗的三角帽，加上他那一副像太陽一樣的圓圓笑臉，人們恐怕很難想到墳墓和悲哀了。他的那副圓面孔說：「不要怕，那比你所想像的要好得多！」

你看，我繼承了他的「好心境」和一個經常拜訪墓地的習慣。如果你懷著「好心境」去，那倒是蠻痛快的事情。像他一樣，我也訂閱《新聞報》。

我並不太年輕。我既沒有老婆，又沒有孩子，也沒有書。不過，像前面說過了的，我訂閱《新聞報》。它是我最心愛的一種報紙，也是我父親最心愛的一種報紙。它有它的優點，一個人所需要知道的東西它裡面全有——比如：誰在教堂裡講道，誰在新書裡說敎；在什麼地方你可以找到房子和傭人，買到衣服和食物；誰在拍賣東西，誰破產了。人們還可以在上面讀到許多慈善事情和天眞無邪的詩！此外還有徵婚、訂約會和拒絕約會的廣告等———一切都是非常簡單和自然！一個人如果訂閱《新聞報》，他就可以很愉快地生活著，很愉地地走進墳墓裡去。同時在他壽終正寢的時候，他可以有一大堆報紙，舒舒服服地睡在上面——假如他不願意睡在刨花上的話。

《新聞報》和墓地是我精神上兩件最富有刺激性的消遣，是我的好心境的最舒適的泉水。

　　當然誰都可以閱讀《新聞報》。不過請你一塊兒跟我到墓地
來吧。當太陽在照著的時候，當樹兒變綠了的時候，我們到墓地
去吧。我們可以在墳墓間走走！每座墳像一本背脊朝上的、合著
的書本──你只能看到書名。它說明書的內容，但同時什麼東西
也沒有說明。不過我知道它的內容──我從我父親和我自己知
道的。我的「墳墓書」都把它記載了下來，這是我自己做爲參考
和消遣所寫的一本書。所有的事情都寫在裡面，還有其他更多的
東西。

　　現在我們來到了墓地。

　　這兒，在一排塗了白漆的欄柵後面，曾經長著一棵玫瑰樹。
它現在已經消失了，不過從鄰近墳上的一小片綠林伸過來的枝
椏，似乎彌補了這個損失。在這兒躺著一個非常不幸的人；但
是，當他活著的時候，他的生活很好，即一般人所謂的「小康」。
他的收入還有一點剩餘。不過他太喜歡關心這個世界──或者
更正確地說，關心藝術。當他晚間坐在戲院裡以全副精神欣賞戲
劇的時候，如果布景人把月亮兩邊的燈光弄得太強了一點，或者
把本來應該放在景後邊的天空懸在景上面，或者把棕櫚樹放在
亞馬格爾①的風景裡，或者把仙人掌放在蒂洛爾②的風景裡，
或者把山毛櫸放在挪威的北部，他就忍受不了。這是什麼大不了
的事情，誰會去理它呢？誰會爲這些瑣事而感到不安呢？這無
非是在做戲，目的只是給人娛樂。觀衆有時大鼓一頓掌，有時只
略爲鼓幾下。

　　「這簡直是濕柴火，」他說。「它今晚一點也燃不起來！」
於是他就向四周望，看看這些觀衆究竟是什麼人。他發現他們笑

得不是時候：他們在不應當笑的時候卻大笑了——這使得他心煩，坐立不安，成為一個不幸的人。現在他躺在墳墓裡。

這兒躺著一個非常幸福的人，這也就是說——一位大人物。他出身很高貴，而這是他的幸運，否則他也就永遠是一個藐小的人了。不過大自然把一切安排得很聰明，我們一想起這點就覺得很愉快。他穿著前後都繡了花的衣服，常常在沙龍的社交場合出現，像那些鑲有珍珠的拉鈴繩把手一樣——它後面老是有一根很適用的粗繩子在代替它做工作。他後邊也有一根很粗的好繩子——一個替身——代替他做工作，而且現在仍然在另一個鑲有珍珠的新把手後面做工作。樣樣事情都安排得這樣聰明，使人很容易獲得好心境。

這兒躺著——唔，想起來很傷心！——這兒躺著一個人。他花了六十七年的光陰想要說出一個偉大的思想。他活著就是為了要找到一個偉大的思想。最後他相信他找到了。因此他很高興，他終於懷著這個偉大的思想死去。誰也沒有得到這個偉大思想的好處，誰也沒有聽到過這個偉大的思想。現在我想，這個偉大的思想使他不能在墳墓裡休息：比如說吧，這個好思想只有在吃早飯的時候說出來才能有效，而他，根據一般人關於幽靈的看法，只能在半夜才能升起來和走動。那麼他的偉大思想與時間的條件不合。誰也不會發笑，他只好把他的偉大思想又帶進墳墓裡去。所以這是一座憂鬱的墳墓。

這兒躺著一個突出的吝嗇婦人。在她活著的時候，她常常夜間起來，學著貓叫，使鄰人相信她養了一隻貓——她是那麼地吝嗇！

　　這兒躺著一個出自名門的小姐，她跟別人在一起的時候，總是希望人們聽到她的歌聲。她唱：“mi manca lavoce!”③這是她生命中一件唯一真實的事情。

　　這兒躺著一個另一類型的姑娘！當她心裡的金絲雀在歌唱著的時候，理智的指頭就來塞住她的耳朵。這位美麗的姑娘總是「差不多快要結婚了」。不過───唔，這是一個老故事……不過說得好聽一點罷了。我們還是讓死者休息吧！

　　這兒躺著一個寡婦。她嘴裡滿是天鵝的歌聲，但她的心中卻藏著貓頭鷹的膽汁。她常常到鄰家去刺探人家的缺點。這很像古時的「警察朋友」，他跑來跑去想要找到一座並不存在的陰溝上的橋。

　　這兒是一個家庭的墳地。這家庭的每一分子都相信，假如整個世界和報紙說「如此這般」，而他們的小孩子從學校裡回來說：「我聽到的是那樣，」那麼他的說法就是唯一的真理，因為他是這家裡的一分子。大家也都知道：如果這家裡的一隻公雞在半夜啼叫，這家的人就要說這是天明，雖然守夜人和城裡所有的鐘都說這是半夜。

　　偉大的歌德在他的《浮士德》的結尾說了這樣一段話：「可能繼續下去。」我們在墓地裡的散步也是這樣。我常常到這兒來！如果我的任何朋友，或者敵人整得我活不下去的話，我就來到這塊地方，揀一片綠草地，獻給我打算埋掉的他或她，立刻把他們埋葬掉。他們躺在那兒，沒有生命，沒有力量，直到他們變成更新和更好的人才活轉過來。我把他們的生活和事跡，依照我的看法，在我的「墳墓書」上記錄下來，用我的一套看法去研究

它們。大家也應該這樣做。當人們做了太對不起人的事情的時候，你不應該只感覺苦惱，而應該立刻把他們埋葬掉，同時保持自己的好心境和閱讀《新聞報》———這報紙上的文章是由許多人寫成的，但是有一隻手在那裡牽線。

有一天，當我應該把我自己和我的故事裝進墳墓裡去的時候，我希望人們寫這樣一個墓誌銘：

　　　一個好心境！

這就是我的故事。［1852 年］

這是一篇童話式的雜文，最先收集在 1852 年 4 月 5 日出版的《故事集》裡。用童話的形式來寫雜文，這是安徒生的一個創造。故事雖短，但它所反映的現實卻是既深刻而又尖銳的。

【註釋】

①亞馬格爾(Amager)是離哥本哈根不遠的一個海島。

②蒂洛爾(Tyrol)是奧國一個多山的省份。

③這是一句義大利文，直譯的意義是：「我就是沒有一個好聲音。」

幸運可能就在一根棒上

我現在要講一個關於好運道的故事。我們都知道好運道這回事情：有的人一年到頭都碰見它，另外有些人幾年碰見它一次，還有一些人在一生中才碰見它一次。不過我們每個人都會遇見它的。

我現在不須告訴你——因為每個人都知道——小孩子是上帝送來的，而且是送在媽媽的懷裡。這件事可能是發生在一個豪華的宮殿裡，也可能是發生在一個富有的家庭裡，不過也可能是

發生在冷風掃著的曠野裡。但是有一件事並不是每個人都知道的，而這件事卻是眞的：上帝把小孩子送來的時候，同時也送來一件幸運的禮物。不過祂並不把它公開地放在孩子旁邊，而是把它放在人所意想不到的一個角落裡。但是它總會被找到的——這是最愉快的事情。它可能被放在一顆蘋果裡：這是送給一個有學問的人的禮物——他的名字叫牛頓①。這顆蘋果落下來了，因此他找到了他的好運道。如果你不知道這個故事，你可以去找一個知道的人講給你聽。現在我要講另外一個故事。這是一個關於梨子的故事。

從前有一個窮苦的人，他在窮困中出生，在窮困中長大，而且在窮困中結了婚。他是一個車工，主要是做雨傘的把手和環子。

「我從來沒有碰到過好運道，」他說。

這是一個眞正發生過的故事。人們可以說出這人所住的國家和城市，不過這也沒有什麼關係。

他的房子和花園的周圍結滿了又紅又酸的花楸樹果實——最華貴的裝飾品。花園裡還有一棵梨樹，但是它卻一個梨子也不結。然而好運道卻藏在這棵梨樹裡面——藏在它看不見的梨子裡。

有一天晚上吹起了一陣可怕的狂風。報紙上說，暴風把一輛大公共馬車吹起來，然後又把它像一塊破布片似地扔向一邊。梨樹有一根大樹枝也被折斷了——這當然算不上什麼稀奇。

樹枝被吹到工廠裡。這人爲了好玩，用它車出一個大梨子，接著又車出一個大梨子，最後車出一個小梨子和一些更小的梨

子。

「這樹多少總應該結幾個梨子吧，」這人說。於是他把這些
梨子送給小孩子玩。

在一個多雨的國家裡，生活中必需物件之一是一把雨傘。一
般說來，他家只用一把雨傘。如果風吹得太猛，雨傘就翻過來
了。它也折斷過三次，但是這人馬上就把它修好了。不過最使人
氣惱的事情是，當傘收下來的時候，紮住傘的那顆扣子常常跳走
了，或者圈住傘的那個環子常常裂成兩半。

有一天扣子掉了。這人在地上尋找。他找到他所車出的一個
最小的梨子——孩子們拿去玩的一個梨子。

「扣子找不到了！」這人說，「不過這個小東西倒可以代替
它呢！」

於是他就在它上面鑽了一個洞，同時穿一根線進去。這個小
梨子跟那個破環子配得恰恰合適。它無疑是這把傘從來沒有過
的一顆最好的扣子。

第二年，當這人照例送雨傘把手到京城去的時候，他同時還
送了幾個小木梨。他要求老闆試用一下它們，因此它們就被運到
美國去了。那兒的人馬上就注意到，小木梨比扣子扣得還緊；所
以他們要求雨傘商今後把雨傘運去的時候，還必須扣上一個小
木梨。

這樣一來，工作可多了！人們需要成千成萬的木梨！所有
的雨傘上都要加一個梨！這人的工作多了很多倍。他車了又
車。整棵梨樹都變成了小木梨！它賺來銀幣，它賺來現金！

「我的好運道可能就在這棵梨樹上！」這人說。於是他開設

了一個大工廠，裡面有工人和學徒。他的心情總是很好，並且喜歡說：「幸運可能就在一根棒上！」

我做為講這個故事的人，也要這樣說。

民間流行著一句諺語：「你在嘴裡放一根白色的木棒，人們就沒有辦法看見你。」但是這必須是那根正確的棒子──上帝做為幸運的禮物送給我們的那根棒子。

我得到了這件東西。像那人一樣，我也能獲得響叮噹的金子，亮閃閃的金子──最好的一種金子：它在孩子的眼睛裡射出光來，它在孩子的嘴裡發出響聲，也在爸爸和媽媽的嘴裡發出響聲。他們讀著這些故事，我在屋子中央站在他們中間，但是誰也看不見我，因為我嘴裡有一根白色的木棒。如果我發現他們因為聽到我所講的故事而感到高興，那麼我也要說：「幸運可能就在一根棒上！」〔1869 年〕

這篇小故事最初發表在紐約出版的《青少年河邊雜誌》1869年 4 月號上。在丹麥則發表於 1870 年 3 月出版的《浪漫派與歷史》雜誌上。原稿的前面有這樣一行字：「特為美國的年輕朋友們而寫。」可見，它是為美國的孩子們寫的。什麼叫做「幸運」？「『你在嘴裡放一根白色的棒，人們就沒有辦法看見你。』……我在屋子中央站在他們（孩子們）中間，但是誰也看不見我，因為我嘴裡有一根白色的木棒。如果我發現他們因為聽到我所講

的故事而感到高興，那麼我也要説：『幸運可能就在一根棒
上！』」這也就是一個兒童文學作家所期望得到的「幸運」。

【註釋】

①英國的科學家牛頓(Isaac Newton, 1642～1727)看見一顆蘋果從樹上落下來，這促
　使他思考，對於他發現「萬有引力」這條原理起了作用。

一千年之內

是的，在一千年之內，人類將乘著蒸氣的翅膀，在天空中飛行，在海洋上飛行！年輕的美洲人將會成為古老歐洲的遊客。他們將會到這兒來看許多古跡和成為廢墟的城市，正如我們現在去參拜南亞那些正在湮滅的奇觀一樣。

他們在一千年之內就會到來！

泰晤士河、多瑙河、萊茵河仍然在滾滾地流；布朗克山帶著它積雪的山峰屹立著；北極光照耀著北國的土地；但是人類已

經一代接著一代地化爲塵土，曾經一度當權的人已經在人們的記憶中消逝，跟那些躺在墳墓裡的人沒有兩樣。富有的商人在這些墳地上——因爲這片土地是他的田產——放了一張椅子。他坐在那上面欣賞他一片波浪似的麥田。

「到歐洲去！」美洲的年輕人說，「到我們祖先的國度去，到回憶和幻想的美麗的國度去——到歐洲去！」

飛船到來了，裡面坐滿了客人，因爲這種旅行要比海上航行快得多。海底的電線已經把這批空中旅客的人數報告過去。大家已經可以看見歐洲——愛爾蘭的海岸線。但是旅客們仍然在睡覺。當他們到了英國上空的時候，人們才會把他們喊醒。他們所踏上的歐洲的頭一片土地是知識分子所謂的莎士比亞的國度——別的人把它稱爲政治的國度，機器的國度。

他們在這兒停留了一整天——這一群忙碌的人在英格蘭和蘇格蘭只能花這麼多的時間。

於是他們通過英吉利海峽的隧道①到法國去——到查理曼大帝②和拿破崙的國度去。人們提起了莫里哀這個名字。學者們講起了遠古時代的古典派和浪漫派；大家興高采烈地談論著英雄、詩人和科學家；我們還不知道這些人，但他們將會在歐洲的中心——巴黎——產生。

飛船飛到哥倫布所出發的那個國度③。訶爾特茲④是在這兒出生，加爾得龍⑤在這兒寫出他奔放的詩劇。在那些開滿了花朵的山谷裡，仍然住著黑眸子的美婦人；在那些古老的歌中，人們可以聽到西得和阿朗布拉⑥的名字。

旅客們橫越過高空和大海，到了義大利。古老的、永恒的羅

馬就在這兒。它已經消逝了；加班牙⑦是一片荒涼。聖彼得教
堂⑧只剩下一堵孤獨的斷牆，但是人們還要懷疑它是不是眞跡。

接著他們就到了希臘。他們在奧林匹斯山頂上的豪華旅館
裡過了一夜，表示他們曾經到過這塊地方。旅程向博斯普鲁斯⑨
前進，以便到那兒休息幾個鐘頭，同時看看拜占庭的遺址。傳說
上所講的那些曾經是土耳其人做爲哈倫⑩花園的地方，現在只
有窮苦的漁人在那兒撒網。

他們在寬闊的多瑙河兩岸的那些大城市的遺跡上飛過。在
我們這個時代，我們不認識這些城市。它們是在時間的進程中成
長起來的；它們充滿了記憶。旅客們一會兒落下來，一會兒又飛
走。

下面出現的就是德國。它的土地上密布著鐵路和運河。在這
國土上，路德講過話，歌德唱過歌，莫札特掌握過音樂的領導
權。在科學和音樂方面，這兒曾經出現過輝煌的名字──我們所
不認識的名字。他們花了一天工夫遊覽德國，另一天工夫遊覽北
歐──奧爾斯德特和林涅斯⑪的祖國，充滿了古代英雄和住著
年輕諾曼人的挪威。他們在歸途中拜訪了冰島。沸泉⑫已經不再
噴水了，赫克拉⑬也已經熄滅。不過那座堅固的石島仍然屹立在
波濤洶湧的大海中，做爲英雄故事⑭的紀念碑。

「在歐洲可以看的東西眞多！」年輕的美國人說，「我們花
八天的工夫就把它看完了，而且這並不困難，像那位偉大旅行家
（於是他舉出了一個與他同時代的人的名字）在他的名著《八日
遊歐記》中所說的一樣。」〔1852 年〕

　　這是一首充滿了浪漫主義幻想的散文詩，最初發表在 1852
年出版的《祖國》報上。今天航空事業的發展，世界各國間距離
的縮短，人與人交往頻繁，比安徒生當時所想像的要豐富多彩得
多。但這裡卻說明了安徒生對科學的進步，國與國、人民與人民
間的理解加深，古代文明與現代文明的緊密結合，懷有美麗憧
憬。他對人類所取得的一切進步，表示出了滿腔熱情和洋溢詩意
的頌讚。

【註釋】

①這條隧道可以把英國和歐洲大陸聯接起來。關於這條隧道的計畫，雖然談論了許多
　年，但是始終沒有實現。（編註：英國與法國間海底隧道已於 1994 年 5 月 6 日通
　車）

②查理曼大帝(Charlemagane, 742～814)是古代住在法國土地上一個日耳曼民族法
　蘭克人的國王。

③指西班牙，因為哥倫布是從西班牙出發到美洲去的。

④訶爾特茲(Hernán Cortés, 1485～1547)是西班牙第一個征服墨西哥的人。

⑤加爾得龍(Calderón, 1809～1845)是西班牙的名詩人和劇作家。

⑥西得(Cid)是西班牙歷史上的一個英雄人物，後來成為許多詩劇中的主角。阿朗布拉
　(Alhambra)是回教徒摩爾人(Moors)十四世紀在西班牙建立的一個宮殿，非常華
　麗。

⑦這是羅馬周圍的一片大平原，古時羅馬帝國遊獵之地。

⑧這是羅馬最大的一座教堂。

⑨這是黑海上的一條海峽。

⑩哈倫(Harem)是土耳其統治者蓄養妻妾的地方。

⑪奧爾斯德特(H. C. Oersted, 1777～1851)是丹麥的名物理學家。林湼斯(Linnés, 1707～1778)是瑞典的名博物學家。

⑫這是指冰島一個有名的溫泉 Geysir。

⑬冰島的一座火山，約有 1557 公尺高。

⑭原文是 Saga，這是古代冰島的一種說唱英雄敍事詩。

曾祖父

曾　祖父是一個非常可愛、聰明和善良的人，所以我們都尊敬
曾祖父。就我所能記憶得起的來說，他事實上是叫做「祖父」，
也叫做「外公」。不過當我哥哥的小兒子佛列得里克來到家裡以
後，他就提升爲「曾祖父」了。再升可就不能！他非常喜歡我們，
但是他似乎不太欣賞我們所處的這個時代。

　　「古時候是最好的時代！」他說。「那是一個安安穩穩的時
代！現在是忙忙碌碌的，一切都沒上沒下。只有年輕人能講話；

在他們的談話中，皇族就好像是他們的平輩似的。街上隨便哪個人可以把爛布浸到水裡去，在一位紳士的頭上擰一把水。」

曾祖父講這話的時候，臉上就脹紅起來。但是不需多大工夫，他那種和藹的微笑就又出現了。於是他說：

「哎，是的，可能我弄錯了！我是舊時代的人，在這個新時代裡站不穩腳。我希望上帝能指引我！」

當曾祖父談起古代的時候，我彷彿覺得古代就在我的眼前。我幻想我坐在金馬車裡，旁邊有穿制服的僕人伺候；我看到各種同業公會高舉著它們的招牌，在音樂和旗幟飄揚中行進；我參加聖誕節的聯歡會——人們玩著「受罰」的遊戲①和化裝遊戲。

當然，那個時候也有許多可怕和殘酷的事情：輪上的酷刑②和流血的慘事，而這類殘酷事情有時是非常刺激人和嚇人的。我也想起了許多愉快的事情：我想像著丹麥的貴族讓農民得到自由；我想像著丹麥的皇太子廢除奴隸的買賣。

聽聽曾祖父講自己青年時代和諸如此類的事情，是非常愉快的。然而在這類事情發生以前的那個時代是最好的時代，那是一個偉大和有力的時代。

「那是一個粗暴的時代，」佛列得里克哥哥說。「感謝上帝，我們已經離開了那個時代！」

這話是他當著曾祖父的面講的。

講這樣的話不太適當，但是我卻非常尊敬佛列得里克。他是我最大的一個哥哥；他說他可以做我的父親——他喜歡講非常滑稽的話。他是一個成績最好的學生；他在我父親的辦公室裡

工作得也頂好，不久他就可以經營父親的生意了。曾祖父最喜歡和他談天，但是他們一談就總要爭論起來。家裡的人說，他們兩人彼此都不了解，而且永遠也不會了解。不過，雖然我的年紀很小，我很快就注意到，他們兩人誰也捨不得誰。

當佛列得里克談到或讀到關於科學進步的事情，關於發現大自然威力的事情，或關於我們時代的一切奇異的事情時，曾祖父總是睜著一對發亮的眼睛聽。

「人變得比從前更聰明了，但是並沒有變得比從前更好！」他說。「他們發明了許多毀滅性的武器互相殘殺！」

「這樣就可以使戰爭結束得更快呀！」佛列得里克說。「我們不需等待七年才得到幸福的和平！世界的精神太飽滿了，偶爾也須放一點血。這是必要的呀！」

有一天佛列得里克講了一個眞實的故事；那是在我們這個時代的一個小城市裡發生的。

市長的鐘——市政廳上面的那座大鐘——爲整個城市和市民報告時間。這座鐘走得並不太準，但是整個城市仍然依照它辦事。不多久這地方修了鐵路，而且這條鐵路還跟別的國家連到一起。因此人們必須知道準確的時間，否則就會發生撞車的事件。車站裡現在有一座依照日光定時的鐘，因此，它走得非常準確。但是市長卻不理它。所以市民只好全部依照車站的鐘來辦事。

我不禁笑起來，因爲我覺得這是一個很有趣的故事。但是曾祖父卻不笑。他變得非常嚴肅。

「你講的這個故事很有道理！」他說。「我也懂得你把它講給我聽的用意。你的這座鐘裡面有一個教訓。這使我想起了另外

一件同樣的事情——我父母那座由波爾霍爾姆製造，樸素的、有鉛錘的老鐘。那是他們和我兒時唯一的計時工具。它走得並不太可靠，但是它卻在走。我們看著它的時針，我們相信它們，因此，也就不理會鐘裡面的輪子了。那時國家的機構也是這樣：人們信任它，因此也就相信它的指針。現在的國家機構卻像一座玻璃鐘，人們一眼就可以看見裡面的機件，看見齒輪的轉動，聽見它轉動的聲音。有時這些發條和齒輪使得人害怕了起來！我不知道，它敲起來會像一個什麼樣兒，我已經失去了兒童時期的那種信心。這就是近代的弱點！」

　　曾祖父講到這裡就生起氣來了。他和佛列得里克兩人的意見老是碰不到一起，而他們兩人「正如新舊兩個時代一樣」，又不能截然分開！當佛列得里克要遠行到美國去的時候，他們兩人開始認識到這種情況——全家的人也同樣認識到了。他是因為家事不得不做這次旅行。對於曾祖父說來，這是一次痛苦的別離。旅行是那麼長，要橫渡大海到地球的另一邊去。

　　「我每隔兩星期就寫一封信給你！」佛列得里克說，「你還可以從電報上聽到我的消息，那比信還要快。日子變成了鐘點，鐘點變成了分和秒！」

　　佛列得里克的船一到達英國，他就打來了一封電報。到了美國，他又打回來了一封電報——即使飛雲做郵差也不會這樣快。這是他上岸後幾小時以內的事情。

　　「這種神聖的辦法真是我們當代的一種恩賜，」曾祖父說，「是我們人類的一種幸福。」

　　「而且這種自然的威力是在我國第一次被發現和被傳出去

的③——佛列得里克這樣告訴我，」我說。

「不錯，」曾祖父說，同時吻我。「不錯，我曾經注視過那雙溫和的眼睛——那雙第一次看見和理解這種自然威力的眼睛。那是一雙像你一樣的孩子氣的眼睛！我還握過他的手呢！」

祖父又吻了我一下。

一個多月過去了。我們又接到佛列得里克的一封信，信上說：他和一個美麗的年輕姑娘訂了婚——他相信全家的人一定會歡喜她的。她的照片也寄來了。大家先用眼睛，後來又用放大鏡把照片仔細瞧了又瞧。這種照片的妙處是人們可以用最銳敏的鏡子仔細加以研究。的確，它在鏡子底下顯得更逼真。任何畫家都做不到這一點——甚至古代最偉大的畫家都做不到。

「如果我們在古時候就有這種發明的話，」曾祖父說，「那麼我們就可面對面地看看世界的偉大和世界的造福者了。這個年輕姑娘的樣子是多麼溫柔和善啊！」他說，同時向放大鏡裡看。「只要她一踏進門，我就會認識她！」

不過這樣的事情差一點兒就變得不可能了。很幸運，有些危險我們是在事後才知道的。

這對新婚夫婦愉快地、健康地到達了英國。他們又從那兒乘輪船回到哥本哈根來。他們看到了丹麥海岸和尤蘭西部的白色沙丘。這時颳起了一陣暴風，船在沙洲上擱了淺，航行不了。海浪很大，好像是要把它打碎似的。什麼救生艇也不能發生作用。於是黑夜降臨了，但是有一枝明亮的火箭穿過黑暗射到這艘擱了淺的船上來。火箭帶著一根繩子；這樣，海上的人和岸上的人便建立起聯繫了。不一會兒，那位美麗的少婦便在一個救生浮籃

裡，越過洶湧的波濤，被拉到岸上來了。沒有多久，她年輕的丈夫也在她身邊了；她感到無限的快樂和幸福。船上所有的人都被救出來，這時天還沒有亮。

那時我們正在哥本哈根熟睡，既沒有想到悲哀，也沒有想到危險。當我們一起坐在餐桌旁喝早餐咖啡的時候，電報帶來了一個消息，說有一艘英國船在西部海岸沉沒了。我們感到非常不安，不過正在這時候，我們收到我們親愛的、得救的歸客佛列得里克和他年輕妻子的另一封電報，說他們很快就要到家了。

大家一起哭了，我也哭，曾祖父也哭。他合起他的雙手——我知道他會這樣做的——祝福這個新的時代。

在這一天，曾祖父捐了兩百元爲漢斯·克利斯仙·奧列斯得立一塊紀念碑。

佛列得里克和他的年輕妻子回到家來。當他聽到這件事情的時候，他說：「曾祖父，這事做得很對！奧列斯得在多少年以前就寫過關於舊時代和新時代的事情，現在讓我念給你聽吧！」

「他一定跟你的意見一樣吧？」曾祖父說。

「是的，這一點你不用懷疑！」佛列得里克說，「而且跟你的意見也沒有兩樣，因爲你已經捐錢爲他修紀念碑啦！」〔1870年〕

這個小故事最初發表在紐約 1870 年 8 月出版的《青少年河

邊雜誌》第四卷，隨後在該年９月又發表在丹麥的《思想與現實》雜誌上。這篇故事是安徒生在與丹麥電磁學家奧列斯得談了一次話後寫成的。電的發現「眞是我們當代的一種恩賜，是我們人類的一種幸福。」復古派的曾祖父也終於被新時代的進展說服了。他合起雙手眞誠地祝福「這個新時代」。

【註釋】

①這是一種古時的遊戲。玩的人因在遊戲中犯了某種錯誤而損失某種物件；要贖回這種物件則必須受一種懲罰。

②這是中世紀的一種殘酷刑罰。受刑者被綁在一個類似輪子的架上，他的肢體被鐵棒敲斷。

③電磁學說是丹麥科學家奧列斯得(Oerested)於 1819 年第一次提出的。

笨漢漢斯

　　鄉下有一棟古老的房子，裡面住著一位年老的鄉紳。他有兩個兒子。這兩個人是那麼聰明，他們只須用一半的聰明就夠了，還剩下的一半是多餘的。他們想去向國王的女兒求婚，而且也敢於這樣做，因為她宣布過，說她要找一個她認為最能表現自己的人做丈夫。

　　這兩個年輕人做了整整一星期的準備——這是他們所能花的最長的時間。但是這也夠了，因為他們有許多學問，而這些學

問都是有用的。一位已經把整部拉丁文字典和這個城市三年間
出版的報紙，從頭到尾和從尾到頭，都背得爛熟。另一位精通公
司法和每個市府議員應知道的東西，因此他就以爲自己能夠談
論國家大事；此外他還會在褲子的吊帶上繡花，因爲他是一個
文雅和手指靈巧的人。

「我要得到這位公主！」他們兩人齊聲說。

於是他們的父親就給他們倆每人一匹漂亮的馬。那個能背
誦整部字典和三年報紙的兄弟得到一匹漆黑的馬；那個懂得國
家大事和會繡花的兄弟得到一匹乳白色的馬。然後他們就在自
己的嘴角上抹了一些魚肝油，以便能夠說話圓滑。所有的僕人們
都站在院子裡，觀看他們上馬。這時忽然第三位少爺來了，因爲
他們兄弟有三個人，雖然誰也不把他當做一個兄弟——原因是
他不像其他兩個那樣有學問。一般人都把他叫做「笨漢漢斯」。

「你們穿得這麼漂亮，要到什麼地方去呀？」他問。

「到宮裡去，向國王的女兒求婚！你沒有聽到全國各地的
鼓聲嗎？」

於是他們就把事情原原本本地都告訴了他。

「我的天！我也應該去！」笨漢漢斯說。他的兩個哥哥對他
大笑了一通以後，便騎著馬兒走了。

「爸爸，我也得有一匹馬，」笨漢漢斯大聲說。「我現在非
常想結婚！如果她要我，她就可以得到我。她不要我，我還是要
她的！」

「這完全是胡說八道！」父親說。「我什麼馬也不給你。你
連話都不會講！嗨，你的兩個哥哥才算得是聰明人呢！」

笨 漢 漢 斯

「如果我不配有一匹馬，」笨漢漢斯說，「那麼就給我一隻公山羊吧，它本來就是我的，它馱得動我！」

因此他就騎上了公山羊。他把兩腿一夾，就在公路上跑起來了。

「嗨，嗬！騎得真夠勁！我來了！」笨漢漢斯說，同時唱起歌來，他的聲音引起一片回音。

但是他的兩個哥哥在他前面卻騎得非常斯文，他們一句話也不說，他們正在考慮如何講出那些美麗的詞句，因為這些東西都非在事先想好不可。

「喂！」笨漢漢斯喊著。「我來了！瞧瞧我在路上撿到的東西吧！」於是他就把他撿到的一隻死烏鴉拿給他們看。

「你這個笨蟲！」他們說，「你把它帶著做什麼？」

「我要把它送給公主！」

「好，你就這樣做吧！」他們說，大笑一通，騎著馬走了。

「喂，我來了！瞧瞧我現在找到了什麼東西！這並不是你可以每天在公路上找得到的呀！」

兩個哥哥轉過頭來，看他現在又找到了什麼東西。

「笨漢！」他們說，「這不過是一隻舊木鞋，而且上面一部分已經沒有了！難道你把這也拿去送給公主不成？」

「當然要送給她的！」笨漢漢斯說。於是兩位哥哥又大笑了一通，繼續騎馬前進。他們走了很遠。

「喂，我來了！」笨漢漢斯喊著。「嗨，事情越來越好了！好哇！真是好哇！」

「你又找到了什麼東西？」哥哥們問。

「啊，」笨漢漢斯說，「這個很難說！她，公主將會多麼高興啊！」

「呸！」兩個哥哥說，「那不過是溝裡的一點泥巴罷了。」

「是的，一點也不錯，」笨漢漢斯說，「而且是一種最好的泥巴。你連捏都捏不住。」於是他就在袋子裡裝滿了泥巴。

兩位哥哥盡快地向前飛奔，所以他們來到城門口時，足足比漢斯早了一個鐘頭。他們一到就馬上拿到一個求婚者的登記號碼。大家排成幾排，每排有六個人。他們擠得緊緊地，連手臂都無法動一下。這是非常好的，否則他們就會把彼此的衣背撕得稀爛。

城裡所有的居民都擠在宮殿的周圍來，一直擠到窗子上去；他們要看公主怎樣接待她的求婚者。每個人走進房間裡以後，馬上就失去說話的能力。

「一點用也沒有！」公主說。「滾開！」

現在輪到了那位能背誦整部字典的兄弟，但是他在排隊的時候把字典全忘記了。地板在他腳下發出格格的響聲。大殿的天花板是鏡子做的，所以他看到自己是頭在地上倒立著的。每扇窗子旁邊站著三個祕書和一位參議員。他們把人們所講出的話全都記了下來，以便馬上在報紙上發表，拿到街頭去賣兩個銅板。這真是可怕得很。此外，火爐裡還燒著旺盛的火，把煙囪管子都燒紅了。

「這塊地方真是熱得要命！」這位求婚者說。

「一點也不錯，因為我的父親今天要烤幾隻小雞呀！」公主說。

糟糕！他呆呆地站在那兒。他沒有料想到會碰到這類的話題；正當他想應該講幾句風趣話的時候，卻一句話也講不出來。糟糕！

「一點用也沒有！」公主說。「滾開！」

於是他也只好走開。現在第二個兄弟進來了。

「這兒眞是熱得可怕！」他說。

「是的，我們今天要烤幾隻小鷄，」公主說。

「什麼——什麼？」他說，同時那幾位祕書全都一齊寫著：什麼——什麼？」

「一點用也沒有！」公主說。「滾開！」

現在輪到笨漢漢斯了。他騎著山羊一直走到房間裡來。

「這兒眞是熱得厲害！」他說。

「是的，因爲我正在烤小鷄呀，」公主說。

「啊，那眞是好極了！」笨漢漢斯說。「那麼我也要烤一隻烏鴉了！」

「歡迎你烤，」公主說。「不過你用什麼器具烤呢？因爲我既沒有罐子，也沒有鍋呀！」

「但是我有！」笨漢漢斯說。「這兒有一口鍋，上面還有一個洋鐵把手。」

於是他就拿出一隻舊木鞋來，把那隻烏鴉放進去。

「這足夠吃一整餐！」公主說。「不過我們從哪裡去找醬油呢？」

「我衣袋裡有的是！」笨漢漢斯說。「我有那麼多，我還可以扔掉一些呢！」他就從衣袋裡倒出一點泥巴來。

「這真叫我高興！」公主說。「你能夠回答問題！你很會講話，我願意要你做我的丈夫。不過，你知道不知道，你所講的和已經講過了的每句話都被記下來，而且明天就要在報紙上發表？你看，每扇窗子旁站著三個祕書和一位老參議員。這位老參議員最糟，因為他什麼也不懂！」

不過她說這句話的目的無非是要嚇他一下。這些祕書都傻笑起來，還灑了一滴墨水到地板上去。

「乖乖！這就是所謂紳士！」笨漢漢斯說，「那麼我得把我最好的東西送給這位參議員了。」

於是他就把衣袋翻轉過來，對著參議員的臉撒了一大把泥巴。

「這真是做得聰明，」公主說，「我自己就做不出來，不過很快我也可以學會的。」

笨漢漢斯就這樣成了一位國王，得到了一個妻子和一頂王冠，高高地坐在王位上面。這個故事是我們直接從參議員辦的報紙上讀到的──不過它並不完全可靠！〔1855年〕

這篇童話發表於1855年《故事集》第二版上，情節非常有趣，雖然「它並不完全可靠」。故事中的人物也的確荒唐得很，但讀起來又不會有這種感覺，反而會覺得他們生動活潑、形象逼真、真實可信。事實上，在我們的生活中這種人隨處可見，特別

是在上層人士中。他們愚蠢、教條、迂腐，而且還喜歡賣弄，自以為聰明，總以為平民百姓笨。「笨漢漢斯」儘管貌似粗笨，但實際上要比他們聰明得多，腦子也比他們靈活得多。這篇故事，在表面荒唐但實際有趣的情節中道出了社會的某些真相，諷刺了「上流人士」，歌頌了單純質樸的普通人。安徒生在他的手記中說：「這是一個古老的丹麥民間故事的複述，與我以後所寫的一些故事不一樣──這些故事完全是我自己想像中的產物。」

玫瑰花精

花園中央有一個玫瑰花叢，開滿了玫瑰花。這些花中有一朵最美麗，它裡面住著一個花精。他的身體非常細小，人類的眼睛簡直沒有辦法看得見他。每一片玫瑰花瓣的後面都有一張他的睡床。像任何最漂亮的孩子一樣，他的模樣好看，而且可愛。他肩上長著一雙翅膀，一直垂到腳跟。哎，他的房間才香哩！那些牆壁是多麼透明和光亮啊！它們就是粉紅的、細嫩的玫瑰花瓣。

他整天在溫暖的太陽光中嬉戲。他一忽兒飛向這朵花，一忽兒又飛向那朵花；他在飛翔著的蝴蝶翅膀上跳舞，他計算一共要走多少步子，才能跑完一片菩提樹葉上的那些大路和小徑——我們所謂的葉脈，在他看起來就是大路和小徑。的確，對他說來，這真是一些走不完的路！他還沒有走完，太陽就落下去了；因為他開始得太遲了。

天氣變得非常冷。露水在下降，風兒在吹。這時最好的辦法是回到家裡去，所以他就盡快地趕路。但是玫瑰花已經閉上了，他沒有辦法進去——連一朵開著的玫瑰花也沒有了。可憐的小花精因而就非常害怕。他過去從來沒有在外面宿過夜，他總是很甜蜜地睡在溫暖的玫瑰花瓣後面。啊，這簡直是要他的命啊！

他知道，在花園的另一端有一個花亭，上面長滿了美麗的金銀花。那些花很像畫出來的獸角。他真想鑽進一個角裡去，一直睡到天明

於是他就飛進去了。別作聲！花亭裡還有兩個人呢——一個漂亮的年輕人和一個美麗的少女。他們緊挨在一起坐著；他們希望永遠不要分開。他們彼此相愛，比最好的孩子愛自己的爸爸和媽媽還要強烈得多。

「但是我們不得不分開！」那個年輕人說。「妳的哥哥不喜歡我們倆，所以他要我翻山過海，到一個遙遠的地方去辦一件差事。再會吧，我親愛的新娘——因為妳不久就是我的新娘了！」

他們互相接吻。這位年輕的姑娘哭了起來，同時送給他一朵玫瑰。但是她在把這朵花交給他以前，先在上面親吻了一下。她吻得那麼誠懇，那麼熱烈，花兒就自動地張開了。那個小花精趕

快飛進去，把他的頭靠著那些柔嫩的、芬芳的牆壁。但是他很清
楚地聽到他們說：「再會吧！再會吧！」他感覺到這朵花被貼到
年輕人的心上──啊，這顆心跳動得多厲害啊！小小的花精怎
麼也睡不著，因為這顆心跳得太厲害了。

　　但是這朵花兒也沒有在他的心上貼得太久，那個年輕人就
把它拿開了。他一邊走過陰暗的森林，一邊吻著這朵玫瑰花。
啊，他吻得那麼勤，那麼熱烈，小小的花精在裡面幾乎要被擠死
了。他隔著花瓣可以感覺到年輕人的嘴唇是多麼灼熱，這朵花開
得多麼大──好像是在中午最熱的太陽光下一樣。

　　這時來了另外一個人，一個陰險和毒辣的人。這人就是那個
美麗姑娘的壞哥哥。他抽出一把又快又粗的刀子。當那個年輕人
正在吻著玫瑰花的時候，他一刀把他刺死了；接著他把他的頭
砍下來，連他的身體一起埋在菩提樹底下柔軟的土裡。

　　「現在他完蛋了，被人忘掉了，」這個惡毒的哥哥想。「他
再也回不來了。他的任務是翻山過海，做一次長途的旅行。這很
容易使他喪失生命，而他現在也就真的喪命了。他再也回不來
了；我的妹妹是不敢向我問他的消息的。」

　　他用腳踢了些乾葉子到新挖的土上去，然後就在黑夜中回
到家裡來。但是與他的想像相反，他並不是一個人獨自回來；那
個小小的花精在跟著他。他坐在一片捲起的乾菩提樹葉裡。當壞
人正在挖墓的時候，這片葉子恰巧落到了他的頭髮上。現在他戴
上了帽子，帽子裡非常黑暗。花精害怕得發抖，同時對這種醜惡
的行為卻又感到很生氣。

　　壞人在天亮的時候回到家裡來了。他取下帽子，直接走進他

妹妹的房間裡去。這位像盛開的花朵一般美麗的姑娘正在睡
覺，正在夢著她心愛的人兒──她還以爲他在翻山走過樹林
呢。惡毒的哥哥彎下腰來看著她，發出一個醜惡的、只有惡魔才
能發出的笑聲。這時他頭上那片乾枯葉子落到被單上去了，但是
他卻沒有注意到。他走了出來，打算在清晨小睡一覺。

　　但花精卻從乾枯的葉子上溜出來，走到正在熟睡的姑娘的
耳朵裡去。像在夢中一樣，他把這個可怕的謀殺事件告訴了她，
並且把她哥哥刺死他和埋葬他的地方也講了出來。他還把墳旁
那棵開花的菩提樹也講給她聽。他說：

　　「千萬不要以爲我對妳講的話只是一個夢！妳可以在妳的
床上找到一片乾葉子作證！」

　　她找到了這片葉子。她醒了。

　　唉，她流了多少痛苦的眼淚啊！沒有一個人可以傾聽她的
悲愁。窗子整天是開著的。小小的花精可以很容易地飛出去，飛
到玫瑰花和一切別的花兒那裡去；但是他不忍離開這個痛苦的
姑娘。窗子上放著一盆月季花；他就坐在上面的一朵花上，時時
看著這個可憐的姑娘。她的哥哥到她房間裡來過好幾次。他非常
高興，同時又很惡毒；但是她心裡的痛苦，卻一個字也不敢告訴
他。

　　黑夜一到，她就偷偷地離開屋子，走到樹林中去。她走到菩
提樹所在的地方，掃掉地上的葉子，把土挖開。她立刻就看到被
人謀害了的他。啊，她哭得多麼傷心啊！她祈求上帝，希望自己
也很快地死去。

　　她很想把屍體搬回家來，但是她不敢這樣做。她把那顆閉著

眼睛的、灰白的頭顱拿起來，在他冰冷的嘴上親一下，然後把他美麗的頭髮上的土抖掉。「我要把它保存起來！」她說。當她用土和葉子把死屍埋好了以後，就把這顆頭顱帶回家。在樹林中埋葬著他的地方有一株盛開的素馨花；她摘下一根花枝，帶回家裡。

她一回到自己的房裡，就去找一個最大的花盆。她把死者的頭顱放在裡面，蓋上土，然後栽上這根素馨花的花枝。

「再會吧！再會吧！」小小的花精低聲說。這種悲哀他再也看不下去了；因此就飛進花園，飛到他自己的玫瑰花那兒去。但是玫瑰花兒已經凋謝了，只剩下幾片枯萎的葉子，還在那綠色的花枝上垂著。

「唉，美好的東西消逝得多麼快啊！」花精嘆了一口氣。

他終於找到了另一朵玫瑰。這成了他的家。在它柔嫩芬芳的花瓣後面，他可以休息和居住下去。

每天早晨，他向可憐的姑娘的窗子飛去。她老是站在花盆前面，流著眼淚。她痛苦的淚珠滴到素馨花的花枝上。她一天比一天憔悴，但是這花枝卻長得越來越綠，越來越新鮮；它冒出許許多多多嫩芽，放出白色的小小花苞。她吻著它們。她惡毒的哥哥罵她，問她是不是發了瘋。他看不慣這樣子，也不懂她為什麼老是對著花盆流眼淚。

他當然不知道這裡面有一對什麼樣的眼睛閉著，有一雙什麼樣的紅唇化做了泥土。她對著花盆垂下頭。小小的玫瑰花精發現她就這樣睡著，因此他飛進她的耳朵，告訴她那天晚上花亭裡的情景、玫瑰花的香氣和花精們的愛情。她做了一個非常甜蜜的

夢，而她的生命也就在夢裡消逝了。她死得非常安靜，她到天上去了，跟她心愛的人在一起。

素馨花現在開出了大朵的白花，發出非常甜蜜的香氣；它們現在只有用那種方式來哀悼死者了。

不過那個惡毒的哥哥看了一眼這盆盛開的美麗花兒，認爲這是他的繼承物，所以就把它拿走，放在他的臥室裡，緊靠在床邊，因爲這花兒看起來實在叫人愉快，它的香氣既甜蜜又淸新。那個小小的花精也一塊兒跟著進去了。他從這朵花飛到那朵花，因爲每朵花裡都住著一個靈魂。他把那個被謀害的年輕人——他的頭顱已經變成了泥土下面的泥土——的事情講了出來，把那個哥哥和那個可憐的妹妹的事情也講了出來。

「這件事我們都知道！」花朵裡的每一個靈魂說。「我們都知道！難道我們不是從這被害者的眼睛和嘴唇上生出來的嗎？我們都知道！我們都知道！」

於是他們用一種奇異的方式點著頭。

玫瑰花精不懂，他們怎麼能夠這樣毫不在乎。於是他飛向那些正在採蜜的蜜蜂，把那個惡毒的哥哥的事情告訴他們。密蜂們把這事情轉告給他們的皇后。於是她就下命令，叫他們第二天早晨把那個謀殺犯刺死。

可是在第一天晚上——就是他妹妹死去的頭一個晚上，當哥哥正睡在那盆芬芳的素馨花旁的床上時，每朵花忽然都開了。花的靈魂帶著毒劍，從花裡走出來——誰也看不見他們。他們先鑽進他的耳朵，告訴他許多惡夢；然後飛到他的嘴唇上，用他們的毒劍刺著他的舌頭。

「我們現在算是爲死者報仇！」他們說，接著就飛回到素馨花的白色花朵上去。

當睡房的窗子早晨打開來的時候，玫瑰花精和蜂后帶著一大群蜜蜂進來，想要刺死他。

但是他已經死了。許多人站在床的周圍；大家都說：「素馨花的香氣把他醉死了！」

這時玫瑰花精才知道花兒報了仇。他把這事情告訴給蜂后。她帶著整群的蜜蜂在花盆的周圍嗡嗡地叫。它們怎麼也驅不散。於是有一個人把這花盆搬走，這時有一隻蜂兒就刺了一下他的手，弄得花盆落到地上，跌成碎片。

大家看到了一顆白色的頭顱；於是他們都知道，躺在床上的死者就是一個殺人犯。

蜂后在空中嗡嗡地吟唱。她唱著花兒的復仇和玫瑰花精的復仇，同時說道，在最細嫩的花瓣後面住著一個人——一個能揭發罪惡和懲罰罪惡的人。〔1839 年〕

這篇作品最初發表在《哥本哈根晨報》上。它出自薄伽丘《十日談》第四個「夜晚」中的第五個故事。「惡有惡報」，壞事不管做得多麼隱蔽，總是會暴露出來的。受害者雖然已經被消滅，但一個不爲人知的小花精也可以成爲「一個能揭發罪惡和懲罰罪惡的人」，眞所謂「天網恢恢，疏而不漏」。當然，安徒生在這裡

不是要說明這種傳統思想的眞理，而是在歌頌眞誠的愛情。這種愛情感動了一個小花精的心，甘願爲受害者報仇。

戀 人

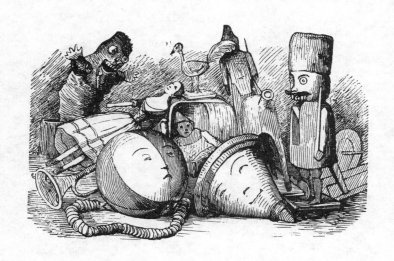

一個陀螺和一個球兒跟許多別的玩具一起待在一個抽屜
裡。陀螺對球兒說：

「我們旣然一起住在一個匣子裡，我們來做一對戀人好不
好？」

但球兒是用鞣皮縫的，所以她像一個時髦的小姐一樣，驕傲
得不可一世，她根本就不回答。

第二天，這些玩具的主人（一個小孩子）來了。他把陀螺塗

上了一層紅黃相間的顏色，同時在他身上釘了個銅釘。所以當這個陀螺嗡嗡地轉起來的時候，樣子非常漂亮！

「請瞧瞧我！」他對球兒說；「你現在有什麼話講呢？我們訂婚好嗎？我們兩人配得非常好！你能跳，我能舞。誰也不會像我們兩人這樣幸福的！」

「嗨，你居然有這個念頭！」球兒說；「可能你還不知道我的爸爸和媽媽曾經是一雙鞣皮拖鞋、我的內部有一塊軟木吧？」

「知道，不過我是桃花心木做的，」陀螺說；「而且還是市長親手把我車出來的。他自己有一具車床，他做這種工作時感到非常地愉快。」

「我能相信這話嗎？」球兒問。

「如果我撒謊，那麼願上帝不叫人來抽我！」陀螺回答說。

「你倒是會奉承自己，」球兒說。「不過我不能答應你的請求。我也可算是和一隻燕子訂了一半的婚吧：每次當我跳到空中去的時候，他就把頭從巢裡伸出來，同時說：『你答應嗎？你答應嗎？』我已經在心裡說了一聲『我答應』。這差不多等於是一半訂婚了。不過我答應你，我將永遠也不忘記你。」

「好，那也很不壞！」陀螺說。

他們以後就再也不講話了。

第二天孩子把球兒拿出去。陀螺看到她多麼像一隻鳥兒，高高地向空中飛，最後人們連她的影子都看不見了。但她每次都飛回來，不過當她一接觸到地面的時候，馬上就又跳到空中去了——這是因為她急迫地想要高攀，或是因為她身體裡有一塊軟木的緣故吧。不過，到第九次的時候，這球兒忽然不見了，再也

沒有回來。小孩子找了又找，但是她失蹤了。

「我知道她在什麼地方，」陀螺嘆了一口氣說。「她是在燕子的巢裡，跟燕子結婚了！」

陀螺越想著這事，就越懷念著球兒。正因為他得不到這個球，他對她的愛情就越發加深。在這件事情中最令人奇怪的是，她居然選擇了另外一個對象。陀螺跳著舞，哼著歌，可是心中一直懷念著球兒——在他的想像中，球兒變得越來越美麗。好幾年的光陰就這麼過去了。這已經成了「舊戀」。

但陀螺已經不再年輕了——不過有一次，他全身塗上了一層金；他從來沒有像現在這樣漂亮過。他現在是一個金陀螺，他跳著，一直跳到他唱出嗡嗡的歌聲來。是的，這情景值得欣賞一下！可是忽然間，他跳得太高，於是他失蹤了！

大家找了又找，甚至到地下室裡去找過，但是沒有辦法找到他。

他到什麼地方去了呢？他原來跳到垃圾箱裡去了——這兒什麼東西都有：白菜梗啦，垃圾啦，從屋頂落下的沙粒啦。

「我來到的這個地方真妙！我身上的金色現在要離開我了。我簡直是落到一批賤民中來了！」於是他向旁邊一根被剝得精光的長白菜梗子斜望了一眼，又向一個很像老蘋果的、奇怪的圓東西瞧了一下——但這並不是蘋果，而是那個老球兒！她在屋頂上的水管裡躺了許多年，完全被水泡脹了。

「謝天謝地，現在總算來了一位有身分的人，可以跟我聊聊天了！」球兒說，同時瞟了一眼這個金陀螺。「我是真正的鞣皮製的，由姑娘親手縫出來的，而且我身體裡還有一塊軟木，但是

誰在我身上都看不出來！我幾乎要跟一隻燕子結婚，不過卻落到
屋頂上的水管裡去了，在那兒我整整待了五個年頭，使得全身透
濕！請你相信我，對於一個年輕姑娘說來，這段時間是太長了。」

　　不過陀螺什麼也不說。他回想起他的「舊戀」。他越聽越明
白：這就是她。

　　這時一個小丫頭來了。她要倒掉這箱垃圾。

　　「哎唷！金陀螺原來就在這兒啦！」她說。

　　於是金陀螺又被拿進屋子裡來了，引起人的注意和尊敬。可
是那個球兒呢，一點下文也沒有。陀螺再也不說他的「舊戀」了，
因為，當愛人在屋頂上的水管裡待了五年、弄得全身透濕的時
候，「愛情」也就無形地消逝了。是的，當人們在垃圾箱裡遇到
她的時候，誰也認不得她了。[1844年]

　　這個小故事也收集在《新的童話》裡。這是一篇十分風趣的
小品，有許多語句值得玩味和深思。如球兒認為陀螺對自己「光
榮」的出身是吹噓，陀螺就回答說：「如果我撒謊，那麼願上帝
不叫人來抽我！」當小孩子拍著球兒，而球兒一接觸到地面時，
馬上就又跳到空中去了——這是因為她急迫地想要高攀。當愛
人在屋頂上的水管裡待了五年、弄得全身透濕的時候，「愛情」
也就無形地消逝了。這類簡潔的話語實際上是反映和諷刺現實
的世態和人生。

天使

只要有一個好孩子死去，就會有一個上帝的天使飛到世界上來。他把死去的孩子抱在懷裡，展開他的白色的大翅膀，在孩子生前喜愛的地方飛翔。他摘下一大把花，把它們帶到天上去，好叫它們開得比在人間更美麗。仁慈的上帝把這些花緊緊地摟在胸前，但是他只吻那株他認爲最可愛的花。這株花於是就有了聲音，能跟大家一起唱著幸福的頌歌！」

你聽，這就是上帝的天使抱著一個孩子飛上天時所講的

話。孩子聽到這些話的時候，就像在做夢一樣。他們飛過了他在家裡玩過的許多地方，飛過了開滿美麗的花朵的花園。

「我們把哪一朵花兒帶去栽在天上呢？」天使問。

他們看見一株細長的、美麗的玫瑰，但是它的花梗已被一隻惡毒的手摘斷了。所以它那些長滿了半開的花苞的枝椏都垂下來，萎謝了。

「可憐的玫瑰花！」孩子說。「把它帶走吧。它可以在上帝的面前開出花來的！」

天使就把這朵花帶走，同時還因此吻了孩子一下。孩子半睜開他的眼睛。他們摘下了幾朵美麗的花，但也帶走了幾朵被人瞧不起的金鳳花和野生的三色菫花。

「現在我們可有了花兒了，」孩子說。天使點點頭，可是他們並沒有飛到天上去。

這是夜晚，非常靜寂。他們停留在這座大城裡。他們在一條最狹窄的街上飛。街上堆著許多乾草、塵土和垃圾，因爲這是一個搬家的日子。這兒還有破碎的碗盤、牆上脫落下來的泥塊、爛布和破帽子——這一切都不太好看。

天使在這堆爛東西中間指著幾塊花盆的碎片和花盆裡掉出來的一團乾泥塊。一大株枯萎的野花用它的根把自己和這塊土裹結在一起。這株花現在已經沒有用，因此被人拋到街上來了。

「我們要把這株花帶走！」天使說。「我在飛行的時候再把理由告訴你。」

於是他們就飛走了。天使講了這樣一個故事：

「在下面這條窄街上的一個很低的地下室裡，住著一個生病

的窮孩子。從很小的時候起，他就一直躺在床上。他身體最好的
時候，可以拄著拐杖在那個小房間裡來回地走一兩次。他至多只
能做到這一點。每年夏天，太陽光有幾天可以射進這個地下室的
前房，每次大約有半點鐘的光景。當孩子坐在那兒、讓溫暖的太
陽光照在身上的時候，他就把瘦小的指頭伸到面前，望著裡面鮮
紅的血色。這時人們就說：『今天這孩子出來了。』

「他對於樹林的知識是從春天的綠色體會出來的。因爲鄰家
的孩子帶給他第一根山毛欅的綠枝。他把它舉在頭上，幻想自己
來到了一個山毛欅的樹林裡──這兒有太陽光射進來，有鳥兒
在唱歌。

「在一個春天的日子裡，那個鄰家的孩子又帶給他幾株野
花。在這些野花中間，有一株還很偶然帶著根。因此這株花就被
栽在一個花盆裡，放在床邊，緊靠著窗子了。這株花是一隻幸運
的手栽種的，因此它就生長起來，冒出新芽，每年綻放花朵，成
了這個生病孩子的最美麗的花園──他在這世界上的一個寶
庫。他爲它澆水，照料它，盡量使它得到射進這扇低矮的窗子裡
來的每一線陽光。

「這株花兒常常來到他的夢裡，因爲它爲他開出了花，爲他
散發出香氣，使他的眼睛得到快感。當上帝召他去的時候，他在
死神面前最後要看的東西就是這株花。

「現在他住在天上已經有一年了。在這一年，這株花在窗子
上完全被人忘掉了。它已經枯萎，因此搬家的時候，就被人扔在
街上的垃圾堆裡。我們現在把這株可憐的、萎謝了的花收進我們
的花束中來，因爲它給予人的快樂，大大地超過了皇家花園裡面

那些最艷麗的花。」

　　「你怎麼知道這件事的呢？」這被天使帶上天的孩子問。

　　「我當然知道，」天使說，「因為我就是那個拄著拐杖走路的生病孩子呀！我當然認識我的花！」

　　孩子睜著一雙大眼睛，凝望著天使美麗幸福的臉。正在這時候，他們來到了天上，來到了和平幸福的天堂。上帝把孩子緊緊地摟在胸前，但是他卻吻著那株可憐的、萎謝了的野花。因此那株野花就有了聲音。現在它能跟別的天使一齊歌唱，並且在他們周圍飛翔了──他們有的飛得很近，有的繞著大圈子，飛得很遠，飛到無垠的遠方，但他們全都是幸福的。

　　他們都唱著歌──大大小小的、善良快樂的孩子們，還有搬家那天被扔在狹巷裡垃圾堆上那株枯萎了的、可憐的野花，大家都唱著歌。[1844 年]

　　　　　　　　　　　　　　　　　　　　　　　　　　

　　這個小故事收集在 1844 年出版的《新的童話》裡。「新的童話」標誌著安徒生童話創作一個新階段的開始：幻想的成分開始削弱，現實生活的成分加強了。但這篇故事是幻想與現實交織在一起的產物，正表示著安徒生創作風格的逐步改變，也是安徒生善良人道主義精神的進一步發展。由於他深入生活，而對生活中許多不合理的東西，他又找不到解決的辦法，因此他的作品也開始流露出抑鬱的情緒。

瓶 頸

在 一條狹窄、彎曲的街上，在許多窮苦的住屋中間，有一座
非常狹小、但是很高的木房子。它四邊都要塌了。這屋子裡住著
的全是窮人，而住在頂樓裡的人最窮。在這房間的一扇小窗子前
面，掛著一個歪歪斜斜的鳥籠。它連一個適當的水盆也沒有；只
有一個倒轉過來的瓶頸，嘴上塞著一個塞子，盛滿了水。一位老
小姐站在這開著的窗子旁邊，她剛剛用繁縷草把這鳥籠打扮了
一番。一隻小蒼頭燕雀從這根樑上跳到那根樑上，唱得非常起

勁。

「是的，你倒可以唱歌！」瓶頸說——它當然不是像我們一樣講話，因為瓶頸是不會講話的。不過它是在心裡這樣想，正如我們人靜靜地在內心裡講話一樣。「是的，你倒可以唱歌！因為你的肢體是完整的呀。你應該體會一下這種情況：沒有身體，只剩下一截頸項和一張嘴，而且像我一樣嘴上還堵了一個塞子。這樣你就不會唱歌了。但是能作作樂也是一樁好事！我沒有任何理由來唱歌，而且我也不會唱。是的，當我是一個完整的瓶子的時候，如果有人用塞子在我身上擦幾下的話，我也能唱一下的。人們把我叫做十全十美的百靈鳥，偉大的百靈鳥！啊，當我和毛皮商人一家人在樹林裡的時候！當他的女兒在訂婚的時候！是的，我記得那情景，彷彿是昨天的事情似的。只要我回憶一下，我經歷過的事情可真不少。我經歷過火和水，在黑泥土裡面待過，也曾經比大多數的東西爬得高。現在我卻懸在這鳥籠的外面，懸在空氣中，在太陽光裡！我的故事值得聽一聽；但是我不把它大聲講出來，因為我不能大聲講。」

於是瓶頸就在心裡講這故事，也可以說是在心裡想自己的故事。這是一個很奇怪的故事。那隻小鳥愉快地唱著歌。街上的人有的乘車子，有的步行；各人想著各人的事，也許什麼事也沒有想。可是瓶頸在想。

它在想著工廠裡那個火焰高竄的熔爐。它就是在那兒被吹成瓶形的。在還記得那時它很熱，它曾經向那個發出嘶嘶聲的爐子——它的老家——望過一眼。它真想再跳回到裡面去；不過它後來慢慢地變冷了，它覺得它當時的樣子也蠻好。它是立在一

大群兄弟姊妹的行列中間──都是從一個熔爐裡生出來的。不
過有的被吹成了香檳酒瓶，有的被吹成了啤酒瓶，而這是有區別
的！在它們走進世界裡去以後，一個啤酒瓶很可能會裝最貴重
的「拉克里麥·克利斯蒂」①，而一個香檳酒瓶可能只裝黑鞋油。
不過一個人天生是什麼東西，他的樣子總不會變的──貴族究
竟是貴族，哪怕他滿肚子裝的是黑鞋油也罷。

　　所有的瓶子不久就被包裝起來了，我們的這個瓶子也在其
中。在那個時候，它沒有想到自己會成為一個瓶頸，當做鳥兒的
水盆──這究竟是一件光榮的事情，因為這說明它還有點用
處！它再也沒有辦法見到天日，直到最後才跟別的朋友們一塊
兒從一個酒商的地窖裡被取出箱子來，第一次在水裡洗了一通
──這是一種很滑稽的感覺。

　　它躺在那兒，空空地，沒有瓶塞。它感到非常不愉快，它缺
少一件什麼東西──究竟是什麼東西，它也講不出來。最後它裝
滿了貴重的美酒，安上一個塞子，並且封了口。它上面貼著一張
紙條：「上等」。它覺得，好像在考試的時候得了優等一樣。不
過酒的確不壞，瓶也不壞。一個人的年輕時代是詩的時代！其中
有它所不知道的優美的歌：綠色的、陽光照著的山岳，那上面長
著葡萄，還有快樂的女子和高興的男子在歌唱，接吻。的確，生
活是多麼美好啊！這瓶子的身體裡，現在就有這種優美的歌
聲，像在許多年輕詩人的心裡一樣──他們常常也不知道他們
心裡唱的是什麼東西。

　　有一天早晨，瓶子被人買去了。毛皮商人的學徒被派去買一
瓶最上等的酒。瓶子就跟火腿、乾酪和香腸一起放進一個籃子

裡。那裡面還有最好的奶油和最好的麵包——這是毛皮商人的女兒親手裝進去的。她是那麼年輕，那麼美麗。她有一雙眯眯的棕色眼睛，嘴唇上也老是飄著微笑——跟她的眼睛同樣富有表情的微笑。她那雙柔嫩的手白得可愛，而她的脖子和胸脯更白。人們一眼就可以看出，她是全城中最美的女孩；而且她還沒有訂過婚。

當這一家人到森林裡去野餐的時候，籃子就放在這位小姐的膝上。瓶頸從白餐巾的尖角裡伸出來。塞子上封著紅蠟，它一直向這姑娘的臉上看，它也向著坐在這姑娘旁邊的一個年輕的水手看。他是她兒時的朋友，一位肖像畫家的兒子。最近他考試得到優等，成了大副；明天就要開一條船到一個遙遠的國度去了。當瓶子裝進籃子裡去的時候，他們正談論著這次旅行的事情。那時，這位毛皮商人的漂亮女兒的一對眼睛和嘴唇的確沒有露出什麼愉快的表情。

這對年輕人在綠樹間漫步著，交談著。他們在談什麼呢？是的，瓶子聽不見，因為它被裝在菜籃子裡。過了一段意外的長時間以後，它才被拿出來。不過當它被拿出來的時候，大家已經很快樂了，因為所有的眼睛都在笑，而毛皮商人的女兒也在笑。不過她的話講得很少，而她的兩個臉頰紅得像兩朵玫瑰花。

父親一手拿著酒瓶，一手緊握著拔瓶塞的起子鑽。是的，被人拔一下的確是一種奇怪的感覺，尤其是第一次。瓶頸永遠也忘不了了這給它印象最深的一剎那。的確，當那瓶塞飛出去的時候，它心裡說了一聲「噗！」當酒倒進杯子裡的時候，它咯咯地唱了一兩下。

「祝這訂婚的一對健康！」爸爸說。他每次總是乾杯。那個
年輕的水手吻著他美麗的未婚妻。

「祝你們幸福和快樂！」老年夫婦說。

年輕人又倒滿了一杯。

「明年這時就回家結婚！」他說。當他把酒喝乾了的時候，
他把瓶子高高地舉起，說：「在我這一生最愉快的一天中，你恰
巧在場；我不願意你再爲別人服務！」

於是他就把瓶子扔向空中。毛皮商人的女兒肯定地相信她
絕不會再有機會看到這瓶子，然而她卻看到了。它落到樹林裡一
個小池旁濃密的蘆葦中去了。瓶子還弄不清楚它怎麼會躺在這
樣的一個地方。它想：

「我給他們酒，而他們卻給我池水，但是他們本來的用意是
很好的！」

它再也沒有看到這對訂了婚的年輕人和那對快樂的老夫婦
了。不過它有好一會兒還能聽到他們的歡樂和歌聲。最後有兩個
農家孩子走來了；他們向蘆葦裡探，發現了這個瓶子，於是就把
它撿起來。現在它算是有一個歸宿了。

他們住在一間木房子裡。他們的大哥是一個水手。他昨天回
家來告別，因爲他要去做一次長途旅行。母親正忙著替他收拾旅
途中要用的一些零碎東西。這天晚上他父親就要把行李送到城
裡去，想要在別離前再看兒子一次，同時代表母親說幾句告別的
話。行李裡還放有一瓶藥酒，這時孩子們恰巧拿著他們找到的那
個更結實的大瓶子走進來。比起那個小瓶子來，這瓶子能夠裝更
多的酒，而且還是能治消化不良的好燒酒，裡面浸有藥草。瓶子

裡裝的不是以前那樣的紅酒，而是苦味的藥酒，但這也是很好的
——對於胃痛很好。現在要裝進行李中去的就是這個新的大瓶
子，而不是原來的那個小瓶子。因此這瓶子又開始旅行起來了。
它和彼得·演生一起上了船。這就是那個年輕的大副所乘的一艘
船。但是他沒有看到這瓶子。的確，他不會知道，或者想到，這
就是曾經倒出酒來、祝福他訂婚和安全回家的那個瓶子。

　　當然它裡面沒有好酒，但是它仍然裝著同樣好的東西。當彼
得·演生把它拿出來的時候，他的朋友們仍然把它叫做「藥店」。
它裡面裝著好藥——治腹痛的藥。只要它還有一滴留下，它總是
有用的。這要算是它幸福的時候了。當塞子擦著它的時候，它就
唱出歌來。因此它被人叫做「大百靈鳥——彼得·演生的百靈
鳥」。

　　漫長的歲月過去了。瓶子待在一個角落裡，它已經空了。這
時出了一件事——究竟是在出航時呢，還是在回家的途中，它說
不大清楚，因為它從來沒有上過岸。暴風雨起來了，巨浪在沉重
地、陰森地顛簸著，船在起落不定。主桅在斷裂；巨浪把船板撞
開；抽水機現在也無能為力了。這是漆黑的夜。船在下沉。但是
在最後一瞬間，那個年輕的大副在一頁紙上寫下這樣的字：「願
耶穌保佑！我們現在要沉了！」他寫下他的未婚妻的名字，也寫
下自己的名字和船的名字，便把紙條塞在手邊這隻空瓶子裡，然
後塞好塞子，把它扔進這波濤洶湧的大海裡去。他不知道，它曾
經為他和她倒出過幸福和希望的酒。現在它帶著他的祝福和死
神的祝福在浪花中漂流。

　　船沉了，船員也一起沉了。瓶子像鳥兒似地飛著，因為它身

體裡帶著一顆心和一封親愛的信。太陽升起了，又落下了。對瓶子說來，這好像是它在出生時所看見的那個紅彤彤的熔爐——它那時多麼希望能再跳進去啊！

它看見過晴和的天氣與新的暴風雨。但是它沒有撞到礁岩，也沒有被什麼鯊魚吞掉。它這樣漂流了不知多少年，有時漂向北，有時漂向南，完全由浪濤的流動來左右。除此以外，它可以算是獨立自主了；但是一個人有時也不免對於這種自由感到厭倦起來。

那張字條——那張代表戀人與未婚妻最後告別的字條，如果能到達她手中的話，只會帶給她悲哀；但是那雙白嫩的、曾在訂婚那天在樹林中新生的草地上鋪過桌布的手現在在什麼地方呢？瓶子一點也不知道；它往前漂流著，漂流著；最後漂流得厭倦了，因為漂流究竟不是生活的目的。但是它不得不漂流，一直到最後它到達了陸地——到達一塊陌生的陸地。這兒人們所講的話，它一句也聽不懂，因為這不是它從前聽到過的語言。一個人不懂當地的語言，真是一件很大的損失。

瓶子被撈起來了，而且也被檢查過了。它裡面的字條也被發現了，被拿了出來，被人翻來覆去地看，但是上面所寫的字卻沒有人看得懂。他們知道這瓶子一定是從船上拋下來的——字條上一定寫著這類事情。但是紙上的字卻是一個謎。於是字條又被塞進瓶子裡面去，而瓶子被放進一個大櫃子裡。它們現在都在一個大房子裡的一個大房間裡。

每次有生人來訪的時候，字條就被拿出來，翻來覆去地看，使得上面鉛筆寫的字跡變得更模糊，最後連上面的字母也沒有

人看得出來了。

　　瓶子在櫃子裡待了一年，後來被放在頂樓的儲藏室裡去了，全身都布滿灰塵和蜘蛛網。於是它就想起自己的幸福的時光，想起它在樹林裡倒出紅酒，想起它帶著一個祕密、一個音信、一個別離的嘆息在海上漂流。

　　它在頂樓裡待了整整二十年。要不是這座房子要重建的話，它可能待得更長。屋頂被拆掉了，瓶子也被人發現了。大家都談論著它，但是它卻聽不懂他們的話，因為一個人被鎖在頂樓裡絕不能學會一種語言的，哪怕他待上二十年也不成。

　　「如果我住在下面的房間裡，」瓶子想，「我可能已經學會這種語言了！」

　　它現在被洗刷了一番。這的確是很必要的。它感到透亮和清爽，真是返老還童。但是它帶來的那張字條，已經在洗刷中被毀掉了。

　　瓶子裝滿了種子；它不知道這是些什麼種子。它被塞上了塞子，包起來。它既看不到燈籠，也看不到蠟燭，更談不上月亮和太陽。但是它想：當一個人旅行的時候，應該看一些西才是。但是它什麼也沒有看到，不過那人總算做了一件最重要的事情──它旅行到了目的地，並且從袋裡被拿出來了。

　　「那些外國人該是費了多少麻煩才把這瓶子包裝好的啊！」它聽到人們講，「它早就該損壞了。」但是它並沒有損壞。

　　瓶子現在懂得人們所講的每一個字：這就是它在熔爐裡、在酒商的店裡、在樹林裡、在船上聽到的，它能懂得的那種唯一的、親愛的語言。它現在回到了家鄉，並且受到了歡迎。出於一

時的高興，它很想從人們手中跳出來。在它還沒有察覺以前，塞子就被拿出來了，裡面的東西倒出來了，它自己被送到地下室去，扔在那兒，被人忘掉。什麼地方也沒有家鄉好，哪怕是待在地下室裡！瓶子從來沒有想過自己在這兒待了多久：因為它在這兒感到很舒服，所以就在這兒躺了許多年。最後人們到地下室來，把瓶子都清除出去──包括這個瓶子在內。

花園裡正在開一個盛大的慶祝會。閃耀的燈兒懸著，像花環一樣；紙燈籠射出光輝，像大朵透明的鬱金香。這是一個美麗的晚上，天氣是晴和的，星星在眨著眼睛。這正是上弦月的時候；但是事實上整個月亮都現出來了，像一個深灰色的圓球，上面鑲著半圈金色的框子──這對於眼睛好的人看起來，是一個美麗的景象。

燈火甚至把花園裡最隱蔽的小徑都照到了；最少，照得可以使人找到路。籬笆上的樹葉間立著許多瓶子，每個瓶裡有一簇亮光。我們熟識的那個瓶子，也在這些瓶子中間。它命中注定有一天要變成一個瓶頸，一個供鳥兒吃水的小盆。

不過在一時間，它覺得一切都美麗無比：它又回到綠樹林中，又在欣賞歡樂和慶祝的景象。它聽到歌聲和音樂，聽到許多人的話聲和低語聲──特別是花園裡點著玻璃燈和種種不同顏色的紙燈籠的那塊地方。它立在一條小徑上，一點也不錯，但這正是使人感到了不起的地方。瓶子裡點著一盞火，既有用，又愉快。這當然是對的。這樣的一個鐘頭可以使它忘記自己在頂樓上度過的二十年光陰──把它忘掉也很好。

有兩個人在它旁邊走過去了。他們手挽著手，像多少年以前

在那個樹林裡的一對訂了婚的戀人——水手和毛皮商人的女兒。瓶子似乎重新回到那個情景中去了。花園裡不僅有客人在散步，而且還有許多別的人到這兒來參觀這良辰美景。在這些人中，有一位沒有親戚的老小姐，不過她並非沒有朋友。像這瓶子一樣，她也正在回憶那個綠樹林，那對訂了婚的年輕人。這對年輕人牽涉到她，跟她的關係很密切，因為她就是兩人中的一個。那是她一生中最幸福的時刻——這種時刻，一個人是永遠忘記不了的，即使變成了這麼一個老小姐也忘記不了。

　　但是她不認識這瓶子，而瓶子也不認識她；人與人的關係往往就是這樣，雖然他們有時又碰到一起。他們倆就是如此，他們現在又在同一個城市裡面。

　　瓶子又從這花園到一個酒商的店裡去了。它又裝滿了酒，被賣給一個飛行家。這人要在下星期天坐著氣球飛到空中去。有一大群人趕來觀看這個場面；還有一個軍樂隊和許多其他的布置。待在一個籃子裡的瓶子和一隻活兔子，看到了這全部景象。兔子感到非常沮喪，因為它知道自己要升到空中去，然後又要跟著一副降落傘落下來。不過瓶子對於「上升」和「下落」的事兒一點也不知道；它只看到這氣球越鼓越大，當它鼓得不能再鼓的時候，就開始升上去了，越升越高，而且動盪起來。繫著它的那根繩子這時被剪斷了。這樣它就帶著那個飛行家、籃子、瓶子和兔子航行起來。音樂奏了起來，大家都高呼：「好啊！」

　　「像這樣在空中航行真是美妙得很！」瓶子想。「這是一種新式的航行；在這上面無論如何是觸不到什麼暗礁的。」

　　成千成萬的人在看這氣球。那個老小姐也抬頭向它凝望。她

站在一個頂樓的窗口。這兒掛著一個鳥籠,裡面有一隻蒼頭燕雀。它還沒有一個水盆,目前只好暫時使用一個舊杯子。窗子上有一盆桃金娘。老小姐把它移向旁邊一點,免得它落下去,因為她正要把頭伸到窗子外面去看。她清楚地看到氣球裡的那個飛行家,看到他讓兔子和降落傘一起落下來,看到他對觀眾乾杯,最後把酒瓶向空中扔去。她沒有想到,在她年輕的時候,在那個綠樹林裡歡樂的一天,她早已看到過這瓶子為了慶祝她和她的未婚夫,也曾一度被扔向空中。

瓶子來不及想什麼了,因為忽然一下子升到這樣一個生命的最高峰,它簡直做夢也沒有想到。教堂塔樓和屋頂躺在遙遠的下面,人群看起來真是渺小得很。

這時它開始下降,而下降的速度比兔子快得多。瓶子在空中翻了好幾個筋斗,覺得非常年輕,非常自由自在。它還裝著半瓶酒,雖然它再也裝不了多久。這真是了不起的旅行!太陽照在瓶子上;許多人在看著它。氣球已經飛得很遠,瓶子也落得很遠。它落到一個屋頂上,因此跌碎了。但是碎片產生出一種動力,使得它們簡直靜止不下來。它們跳,滾,一直落到院子裡,跌成更小的碎片。只有瓶頸算是保持完整,像是用金剛鑽鋸下來的一樣。

「把它用做鳥兒的水盆倒是非常合適的!」住在地下室的一個人說。但是他既沒有鳥兒,也沒有鳥籠。只是因為有一個可以當做水盆用的瓶頸就去買一隻鳥和一個鳥籠來,那未免太不實際了。但是住在頂樓上的那位老小姐可能用得著它。於是瓶頸就到樓上來了,並且還有了一個塞子。原來朝上的那一部分,現在

朝下了——當客觀情勢一變的時候，這類事兒是常有的。它裡面盛滿了新鮮的水，並且被繫在籠子上，面對著小鳥。鳥兒現在正在唱歌，唱得很美。

「是的，你倒可以唱歌！」瓶頸說。

它的確是了不起，因為它在氣球裡待過——關於它的歷史，大家知道的只有這一點。現在它卻是鳥兒的水盆，吊在那兒，聽著下邊街道上的喧鬧聲和低語聲以及房間裡那個老小姐的講話聲：一個同年紀的朋友剛才來拜訪過她，她們聊了一陣天——不是關於瓶頸，而是關於窗子上的那株鬱金香。

「不，花兩塊錢為妳的女兒買一個結婚的花環，的確沒有這個必要！」老小姐說。「我送給妳一個開滿了花的美麗花束吧！妳看，這朵花長得多麼可愛！是的，它就是一根鬱金香枝椏栽大的。這枝椏是妳在我訂婚後的第一天送給我的。那年過去以後，我應當用它為我自己編成一個結婚的花環。但是那個日子永遠也沒有到來！那雙應該是我一生快樂和幸福的眼睛 ② 閉上了。他，我親愛的人，現在睡在海的深處。這株鬱金香已經成了一棵老樹，而我卻成了一個更老的人。當它凋零了以後，我摘下它最後的一根綠枝，把它插在土裡，現在它長成了一棵樹。現在妳可以用它為妳的女兒編成一個結婚的花環，它總算碰上一次婚禮 ③，有些用處！」

這位老小姐的眼裡含有淚珠。她談起她年輕時代的戀人，和他們在樹林裡的訂婚。她不禁想起了那多次的乾杯，想起了那個初吻——她現在不願意講這事情了，因為她已經是一個老小姐，她想起了的事情真多，但是她卻從沒有想到在她的近旁，在

這窗子前面，就有那個時代的一件紀念物：一個瓶頸——這瓶子，當它的塞子爲了大家的乾杯而被拔出來的時候，曾經發出過一聲快樂的歡呼。不過瓶頸也不認識她，因爲它沒有聽她講話——主要是因爲它老在想著自己。[1858 年]

　　這個故事發表在 1858 年的《丹麥曆書》裡。它的內容很清楚：寫的是人世的滄桑——也是安徒生進入中年以後人生的感受。關於這個故事，安徒生在他的手記中說：「我的好朋友 J. M. 蒂勒（丹麥著名詩人）有一天對我開玩笑地說，『你應該寫一個關於瓶子的故事，從它的開始直到它只能當做鳥兒飲水用的一個瓶頸。』〈瓶頸〉就是這樣寫成的。」

【註釋】

①這是一種酒名，原文是 Lacrymaé christi。

②指她的未婚夫。

③按照丹麥的風俗，一個女子結婚時，要戴一個用鬱金香編成的花環。

神　方

一位王子和一位公主現在還在度蜜月。他們感到自己非常幸福。只有一件事情使他們苦惱，那就是：怎樣使他們永遠像現在這樣幸福。因此他們就想得到一個「神方」，用以防止他們夫妻生活中的不幸。他們常常聽說深山老林裡住著一位大家公認的智者，對於在困苦和災難中的人，他都能說出最好的忠告。於是這位王子和公主要特別去拜訪他，同時把他們的心事也對他講了。這位智者了解到他們的來意以後就說：「你們可以到世界

各國去旅行一下。無論在什麼地方，只要你們碰到一對完全幸福的夫婦，就可以向他們要一塊他們貼身衣物的布片。你們必須把這塊布片經常帶在身邊。這是唯一有效的辦法。」

王子和公主騎著馬走了。不多久他們就聽到一位騎士的名字。據說這位騎士和他的妻子過著最幸福的生活。他們來到他的公館裡，親自問：他們的婚後生活是否真如傳說的那樣，過得非常美滿。

「一點也不錯！」對方回答說，「只有一件事：我們沒有孩子！」

在這裡是得不到「神方」了。王子和公主只好旅行得更遠一點，去尋找絕對幸福的夫婦。

他們來到一個城市。他們聽說這裡住著一位市民：他和他的妻子過著最最親愛的滿足的生活。他們去拜訪他，問他是不是像大家所說的那樣，過著真正美滿的婚後生活。

「對，我過著這樣的生活！」這人說，「我的妻子和我共同過著最美滿的生活，只可惜我們的孩子太多了——他們給我們帶來許多苦惱和麻煩！」

因此在這人身上也找不到什麼「神方」。王子和公主向更遠的地方去旅行，不斷地探問是否有幸福的夫婦，但是一對也找不到。

有一天，當他們正走在田野和草場上時，離開大路不遠，他們遇見一個牧羊人。這人正快樂地吹一管笛子。正在這時候，他們看見一個女人懷裡抱一個孩子，手上牽一個孩子，向著他走來；牧羊人一看見她，就馬上走上前，對她致敬，同時把那個最

小的孩子接過來，親吻一陣，然後又撫摸一陣。牧羊人的狗向那男孩子跑過來，舐他的手，狂叫一陣，然後又高興地狂跳一陣。在這同時，女人把她帶來的食物拿出來，說：「爸爸，過來，吃飯吧！」男子坐下來，接過食物，把第一口讓那個最小的孩子吃，把剩下的分給男孩子和那隻看羊狗。王子和公主親眼看見、也親耳聽見這一切。他們走得更近了，對牧羊人這一家說：「你們一定是大家所說的最幸福，最滿足的夫婦了吧？」

「對，我們是的！」丈夫回答說，「感謝上帝！沒有哪個王子和公主能夠像我們這樣快樂！」

「請聽著，」王子說，我們有一件事要請求你幫助，你絕不會後悔的。請你把你最貼身穿著的衣服撕一塊給我們吧！」

聽到這句話，牧羊人和他的妻子就驚奇地彼此呆望著。最後牧羊人說：「上帝知道，我們很願意給你一塊，不僅是布片，連整件襯衫或內衣都可以——只要我們有的話。不過我們連一件破衣都沒有。」

王子和公主現在沒有辦法，只好再旅行到更遠的地方去。最後，他們對於這種漫長而無結果的漫遊感到厭倦起來了，因此他們就回到家裡來。當他們經過那智者的茅屋的時候，他們就責罵他，因為他所給的忠告是那麼沒有用。他們把旅行的經過全部告訴了他。

這位智者微笑了一下，說：「你們的旅行真的沒有收穫嗎？你們現在不是帶著更豐富的經驗回家來了嗎？」

「是的，」王子回答說，「我已經體會到，『滿足』是這個世界上一件難得的寶貝。」

「我也學習到，」公主說，「一個人要感到滿足，沒有別的辦法──自己滿足就得了！」

於是王子拉著公主的手，互相望著，露出一種非常親愛的表情。那位智者祝福他們，說：「你們在自己的心裡已經找到了眞正的『神方』！好好地保存著吧，這樣，那個『不滿足』的妖魔對你們就永遠無能爲力了！」〔1836 年〕

這篇小品最初發表在 1836 年 11 月 4 日的《丹麥大衆報》上。這裡談的就是對「神方」──永遠幸福──的追求。「滿足」就是這種「神方」。「一個人要感到滿足，沒有別的辦法──自己滿足就得了！」

寓言說這就是你呀

古代的聰明人發明了一個天才的辦法，把真實的事情告訴人而不使對方的面子掛不住。你們知道，他們在人們面前舉著一面神奇的鏡子，把各色各樣的動物和許多稀奇的東西都照出來，使人可以看出有趣而富有教育意義的圖畫。這些圖畫叫做寓言。當這些動物做了些聰明事或傻事的時候，人們都可以站在它們的立場設身處地地想一想：「寓言說這就是你呀！」這樣，誰也不會覺得丟面子了。我現在舉一個例子吧：

　　從前有兩座大山，每座山頂上有一個古堡。在下邊的山谷裡
有一隻饑餓的狗在跑。它一邊跑，一邊嗅，看看有沒有什麼老鼠
或鵪鶉可吃。這時一個古堡裡忽然吹起吃飯號角來。狗立刻向山
上跑，希望能得到一份飯食。不過當它跑到半路的時候，號聲就
忽然停止了。這時，另一個古堡裡又有號聲響起來。狗想：「在
這裡，恐怕我還沒有跑到，大家就已經把飯都吃完了。可是在那
裡大家還不過剛剛開始吃飯。」於是它就趕快跑下來，又向另一
座山上跑去。不過先前的號聲又吹起來了，而第二個號聲卻忽然
中止。狗馬上又跑下來，向頭一座山上跑。它這樣不停地兩邊
跑，直到兩個號聲都沒有了為止。當然兩個古堡裡的飯也都吃完
了。

　　現在請你想一想，古代的聰明人在這個寓言裡表明了什麼
意思呢？那個在兩邊跑來跑去、跑到精疲力竭的傻瓜是誰呢？
　　〔1836 年〕

　　這篇小故事像〈神方〉和〈老上帝還沒有滅亡〉一樣，在一
般的安徒生童話全集裡都沒有被收進去。它首次發表於哥本哈
根出版的《丹麥人民畫報》1836 年 10 月號上。它沒有被收進全
集中去，也許是因為它與安徒生當時寫的童話性質完全不一
樣，所以不被認為是「童話」，而受到忽視。這篇小故事的寓意，
一看就清楚，不需另做解釋。

哇哇報

樹林裡所有的鳥兒都坐在樹枝上；樹枝上的葉子並不少。但是他們全體還希望有一批新的、好的葉子——他們所渴望的那種批評性的報紙①。這種報紙在人類中可是很多，多得只須一半就夠了。

歌鳥們希望有一個音樂批評家來讚美自己——同時也批評別人（這是必須的）。可是要找出一個公正的批評家來，他們卻沒有辦法獲得一致的意見。

「那必須是一隻鳥兒，」貓頭鷹說。他被選爲主席，因爲他是智慧之鳥。「我們不能在別種動物中挑選，只有海裡的動物是例外。魚兒能夠飛，像鳥兒能在空中飛一樣，不過只有他們是我們的親族了。但是在魚兒和鳥兒之間，也還有些別的動物。」

這時鸛鳥就發言了。他嘴裡咯咯地冒出一個聲音來：

「在魚兒和鳥兒之間，的確還有別的生物可選。我提議選沼澤地的孩子——青蛙。他們非常富於音樂感。他們在靜寂的森林裡唱歌，就像敎堂的鐘聲一樣，使得我老想往外跑！」鸛鳥說。「他們一開口唱，我的翅膀就癢起來了②。」

「我也提議選青蛙，」蒼鷺說。「他們旣不是鳥，也不是魚，但是他們和魚住在一起，而唱起來又像鳥兒。」

「好，這算是有關音樂的部分，」貓頭鷹說。「不過報紙還必須記載樹林裡一切美好的事情。因此我們還必須有撰稿人，我們不妨把自己家裡的每個成員考慮一下。」

於是小小的雲雀就興高采烈地唱起來了：「青蛙不能當編輯。不能，應該由夜鶯來當！」

「不要嘰嘰喳喳亂叫！」貓頭鷹說。「我命令你！我認識夜鶯。我們都是夜鳥。他和我都不能當選。我們的報紙應該是一份貴族化或哲學化的報紙———一份上流社會的、由上流社會主持的報紙。當然它應該是一般人的機關報。」

他們一致同意，報紙的名稱應該是「早哇哇」或「晚哇哇」——或者乾脆叫它「哇哇③」。大家一致贊成最後這個名字。

這算是滿足了樹林裡的一個迫切的需要。蜜蜂、螞蟻和鼴鼠答應寫關於工業和工程活動的文章，因爲他們在這方面有獨特

的見解。

　　杜鵑是大自然的詩人。他雖然不能算是歌鳥，但是對於普通人說來，他卻是非常重要的。「他老是在稱讚自己，他是鳥類中最虛榮的人，但他卻其貌不揚。」孔雀說。

　　綠頭蒼蠅到樹林裡來拜訪報紙的編輯。

　　「我們願意效勞。我們認識人類、編輯和人類的批評。我們把我們的蛆生在新鮮肉裡，不到一晝夜，肉就腐爛了。為了對編輯效勞，在必要的時候，我們還可以把一個偉大的天才毀掉。如果一份報紙是一個政黨的喉舌，它盡可以放粗暴些。如果你失去一個訂戶，你可以撈回十六個。你盡可以無禮，替別人亂取些綽號，嘲笑別人，像一些幫會裡的年輕人那樣用手指吹著口哨，這樣你就可以成為一國的權威。」

　　「這個空中的流浪漢！」青蛙談到鸛鳥時說。「我在小時候把他看得了不起，對他崇拜得五體投地。當他在沼澤地裡走著，談起埃及的時候，我就不禁幻想起那些美妙的外國來。現在他再也引不起我的想像──那不過是一種事後的回音罷了。我現在已經變得更聰明、有理智和重要了──因為我在《哇哇》報上寫批評文章。用我們最正確的字句和語言講，我就是一個所謂『哇哇者』。

　　「人類世界中也有這樣的人。關於這件事情，我正在為我們報紙的最後一頁寫一篇短論。」［1869 年］

這是一篇諷刺小品，諷刺當時的報紙和評論家，寫於 1869 年 2 月 6 日。正因爲如此，此文在當時未能發表，只有到了 1926 年 4 月 4 日它才能在哥本哈根的《貝爾林斯基報》上首次刊出來。

【註釋】

①在丹麥文裡，「葉子」和「報紙」是同一個字：Blad。作者在這兒開了一個文字玩笑，中文無法譯出來。

②因爲鸛鳥最喜歡吃青蛙。

③原文是 Qvack，即青蛙的叫聲「哇哇」。在丹麥文裡它又有「亂講」、「胡説八道」的意思。作者似乎是在這兒諷刺一般報刊的批評家。

紙　牌

人們能夠用紙剪出和貼出多少可愛的東西來啊！小小的威廉就這樣貼出了一個宮殿。它的體積很大，占滿了整個桌面。它塗上了顏色，好像它就是用紅磚砌的，而且還有發亮的銅屋頂呢。它有塔，也有吊橋；河裡的水，往下面一看，就好像是鏡子——它的確是鏡子做的。在最高的那座塔上還有一個木雕的守塔人。他有一支可以吹的號筒，但是他卻不去吹。這個小孩子親自拉起或放下吊橋，把錫兵放在吊橋上散步，打開宮殿的大門，

向那個寬大的宴會廳裡窺探。廳裡掛著許多鑲在鏡框裡的畫像。這都是從紙牌裡剪出來的：紅心、方塊、梅花和黑桃等。國王的頭上戴著王冠，手中拿著權杖；王后戴著面紗，一直垂到肩上。她的手裡還拿著花。傑克拿著戟和搖擺著的羽毛。

有一天晚上，這個小傢伙朝敞開的宮殿大門偷偷地向大廳裡窺探。它的牆上掛著許多花紙牌。它們真像大殿上掛著的古老畫像。他覺得國王似乎在用權杖向他致敬，黑桃王后在搖著她手裡的鬱金香，紅心王后在舉起她的扇子。四位王后都客氣地表示注意到了他。為了要看得仔細一點，他就把頭更向前伸，結果撞著了宮殿，把它弄得搖動起來。這時紅心、方塊、梅花和黑桃的四位傑克就舉起戟，警告他不要再向前頂，因為他的頭太大了。

小傢伙點點頭，接著又點了一次。於是他就說：「請講幾句話吧！」但是花紙牌一句話也不說。不過當他對紅心傑克第三次點頭的時候，後者就從紙牌──它像一扇屏風似的掛在牆上──裡跳出來。他站在中央，帽子上的那根羽毛搖動著，手裡拿了一根鐵皮包著的長矛。

「你叫什麼名字？」他問這個小傢伙。「你有明亮的眼睛和整齊的牙齒，但是你的手卻洗得不勤！」

這句話當然是說得不客氣的。

「我叫威廉，」小傢伙說。「這個宮殿就是屬於我的，所以你是我的紅心傑克！」

「我是我的國王和王后的傑克，不是你的！」紅心傑克說。「我可以從牌裡走出來，從宮殿裡走出來；比起我來，我高貴的主人更可以走出來。我們可以一直走到廣大的世界上去，不過我

們已經出去得膩了。坐在紙牌裡，保持我們的本來面目，要比那樣舒服和愉快得多。」

「難道你們曾經是眞正的人嗎？」小傢伙問。

「當然是的！」紅心傑克說，「但不夠好就是了。請你替我點一根蠟燭吧——最好是一根紅的，因爲這就是我的、也是我的主人的顏色。這樣，我就可以把我們的故事告訴給宮殿的所有人——因爲你說過，你就是這個宮殿的所有人。不過請你不要打斷。如果我講故事，那就得一口氣講完！」

於是他就講了：

「這裡有四個國王，他們都是兄弟；不過紅心國王的年紀最大，因爲他一生下來就有一個金王冠和金蘋果，他立刻就統治起國家來。他的王后生下來就有一把金扇子——你可以看得出來，她現在仍然有。他們的生活過得非常愉快，他們不須上學校，他們可以整天地玩耍。他們造起宮殿，又把它拆下來；他們毀掉錫兵，又和玩偶玩耍。如果他們要吃奶油麵包，麵包的兩面總是塗滿了奶油，而且還撒了些紅糖。那要算是一個最好的時候，不過日子過得太好人們也就會生厭了。他們就是這樣——於是方塊就登基了！」

「結果是怎樣呢？」小傢伙問，不過紅心傑克再也不開口了。他筆直地站著，望著那根燃燒的紅蠟燭。

結果就是如此。小傢伙只好向方塊傑克點頭。他點了三次以後，方塊傑克就從紙牌裡跳出來，筆直地站著，說了這兩個字：蠟燭！小傢伙馬上點起一根紅蠟燭，放在他的面前。方塊傑克舉起他的戟致敬，同時把故事接著講下去。我們現在把他的話一字

不漏地引下來：

　　「接著方塊國王就登基了！」他說，「這位國王的胸口上有一塊玻璃，王后的胸口上也有一塊玻璃。人們可以看穿他們的內心，而他們的內臟和普通人也沒有什麼兩樣。他們是兩個可愛的人，因此大家爲他們立了一道紀念碑。這道紀念碑豎了足足七年沒有倒，雖然它是爲了要永垂不朽而建的。」

　　方塊傑克敬了禮，於是就呆呆地看著那根紅蠟燭。

　　小小的威廉還來不及點頭，梅花傑克就一本正經地走下來了，正好像一隻鸛鳥在草地上走路的那副樣兒。紙牌上的那朵梅花也飛下來，像一隻鳥兒似的向外飛走，而且它的翅膀越變越大。它在他頭上飛過去，然後又飛回到牆邊的那張白紙牌上來，鑽到它原來的位置去。梅花傑克和前面的那兩位傑克不同，沒有要求點一根蠟燭就講話了。

　　「不是每一個人都能吃到兩面塗滿了奶油的麵包的。我的國王和王后就沒有吃到過。他們是最應該吃的，不過他們得先到學校裡去學國王不曾學過的東西。他們的胸口也有一塊玻璃，不過人們看它的時候只是想知道它裡面的機件出毛病了沒有。我了解情況，因爲我一直就在爲他們做事——我現在還在爲他們做事，服從他們的命令。我聽他們的話，我現在敬禮！」於是他就敬禮了。

　　威廉也爲他點起一根蠟燭———一根雪白的蠟燭。

　　黑桃傑克忽然站出來了。他並沒有敬禮，他的腿有點跛。

　　「你們每個人都有了一根蠟燭，」他說，「我知道我也應該有一根！不過假如我們傑克都有一根，我們的主人就應該有三

根了。我是最後一個到來，我們已經是很沒有面子了，人們在聖誕節還替我取了一個綽號：故意把我叫做『哭喪的貝爾①』，誰也不願意我在紙牌裡出現。是的，我還有一個更糟糕的名字——說出來眞不好意思：人們把我叫做『爛泥巴』。我這個人起初還是黑桃國王的騎士呢，但現在我可是最末的一個人了。我不願意敍述我主人的歷史。你是這個宮殿的所有人，如果你想知道的話，請你自己去想像吧。不過我們是在下降，不是在上升，除非有一天我們騎著棗紅馬向上爬，爬得比雲還高。」

於是小小的威廉在每一個國王和每一個王后面前點了三根蠟燭。騎士的大殿裡眞是大放光明，比最豪華的宮廷裡還要亮。這些高貴的國王和王后們客客氣氣地彼此致敬，紅心王后搖著她的金扇子，黑桃王后捻著她那朵金鬱金香——它亮得像燃著的火，像燒著的焰花。這高貴的一群跳到大殿中來，舞著，一忽兒像火光，一忽兒像焰花。整個宮殿像一片火海。威廉驚恐地跳到一邊，大聲地喊：「爸爸！媽媽！宮殿燒起來了！」宮殿在射出火花，熊熊燃燒：「現在我們騎著棗紅馬爬得很高，比雲還要高，爬到最高的光輝燦爛中去。這正合乎國王和王后的身分。傑克們跟上來吧！」

是的，威廉的宮殿和他的花紙牌就這樣完了。威廉現在還活著，也常常洗手。

他的宮殿燒掉了，這不能怪他。［1869 年］

這篇童話最初發表在 1869 年 1 月紐約出版的《青少年河邊雜誌》上。從 1868 年到 1872 年間安徒生陸續給這份刊物提供新的童話，每篇得五十美元的稿酬，條件是這篇作品只能在美國發表，一個月以後才得在別的地方刊出。所以這篇作品直到 1909 年才在丹麥的《聖誕節之書》(Juleboger)上刊出，這已經是安徒生逝世二十四年以後的事了。

小傢伙威廉用紙牌搭起了一個宮殿，宮殿裡當然有國王和皇后，而且還不只一對。沒有想到他們竟都活起來了，各自根據自己的身分要求應有的尊榮──在他們面前點上各種顏色的蠟燭。於是「每一個國王和每一王后面前點了三根蠟燭。騎士的大殿裡真是大放光明，比最豪華的宮廷裡還要亮。這些高貴的國王和王后們客客氣氣地彼此致敬，紅心王后搖著她的金扇子，黑桃王后捻著她那朵金鬱金香──它亮得像燃著的火，像燒著的焰花。……整個宮殿像一片火海……宮殿燒起來了！」一瞬間宮殿化為烏有。這些雍容華貴的景象，如過眼煙雲，也頓時化為烏有！但這些「貴族」們認為自己「爬得很高，比雲還要高，爬到最高的光輝燦爛中去。這正合乎國王和皇后的身分」。這才真正是「天曉得」！

【註釋】

①因為它的顏色是黑的，原文是 Sorte Peer，直譯即「黑色的貝爾」。

風暴把招牌換了

很久以前，外祖父還是一個很小的孩子：他那時穿著一條紅褲子和一件紅上衣，腰間纏著一條帶子，帽子上插著一根羽毛——因為在他小的時候，如果孩子們要想穿得挺漂亮，他們就得有這種打扮，跟現在完全不同。街上常常有人遊行——這種遊行我們現在看不到了，因為它們太舊，已經被廢除了。雖然這樣，聽聽外祖父講講有關遊行的故事，還是蠻有趣的。

在那個時代，當鞋匠們轉到另一個同業公會去而要遷移他

們的招牌的時候，那的確是值得一看的一個場面。他們的綢旗子
在空中飄蕩，旗子上畫著一隻大鞋子和一隻雙頭鷹。年少的伙計
們捧著那個「歡迎杯」和公會的箱子，他們的襯衫上飄著紅的和
白的緞帶。年長的伙計們則拿著劍，劍頭上插著一個檸檬。另外
還有一個完整的樂隊。他們最漂亮的一件樂器是那叫做「鳥」的
東西。外祖父把它叫做「頂上有一個新月、上面掛著各種叮叮噹
噹的東西的棍子」──全套的土耳其噪樂。這根棍子被高高地擎
在空中，前後搖晃著，發出叮叮噹噹的響聲來。當太陽照在它上
面那些金、銀和黃銅做的東西的時候，你的眼睛就會昏花起來。

　　行列的前面是一個丑角。他穿著一件用各種不同顏色的補
釘縫的衣服，臉上抹得漆黑，頭上戴著許多鈴，像一匹拉雪橇的
馬。他把他的棒子捅到人群中去，發出一片嘈雜的聲音而不傷
人。大家你推我擠，有的要向後退，有的要向前擁。男孩和女孩
站不穩，掉到溝裡去了；老太太們用手肘亂推，板起面孔，還要
罵人。這個人大笑，那個人閒扯。台階上是人，窗子上也是人，
連屋頂上都是人。太陽在照著，雖然下了一點小雨──這對於農
人說來是很好的。如果說大家全身淋得透濕，那麼鄉下人倒要認
為這是一件喜事呢。

　　外祖父多麼會講故事啊！他小的時候，曾經興高采烈地親
眼看過這種偉大的場面。同業公會最老的會員總要到台上演講
一番。台上掛著招牌，而且演講辭照例是韻文，好像是由詩人做
的詩似的──事實上，也的確是詩，因為它們是三個人的集體創
作，而他們為了要把這篇文章寫好，事先還喝了一大碗雞尾酒
呢。大家對這番演講大大地喝彩了一番。不過，那位丑角爬上

台、模仿這位演說專家的時候，大家的喝彩聲就變得更大了。丑
角把一個傻瓜的角色表演得非常精彩。他用燒酒的杯子喝蜜酒
①。然後他就把杯子向人群中扔去，讓觀眾接住它。外祖父曾經
有過這樣一個杯子。它是由一個泥水匠搶到手然後送給他的。這
樣的場面真有趣。就這樣，新同業公會掛起了布滿花朵和綠色花
圈的新會徽。

「一個人不管到了多大年紀，總不會忘記這種場面的，」外
祖父說。他的確忘記不了，雖然他在一生中見過許多大世面，而
且還可以講出來。不過最好玩的是聽他講首都裡遷移招牌的故
事。

外祖父小時候，與爸爸、媽媽到那兒去過一次。他以前從來
沒有到這國家的首都去過。街上擠滿了那麼多人，他真以為大家
正在舉行遷移招牌的儀式呢，而這兒有那麼多的招牌要遷移！
如果把它們掛在屋裡而不掛在屋外的話，恐怕要一百個房間才
裝得下。裁縫店門口掛著種種衣服的圖樣，表示能把人改變成為
胖人或瘦人。煙草店的招牌上畫著可愛的小孩在抽雪茄煙，好像
真有其事似的。有的招牌上畫著牛油、鹹魚、牧師的衣領和棺
材；另外還有許多只寫著說明和預告的招牌。一個人可以在這
些街上跑一整天，把這些圖畫看個夠。這樣他就可以知道住在這
些屋子裡的是什麼人，因為他們都把自己的招牌掛出來了。外祖
父說，能夠知道一個大城市裡面的居民是些什麼人，這本身就有
教育意義。

當外祖父來到城裡的時候，招牌的情況就是這樣。這是他親
口告訴我的，而且他「耳朵後面並沒有一個騙子」——當他想騙

我們的時候，媽媽常常說這一句話。他現在的樣子看起來很值得
相信。

他到首都去的頭一天晚上，起了一陣可怕的風暴。像這樣的
風暴，人們過去還不曾在報紙上讀到過，人們在自己的經驗中也
從來沒有碰到過。瓦片在天空中亂飛；所有的木柵欄都吹倒
了：是的，有一輛手車爲了要救自己的命，就在街上自由行動起
來。空中充滿了呼嘯聲，搖撼聲。這眞是一場可怕的大風暴。運
河裡的水跑到岸上來了，因爲它不知道應該跑到什麼地方去才
好。風暴正掃過城市的上空，把許多煙囪都帶走了；不少古老
的、雄偉的敎堂尖塔必須彎下腰，而從那時起就再也沒有直起來
過。

在那位年高德劭的消防隊長的門口有一個哨房——這位隊
長總是跟著最後的那架救火機一起出勤的。風暴對於這座小哨
房也不留情：它把它連根拔起，吹在街上亂滾。說來也奇怪，它
穩穩地站著，立在一個卑微的木匠的門口。這個木匠在上次大風
時曾經救出三條命，但是這個哨房卻沒有考慮這件事情。

一位剃頭師傅的招牌——一個大黃銅盆——也被吹走了。
它直接落到司法顧問官的窗洞裡。鄰近所有的人說，這幾乎可算
做惡做劇，因爲他們像顧問官最親密的朋友一樣，都把顧問官的
夫人叫「剃刀」。她是那麼銳利，她知道別人的事情比別人自己
知道的多。

一塊畫著乾鱈魚的招牌，飛到一位在報紙上寫文章的人的
門口。這是風兒開的一個不高明的玩笑：它忘記了，它不應該跟
一個在報紙上寫文章的人開玩笑，因爲他是他自己報紙的大王

——他自己的意見也是這樣。

　　一隻風信雞飛到對面的屋頂上去，在那兒停下來，像一件最糟糕的惡作劇——鄰人們都這樣說。

　　一個箍桶匠的桶死釘在「仕女服裝店」的招牌底下。

　　一份飯館的菜單，原來是鑲在一個粗架子裡，掛在門上的，現在被暴風吹到一個誰也不去的戲院門口。這真是一個可笑的節目單——「蘿蔔湯和包餡的白菜」。但是這卻招引人們走進戲院去。

　　一位皮毛商人的一張狐狸皮——這是他的一個誠實的招牌——被吹到一個年輕人的門鈴繩上。這個年輕人的樣子像一把收著的傘；他老是去做晨禱，不停地在追求真理。他是一個「模範人物」——他的姑媽說。

　　「高等教育研究所」這幾個字被搬到一個彈子俱樂部的門上，而研究所的門上卻掛起了「這裡用奶瓶養孩子」這個招牌。這一點也不文雅，只是頑皮。不過這是風暴做出來的事兒，誰也無法控制它。

　　這是可怕的一夜。你想想看！在第二天早晨，幾乎城裡所有的招牌都換了位置。有些地方的招牌上寫的字是那麼存心不良，連外祖父都不好意思說出口。不過我看得出來，他在暗自發笑；很可能他還有些祕密不願意講出來呢。

　　住在這城裡的那些可憐的人——特別是那些生人——老是找錯了他們要訪問的人。當然，要是他們按招牌去找的話，這也就無法避免。有些人以為自己是去參加市參議員們的非常莊嚴的會議，在那兒討論一些重要的事情，但結果他們卻來到一個天

翻地覆的男童學校，來到一群在桌椅上亂跳亂蹦的孩子中間。

有些人分不清戲院和教堂。這真是可怕極了！

在我們這個時代裡，這樣的風暴可是從來沒有的。那只是在外祖父生前發生的，那時候他還是一個小孩子。這樣的風暴在我們這個時代裡大概是不會發生的，不過可能在我們孩子的時代裡發生。我們只好希望和祈禱：當風暴在掉換招牌的時候，他們恰好都待在家裡。[1865 年]

這篇極為風趣的小故事最先發表在《新的童話和故事集》第二卷第三部裡。安徒生在手記中寫道：「這些行業公會所屬各單位的慶祝活動，存在於我有關奧登塞（安徒生出生的小鎮）的兒時記憶中。」所以這篇作品是有關那個小鎮在舊時代風物人情的生動寫照，但故事的實際內容是諷刺當時社會上流行的「掛羊頭賣狗肉」現象。所幸乍起的風暴從天而降，還原了事物的本來面貌。「這樣的風暴在我們這個時代裡大概是不會發生的，不過可能在我們孩子的時代裡發生。」這當然是反話，事實上「於今尤烈」。

【註釋】

①蜜酒所含的酒精成分很少，通常是用大杯子喝的。

小鬼和太太

你認識小鬼，但是你認識太太——園丁的老婆嗎？她很有
學問，能背誦許多詩篇，還能一提筆就寫出詩來呢。只有韻腳
——她把它叫做「順口字」——使她感到有點麻煩。她有寫作的
天才和講話的天才。她可以當一個牧師，最少可以當一個牧師的
太太。

「穿上了星期日服裝的大地是美麗的！」她說。於是她把這
個意思寫成文字和「順口字」，最後就編成一首又美又長的詩。

　　專門學校的學生吉塞路普先生——他的名字跟這個故事沒有什麼關係——是她的外甥；他今天來拜訪園丁。他聽到這位太太的詩，說這對他很有益，非常有益。

　　「舅媽，妳有才氣！」他說。

　　「胡說八道！」園丁說。「請你不要把這種思想灌進她的腦子裡去吧！一個女人應該是一個實際的人，一個老老實實的人，好好地看著飯鍋，免得把稀飯燒出焦味來。」

　　「我可以用一塊木炭把稀飯裡的焦味去掉呀！」太太說。「至於你身上的焦味，我只須用輕輕的一吻就可以去掉。別人以為你的心裡只想著白菜和馬鈴薯，事實上你還喜歡花！」於是她吻了他一下。「花就是才氣呀！」她說。

　　「請妳還是看著飯鍋吧！」他說。接著他就走進花園裡去了，因為花園就是他的飯鍋，他得照料它。

　　學生跟太太坐下來，和太太討論問題。他對「大地是美麗的」這個可愛的詞句大發了一番議論，因為這是他的習慣。

　　「大地是美麗的；人們說：征服它吧！於是我們就成了它的統治者。有的人用精神來統治它，有的人用身體來統治它。有的人來到這個世界上像一個驚嘆號，有的人來到這個世界上像一個破折號，這使我不禁要問：他來做什麼呢？這個人成為主教，那個人成為窮學生，但是一切都是安排得很聰明的。大地是美麗的，而且老是穿著節日的服裝！舅媽，這件事本身就是一首充滿了感情和地理知識的、發人深省的詩。」

　　「吉塞路普先生，你有才氣！」太太說，「很大的才氣！我一點也不說假話。一個人跟你談過一席話以後，立刻就能完全了

解自己。」

　　他們就這樣談下去，覺得彼此趣味非常相投。不過廚房裡也有一個人在談話，這人就是那個穿灰衣服、戴一頂紅帽子的小鬼。你知道他吧！小鬼坐在廚房裡，是一個看飯鍋的人。他一人在自言自語，但是除了一隻大黑貓——太太把他叫做「奶酪賊」——以外，誰也不理他。

　　小鬼很生她的氣，因爲他知道她沒有想到他的存在。她當然沒有看見過他，不過她既然這樣有學問，就應該知道他是存在的，同時也應該對他略微表示一點關心才對。她從來沒有想到過，在聖誕節的晚上她應該給他一湯匙稀飯吃。這點兒稀飯，他的祖先總是得到的，而且給的人總是一些沒有學問的太太，而且稀飯裡還有奶油和奶酪呢①。貓兒聽到這話時，口水都流到鬍子上去了。

　　「她說我的存在不過是一個概念！」小鬼說。「這可是超出我的一切概念以外的一個想法。她簡直是否定我！我以前聽到她說過這樣的話，剛才又聽到她說了這樣的話。她跟那個學生——那個小牛皮大王——坐在一起胡說八道。我對老頭子說：『當心稀飯鍋啦！』她卻一點也不放在心上。現在我可要讓它熬焦了！」

　　於是小鬼就向火吹氣。火馬上就燒了起來。「隆——隆——隆！」這是粥在熬焦的聲音。

　　「現在我要在老頭子的襪子上打些洞了！」小鬼說。「我要在他的腳後跟和前趾上弄出洞來，好叫她在不寫詩的時候有點什麼東西補補縫縫。詩太太，請妳補補老頭子的襪子吧！」

　　貓兒這時打了一個噴嚏。它感冒了，雖然它老是穿著皮衣服。

　　「我打開了廚房的門，」小鬼說，「因爲裡面正熬著奶油——比漿糊還要稠的奶油。假如你不想舔幾口的話，我可是要舔的！」

　　「如果將來由我來挨罵和挨打，」貓兒說，「我當然是要舔它幾口的！」

　　「先舔後挨打吧！」小鬼說。「不過現在我得到那個學生的房間裡去，把他的吊帶掛在鏡子上，把他的襪子放進水罐裡，好叫他相信他喝的鷄尾酒太烈，他的腦袋在發昏。昨天晚上我坐在狗屋旁邊的柴堆上，跟看家狗開了一個大玩笑：我把我的腿懸在它頭上擺來擺去。不管它跳得怎樣高，它總是搆不到。這把它惹得發火了，又叫又號，可是我只搖擺著雙腿。鬧聲可眞大啦。學生被吵醒了，起來三次向外面看，可是他雖然戴上了眼鏡，卻看不見我。他這個人老是戴著眼鏡睡覺。」

　　「太太進來的時候，請你喵一聲吧！」貓兒說。「我的耳朵不大靈，因爲我今天身體不舒服。」

　　「你正在害舔病！」小鬼說。「一舔就好了！把你的病舔掉吧！但是你得把鬍子弄乾淨，不要讓奶油留在上面！我現在要去了，你聽著吧。」

　　小鬼站在門旁邊，門是半掩著的。房間裡除了太太和學生以外，什麼人也沒有。他們正在討論學生高雅地稱爲「家庭中超乎鍋兒、罐兒以上的一個問題——才氣的問題」。

　　「吉塞路普先生，」太太說，「現在我要給你一件有關這一

類的東西看。這件東西我從來沒有給世界上的任何人看過
——當然更沒有給一個男人看過。這就是我所寫的幾首小詩
——不過有幾首也很長。我把它們叫做『一個淑女 ② 的叮噹
集』！我這個人非常喜歡古雅的丹麥字。」

「是的，我們應該堅持用古字！」學生說。「我們應該把德
文字從我們的語言中清除出去。」

「我就是這樣辦的！」太太說。「你從來沒有聽到我用過
Kleiner 或者 Butterdeig ③這樣的字，我總是說 Fedtkager 和
Bladdeig ④。」

於是她從抽屜裡拿出一個本子；它的封面是淡綠色的，上
面還有兩灘墨漬。

「這集子裡有濃厚的真實感情！」她說。「我的感情帶有非
常強烈的感傷成分。這幾首是〈深夜的嘆息〉，〈我的晚霞〉。還
有〈當我得到克倫門生——我的丈夫的時候〉——你可以把這首
詩跳過去，雖然裡面有思想，也有感情。〈主婦的責任〉是最好
的一首——像其他的一樣，都很感傷：這正是我的優點。只有一
首是幽默的。它裡面有些活潑的思想——一個人有時也不免是
這樣。這是——請你不要笑我！——這是關於『做一個女詩人』
這個問題的思想。只有我自己和我的抽屜知道這個思想，但現在
你，吉塞路普先生，也知道了。我喜歡詩：它迷住我，它跟我開
玩笑，它給我忠告，它統治著我。我用《小鬼集》這個書名來說
明這種情況。你知道，古時農民有一種迷信，認為屋子裡老是有
一個小鬼在故弄玄虛。我想像我自己就是一間屋子，我身體裡面
的詩和感情就是小鬼——這個小鬼主宰著我。我在《小鬼集》裡

就歌頌他的威力。不過請你用手和嘴答應我：你永遠不能把這個祕密告訴我的丈夫和任何其他的人。請你念吧，這樣我就可以知道你是不是能看清我寫的字。」

學生念著，太太聽著，小鬼也在聽著。你要知道，小鬼是在偷聽，而且他到來的時候，恰恰《小鬼集》這個書名正在被念出來。

「這跟我有關！」他說。「她能寫些關於我的什麼事情呢？我要捏她，我要捏她的雞蛋，我要捏她小雞，我要把她小胖牛身上的肥肉弄掉。你看我怎樣對付這女人吧！」

他努起嘴巴，豎起耳朵，靜靜地聽。不過當他聽到小鬼是怎樣光榮和有威力、小鬼是怎樣統治著太太時（你要知道，她的意思是指詩，但是小鬼只是從字面上理解），他的臉上就漸漸露出笑容，眼睛裡射出快樂的光彩。他的嘴角上表現出一種優越感，他抬起腳跟，踮著腳尖站著，比原先足足增長了一寸高。一切關於這個小鬼的描寫，使他感到非常高興。

「太太有才氣，也有很高的教養！我真是對不起她！她把我放進她的《叮噹集》裡，而這集子將會印出來，被人閱讀！現在我可不能讓貓兒吃她的奶油了，我要留給自己吃。一個人總比兩個人吃得少些──這無論如何是一種節約。我要介紹、尊敬和恭維太太！」

「這個小鬼！他才算得上是一個人呢！」老貓兒說。「太太只須溫柔地喵一下──喵一下關於他的事情，他就馬上改變態度。太太真是狡猾！」

不過這倒不是因爲太太狡猾，而是因爲小鬼是一個「人」的

緣故。

如果你不懂這個故事，你可以去問問別人；但是請你不要
問小鬼，也不要問太太。［1868 年］

這篇小品最初在 1868 年哥本哈根出版的《丹麥大眾曆書》
上發表。安徒生在他的手記中說：「〈小鬼和太太〉的想法源於
一個民間的傳說。這是關於一個小鬼揶揄一隻被鏈子套著的小
狗的故事。」雖然如此，故事在安徒生的筆下變成了諷刺當時「詩
壇」的某些現象和某些「詩人」。「不過這倒不是因為太太（詩人）
狡猾（其實愚蠢，俗不可耐），而是因為小鬼是一個『人』的緣
故。」「小鬼」是丹麥民間傳說中一種具有人性的小精靈，幾乎
每個家庭都有一名，像貓和像狗一樣。安徒生的童話中經常出現
這樣一個生性善良的小人物。

【註釋】

①請參看本《全集二‧小鬼和小商人》。

②原文是 Danneqvinde。這是一個古丹麥字。

③這都是從德文假借過來的丹麥字。

④這是道地的丹麥字，意思是「油糕」和「奶油麵團」。

永恒的友誼

我們飛離丹麥的海岸，
遠遠飛向陌生的國度，
在蔚藍美麗的海水邊，
我們踏上希臘的領土。

檸檬樹結滿了金黃果，
枝條被壓得垂向地上；

遍地起絨草長得繁多，

還有美麗的大理石像。

牧羊人坐著，狗在休息，

我們圍坐在他的四周，

聽他敍述「永恒的友誼」———

這是古老的優美的風俗。

我們住的房子是泥土糊成的，不過門柱則是刻有長條凹槽的大理石。這些大理石是建造房子時從附近搬來的。屋頂很低，幾乎接近地面。它現在變成了棕色，很難看，不過它當初是用從山後砍來的、開著花的橄欖樹枝和新鮮的桂樹枝編成的。我們的住屋周圍的空間很狹窄。峻峭的石壁聳立著，露出一層黝黑的顏色。它們的頂上經常懸著一些雲塊，很像白色的生物。我從來沒有聽到過一次鳥叫，這兒也從來沒有人在風笛聲中跳舞。不過這地方從遠古的時代起就是神聖的：它的名字就說明這一點，因為它叫做德爾菲①！那些莊嚴深黑的山頂上全蓋滿了雪。最高的一座山峰在紅色的晚霞中閃耀得最久———它就是帕那薩斯山②。一條溪流從它上面流下來，在我們的屋子旁邊流過———溪流從前也是神聖的。現在有一頭驢用腿把它攪渾了，但是水很急，一會兒它又變得清明如鏡。

每一塊地方和它神聖的寂靜，我記得多麼清楚啊！在一間茅屋的中央，有一堆火在燒著。當那白熱的火焰正火紅的時候，人們就在它上面烘烤麵包。當雪花在我們的茅屋旁邊高高地堆

起、幾乎要把這座房子掩蓋住的時候，這就是我母親最高興的時候。這時她就用雙手捧著我的頭，吻著我的前額，同時對我唱出她在任何其他的場合都不敢唱的歌——因爲土耳其人是我們的統治者，不准人唱這支歌③。她唱道：

　　　　在奧林匹斯④的山頂上，在低矮的樹林裡，有一頭很老的赤鹿。它的眼睛裡充滿了淚珠；它哭出紅色的、綠色的，甚至淡藍色的眼淚。這時有一頭紅褐色的小斑鹿走來，說：「什麼東西叫你這樣難過，你哭得這樣厲害，哭出紅色的、綠色的，甚至淡藍色的眼淚呢？」赤鹿回答說：「土耳其人來到我們村裡打獵，帶來了一群野狗——一群厲害的野狗。」「我要把他們從這些島上趕走，」紅褐色的小斑鹿說，「我要把他們從這些島上趕到深海裡去！」但是在黃昏還沒有到來以前，紅褐色的小斑鹿就已經被殺死了。在黑夜還沒有到來以前，赤鹿就被追趕著，終於也死去了。

當我的母親在唱這支歌的時候，她的眼睛都濕了，一顆淚珠掛在她長長的睫毛上。但是她不讓人看見她的淚珠，繼續在火焰上烤我們的黑麵包。這時我就緊握著拳頭說：

「我要殺掉土耳其人！」

她又把歌詞念了一遍：

「『我要把他們從這些島上趕到深海裡去！』但是在黃昏還沒有到來以前，紅褐色的小斑鹿就已經被殺死了。在黑夜還沒有到來以前，赤鹿就被追趕著，終於也死去了。」

　　當我的父親回來的時候，我們已經孤獨地在我們的茅屋裡過了好幾天和好幾夜了。我知道，他會帶給我勒龐多灣⑤的貝殼，甚至一把明亮的刀子呢。不過這次他帶給我們一個小孩子──一個裸著的小女孩。他把她摟在他的羊皮大衣裡。她是被裹在一張皮裡。當這張皮脫下來的時候，她就躺在我母親的膝上。她所有的東西只是黑髮上繫著的三枚小銀幣。我的父親說，這孩子的爸爸和媽媽都被土耳其人殺死了。他講了許多關於他們的故事，使得我整夜都夢著土耳其人。父親自己也受了傷，媽媽把他臂上的傷包紮起來。他的傷勢很重，他的羊皮衣被血凝結得硬化了。這個小孩子將成為我的妹妹。她是那麼可愛，那麼明朗！就是我母親的眼睛也沒有她的那樣溫柔。安娜達西亞──這是她的名字──將成為我的妹妹，因為她的父親，根據我們仍然保存著的一種古老風俗，已經跟我的父親連成為骨肉了：他們在年輕的時候曾經結拜為兄弟，那時他們選了鄰近的一位最美麗、最賢淑的女子來舉行結拜的儀式。我常常聽到人們談起這種奇怪的優美風俗。

　　這個小小的女孩現在是我的妹妹了；她坐在我的膝蓋上，我送給她鮮花和山鳥的羽毛。我們一起喝帕那薩斯山的水，我們在這桂樹枝編的茅屋屋頂下頭挨著頭睡覺，我的母親一連好幾個冬天唱著關於那個紅色、綠色和淡藍色的淚珠的故事。不過我那時還不懂，這些淚珠反映著我的同胞們無限的悲愁。

　　有一天，三個佛蘭克人⑥來了，他們的裝束跟我們的不同。他們的馬背著帳篷和床。有二十多個帶著劍和毛瑟槍的土耳其人陪伴他們，因為他們是土耳其總督的朋友。他們還帶著總督派

人護送的命令。他們到這兒來只不過想看看我們的山,爬爬那聳
立在雪層和雲塊中的帕那薩斯山峰,瞧瞧我們茅屋附近那些奇
怪的黑石崖。他們在我們的茅屋裡找不到空處,也忍受不了陣陣
炊煙,先是瀰漫在我們的屋頂下,然後從低矮的門溜出去。他們
在我們屋子外邊的一塊狹小的空地上搭起帳篷,烤著羔羊和
雞,倒出了濃烈的美酒,但是土耳其人卻不敢喝⑦。

　　當他們離去的時候,我把裹在羊皮裡的妹妹安娜達西亞背
在背上,跟著他們走了一段路。有一個法蘭克人叫我站在一塊大
石頭的前面,把我和她站在那兒的樣子畫下來,畫得非常生動,
好像我們是一個人一樣;我從來沒有想到過這樣的事情,不過
安娜達西亞和我的確像是一個人。她總是坐在我的膝上,或者穿
著羊皮衣趴在我的背上。當我在做夢的時候,她就在我的夢中出
現。

　　過了兩晚,許多別的人到我們的茅屋裡來了。他們都帶著大
刀和毛瑟槍。我的母親說,他們是勇敢的阿爾巴尼亞人。他們只
住了一個很短的時期。我的妹妹安娜達西亞在他們當中的一個
人的膝上坐過。當這人走了以後,繫在她頭髮上的銀幣就不再是
三枚,而只剩下兩枚了。他們把煙草捲在紙裡,然後吸著。年紀
最大的一位談著他們應該走哪條路好,但是猶豫不決。

　　「如果我把唾沫向上吐,」他說,「它將會落到我的臉上;
如果我向下吐,就會落進我的鬍子裡去。」不過他得做一個決
定。他們終於離開了,我的父親也跟他們一同走了。不久,我們
就聽到劈啪的槍聲。不一會兒槍又響了幾下。兵士們衝進我們的
茅屋裡來,把我的母親、我自己和安娜達西亞都俘虜去了。他們

宣稱我們窩藏「強盜」，說我的父親跟「強盜」一夥，因此要把
我們帶走。我看到了「強盜」們的屍首；我也看到了我父親的屍
首。我大哭起來，哭到後來睡著了。當我醒來的時候，我們已經
被關進牢裡了。不過監牢並不比我們的茅屋更壞。我們吃了一點
洋葱，喝了一點從一個漆皮囊裡倒出來的發霉酒汁，但是我們家
裡的東西也並不比這更好。

　　我記不起我們在牢裡關了多久。不過許多白天和黑夜過去
了。當我們出來的時候，已經要過神聖的耶穌復活節了。我把安
娜達西亞背在背上，因為我的母親病了，她只能慢慢地走路。我
們要走很長一段路才能到達海邊，到達勒龐多灣。我們走進一個
教堂裡去；金地上的神像射出光輝。這是天使的畫像。啊，他們
是多麼美！不過我覺得我們的小安娜達西亞同樣美麗。教堂中
央停著一口棺材，裡面裝滿了玫瑰花。「這就是上帝基督，他做
為美麗的花朵躺在那裡面，」我的母親說。於是牧師就說：「耶
穌升起來了！」大家都互相吻著：每人手中拿著一支燃燒的蠟
燭。我也拿著一支，小安娜達西亞也拿著一支。風笛奏起音樂，
男人手挽著手從教堂裡舞出來，女人們在外面烤著復活節的
羊。我們也被邀請了。我坐在火堆旁邊。一個年紀比我大一點的
孩子把手摟著我的脖子，吻著我，同時說：「耶穌升起來了！」
我們兩人，亞夫旦尼得斯和我，第一次就是這樣碰見的。

　　我的母親會織漁網。在這塊海灣地帶，人們對於漁網的需求
很大。所以我們在這個海邊，在這個美麗的海邊，住了很久。海
水的味道像眼淚一樣；海水的顏色使我記起了那隻赤鹿的眼淚
———一會兒變紅，一會兒變綠，一會兒變藍。

亞夫旦尼得斯會駕船。我常常和小安娜達西亞坐在船上。船在水面上行駛，像雲塊在空中流動一樣。太陽落下去的時候，群山就染上一層深藍的顏色，這道山脈比那道山脈高，在最遠的地方是積雪的帕那薩斯山。山峰在晚霞中像火熱的鐵那樣發著光。這光輝好像是從山裡面射出來的，因爲當太陽落下以後，它仍然在清淨蔚藍的空中放射了很久。白色的海鳥們用翅膀點著海水。除此以外，海上是清靜無聲，像黑石山中的德爾菲一樣。我在船裡仰天躺著。安娜達西亞靠在我的胸脯上，天上的星星照得比我們敎堂裡的燈光還亮。它們像我們在德爾菲的茅屋前面坐著時所看到的星星那樣，它們的方位一點也沒有改變。最後我似乎覺得已經回到那兒去了。忽然間，水裡起了一陣響聲，船猛烈地搖動起來。我大聲叫喊，因爲安娜達西亞落到水裡去了。不過，沒有一會兒，亞夫旦尼得斯非常敏捷，他立刻把她托上來給我！我們把她的衣服脫下，把水擠出來，然後又替她穿好衣服。亞夫旦尼得斯自己也這樣做了。我們停在水上，一直到衣服曬乾爲止。誰也不知道。我們這位乾妹妹使我們感到多麼驚慌。對於她的生命，亞夫旦尼得斯現在也做了一份貢獻。

夏天來了！太陽把樹上的葉子都烤得枯黃了。我懷念著我們那些清涼的高山和山裡新鮮的泉水。我的母親也懷念著它們；因此一天晚上，我們就回到故鄉去，多麼和平，多麼安靜啊！我們在高高的麝香草上走過。雖然太陽把它的葉子曬焦了，它仍然發出芬芳的香氣。我們沒有遇到一個牧人，也沒有見到一間茅屋。處處是一片荒涼和靜寂。只有一顆流星說明天上還有生命在活動。我不知道，那清明蔚藍的天空自己在發著光呢，

還是星星在發著光。我們可以清楚地看出群山的輪廓。我的母親
燒起火，烤了幾個她隨身帶著的洋葱。我和我的小妹妹睡在麝香
草裡，一點也不害怕那喉嚨裡噴火的、醜惡的斯米特拉基⑧狼
或山狗。我的母親坐在我們的旁邊──我想這已經夠了。

　　我們回到了老家；不過我們的茅屋已經成了一堆廢墟，現
在我們得把它重建起來。有好幾個女人來幫助我的母親。不到幾
天工夫，新的牆又砌起來了，還有夾竹桃樹枝編的新屋頂。我的
母親用樹皮和獸皮做了許多瓶套子。我看守牧師的一小群羊；
安娜達西亞和小烏龜成了我的玩伴。

　　有一天我們親愛的亞夫旦尼得斯來拜訪我們。他說他非常
想看我們，所以他跟我們在一起住了兩個整天。

　　一個月以後，他又來了。他說他要乘船到巴特拉和科孚⑨
去，所以要先來和我們告別。他帶來一條大魚送給我的母親。他
會講許多故事──不僅關於在勒麗多灣的漁夫的故事，而且關
於那些像現在的土耳其人一樣統治過希臘的君主和英雄的故
事。

　　我曾經看到玫瑰花樹上冒出一個花苞。它花了許多天和許
多星期的時間才慢慢開成一朵玫瑰花。它美麗地在枝椏上懸
著，在我一點也沒有想到它會變得多大、多美和多紅以前，它就
已經是這樣的一朵花了。安娜達西亞對我說來也是這樣。她現在
成了一個美麗的姑娘，而我也成了一個健壯的年輕人。蓋在我母
親和安娜達西亞床上的狼皮，就是我親自從狼身上剝下來的
──我用槍打死的狼。好幾年過去了。

　　一天晚上亞夫旦尼得斯來了。他現在長得很結實，棕色皮

膚，像蘆葦一樣頎長。他跟我們大家親吻。他談到海洋，馬耳他的堡壘，和埃及奇怪的石塚⑩。他的這些故事聽起來很神奇，像是一個關於牧師的傳說。我懷著一種尊敬的心情看著他。

「你知道的東西真多啊！」我說。「你真會講！」

「不過最美的故事是你講給我聽的！」他說。「你曾經告訴過我一件事，我一直忘記不了——一件關於結拜兄弟的古代風俗。我倒很想按照這個風俗辦呢！兄弟，我們到教堂去吧！像你的父親和安娜達西亞的父親那樣。你的妹妹安娜達西亞是一個最美麗、最天真的女子；讓她來做我們的證人吧！誰也比不上我們希臘人，我們有這樣一個美麗的風俗。」

安娜達西亞的臉兒紅起來了，像一朵新鮮的玫瑰。我的母親吻了亞夫旦尼得斯一下。

離開我們房子大約一點鐘的路程、在山上一塊有些鬆土和幾棵稀疏的樹撒下一點陰影的地方，蓋了一個小小的教堂。祭台前面掛著一盞銀燈。

我穿著我最好的衣服：腰上束著一條白色的短裙，身上穿著一件緊緊的紅上衣，我的菲茲帽⑪上的纓帶是銀色的。我的腰帶內插著一把刀子和一把手槍。亞夫旦尼得斯穿著希臘水手的藍制服，胸前掛著刻有聖母瑪利亞像的銀質胸章，他的領巾是像富有的紳士所戴的那樣華貴。無論什麼人一看就知道我們要去舉行一個莊嚴的儀式。我們走進這個孤寂的小教堂。從門裡射進來的晚霞，照在燃著的燈上和金底色的聖像上。我們在祭壇的台階上跪下來，這時安娜達西亞在我們面前站著。她苗條的身上穿著一件瀟灑的長袍；從她的雪白的脖子直到胸前掛著一個綴滿

了新舊錢幣的鍊子，像一個完整的衣領。她的黑髮攏到頭頂上，梳成一個髻，上面戴著小帽，帽子上綴有一些從古廟中尋來的金銀幣。任何希臘的女子也沒有她這樣的飾品。她的面孔發著光，她的眼睛像兩顆星星。

我們三個人一齊靜靜地祈禱著；於是她問我們：

「你們兩個人將成為共生死的朋友嗎？」

「是，」我們回答說。

「那麼在任何情況下，請你們記住這句話：我的兄弟是我身體的一部分！我的祕密就是他的祕密，我的幸福就是他的幸福！自我犧牲、耐心──我所有的一切東西將為他所有，也正如為我所有一樣，好嗎？」

我們又回答說：「好！」

於是她把我們兩人的手合在一起，在我們的額上吻了一下。然後我們又靜靜地祈禱著。這時牧師從祭台的門裡走出來，對我們三個人祝福。在祭台的帘子後面，升起了聖者的歌聲。我們永恒的友誼現在建立了。當我們站起來的時候，我看到我的母親站在教堂的門邊痛哭。

在我們小小的茅屋裡，在德爾菲的泉水旁邊，一切是多麼愉快啊！亞夫旦尼得斯，在他離去的前一天晚上，跟我一起默默地坐在一個山坡上面。他的手抱著我的腰，我的手圍著他的脖子；我們談到希臘的不幸，談到我們國家誰是可以信任的人。我們靈魂中的每一個思想，現在赤裸裸地暴露在我們面前。我緊握著他的手。

「有一件事你還得知道，這件事一直到現在只有蒼天和我知

道。我整個的靈魂現在是在愛情中───一種比我對我的母親和
你還要強烈的愛情！」

「你愛誰呢？」亞夫且尼得斯問，他的臉和脖子泛起紅潮。

「我愛安娜達西亞！」我說───於是他的手在我的手裡顫
抖起來，他變得像死屍一樣慘白。我看到了這情景；我了解其中
的道理！我相信我自己的手也在顫抖。我對他彎下腰來，吻了他
的前額，低聲說：「我從來沒有對她表示過！也許她不愛我！兄
弟，請想一想：我每天看到她，她是在我身旁長大的，她簡直成
了我的靈魂的一部分！」

「那麼她是屬於你的！」他說，「屬於你的！我不能欺騙你
───我也絕不欺騙！我也愛她呀！不過明天早晨我就要離去。
一年以後我們才能再見面。那時你們已經結婚了，會不會？我有
一點錢；那是屬於你的。你得拿去，你應該拿去！」

我們在山上走著，一句話也沒有說。當我們走到母親的門口
的時候，天已經黑了很久。

當我們走進門的時候，安娜達西亞舉起燈向我們走來。她用
一種奇怪的悲哀的眼光望著亞夫且尼得斯。

「明天你就要離開我們了！」她說。「這真使我感到難
過！」

「使你難過！」他說。我覺得他的聲音裡表示出來的苦痛，
跟我心中的苦痛是一樣深。我說不出話來；不過他緊握著她的
手，說道：

「我這位兄弟愛妳，妳也愛他，是不是？他的沉默是他對妳
的愛情的明證。」

安娜達西亞顫抖起來，放聲大哭。這時我的眼中，我的思想中，只有她的存在。我張開雙臂抱著她說：「是的，我愛妳！」

她把嘴唇貼在我的嘴上，雙手摟著我的脖子。不過那盞燈跌到地上去了，我們四周是一片黑暗——像親愛的、可憐的亞夫旦尼得斯的心一樣。

在天還沒有亮以前，亞夫旦尼得斯就起了床。他吻了我們每人一下，說聲再會，就離去了。他把所有的錢都交給了他的母親，作為我們大家的費用。安娜達西亞成了我的未婚妻。幾天以後，她成為我的妻子。［1842 年］

也像〈銅豬〉一樣，這個故事收集在《詩人的集市》一書中，故事都是他在希臘旅行時根據他與當地人民接觸的體驗而構思出來的。文明的古國希臘長期被土耳其所占領，人民為自由而獨立的抗爭在前仆後繼地進行著。這種抗爭吸引了一些歐洲具有正義感的知識分子的參與，英國的詩人拜倫(1788～1824)就是在這場抗爭中犧牲的。安徒生無疑也受到這種歷史的感召，而以兩個愛國志士的地下活動為背景，寫下這篇有關他們後代子女的愛情故事。這事實上是一首充滿了激情的詩。

【註釋】

①德爾菲(Delphi)是希臘的舊都。太陽神阿波羅的神廟就在這裡。

②帕那薩斯山(Parnassus)在希臘的中部，有 2459 公尺高，神話中說是阿波羅和文藝

女神居住的地方。

③從十五世紀中葉一直到十九世紀初，希臘是被土耳其人占領著。

④奧林匹斯山(Olympus)是希臘東北部的一座大山，據神話上說，它是希臘眾神所住

的地方。

⑤勒龐多灣(Lepanto)是希臘西部的一個海口。

⑥佛蘭克人(Franks)是古代住在萊茵河流域的一個日耳曼民族。

⑦土耳其人一般信仰伊斯蘭教。《可蘭經》上說伊斯蘭教徒不喝酒。

⑧斯米特拉基(Smidraki)是希臘迷信中的一種怪物。它是從人們拋到田野裡去的羊

腸子所產生出來的。

⑨巴特拉(Patras)是希臘西部的一個海口。科孚(Corfu)是希臘西北部的一個海島。

⑩指埃及的金字塔。

⑪菲茲帽(Fesz)是一種圓筒狀的紅色帽子。信仰伊斯蘭教的人一般都戴這種帽子。但

在土耳其人統治下，希臘人也得戴這種帽子。

賣火柴的小女孩

天氣冷得可怕。正在下雪，黑暗的夜幕開始垂下來了。這是這年最後的一夜──新年的前夕。在這樣的寒冷和黑暗中，有一個沒戴帽子又赤腳的小女孩正在街上走著。是的，她離開家的時候還穿著一雙拖鞋，但那又有什麼用呢？那是一雙非常大的拖鞋──那麼大，最近她媽媽一直穿著。當她匆忙地穿越街道的時候，兩輛馬車飛奔著闖過來，使得小女孩把鞋跑落了。有一隻她怎樣也尋不到，另一隻又被一個男孩子撿起來，拿著跑掉了。男

孩子還說，等他自己將來有孩子的時候，可以把它當做一個搖籃來使用。

現在這小女孩只好赤著一雙小腳走路。小腳已經凍得發紅發青了。她的圍裙裡裹著許多火柴；她手中還拿著一捆。這一整天誰也沒有向她買過一根；誰也沒有給過她一個銅板。

可憐的小女孩！她又餓又凍地向前走，簡直是一幅愁苦的畫面。雪花落到她金黃的長頭髮上──它鬈曲地鋪散在她的肩上，看上去非常美麗。不過她並沒有想到自己的漂亮。所有的窗子都射出光來，街上飄著一股烤鵝肉①的香味。的確，這是除夕。她在想這件事情。

那兒有兩座房子，其中一座比另一座更向街心伸出一點，她便在這個牆角裡坐下來，縮做一團。她把一雙小腳也縮進來，不過她感到更冷。她不敢回到家裡去，因為她沒有賣掉一根火柴，沒有賺到一個銅板。她的父親一定會打她，而且家裡也是很冷的，因為他們頭上只有一個可以灌進風來的屋頂，雖然最大的裂口已經用草和破布堵住了。

她的一雙小手幾乎凍僵了。唉！哪怕一根小火柴對她也是有好處的。只要她敢抽出一根來，在牆上擦一下，就可以暖暖手！最後她抽出一根來。哧！它點燃了，冒出火光來了！當她把手覆在上面的時候，它便變成了一朵溫暖、光明的火焰，像一根小小的蠟燭。這是一道美麗的微光！小女孩覺得真像坐在一個鐵火爐旁邊一樣：它有光亮的黃銅圓把手和黃銅爐身。火燒得那麼烈，那麼暖，那麼美！唉，這是怎麼一回事兒？當小女孩剛剛伸出一隻腳、打算暖一暖腳的時候，火焰就忽然熄滅了！火爐

也不見了。她坐在那兒，手中只有燒過了的火柴。

她又擦了一根。它點燃了，發出火光來了。牆上有亮光照著的那塊地方，現在變得透明，像一片薄紗；她可以看到房間裡的東西：桌上鋪著雪白的桌布，上面有精緻的碗盤，填滿了梅子和蘋果的、冒著香氣的烤鵝。更美妙的事情是：這隻鵝從盤子裡跳出來了，背上插著刀叉，蹣跚地在地上走著，一直向這個窮苦的小女孩面前走來。這時火柴就熄滅了；她面前只有一堵又厚又冷的牆。

她點了另一根火柴。現在她是坐在美麗的聖誕樹下面。上次聖誕節時，她透過玻璃門，看到一個富有商人家裡的一棵聖誕樹；可是現在這一棵比那棵還要大，還要美。它的綠枝上燃著幾千支蠟燭；彩色的圖畫，跟櫥窗裡掛著的那些一樣美麗，在向她眨眼。這個小女孩把兩隻手伸過去。於是火柴就熄滅了。聖誕節的燭光越升越高。她看到它們現在變成了明亮的星星。這些星星有一顆落下來，在天上劃出一條長長的光線。

「現在又有一個什麼人去世了②，」小女孩說，因為她的老祖母曾經說過：天上落下一顆星，地上就有一個靈魂升到了上帝那兒去。老祖母是唯一對她好的人，但是現在已經死了。

她在牆上又擦了一根火柴。它把四周都照亮了；在這亮光中老祖母出現了。她顯得那麼光明，那麼溫柔，那麼和藹。

「祖母！」小女孩叫起來。「啊！請把我帶走吧！我知道，這火柴一滅掉，妳就會不見了，妳就會像那個溫暖的火爐、那隻美麗的烤鵝、那棵幸福的聖誕樹一樣地不見了！」

於是她急忙把整束火柴中剩下的都擦亮了，因為她非常想

把祖母留住。這些火柴發出強烈的光芒，照得比大白天還要明亮。祖母從來沒有像現在這樣顯得美麗和高大。她把小女孩抱起來，摟到懷裡。她們兩人在光明和快樂中飛走了，越飛越高，飛到既沒有寒冷，也沒有饑餓，更沒有憂愁的那塊地方——她們是跟上帝在一起的。

不過在一個寒冷的清晨，這個小女孩卻坐在一個牆角裡；她的雙頰通紅，嘴唇發出微笑，她已經死了——在舊年的除夕凍死了。新年的太陽升起來了，照著她小小的屍體！她坐在那兒，手中還捏著火柴——其中有一捆差不多都燒光了。

「她想把自己暖和一下！」人們說。誰也不知道：她曾經看到過多麼美麗的東西，她曾經是多麼光榮地跟祖母一起，走到新年的幸福中去。〔1846 年〕

這篇童話發表於 1846 年的《丹麥大眾曆書》上。它的內容一看就清楚：一年一度的除夕，是大家歡樂的日子，但有的人卻在挨餓。這種饑餓在天真的孩子身上就格外顯得尖銳，特別是當她（或他）看到好吃的東西而得不到的時候。賣火柴的小女孩擦亮一根火柴，照出對面樓上有錢人家的餐桌：「桌上鋪著雪白的桌巾，上面有精緻的碗盤，填滿了梅子和蘋果的、冒著香氣的烤鵝。更美妙的事情是：這隻鵝從盤子裡跳出來了，背上插著刀叉，蹣跚地在地上走著，一直向這個窮苦的小女孩面前走來。這

時火柴就熄滅了，她面前只有一堵又厚又冷的牆。」最後她「死了——在舊年的除夕凍死了。」在這裡安徒生安慰讀者，說她和她的祖母「在光明和快樂中飛走了……飛到既沒有寒冷，也沒有饑餓，更沒有憂愁的地方——她們是跟上帝在一起的。」但這只是一個希望。真正的「光明和快樂」得自己去創造。上帝是沒有的。小女孩究竟還是死了。

安徒生在他的手記中寫道：「我去國外旅行的途中在格洛斯登城堡住了幾天。〈賣火柴的小女孩〉就是在那裡寫的。我那時接到出版商佛林齊先生的信，要求我為他的曆書寫一個故事，以配合其中的三幅畫。我選了以一個窮苦小女孩拿著一包火柴為畫面的那張畫。」這幅畫是出自丹麥畫家龍布(J. T. Lumd-bye, 1818～1848)的手筆。

【註釋】

①烤鵝肉是丹麥聖誕和除夕晚餐中的一道主菜。

②北歐人的迷信：世界上有一個人，天上便有一顆星。一顆星的隕落象徵一個人的死亡。

城壘上的一幅畫

這是秋天，我們站在城壘上，望著海上的許多船隻和對面遠處在晚霞中隆起的瑞典的海岸線。在我們後面，城壘陡峭地向下傾斜。這兒有許多美麗的古樹，它們枯黃的葉子正在從樹枝上蕭蕭地往下落。再下面就是木柵欄圍著的淒涼的房子。這些房子的內部──哨兵在這兒巡邏──是既狹窄而又陰慘。不過最陰慘的是鐵欄杆後面的那個黑洞，因為在這兒坐著許多囚犯──罪行最重的犯人。

落日的一絲光線射進一個囚犯的小室裡來。太陽是不分善惡，什麼東西都照的！那個陰沉的、凶惡的囚犯對這絲寒冷的光線狠狠地看了一眼。一隻小鳥向鐵窗飛來。鳥兒向惡人歌唱，也向好人歌唱！它唱出簡單的調子：「滴麗！滴麗！」不過它停下來，拍著翅膀，啄下一根羽毛，使它脖子上的羽毛都直立起來。這個戴著腳鐐的壞人看著它，於是他凶惡的臉上露出一種溫柔的表情。一個思想———一個他自己還不能正確地加以分析的思想——在他的心裡浮起來了。這思想跟從鐵窗裡射進來的太陽光有關，跟外面盛開的那幾株春天的紫羅蘭的香氣有關。這時獵人吹起一陣輕快而柔和的號角聲。那隻小鳥從這囚徒的鐵窗飛走了；太陽光也消逝了；小室裡又是一片漆黑；這個壞人的心裡也是一片漆黑。但是太陽光曾經射進他的心裡，小鳥的歌聲也曾經透進去。

美麗的狩獵號角聲呵，繼續吹吧！黃昏是溫柔的，海水是平靜的，一點風也沒有。[1847 年]

───────────────────────────

這是一首散文詩，最初和〈瓦爾都窗前的一瞥〉，以〈哥本哈根的兩幅畫〉的總標題一起發表在《加埃亞》雜誌上。現在的標題是作者後來加上的。陽光、花香和鳥語也可以使一個凶惡的壞人臉上露出一點「溫柔的表情」。「一個思想———一個他自己還不能正確地加以分析的思想——在他的心裡浮起來了……」

可能這就是改惡從善的開端。這種思想是安徒生人道主義精神的一個組成部分。〈瓦爾都窗前的一瞥〉和〈城壘上的一幅畫〉一樣，也是一首散文詩。它的內容不須加任何注腳：「這就是當這位老小姐望著城堡的時候，在她眼前所展開的一齣人生的戲劇」——也就是她自己一生的戲劇。

兩個海島

在瑟蘭海岸外，在荷爾斯坦堡皇宮的對面，從前有兩個長滿了樹的海島：維諾和格勒諾。它們上面有村莊、教堂和田地。它們離開海岸不遠，彼此間的距離也近。不過現在那兒只有一個島。

有一天晚上，天氣變得非常可怕。海潮在上漲——在人們的記憶中它從來沒有這樣漲過。風暴越來越大。這簡直是世界末日的天氣。大地好像要崩頹似的。教堂的鐘自己搖擺起來，不需要

人敲就發出響聲。

在這天晚上，維諾沉到海裡去了；它好像從來沒有存在過似的。但是後來在許多夏日裡，當潮落了、水變得清平如鏡的時候，漁人就駕著船出海，在火把的亮光中捕鱔魚。這時他銳利的眼睛可以看到水裡的維諾和它上面白色的教堂塔以及高高的教堂牆。「維諾在等待著格勒諾，」——這是一個傳說。他看到這個海島，他聽到下面教堂的鐘聲。不過在這點上他可是弄錯了，因為這不過是經常在水上休息的野天鵝的叫聲罷了。它們的淒慘的呼喚聽起來很像遠處的鐘聲。

有個時候，住在格勒諾島上的老年人還能清楚地記得那天晚上的風暴，而且還能記得他們小時在潮退了的時候，乘著車子在這兩島之間來往，正如我們現在從離開荷爾斯坦堡宮不遠的瑟蘭海岸乘車子到格勒諾去一樣。那時海水只達到車輪的半腰處。「維諾在等待著格勒諾，」人們這樣說，而這種說法大家都信以為真。

許多男孩和女孩在暴風雨之夜裡喜歡躺在床上想：今天晚上維諾會來把格勒諾接走。他們在恐懼中念著主禱文，然後入睡，做了一些美麗的夢。第二天早上，格勒諾和它上面的樹林和麥田、親愛的農舍和蛇麻園，仍然是在原來的地方。鳥兒在唱歌，鹿兒在跳躍。地鼠不管把它的地洞挖得多麼遠，總不會聞到海水的。

然而格勒諾的日子已經到頭了。我們不能肯定究竟還有多少天，但是日期是確定的：這個海島總有一天早晨會沉下去的。

可能你昨天還到那兒的海灘上去過，看到野天鵝在瑟蘭和格勒諾之間的水上漂浮，一隻鼓滿了風的帆船在樹林旁掠過去。你可能也在落潮的時候乘著車子走過，因爲除此以外再沒有別的路。馬兒在水裡走；水濺到車輪子上。

你離開了。你可能踏進茫茫的世界裡去；可能幾年以後你又回來：你看到樹林圍繞著一大片綠色的草場。草場上的一間小農舍前面的乾草堆發出甜蜜的氣味。你在什麼地方呢？荷爾斯坦堡宮和它的金塔仍然屹立在那兒。但是離開海卻不再是那麼近了；它是遠遠地在內地。你穿過樹林和田野，一直走到海灘上去──格勒諾到什麼地方去了呢？你看不見那個長滿了樹的島；你面前是一大片海水。難道維諾眞的把格勒諾接走了嗎──因爲它已經等了那麼久？這件事情是在哪一個暴風雨之夜發生的呢？什麼時候的地震把這古老的荷爾斯坦堡宮遷移到內地這幾萬鷄步①遠呢？

那不是發生在一個暴風雨的夜裡，而是發生在一個明朗的白天。人類的智慧築了一道抵抗大海的堤壩；人類的智慧把積水抽乾了，使格勒諾和陸地連到一起。海灣變成長滿了草的牧場，格勒諾跟瑟蘭緊緊地相靠。那個老農莊仍然是在它原來的地方。不是維諾把格勒諾接走了；而是具有長「堤臂」的瑟蘭把它拉了過來。瑟蘭用抽水筒呼吸，念著富有魔力的話語──結婚的話語；於是它得到了許多畝的土地做爲它結婚的禮品。

這是眞事，有記錄可查。格勒諾這個島現在不見了。［1867年］

　　這篇小故事發表於 1867 年 8 月 18 日在哥本哈根出版的
《費加洛》週刊上。1867 年安徒生住在荷爾斯坦堡城堡中。他
參加了一個新年的晚宴。有好幾位工程師也被從哥本哈根請來
參加，爲的是討論把格勒諾島與陸地連結起來的計畫。安徒生在
他 1867 年 1 月 3 日的日記上寫道：「參加晚宴的工程師們一清
早就和公爵離開了，爲的是探討把格勒諾島與瑟蘭連起來的可
能性。結果是，不像傳說中所講的那樣，並不是維諾島把格勒諾
島拉走。我把這情節記了下來，在餐桌上我建議大家乾一杯，祝
賀這段婚姻──它的嫁妝是一大片新獲得的土地。」

　　「人類的智慧築了一道抵抗大海的堤壩；人類的智慧把積
水抽乾了，使格勒諾和陸地連到一起。海灣變成長滿了草地的牧
場，格勒諾跟瑟蘭緊緊地相靠。」安徒生永遠是那麼熱情地歌頌
科學和文化。是人所創造的知識在推動世界前進，把人類引向更
高級的境界。

【註釋】
①鷄步（Hanefjed）即公鷄所走一步的距離。

國家圖書館出版品預行編目資料

安徒生故事全集 / 安徒生（H. C. Andersen）著
；葉君健翻譯・評註. -- 初版.-- 臺北市 ：
遠流 ， 1999【民 88】
　　冊；　　　公分.--（世界不朽傳家經典； 1-
4）

　ISBN　957-32-3671-0 （第一冊 ：精裝）. --
ISBN　957-32-3672-9（第二冊：精裝）. -- ISBN
957-32-3673-7（第三冊：精裝）. -- ISBN　957-
32-3674-5（第四冊 ： 精裝）. -- ISBN 957-32-
3678-8 （一套 ： 精裝）

881.559　　　　　　　　　　　　88001109